下一瞬，颜舒就看见许裴蹲下身，半跪在她面前，
从容不迫地捉住她散开的鞋带。
他指节修长分明，
突出的指骨离她的脚腕不足五厘米。

U0885572

忽暗忽明的彩光中，
颜舒伸开双臂：
『Surprise！』

年少的喜欢汇聚成了汪洋，
你是我一直的心之所向。

宅子侧面的山脚下，
有一条横穿的蜿蜒小河，就是柳长河。

我们阅读
WOMENYUEDU
魅丽文化　花火工作室

青梅式隐婚

言西早早 著

江苏凤凰文艺出版社
JIANGSU PHOENIX LITERATURE AND
ART PUBLISHING

图书在版编目（CIP）数据

青梅式隐婚 / 言西早早著 . -- 南京 : 江苏凤凰文艺出版社，2022.8
ISBN 978-7-5594-6815-4

Ⅰ . ①青… Ⅱ . ①言… Ⅲ . ①长篇小说 - 中国 - 当代 Ⅳ . ① I247.5

中国版本图书馆 CIP 数据核字 (2022) 第 074916 号

青梅式隐婚

言西早早 著

出版统筹　曾英姿
责任编辑　张　倩
特约编辑　朵　爷　图　南
装帧设计　郝　卉　白砚川
封面绘制　MORNCOLOUR
出版发行　江苏凤凰文艺出版社
　　　　　南京市中央路 165 号，邮编：210009
网　　址　http://www.jswenyi.com
印　　刷　人民今典印务有限公司
开　　本　1/32
印　　张　11
字　　数　323 千字
版　　次　2022 年 8 月第 1 版
印　　次　2022 年 8 月第 1 次印刷
书　　号　ISBN 978-7-5594-6815-4
定　　价　46.80 元

江苏凤凰文艺版图书凡印刷、装订错误，可向出版社调换，联系电话 025-83280257

目录

第一章 独家采访 001

第二章 青梅竹马 041

第三章 小仓鼠挠的 057

第四章 他掌心温暖 074

第五章 新婚小夫妻 108

第六章 只有我们两个人 127

第七章 十指紧扣 158

第八章 太太等我回家吃饭 203
第九章 我喜欢你，背离推理 233
第十章 要这么牵手呀 262
第十一章 点亮她的归路 283
第十二章 数字和我，都是你的臣民 314
番外 339

第一章 独家采访

九月的澜市依旧燥热，空气闷得要命。

澜大门口，暑假刚压实的沥青路被烤出腾腾热浪，两边工整矗立的银杏树高耸、挺拔，像一把把撑开的大伞，热风一吹来，微黄的树叶便在枝头簌簌作响。

树与树之间挂着正经或不正经的大红横幅，十分引人注目。

——生活不止眼前的苟且，还有澜大和你。

——今日集结完毕，明日全军出发。

——叮！澜大四年时光已到账，不退不换，请君笑纳。

颜舒坐在“师姐不怕热得中暑，迎接师弟不辛苦”的横幅正下方，撑着一把黑色小太阳伞，将迷你风扇举在脸颊边，优哉游哉地往椅背上一靠。

她本就生得漂亮，肤白发黑，骨架纤细舒展，此时又添几分慵懒，此时此景，像一幅色彩浓郁鲜明的油画，引得路过的同学纷纷驻足回眸。

几个男生推搡着上前，笑嘻嘻地向她索要微信。颜舒扫了这几人一眼，亲切地用手机亮出二维码。男生们没想到她给得这么痛快，都愣了一下，随即争先恐后地掏出手机扫描。

等到这群人散去，旁边递过来一瓶矿泉水，颜舒头也没抬：“谢了，秦部长。”

秦明柏靠着一旁的银杏树干：“看样子进度还不错？”

“还行。”颜舒随意地答道。

却听一个女声从两人背后传来：“秦师兄，颜舒怎么会喝这种水呢？”林雪敏嗔怪地看了秦明柏一眼，而后看向颜舒，“我这有两瓶依云，给你一瓶。”

“谢谢林师姐。”颜舒接过，仰头抿了一小口。

林雪敏看着她，笑了一下。“还是我了解你吧？不过喝水归喝水，做得不对的地方，师姐也是要说的。”林雪敏指了指颜舒手机屏幕上的二维码，“工作时间，你让别人加你的私人微信，这不太好吧？”

颜舒侧过头，看向林雪敏。

林雪敏无奈地看向秦明柏，半开玩笑道：“秦师兄，你说这事怎么办？不管管她？”

她刚说完，就听身边的女孩轻笑了一声：“谁说我让他们加的是我的私人微信？”

林雪敏一愣，紧接着手机接连响起提示音，她点开一看，是“新闻部志愿者”群来了几个新人。

颜舒笑眯眯地举起手机，在她面前晃了晃：“我给的是工作群的二维码哟！我这学期的招新任务已经超额完成了，林师姐还有想说的吗？”

林雪敏脸色微变，却噗的一声笑出来：“跟你开玩笑呢，怎么还当真了！先走了。”她保持体面的微笑，施施然地回到原位。

旁边的妹子凑过来，八卦道：“颜舒刚才把那几个男生的微信都加了吗？”

林雪敏四下偷望一眼，轻声交代她：“嘘，小声点儿，别让其他人听见。”

妹子一脸震惊：“这么说是真的！”说完，妹子又替林雪敏抱不平，“林师姐，你就是太善良了，那么多献殷勤的，哪儿需要你给她送水啊！”

林雪敏钩起耳边的一缕发，淡淡地笑了下：“这么热的天，我怕她口渴。”

妹子努努嘴：“就她娇贵！”

林雪敏劝道：“别这么说，她坐在那儿也是帮我们打广告嘛，毕竟是我们新闻部的招牌。”

“她啊！”妹子笑笑，“她就是个花瓶，真要说招牌，还得是林师姐。你上次参加大学生记者大赛，还拿了一等奖呢！”

林雪敏弯了弯嘴角，笑容多了几分真切，下一瞬却顿住了。

妹子顺着她的视线看过去——秦明柏此刻正弓着背，伸手，指尖一点点地靠近颜舒。

林雪敏盯着银杏树下的两人，掐了掐掌心。

啪的一声，颜舒猛地打掉他的手：“干什么？”

“你头发上有东西。”他捂着手，龇了一下，低笑道，“力气还不小。”

颜舒伸手，随意撩了撩头发，懒洋洋地站起身：“走了，我还要去二组做采访。”

他们新闻部今天兵分两路，一组在校内采访新生，顺便招新，二组在北区做学生街头访问。

秦明柏的目光在她身上停留片刻：“我送你？”

她打着小黑伞，步子慢悠悠的，拒绝得干脆明了：“你走了，这里怎么办？”

她经过那群新生时，几个男生又开始起哄。

“师姐，去哪儿啊？”

“师姐，我开车送你？”

一个男生掏出车钥匙，挂在指尖，对着她摇了摇，咧开嘴，露出几颗大白牙：“坐我的车吧，师姐！”

钥匙一掏出来，旁边的男生都沸腾了：“我的天！豪气啊，哥！”

那个男生得意地笑笑，伸手，将鸭舌帽的帽檐往后一转，露出张俊脸，嬉皮笑脸地吼道：“师姐，给个机会！”

起哄声、口哨声不绝于耳。

颜舒步伐如初，未有一丝停顿，婀娜的身姿背对着人群，慢条斯理地从包里掏出一把水晶钥匙：“谢谢，我自己有。”

男生们顿时安静了。

那个男生也默默地把车钥匙收了起来，神色复杂，千言万语化作一声感叹。

“一场迎新会，你招了二十八个志愿者？”KTV 里，田思恬不可置信地问道。

她和颜舒是同学兼舍友，这次的采访活动没被分到同一个小组，等到采访圆满结束，部里聚会时，才知道白日里发生了什么。

颜舒端起玻璃杯，将饮料送入口中：“小菜一碟。”

田思恬佩服地伸出大拇指：“不愧是你。”

与此同时，包间另一个角落。

林雪敏端着水晶杯，听着隐约传来的对话声，心情很好地喝了一口饮料。

妹子们的八卦还在继续：“颜舒也太会了吧，还有她加不到微信的男人吗？”

“有。”妹子眨眨眼，“许师兄。”

几个妹子愣了一下，回过神，纷纷笑起来：“那估计一百个颜舒也加不到。”

话题转到这人身上，妹子们都有点儿骚动，也没人关心新闻部那点儿事了：“你们看论坛了没？有人爆料许师兄回来了。”

还有人没反应过来，迷茫道：“哪个许师兄？”

“还能有谁！”另一人接过话头，言简意赅地点明，“数学系，许裴。”

这下，所有人都明白了——许裴啊，那的确是澜大无人不晓的人物。

前段时间，许裴率领数学建模小组到平城大学参加大学生数学建模竞赛总决赛的时候，新闻部还写过好几篇跟踪报道。

部里也有很多许裴的迷妹，此刻乍闻他的消息，嘈杂的包间顿时安静下来。拿着话筒开心唱歌的小姑娘十分应景地欢呼一声：“许裴今天回校了？”

大家议论纷纷。

林雪敏低下眼，意味不明地笑了笑，旁边的妹子很是眼尖：“林师姐，看你这样子，莫非早就知道了？”

林雪敏抿唇，直到所有人的目光都集中到她身上，才慢条斯理地开口：“更正一下，是昨晚回来的，而不是今天。”

“厉害，林师姐不愧是咱们新闻部当家记者！”

“真的假的？”

林雪敏轻轻一笑：“还能有假？身为一个新闻工作者，求真、务实、严谨这三条是我坚持的基本底线。”

众人心服口服，一时间七嘴八舌，围绕着许裴的各种话题就此展开。

他是高知家庭出身，高一以罗华杯奥林匹克竞赛第一名的成绩被选入国家集训队，后作为国家顶尖选手，参加国际数学奥林匹克竞赛，并连续三届和队友一起为国家拿下金奖。

其间，他还顺便拿了环球信息学奥林匹克竞赛特等奖，是名副其实的“信奥”和“数奥”双料大神。

在场都是新闻部的，对这些简直如数家珍，特别是林雪敏旁边的妹子，话题结束后还意犹未尽地问：“林师姐，还有没有许师兄什么料？给我们大家讲讲呀！”

众人又竖起了耳朵，林雪敏没急着回答，待大家纷纷表示不放料不准她回家后，才无奈地摇头：“你们怎么这么八卦啊！”说完，自己先笑了起来。

田思恬凑到颜舒的耳边，愤愤道：“她还能跟许师兄扯上关系呢？”

自从她发现林雪敏表面和气，背地里三番五次和颜舒过不去后，就横竖看这人不顺眼了，酸溜溜地说：“她得意坏了吧！”

颜舒仔细看了两眼，很客观地点头附和：“估计是，她一般不会露出这么明显的表情，除非忍不住。”

林雪敏对上颜舒的视线，嘴角的笑意更盛，勉为其难道：“说吧，还想听什么？”

一时间，问什么问题的都有，其中一妹子问得尤其大声：“林师姐，许裴现在在哪儿啊？我想去偶遇！”

众人哄笑，林雪敏也笑得歪在一旁：“这我可真不知道了。”

与此同时，颜舒的手机叮的一声，微信提示音响起，一条简洁的短信跃于屏幕。

“下楼，我在门口。”

田思恬看向正准备猫腰离开的颜舒，拽了她一下：“你干吗去？”

“下去拿个东西。”

“什么东西？”

颜舒看了她两眼，把“结婚证”三个字咽了下去，伸出食指和中指，比了开溜的手势。伸出手指时，颜舒刚好指向了坐在包间正中间位置的林雪敏——真的是意外。

此刻，林雪敏正跷着腿，被几个妹子众星捧月般包围着，左边叫小优的妹子机灵地给她递了块西瓜，好奇地打听道：“林师姐，你和许裴师兄认识呀？”

林雪敏接过西瓜，没正面回答，而是笑着问道：“你问这个做什么？”

“这么说师姐真的认识他？”小优很是惊喜，“那能不能拜托他给我们做一期专访啊？”

另一个妹子翻了个白眼，接过话头：“妹妹，你想多了。许裴很注重隐私的，他从来不接受任何采访，连《莫生》杂志的人物专访都拒绝过，更别提校刊了。”

小优失望地“唉”了一声，回头看到林雪敏脸上的微笑，她的眼睛又亮了亮：“林师姐有办法？”

“开什么玩笑，谁有那么大本事？”林雪敏轻轻咬下西瓜尖，将话锋一转，“不过，下期主题访谈找他的那个谁爆点儿料，应该不是难事。”

“那个谁是谁啊？”

“下期不就知道了。”

“下期？”小优愣了一下，“秦部长不是说下期的版面给颜舒吗？”

林雪敏故作无奈：“我也不想这样呀，许师兄的爆料不是每期都有，只能希望她理解了。”

“没办法，谁让颜舒拿不到奖呢！”

“林师姐太厉害了！”

众人的恭维不停地在耳边响起，这让林雪敏有些飘飘然。她转过头，刚好看到颜舒挎起小包，往门口走。银色的高跟鞋踩在灯光斑斓的光滑地砖上，越发璀璨。

小优凑过来，语气充满羡慕：“是可奈恩的银河系列，我前天还在杂志上见过。”

另一个妹子立马补充：“上午她穿的是奥提稀有版小白鞋，更贵，座驾还是阿斯顿·马丁。唉，长得漂亮就算了，家庭条件还这么好，标准的白富美啊！”

林雪敏扣住杯沿的手一紧，余光里所有人的目光都追随着门口纤细窈窕的背影，包括秦明柏也看得失了神。

林雪敏垂眼，淡声道：“那倒未必。”周围几个妹子不解地看向她，她抿了一口果汁，优雅地笑笑，“我们颜舒这么漂亮，说不定是别人给她买的呀！”

几个妹子愣了下，捂嘴嘀咕：“真有她的。”

主干道上，一辆白色大众安静地停在停车位上。颜舒瞥了眼车牌，不太确定地凑近。

车窗玻璃被摇下，露出一个男人的侧脸，车上的男人微微低着头，昏暗的路灯灯光打在他脸上，下颌光影分明，应该是许裴？身上这件白衬衣，好像是他们结婚当天穿的那件吧？

男人听到动静，转过头，露出贴在左耳的手机，朝窗外点点下巴，示意她上车。颜舒打开副驾驶座位的车门坐上去，正要直奔主题，耳边传来他的通话声。

“理论上可以用模拟退火算法，等一下，”许裴侧头看她，“有纸和笔吗？”

“有的。”颜舒从包里掏出一本小笔记本，连同粉色的猪猪笔一起递过去，又见他眼神示意自己帮忙扶一下本子，她倾身，把笔记本平铺在方向盘上。

许裴低下头，若有似无的橙花香从鼻尖掠过。他握住圆滚滚的猪猪笔，笔尖流利地画出几个公式。在这期间，电话那头一直保持诡异的安静。

突然，对面提高八度的声音几乎刺破耳膜：“妹子？裴哥，我幻听了吗？”

许裴的视线从按着雪白纸张的几根手指上扫过，直起身，淡橙花香随之消散。他没理会对面兴奋的号叫声：“用模拟退火算法构造出转移概率函数。”

对面变为了哀号声：“道理我都懂，可怎么构造啊，裴哥？”

许裴略显困倦地揉了揉眉心，手掌虚捂住话筒，对着颜舒说：“等我十分钟。”说着，他把手机放在支架上，打开免提功能，腾出手来靠在方向盘上运算。

颜舒欲言又止，最后还是憋了回去。行吧，谁让她自己当天就把结婚证给忘在他车上了呢，等就等吧，十分钟的事。

华灯初上。

车内一片寂静，只有旁边男人的笔尖在纸上画出的沙沙算题声，或许是白天太过劳累，又或者是车内温度不冷不热，正好合适，颜舒没一会儿就迷迷糊糊睡了过去。

不知过了多久，手机振动了几下，她睡眼惺忪，滑开屏幕，就看见田思恬刚发到宿舍QQ群的几条消息。

甜甜圈：给跪了。

甜甜圈：小优的嘴开了光还是怎么着？你们敢相信吗，我们在金色KTV门口看到许裴师兄的车了，四舍五入不就是偶遇了吗？！

随即发了一张照片。

一辆白色的大众，的确是许裴的车。不过大概田思恬过于激动，车牌号糊出了几道残影，显得不太有说服力，很快遭到了宿舍其他两人的质疑。

做个人吧：真的吗？我不信。

做小猫咪不行吗：KTV门口？许裴可能去这么世俗的地方？请编个像样点儿的。

这次田思恬手不抖了，拍到的车牌号清晰可见，群里几个女人开始发出土拨鼠般的尖叫。

甜甜圈：颜颜，你要急死我啊，偏偏这时候走！都怪我，要不是我没拉住你，你现在也可以跟我一样，来个四舍五入的偶遇了。

颜舒的身体醒了，大脑却还处于发蒙的状态，下意识安慰田思恬：没关系，我在他车上。

群里安静了。

颜舒瞬间清醒，她刚刚说了什么？老实说，虽然已经结婚，但她和许裴，还真不是很熟。

他清清白白一个校园男神，一定不希望和她扯上关系。

她屏住呼吸，盯着屏幕，正绞尽脑汁地构思该怎么圆过去时，界面接二连三地有了动静。

甜甜圈：我在许裴的副驾驶座上，我可以证明！

做小猫咪不行吗：姐妹，我在后备厢！

做个人吧：都让一让，让出我和许裴拥抱的空间！

提起的心终于放进肚子里后，她捂住手机屏幕，生怕旁边的男人看到这大胆奔放的对话。

后者不知何时收起了笔记本，嗒的一声单手合上猪猪笔的笔盖：“这里，用迁移方向函数决定分区的调整方向，再把道路离散化，试试Floyd算法（弗洛伊德算法），应该不难。”

对面那人震惊了：“你管这个叫应该不难？”

“我的意思是，照你的速度，三小时后应该才能做到有点儿难度的那部分。”

“更扎心了。”

“我现在有点儿事，晚点儿帮你看。”许裴说着，顺手把笔扔在一旁，点着火，发动机的声音随之响起。

对面的人被打击惯了，短暂凌乱后，抓住了另一个重点：“你在开车？昨晚刚回来，孙老头就把你留了个通宵，早上他自己乐颠颠地钓鱼去了，留你在工作室连着写了大半天的论文，你不在家补觉，跑出去干什么？”

许裴挑眉：“孙老头又钓鱼去了？”

“他那人，你又不是不知道，人菜瘾还大，哪次休息不是往秋色湖跑。欸，等会儿，别转移话题啊，你开车干什么去？”

车子缓慢起步，许裴将手肘搁在方向盘上，往左带了小半圈，驶出停车位：“接个人。”

颜舒本以为他处理完事情，就应该能立马想起来给她结婚证的正事，哪晓得等了好几分钟，都没等到他有什么行动。

她只得委婉地提醒他：“谢谢你，为了还我结婚证，这么辛苦跑一趟。”说完，她却发现窗外倒退的景色有点儿陌生，她带着疑惑，“这是去哪儿？”这街边的风景，不像是送自己回学校的路途啊。

许裴看向她，脸上挂着同款疑惑：“不是要谢谢我的辛苦？”

夜市一条街人声鼎沸，摩托车灯光与老旧的路灯灯光相互交织。

烧烤店门口，几根铁杆子支撑着蓝色牛津布，做成了一个四米宽的推拉帐篷，里面支着几张漆面斑驳的小桌子。

颜舒坐在帐篷正中间的小凳子上，还在思考到底哪里让他误会，她表达谢意的方式是“和完全不熟的新婚丈夫吃烧烤”。

对面男人的神色却十分坦然，夹了块羊肉，抬眼看她：“要啤酒吗？”

她挣扎片刻，自暴自弃地点头：“来一瓶吧！”

“老板，一瓶啤酒，谢谢。”

许裴起身点了酒，落座时，手机振动了几下。

关二哥：谁这么大牌，还要你去接啊，裴哥？

关二哥：黎曼？还是笛卡尔？

关二哥：不会是刚刚电话里的那个妹子吧？

许裴没打算和他聊，长指微蜷，在对话框果断地输入三个字：我太太。

啤酒被搁在桌上，老板娘笑眯眯地递出两个杯子，许裴道：“一个杯子就行，我不喝。”

颜舒谦虚道：“来点儿吧，我一个人哪儿喝得完。”

许裴淡淡地说：“我相信你的实力。”

颜舒沉默了一下：“这种事倒也不用太相信我。”

老板娘没忍住，“扑哧”笑出了声，又赶紧解释：“对不住，你女朋友太可爱了。”

“不是……”

“不是……”

两道声音同时响起。

到底还是颜舒嘴快：“不是女朋友，我们是普通校友。”

普通校友啊……许裴抬眼，视线里，颜舒的身体后仰，瞪着眼，摆着手，一副急着撇清关系的表情。

大概怕老板娘还误会，她赶紧强调：“就拼个桌，对吧？”

许裴对上她的眼："嗯。"

等老板娘走后，颜舒凑近他，宽慰地说："放心好了，规矩我懂，影响你名誉的事，我绝对不会干，我俩这关系……"

剩下的话，她没再说下去，伸手在唇上比画了一个拉拉链的动作。

许裴慢条斯理地用筷子剥下一片羊肉，过了好半天，意味不明地笑了笑："还挺懂事。"

他低头，把还未发出去的"我太太"一个字一个字地删除，换上另一句：拼桌撸串的普通校友。

普通校友颜舒的身体很是诚实，就着啤酒撸了许多串烧烤后，满足地感叹："这路边摊还真是好吃啊！"

各种喧嚣，此刻忽远忽近地进入耳中，成了热闹又真切的市井气——划拳声、嬉笑声，还有视频外放的声音……

隔壁桌有人在问："看什么呢？"

"隔壁澜大学生的视频。"

"给我也看看。"

不知道为什么，颜舒有一种不好的预感，然后就听见熟悉的声音清清楚楚地传了过来。

"师姐，去哪儿啊？"

"师姐，我开车送你？"

视频慢动作回放的背景音响起，旁边桌的两个妹子"哇"的一声："姐姐好美，怪不得这么多人抢着送她！"

中间的男生对着截图做后悔状："早知道努努力，拼死考上澜大了。"

"大胆，澜大是你拼死就能上的吗？"

几个年轻人打闹成一团。

反观另一桌，气氛却有些沉默。颜舒撸下一串排骨，默默地把耳后的长发拨到侧脸，企图遮住自己的美貌。

她自己要是被认出来也就算了，和许裴一起的话，那还是免了吧。

对面的男人轻轻啧了一声，颜舒抬眼望去。

"这么受欢迎？"许裴开口，声音染着淡笑。

"过奖，过奖。"颜舒从善如流，并很不要脸地表示，"年轻人嘛，爱慕美色。”

许裴神色复杂地盯了她的美色看了好几眼，片刻，递过去一张面巾纸：“擦擦？”

她莫名其妙地接过，擦了擦嘴角。然后，纸上出现了一点儿混合着辣椒面的红油。她尴尬地盯着纸巾，恨不得发射两道激光把纸巾当场焚毁。还好身为好姐妹的田思恬及时打来电话，她这才松口气。

烧烤店里人声嘈杂，田思恬的声音听得不是太清楚，颜舒只得边开免提功能，边对着话筒道：“说大声点儿！”

“总算知道林雪敏为什么针对你了，啊啊啊！刚刚秦部长喝醉了，嚷着要跟你表白，还要在咱们女生宿舍楼下摆心形蜡烛，坐在蜡烛中间，抱着吉他弹唱《今天你要嫁给我》！”

颜舒差点儿被噎到：“他有病？当众跟我表白，我还怎么在新闻部混？还摆那么多根蜡烛？”

发飙到一半，她突然感觉哪里不太对劲，不知何时，旁边桌大哥的划拳声已经停下。她缓缓抬起头，刚好对上许裴看过来的一双眼。

她现在什么也不想了，只虔诚地希望他什么也没听到，或者……假装没听到。

可惜祷告还没念到一半，她就见他的身体略微往后斜靠了一下，似懂非懂地请教她：“又一个爱慕美色的？”他伸手，从桌上的文件袋里掏出个小红本递过来，扫了一眼封面上的“结婚证”三个大字，略带遗憾地表示，“不过他暂时没机会了。”

“你能想象我坐在街边撸串的画面吗，美女包袱掉了一地，还是捡不起来的那种。”颜舒走在澜大银杏树道上，对着电话那头的闺密尤佳娇声抱怨，“撸完串，我的脸都油成猪刚鬣了，他还非要提什么美色，有这么嘲讽人的吗？”

她和尤佳从小学到高中都是同学，两人关系好得可以穿一条裤子了。结婚这事，她根本没瞒着尤佳。

尤佳有点儿疑惑：“姐妹，我怎么觉得你重点偏了，许裴真正想说的是最后一句吧！”

“最后一句？”颜舒边说边想，难道是那句“不过他暂时没机会了”？

“就……提醒你的已婚身份啊！”

颜舒：“你想多了。”颜舒心想，许裴怎么会在意这种细节。

尤佳的声音突然警觉起来：“等下，你现在在干什么？”

颜舒抬头看了一眼：“刚从许裴车上下来，现在在 KTV 门口。不跟你说了，我得赶紧上去稳住秦明柏，不然我真怕他摆那么多根蜡烛把我送走。”

“你的意思是，你让你老公开车，送你去见追求者？”尤佳震惊了，“好大的胆子啊，姐妹！”

颜舒一脸问号：“好好一件事，怎么到你嘴里就变了颜色？”

尤佳兴致勃勃：“许裴什么反应？”

颜舒回头望了一眼，恰好看到两排尾气快速没入夜色：“送完我就开车跑了。”

“啊？”尤佳有点儿失望。

“你觉得他能有什么反应？”

尤佳顿时泄了气：“也是，神和人的感情怎么能互通呢？除了高贵神秘的数学，估计没什么能撼动他圣洁的灵魂了。”

尤佳这话说得不是没有依据。

几年前，她喜欢的歌手——蓝修明到澜市开演唱会。

下课铃声刚响起，她就激动地拉着颜舒背起书包，沿着五楼狭长的走廊一路狂奔，刚转角就看到一高一矮两个身影。

个儿高的男生背对着她们，肩背瘦弱，女生立在斜阳里，声音发着颤：“许裴，你有心吗？你就没有喜欢过谁吗，哪怕一点点儿？”

尤佳尴尬地顿住脚步，跟在身后的颜舒冷不丁撞了上来，下意识“哎呀”了一声。

许裴回过头，金色余晖勾出少年轮廓分明的下颌，他的目光越过面前的女生，直直地落在挤成一团的两个小姑娘身上。不到一瞬，他便转开了视线，抬脚往相反的方向走去。

空荡的走廊，把他的嗓音衬得清冷：“抱歉，我只喜欢数学。”

想到这段往事，尤佳的声音藏着些许感叹：“你说谁能想到呢，你俩竟然结婚了。”

“别说别人了，我自己都没想到。”

“你结婚，我懂，要是不结，信用卡估计要被老爷子停一辈子，你挺得过去才怪。可我不明白，许裴怎么也同意这婚事了？他不应该跟数学过一辈子吗？”

颜舒也陷入了同样不解：“是啊，他老婆不是数学吗？那他和我结婚算不算出轨呢？”

她摇摇头，甩掉奇怪的脑回路：“算了，反正我们也只是走个过程，过段时间总要离的。四舍五入……”

尤佳很默契：“等于没结婚。”

等到颜舒挂上电话，推开 KTV 包房的大门时，已经快十点了。

田思恬冲她招招手，她走过去，开门见山：“现在情况怎么样？”

田思恬往秦明柏的方向瞟了一眼：“刚吐了一回，又出去吹了风，估计酒醒得差不多了。”

颜舒松了口气：“清醒了就好。”

“我看他坐在那儿好半天了，平时多内敛、稳重一人啊，闹这么一出，估计这会儿正后悔酒后失言呢！”田思恬安慰她，“没事，就几个人听到了，现在他酒醒了，就更不用担心了，当作没事发生就行。”说完，田思恬朝右边努努嘴，“就是把某人气得不轻。”

颜舒顺着田思恬的视线望过去，就看到了林雪敏铁青的一张脸。

林雪敏不知什么时候换了位置，她坐在秦明柏身旁，掐了掐自己垂在腿边的手。

片刻，她的脸上重新挂上得体的笑，轻声道：“秦师兄，听说这期的版面暂定采访青歌赛入围校友？”

秦明柏正尴尬着，低头心不在焉地问：“提这个做什么？”

颜舒和田思恬对视一眼，在对方的脸上看到同样一句话——她又要搞什么幺蛾子？果然，林雪敏下一句话就是：“秦师兄觉得青歌赛和许裴，谁更有看点？”

秦明柏顿了几秒，大脑恢复运转，抬起头不太确定地问：“你的意思是，能拿下关于许裴的采访？”

“本来没准备今天说的，都怪几个师妹一直拉着我聊许裴，想藏都藏不住。”她摊手，优雅又无奈地笑笑，“他有个青梅竹马的妹妹，恰好是我闺密。让她给做一期采访，透露点儿消息，不难。”

一席话惊得众人立马交头接耳起来。除了个别女生的侧重点在“青梅竹马的妹妹”，其他成员都嗅到了大新闻的味道。

秦明柏点头：“那下期你来做……”

“下期不行。”林雪敏露出为难的表情，“她那边的消息有时效性的。”

“那分你一半版面。”

林雪敏更为难了，无奈地苦笑：“她说了，要所有版面。”

包房瞬间陷入一阵诡异的沉默，田思恬气得差点儿跳起来。谁都知道，主刊这期版面两个月前就已经定了给颜舒，颜舒为此准备了很久，顶着快四十摄氏度的高温，在青歌赛门口蹲点儿都蹲了不止一次。

林雪敏这么做，不明摆着抢颜舒的版面吗！而且早不说，晚不说，偏偏要等人家准备得差不多的时候，给人使绊子。

颜舒一把拉住田思恬，挑眉：“林师姐，你是不是忘了，这期版面是我的？”

“我知道，可新闻是有时效性的。这不是因为许裴团队刚拿到大学生数学建模竞赛总决赛的金奖嘛，必须要趁热打铁。”林雪敏眼带歉意，轻声笑着，“颜舒，别误会，我可不是要抢你的版面。要不这样，你也准备一篇稿子，到时候谁的好，就用谁的，咱们公平竞争。”

颜舒都被她的不要脸气笑了：“我还是头一次听到，有人管抢人家的版面叫公平竞争。”

“抱歉，我也是为了新闻部。”林雪敏给颜舒一个无奈的眼神，看向秦明柏，“秦师兄，你觉得呢？”

虽是问句，却语气笃定，她很清楚与许裴相关的新闻的价值，也相信秦明柏不会做出令她失望的选择。

颜舒随着林雪敏的视线，一同转过头，看向秦明柏。

他彻底清醒了，眉心紧皱，眼神带出些许挣扎、犹豫。好半天，他终于缓慢地抬头，用含着歉意的目光看向颜舒。

颜舒的心一点儿一点儿地沉了下去。

林雪敏对着洗手间里的镜子，慢悠悠地补着口红，水流的声音响起，她微笑问道："你还好吧？"

颜舒没说话，慢腾腾地洗着手。

"师兄也真是的，前一刻还要跟你表白，后一刻就把你的版面给我了，他明明知道这个机会是你辛苦争取过来的，还非要这么做，也太不在乎你的感受了。"

颜舒伸出手，关上水龙头，水流声戛然而止。

林雪敏跟在她身后："不过，你也别怪他，男人嘛，事业最要紧。你应该不知道吧，他在争取日报社的offer（录取通知）。如果这期校刊能做出成绩，对他的帮助小不了，他也没办法。"

林雪敏一步步走近，凑在她的耳边："我想，你会理解的吧？"

"理解？"颜舒扯了张纸巾，擦干手上的水珠，转身，"希望到时候林师姐没拿到版面，也能理解。"

林雪敏脸色微变，快步跟上去："看不出来，你还挺自信的嘛！"说完，她的余光瞥见新闻部一行人从对面走来，立马表演川剧变脸，假装自然地挽着颜舒的胳膊，故作亲昵，"好啦，别生气了。我知道你不是小气的人，等我做完采访，请你吃饭，嗯？"

颜舒懒得跟她虚情假意，正要撑她，却被一个妹子机灵地接过话头："见者有份哟，林师姐。"

林雪敏咯咯笑起来："你们怎么这样，我好不容易拿到一次版面，忍心让我破产？"

"师姐都做三次全版面了，还好不容易？"

"能者多劳嘛！"

大家说说笑笑地走出KTV，准备往南校门走。忽地，一个女生顿住脚步。

"怎么了，小优？"

小优如同被钉在原地，不可置信地揉了揉眼："许、许裴师兄？"

几乎同一时间，所有人的目光都随着她的视线转移。道路尽头，站着两个男人，右边那个最为惹眼。

他人高腿长，侧身而立，脸藏在黑暗里，只隐约看到轮廓分明的下颌。听到动静，他转过头，一张清俊、冷淡的脸就露了出来。

妹子们齐齐吸了口气，真的是许裴！

他的目光从这群人身上掠过，而后定在中间，回头对同伴说了句什么，抬腿往这边走来。

小优率先反应过来："许师兄朝我们这边走过来了？他该不会是来找……"她紧张地吞了口唾沫，"找林师姐的吧？"

众人一愣，同时激动万分地看向林雪敏。

林雪敏也愣了一下。她心里清楚，自己和许裴的关系远没有她说的那么好，私下她也只远远见过许裴一两次，大多数时候只是听他的"小青梅"在自己面前提起。

林雪敏真的不确定他是否还记得自己，但他真真切切地朝自己走来了。他越走越近，指向也越来越清晰。她的心狠狠地扑通跳了两下。这么说来，他真的记得她，所以特意过来跟她打个招呼。

眼看他已经在众人期待的视线下走到了她面前，林雪敏不再犹豫，飞快地整理一下裙摆，落落大方地上前一步："你好，许裴，又见面了。"

小优一脸兴奋地和周围几个妹子交换眼神，心照不宣地把目光放到了许裴的身上。

他顿住脚步，盯着林雪敏看了两秒，神色疑惑又复杂，一瞬间，他清俊的脸上写满了"你是谁""你哪位""我认识你吗""认错人了吧"。

然后，他平移开视线，所有的话汇成一句简单而礼貌的"同学，麻烦让一让"。

众人呼吸一滞，林雪敏机械地退后一步，颜舒也下意识地跟着退后一步。

许裴瞥了她一眼，鼻间冒出很轻的哼笑声："你让什么？"

"嗯？"

他伸出手，将装着猪猪笔和笔记本的透明文件袋递到颜舒的面前："东西不要了？"

颜舒的脑子有点儿蒙。

他单手插在兜里，低着眸。面前的女孩瞳孔微微放大，卷翘的黑睫毛似蝶翅般扑扇了好几下，一动不动地盯着他，跟傻眼了似的。

随行的人跟过来，问了句：“裴哥，怎么回事？”

一时间，所有人都竖起了耳朵。

许裴漫不经心地移开视线，弯起食指，指向文件袋：“路上捡到本笔记本，还给失主。”

颜舒松了口气，提起的心也落了下来，目光跟着转移。男人修长的手指弯起一个好看的弧度，指尖恰好点在笔记本封面的粉色便利贴上。

——我的主人叫颜舒，如果我丢了，拜托一定把我送回那个美丽、聪明又善良的女人身边。主人的联系方式：137××××××××。

颜舒的脸微微发热，面上却配合着做出很惊喜的样子。她用尽毕生演技，很夸张地张大了嘴，以表错愕：“哎呀，我的笔记本怎么在这儿，我刚才找了好久呢！原来被你捡到了，真是太谢谢你了！”

她的这番话说完，大家伙儿都露出恍然大悟的表情，林雪敏更是吐出一口长气。

林雪敏回过神来，难免觉得自己有些可笑，在想什么呢？许裴和颜舒，八竿子打不着的两个人，能有什么关系？

她翻来覆去想了几遍，又咬着牙掐了掐手心，但颜舒的手段，也真够可以的，倒是小瞧了。

与许裴同行的那人笑起来：“行啊，我还寻思你大晚上抱着个文件袋干什么，原来是颜师妹的东西。得，还给人家吧！”

他说完，对上许裴瞧过来的冷淡的眼，愣了愣。这是什么表情？他说错话了？还没等他反应明白，许裴已经将笔记本还给了颜舒，率先一步往前走。他赶紧跟上许裴的步子。

走出一段距离，他听到许裴的声音：“你认识她？”

他想了想，才明白许裴指的是颜舒，笑起来：“新闻系系花，我认识她，她不认识我。”

许裴的脚步未停：“不认识，还叫人家师妹？”

“这……怎么了？”

“影响不好，以后注意点儿。”

尽管不知道为什么叫声师妹就影响不好了，但许裴是他们工作室的老大，他只能委委屈屈地“噢”了声。

许裴掏出钥匙，不远处车的大灯亮起，同行那人问道：“去哪儿，裴哥？”

“回工作室，补觉。”

“还以为你要去老孙那里。”

“老孙这会儿估计还在秋色湖钓鱼。”他打开车门，上车，点火。

许裴侧过头，刚好看到窗外缓慢退后的银杏树、人行道上的人群，以及人群中能一眼被瞧见的小姑娘。

他的太太——颜舒。

她的身边立着个高个子男人，不知说到什么，男人笑起来。而后，男人侧过头，看向她的眼神莫名温柔。

“颜舒。”秦明柏迈开长腿，主动走到颜舒的身边。

“如果是道歉的话，不必了。”颜舒不想和他纠缠，赶在他开口前说道，“而且你没必要太早说抱歉，不到最后一刻，这次的版面还真说不准是谁的。”

秦明柏侧头看向她，又低头笑了笑。

她没太搞懂他的笑点，正要开口，手机铃声响起。她看了一眼来电提醒——许裴？

她偷瞄了一眼旁边的男人，飞快地接起电话，小声道：“喂？”

那边轻轻“嗯”了声，没了下文。她有些莫名：“什么事儿？”

电话那头，男人的声音低沉：“走个流程，确认失主信息的真实性。”

颜舒：演上瘾了？

她的眼睛不经意地朝旁边扫了扫，目光顿时定住了。离她不远的公路旁，停靠着一辆普通又熟悉的白色大众，车窗玻璃被摇下，露出驾驶位上男人半截儿模糊的侧脸。

许是她盯得太出神，旁边的秦明柏略带疑惑地问道：“怎么了？”

说着，他便要往那边看去。

颜舒的眼皮莫名跳了几下，脚下没注意，一个踉跄差点儿摔倒，好在一只大手及时将她扶住，才避免当场摔下去。

一阵手忙脚乱后，她突然意识到什么，秦明柏的手抓着她的手腕，另一只手虚扶住她的肩。从许裴的角度看过来，她岂不是倒在秦明柏的怀里？

她身体微僵，缓慢地抬起头，看向马路。车里的男人靠着座椅，侧头看过来，藏在黑夜下的神色不明。

不知过了多久，他开口，声音被夜衬得低沉而冰冷："没打扰到你吧？"

这两天天气格外闷热，低沉的天空犹如一块巨大的黑色幕布，阴沉沉地笼罩在城市上空，隆重地酝酿着立秋后的第一场雨。

304 男生宿舍。

关文强大大咧咧地歪在椅子上，抱着手机，看得津津有味。

开门声响起，许裴走进来。

关文强连忙把声音调小，坐正了些："回来了，裴哥？"

许裴这两天熬夜做题到很晚，心情不怎么样，关文强想他还是老实点儿比较好。

许裴轻轻"嗯"了声，算是回答。

放下书本，他卷起衣袖去阳台洗了把脸，回屋后听见一阵爆笑，于是瞥了眼关文强。

后者连忙乖巧地闭上嘴，憋了一阵儿，实在忍不住，再次哈哈大笑起来。他边笑，边指着手机解释道："裴哥，不能怪我大声，这个太好笑了……"

关文强公鸡打鸣似的笑了好半天，笑着笑着，发现气氛好像不太对劲，于是转头一看，许裴正神色淡淡地盯着他，脸上分明写着几个大字"很好笑吗"。

不好笑吗？关文强默默地收了笑声，又感叹地总结道："现在的女人啊，在外面遇到的诱惑太大了！所以说，做男人还是得有点儿手段，不然再优秀也抓不住老婆的心。"

许裴抓了块洗脸巾，擦了擦脸，语气充满怀疑："手段？你还有那东西？"

关文强不服了："我没有，但可以学啊！现在网络这么发达，想学什么，一搜就行。你看，这是我关注的一个博主，特别会处理这类关系，名字叫……”

许裴挑眉：“嗯？”

关文强捏着嗓子：“心疼哥哥的小绿茶。”

许裴瞪了他一眼：“好好说话！”

关文强委屈极了，指着屏幕：“我怎么没好好说话，这博主就叫这个名字啊！内容都特别实用，你看！”

他说着，点开一个视频，聒噪的女声毫无预兆地响起：“姐妹们，大招来了，学起来！我跟你们说，这招真的无敌了，没有一个人能抵抗得了……”

许裴蹙着眉，嫌弃意味非常明显：“看点儿能入眼的行不？”

关文强立马忏悔：“哥，我错了。”

等关文强上了个厕所回屋，许裴正坐在椅子上，戴着耳机，聚精会神地看着手机。他背脊挺直，表情淡然，俨然一副学者做派。

关文强很是钦佩。裴哥这人就是这样，一心向学，心无旁骛，眼里只有数学，典型的天赋加努力型选手，怪不得一直这么优秀——关文强好一番感叹。

可惜他裴哥的耳机没插好，视频的声音一不小心外放了出来：“姐妹们，学会了吗？用起来，给我用起来！”

关文强感觉裴哥可能对自己有点儿意见，不然怎么突然扔给他一大堆作业，搞得他最近黑眼圈都严重了。他勤勤恳恳算完一小部分，终究没忍住，趁着许裴去图书馆查资料的空隙，抱着手机开始“摸鱼”。

等许裴回来时，关文强正起劲地在浏览校内论坛，他赶紧指着屏幕分享：“裴哥，给你看个有意思的帖子，说新闻……”

许裴把资料扔在桌上，去拿杯子：“单向阀的开启时长算出来了？”

关文强顿时被噎住。

“高压油管的弹性模量和压力的关系分析到位了？”

关文强放下手机，战略性喝水。

“高压油泵和减压阀的控制方案有眉目了？”

关文强被呛得咳了两声，在某人的注视下，惭愧地摇摇头：“没有。”

“一道题都没做出来，还有闲心在网上刷些没营养的帖子。”许裴松开一颗衬衣扣，煞有其事地评价道，“挺好，至少心态不错。”

关文强崩溃了：“裴哥，我错了。”他痛定思痛，“他们新闻系抢新闻关我什么事啊！她颜舒被欺负，版面被抢，又关我什么事啊，我现在就做题去！”

他关掉页面，气势汹汹地回到座位，准备苦算到天明，身后却传来一声：“回来。”

许裴把杯子放到饮水机前，弯腰接水：“什么帖子？”

关文强一时间不确定许裴是不是钓鱼执法，顺着他的意思机灵地回道：“没营养的帖子！”

许裴扫了关文强一眼：“我指的是内容。”

“内容也挺没营养的！”

许裴盯着他，一时竟分不清楚，这傻大个儿是不是故意的。

关文强对上许裴的眼神，突然福至心灵：“就是新闻部那点儿事。颜舒，你知道吧，算了，当我没问——新闻系系花，就是学校宣传片里……”

他才起了个头，就被许裴摊开的手心打断：“手机给我，我自己看。”

他乖巧地打开校内论坛，找到原帖子，打开，递了过去。

“爆个新闻部的料。系花‘YS’准备了一两个月的版面被某隐形二把手师姐抢了。”

一楼：“秒懂，‘YS’是颜舒吧？这期校刊貌似挺重要的，颜舒实在是惨。”

八楼：“惨什么啊，自己没实力，怪得了别人？师姐的专访对象是许裴的小青梅，要区区一个校刊版面不过分吧？”

“别跟我说本来是谁的，出了社会都是谁有本事搞到大新闻，版面就给谁做。师姐人好，还主动提出公平竞争，系花有本事去搞个更厉害的啊，在这儿卖什么惨！”

“噢，可惜她搞不到更大的了，因为能打败许裴青梅的只能是他本人，但众所周知，他及其团队，从不接受任何采访。”

九楼：“如果真能看到许裴的料，谁不夸一声师姐抢得好？系花好好散发美丽就是，版面的事，劝你少掺和。”

十八楼：“姐妹们，重点难道不是许裴还有小青梅？”

一语惊起千层浪，于是，后面的楼彻底歪了。

关文强“啧啧”两声：“编得跟真的似的，谁不知道你二十多岁还单身。”

许裴喝了口水，慢悠悠地用“年轻人，你对我一无所知”的目光扫了他一眼：“你确定我是单身？”

许裴没给他疑惑的时间，转了转手中的水杯：“你想办法联系一下颜舒……”他顿了顿，瞟了一眼看上去人模狗样的室友，改了口，“……的朋友。约时间，做个专访。”

专访？关文强有点儿蒙，又有点儿惊喜——他想被采访都想疯了，要不是裴哥不准，他早成了媒体面前炙手可热的男人。

“真的吗，裴哥？”在莫名其妙的巨大馅饼面前，他不敢置信，“我们团队不是不接受任何采访吗？”

“是吗？”

“对！”关文强很确定。

“谁规定的？”许裴蹙眉，带着些许不赞同。

关文强被他的问题震惊到了，卡了好一会儿，才吐出一个字：“你。”

“记忆力不错。”许裴放下水杯，先给予关文强十分肯定的评价，接着话锋一转，“但那是以前，新规定是，允许团队接受采访。”

关文强挠挠头：“啊？新规定？什么时候出的？”

许裴倚在椅背上，在手机上打下一串文字，摁了发送键，懒散地瞥了他一眼：“现在。”

“爆料这人什么逻辑？不会就是林雪敏本人吧！咱们校刊一向都是轮流排版，扯什么公平竞争！轮到她做版面的时候，怎么没见她叫咱们过去公平竞争呢！抢了人版面还有理了？”田思恬气鼓鼓地盯着帖子，叽里呱啦吐槽了一大堆。

她没听到回应，鼓着腮帮子回头看去，发现颜舒正坐在电脑前，噼里啪啦在搜索栏打出一行字："秋色湖垂钓攻略"。

刚打出"秋色湖"三个字的时候，还出现了几条之前的搜索记录。

"秋色湖垂钓最佳钓点""秋色湖详细地图""秋色湖有哪些鱼种"。

完了，全完了。颜舒这种症状从 KTV 那晚回来开始，到现在已经持续了好几天。

田思恬的目光从颜舒的屏幕飘过，再看了一眼她身旁这两天陆续多出来的鱼竿、鱼漂、钓箱等工具："你这是准备做什么？"

颜舒撕下脸上的面膜，用指腹轻轻把多余的精华揉进皮肤："钓鱼。"

田思恬心疼地叹了口气："颜颜啊，虽然没什么希望能争取到版面，但你也不用放弃得这么明显吧！养老计划都安排上了？"

颜舒伸了个懒腰："谁说我放弃了？"

田思恬圆圆的眼睛冒出大大的疑惑，正想问点儿什么，微信提示声响起，她打开手机看了两眼。

颜舒："谁啊？"

田思恬皱眉："骗子。有人想加我微信好友，说是许裴团队的，问我有没有兴趣聊聊采访的相关事宜。"

颜舒无语："太假了吧！"

"对啊，拿我当傻子呢！这么明显的骗局，谁信！"田思恬轻嗤了一声，果断没有通过好友申请。

对此，颜舒给她比了个大大的赞："果然和我一样聪明。"

"那是！"田思恬得意扬扬地瘫在椅子上，继续刷论坛，刚刷了没几分钟，又倏地一下坐直了身体，不可思议地说，"这谁啊，这么离谱的东西都编出来了！"

正做着垂钓攻略的颜舒疑惑地看过去，田思恬咬牙切齿地把手机递到她面前："你看！"

"忍不住了，上来八个卦。某晚，系花'Y'故意弄丢笔记本，制造偶遇搭讪许裴，还试图索要许裴的联系方式，被果断拒绝。许裴还了笔记本，立马就跑了，还跑得飞快，生怕被她给黏上，那画面就很好笑！"

九楼："呃，就我一个人想知道怎么用笔记本搭讪吗？笔记本丢了，捡起来还了不就行了？难道还能有下文？"

十六楼："九楼妹妹太年轻，这里面学问可太多了。比如第一步，系花可以谎称笔记本上有几页重要的笔记不见了，让许裴帮忙找。第二步，顺理成章提出见面。第三步，趁热打铁，见面变吃饭。"

十七楼："楼上姐妹有点儿东西啊！"

颜舒正抱着学习的态度，不明觉厉地看着这条评论，手机忽地振动了一下。她拿起手机，是许裴发过来的信息："抱歉，我有两页解题笔记找不到了，能看下是否在你笔记本里吗？"

颜舒连忙放下手机，翻出笔记本，里面果然有不属于她的字迹的纸张，大片陌生的公式看得人眼睛生疼。

应该是许裴在车上那会儿写下的，她拍照发过去："是这个吗？"

许裴："是这个。拍照看不清，在宿舍吗？我过来拿。"

看不清吗？颜舒双击放大，仔细盯了几眼，这不是挺清晰的？但她没好意思怀疑许裴的眼神，怕他真跑到女生宿舍，赶紧回了句："还是我带给你吧！你在哪儿，现在方便吗？"

"也行。"许裴言语简洁，而后扔过来一个定位——辉记港式茶餐厅。

颜舒两颗眼珠子缓缓平移到论坛，然后沉默地举着手机，看看帖子，又看看微信对话框，总觉得哪里不太对劲。

这场秋雨酝酿了好几天，今天终于落下来了，又急又猛地打在地面上，气温也跟着直降。

所幸出门的时候，雨势渐小。颜舒换了件长袖 T 恤，撑着把小黑伞，没几分钟就到了许裴发的餐厅。

颜舒拒绝了服务员的领路，顶着大大的鸭舌帽，偷偷摸摸地钻进包间。许裴里面穿了件 T 恤，外面套了件衬衣，端坐在窗边，上下打量了她好几眼："你欠人钱了？"

颜舒收起雨伞，放在桌脚边："钱没欠，笔记倒欠了两张。"她从包里掏出折成方块的两页笔记，递过去。

许裴颔首，伸出两根手指，轻轻往回一带。

颜舒原本想把笔记带到，就赶紧离开，哪知许裴还打开笔记，仔细检查起来。那严谨的样子，仿佛手里捏着的不是笔记，而是两份百亿合同。这么谨慎？颜舒狐疑地看过去——莫非他怀疑自己把笔记调包了？

正想得出神，许裴五指并拢，朝对面位置做了个请的动作，说："可能还需要一点儿时间，坐会儿？"

敲门声响起，服务员送来一杯杧果汁，放到她面前。

许裴适时抬头，盯着杧果汁，露出茫然的表情，过了会儿才想起来："约的人有事先走了，不介意的话，可以帮忙分担一下。"

服务员放饮料的手微顿，神色莫名地抬头看了他一眼。颜舒没注意到她的表情，笑眯眯地说："不介意。"

反正干等着也挺无聊的，这种好事当然不会拒绝，更何况，是杧果汁呢！她从小就爱吃杧果，可嘴皮儿不争气，挨着这玩意儿就过敏。妈妈在世的时候，总把杧果榨成汁，通过吸管吸入嘴中，这样她就不会过敏，还能解馋。

她满足地眯起眼，手随意撑着下巴，想了想，摸出手机查起了资料。

窗外雨声缠缠绵绵，屋内熏香淡淡。坐在长桌两边的两人，一个仔细看笔记，一个散漫地玩手机。

服务员立在门口，肩膀被拍了一下："我看你站了好一会儿了，怎么还不上菜？"

能说画面太美，不忍打扰吗？包房内两人已经抬起了头，她赶紧端菜上去，却见男生皱了皱眉："他点这么多？"

服务员再次疑惑地偷瞄了他一眼。谁？点菜的不就他自己吗？这么一个大帅哥，她绝对不可能记错的！她正混乱着呢，男生的目光从一大桌子菜移到对面，淡淡开口："要不，再帮忙分担点儿？"

婚都已经结了，一起吃个饭而已，颜舒本就没觉得是多大的事，再加上白白胖胖的奶黄包、油而不腻的烧鹅、剔透小巧的烧卖……这一大桌子菜，凑巧都是她喜欢吃的。颜舒不客气地拿起筷子："行，那我就帮你分担点儿。"

许裴折起笔记，余光里看见颜舒抄起一个奶黄包轻咬一口，金黄的糖馅儿从唇边流出，她伸出舌尖卷了卷。

他垂着眼，食指和大拇指夹着雪白的纸张，无意识地轻轻摩挲了两下。电话响起，他划开通话键："喂。"

那边沉默了片刻："裴哥，你在干什么，声音这么……荡漾？"

许裴冷漠："说正事。"

关文强这下觉得正常了，老老实实问："孙老头说给咱们放三天假，准备怎么安排？"

"你这时候打电话来就是问这个？"

关文强清晰地听到了他裴哥语气里浓浓的不满，他莫名其妙地挠挠头："嗯。"

"滴滴滴"三声连响。关文强看着被挂断的电话，陷入沉思。

"你们团队的？"颜舒端着碗准备盛点儿汤。

许裴接过汤碗，"嗯"了一声，把住勺子，替她盛了几小勺，后者神神秘秘地凑过来："说起这个，我提醒你件事儿，你最近小心点儿啊！你不知道吧，现在都有骗子冒充你们的人了。"

许裴盛汤的手微顿。

"别不信，我室友今天就遇到一个。"颜舒嫌弃地"啧啧"两声，"那骗子竟然说是你团队的，还要约采访，你说好不好笑？"

许裴沉默片刻："所以你室友……"

"她当场就拒绝了好友申请啊！谁知道骗子后面有什么花样！你放心，我们这么聪明，不会傻乎乎被骗的。"颜舒说完，还很贴心地替他考虑了一番，"倒是你，想想怎么处理吧！如果需要报案，我们一定尽力配合。"

颜舒感觉自己这话说得挺漂亮的，对方却没什么反应，打量着她的神色好像……还很复杂，过了好一会儿，才十分生硬地来了句："谢谢。"

"不客气。"她回完，见许裴还在盛汤，连忙阻止，"够了，够了，再多就喝不完了。"

一整碗汤稳稳落到她面前，许裴的声音带着些意味不明的怜爱："多喝点儿，补补脑。"

她总觉得许裴的语气哪里不对，但她没工夫瞎想，她真正关心的是别的："对了，你们团队要放假啊？什么时候开始？"

许裴有点儿意外："后天。"

颜舒算了下日期，拿起手机给田思恬发了个信息：姐妹，后天不能陪你逛街了，有急事。

发完后，她眼睛不经意地往门外扫了一眼，然后就顿住了。门外转角处，有几个熟悉的身影。为首的女生举止优雅，面上带着知性体贴的半永久微笑，不是林雪敏是谁。

颜舒心口猛地一跳，要是被这几人发现她和许裴在一块儿，岂不是坐实了她“有心计有手段，费尽心思和许裴共进午餐”的名头？

这几人越走越近，其中一个妹子还转过头往包房这边看了一眼。千钧一发之际，颜舒摁住疯狂乱跳的眼皮儿，飞快起身，“砰”一声关上门。

林雪敏这几天春风得意，一群小师妹到哪儿都捧着她，别提多风光了。她只不过在群里顺口提了句想吃辉记，妹子们立刻安排上了，一路上大家嘴也没闲着，闹个不停。

林雪敏揉揉被吵得头痛的脑袋，笑：“怎么一见面就问我许裴的八卦啊？都说了校刊见，你们学学小优啊！”

她这么一说，大家突然意识到，今天的小优好像格外安静，眼睛直直盯着左边那排包间。

“小优，怎么了？”

小优猛一下回过神：“我刚刚好像看到颜舒了。”

“是吗？”林雪敏四处望了望，露出大大方方的笑容，“在哪儿？咱们正好过去打个招呼。”

小优犹豫了一下，小小声地说：“我看到她，好像……跟许裴在一起。”

嬉笑声戛然而止，大家随着她的视线望过去，只看到一扇紧闭的木门。

一阵沉默后，有人抓住了关键：“小优，你今天戴眼镜没？”

小优愣了愣：“……没。”

“小优经常认错人的，上次看到只小猫，‘喵喵喵’逗了好久，凑近才发现是个木桩，哈哈！”

所有人呼了口气，气氛重新欢快起来。交谈间，几人被服务员领到一个包间。其中一个妹子忍不住怀疑道：“会不会真是他俩啊？”

隔壁传来一声若有似无的咳嗽声——颜舒捂着嘴，憋着嗓子无声地咳了起来。这包房的墙是纸做的吧，什么破隔音效果！

没咳两声，隔壁再次传来妹子们讨论的声音：“想多了，妹妹。你以为许裴这么好约？况且颜舒最近还胖了。”

颜舒僵硬低头，看了眼自己“据说胖了”的身材，抬头，和许裴无声对视了片刻。

“没有吧，她腰那么细！”

“咳，小优你……”到底哪一边的啊！

小优浑然不觉，声音甚至更兴奋了：“真的！颜舒皮肤又软又滑，她还有马甲线！”

颜舒和许裴两人默默对望着。对面男人的视线隐约往下扫了扫，她的腰瞬间烧了起来。不过一瞬，男人便绅士地撇开了目光，伸出筷子，夹起一块烧鹅。

颜舒假装什么也没听到，战术性喝了口杧果汁，只祈求隔壁妹子快住嘴吧。然而祷告似乎没什么效果，小优越说越起劲，最后还拍起了桌：“许裴这都没反应！”

最后这几个大字在狭小的包间里，循环回荡了好几遍。

颜舒感觉自己一度窒息，她眼睛往下移了移。

许裴面上没什么表情，手却很诚实地抖了抖，烧鹅从筷尖落下，咕噜咕噜滚到了桌边，啪叽一下，掉到了衬衣上。洁白的衣角上，两坨油污特别瞩目。

再待下去，跟凌迟有什么差别！

颜舒果断将最后一口杧果汁吸溜干净，抹抹嘴，压低声音：“好像分担得差不多了，先走了。”

“嗯。”许裴淡淡应了声。他扯出两张纸，蹙着眉擦了几下污渍，显然没什么效果。他叹口气，抬头很认真地咨询：“这个怎么处理？”

颜舒挎起小包包，想了想：“我知道一家不错的干洗店，一会儿我……”把地址发你，你拿去洗了就是了。

可她话还没说完呢，就见许裴点点头说了句“也好”，接着三下五除二脱下衬衣，十分自然地递过去：“麻烦你了。”

颜舒抱着衣服走了好半天，一直在深思一个问题——这衣服是怎么到自己手里的？

她脚步一顿，突然想到点儿什么，掏出手机，打开校内论坛。那天帖子里大谈心机之道的层主，已经应广大学子的要求，重新开了个帖子：

“第四步，吃饭的时候，故意往他身上弄点儿污渍，接下来你们懂的，衣服到手，嘿嘿嘿。别嫌套路老，好用就行。姐妹们拿去，不谢。”

颜舒捏紧了还残留着某人温度的衬衣，我不是，我没有，听我解释，真的是衬衣先动的手。

“裴哥，我被拒加了！”关文强一见许裴，就大叫着扑过去，一脸委屈地把手机放到他眼皮子底下，“你看！对方一直没有通过我的好友申请。”

许裴挥开他的爪子，面无表情地往床位走：“我已经知道了。”

“太郁闷了。”关文强巴巴地跟在他身后，愤愤道，“裴哥，新闻部又不只有颜舒，我们找其他人来采！不，咱只需要放出点儿风声，多得是人凑上来，用得着这么憋屈？”

“手机给我。”许裴接过关文强递过来的手机，对着好友申请的框框输入了一行字，发过去。

关文强不忍打击他，以过来人的口吻劝道：“没用的裴哥，我早表明身份了，那边照样不理我，真不知道怎么想的，到底想不想搞新闻啊！”

关文强拿过许裴手里的手机，递给他一个“我说中了吧”的眼神：“看吧……”他话说到一半，目光突然扫到对话框上方：我通过了你的朋友验证请求，现在我们可以开始聊天了！

“裴哥你说啥了，她这么快就通过了？”关文强结结巴巴，竟还产生了种幸福来得太快的不真实感，他紧张道，“那啥，我该给她发什么消息？”

许裴温柔地拍了拍他的肩：“放心，她会主动发消息给你的。”

“啊？”这两天碰壁多次的关文强激动了，“还有这好事儿？”话音刚落，微信提示声便适时响起。关文强佩服地看了许裴一眼，美滋滋地低头一看，高大的身躯顿时僵住。

“你谁啊？有病啊你，不通过就骂人？太没素质了！”

关文强满含怨念地抬头，盯着许裴，目露控诉。

“特殊事件，特殊手段。”许裴努力开解他，“你看，这不是聊上了？妹子还主动搭讪，这波不稳赚？”

关文强被他的厚颜无耻震惊了：“你管这个叫搭讪？！”

“差不多吧，洛必达法则告诉我们，可以通过适当的变形实现等价。”许裴淡定拿起桌上的《黎曼猜想漫谈》，看了眼手表，“孙老头那儿有急事儿找我，先走了，剩下的你搞定吧，加油。”

关文强露出看透一切的眼神，冷笑着关上门：“不好意思，今天放假，老孙一大早就往秋色湖钓鱼去了。”

凌晨四点，天还没亮，孙孝元就驱车到了秋色湖边。他把车停到老地方，拎着工具，熟练地穿过羊肠小路，迫不及待地往秋色湖西边走。

前天才下了场秋雨，今天放晴气温回升，正是钓鱼的好时机。这个地方，他已经来踩过点了，绝对有大鱼。他得趁现在没人，赶紧占领这个绝佳位置。

孙孝元正想得激动，拐过最后一个小路口，却突然顿在了原地，绝佳位置被人……占了。

谁啊！凌晨四点不好好在家睡觉，跑这儿来喂蚊子，太丧心病狂了！吐槽归吐槽，更多的却是钓友间的惺惺相惜，还没惜够两秒钟，他忽地皱起了眉。背影看着，怎么是个小姑娘？

小姑娘手里握着鱼竿，悠闲地坐在小椅子上，看到他过来，笑眯眯地冲他点头示意。孙孝元的好心情一扫而空。好好一小姑娘，跑这儿来凑什么热闹！看她娇滴滴那样儿，懂钓鱼才怪，到时候咋咋呼呼把他的鱼给吓跑了，他回去怎么跟老婆交代？

孙孝元闷着一张老脸，沉默地做饵料、放漂、换钩线，麻溜儿做完准备工作，把鱼线抛进水里，观望了一阵儿，确定没什么失误，才安心地坐了下来。

一系列动作之后，他突然想起，旁边的小姑娘是不是过分安静了？没有他想象中的咋呼，反而如同老僧入定般坐在旁边，都不带动一下的。

孙孝元脸色好看了点儿，等鱼上钩的工夫，朝她身旁的空篓子望了眼，心中不屑。果然是个不懂钓鱼的，不出意外的话，她今天注定要空手而归。

唉，可惜了那个好位置。行吧，就给她上一课，让她见识一下什么是真正的钓鱼。

这么想着，鱼竿立马很给面儿地动了动。孙孝元眼睛一眯，双手把住鱼竿，向上一拉，一条活蹦乱跳的鱼儿便被扯出了水面。

孙孝元把鱼拎起来一看，这个头是不是太小了点儿？但没关系，时间还早，旁边小姑娘比他先钓这么久，到现在还没开张呢！孙孝元把鱼扔进篓子里，有点儿得意地往小姑娘那边扫了一眼，语重心长地说："钓鱼嘛，就是得沉得住气。"

说完，他气定神闲地把手背向身后，想着这小姑娘看着也还算顺眼，要是她虚心请教自己，那指点她几句也不是不可以。

等了好几秒，没等来她的虚心请教，反而见她笑眯眯地点点头："沉得住气是好事，但老爷子您的线不够长，漂得往上来点儿。"

孙孝元不可思议地瞪了瞪眼，这是在教他做事？他一口气差点儿没噎到嗓子眼儿里，气鼓鼓地吹了吹半白的胡子，立志要教这姑娘做人。

三个小时后，孙孝元擦了擦汗，默默看向自己的篓子，偌大的鱼篓子里，只有最开始那条小得可怜的鲫鱼摆了摆尾。

或许这湖里根本没什么鱼！对，肯定是这样！

"哎呀，钓了条大的。"脆生生的声音仿若在拆台。

孙孝元嘴角抽了抽，现在的小姑娘啊，就会说大话！他皱着眉，质疑地转过头，就看到那姑娘铆足了劲儿拉起她那芭比粉满钻鱼竿。

紧接着，一尾大草鱼顺着鱼钩扑腾到岸边，活力十足地在水面上翻出一个巨大的水花。

好巧不巧，水花精准地溅到了他的脸上，混着鱼腥气的水滴，顺着脸颊缓慢流进他的嘴角。

小姑娘挑眉："不好意思，老爷子，鱼太大了，没拉住。"

这到底是是挑衅还是道歉？孙孝元气得嘴皮子直抖，好半天才从鼻子里冒出个冷哼。运气而已，得意什么啊！就不信她还能钓到！

半个小时后，孙孝元张大了嘴，眼睁睁看着隔壁乐呵呵地拉起第二条鱼、第三条鱼、第四条鱼……

短短几个小时，她原本空荡荡的鱼篓子都快装不下了，反观孙孝元，顶着烈日暴汗如雨。

鱼篓子里，还是只有那条小得可怜的鲫鱼孤寂地游来游去。孙孝元正怀疑人生呢，小姑娘开口了："哎哟，老爷子，快帮我一把，这条太大了，我拉不起来！"

听听，这叫什么话啊！孙孝元手捂着胸口，瞪着双老眼，身体却很诚实地跑过去帮小姑娘拉鱼。两个人使了好大劲儿，终于把鱼捞上了岸。

"谢谢您了。"小姑娘道完谢，回头非常炫耀地摊手，"这条鱼也太大了吧！您说我钓这么多，怎么吃得完啊！啧啧啧。"

她愁眉苦脸感叹完，拖着一箱子大鱼，拍拍手："收工。"

孙孝元看不到自己现在的表情，但他知道他盯着鱼的眼睛一定非常红，他想起关文强形容许裴的一句话——可恶，被她装到了！

他绷着张老脸，想说点儿什么找回些面子，小姑娘却笑嘻嘻道："哎，有鱼上钩了。"

她已经收杆，上的只能是自己的钩。孙孝元转过头，果然，大半天没啥动静的鱼线此刻轻微地往下沉了沉，他心头一喜，连忙就要扬竿。

"等会儿。"

孙孝元不解："等什么，不是已经上钩了？"

"时机还没到。"姑娘笑嘻嘻地把他的话原封不动还了回去，"钓鱼嘛，就是得沉得住气。"

孙孝元脸涨得通红，凶巴巴地问："好、好了没？"

"再等几秒，我叫你起就起。"

孙孝元紧张地竖起耳朵，好不容易听到一声"起竿"，立马铆足了劲，使劲拉拽鱼竿。

两分钟后，他高兴地提着刚钓上来的大鱼，美滋滋地左翻翻、右看看，欣赏了好一会儿才板起瘦削的老脸，不自在地干咳一声："你刚才说、说我那漂怎么了？"

"您看，今天气温这么高，鱼都跑底下躲凉去了，您的线得放长点儿，4.5 米差不多。"

"想钓草鱼，那您就得先好好打窝，刚开始钓不上来不着急，窝打好了鱼一群群来，还都是这么大的。"

"您用糯玉米粒混点儿我这种窝料，回头我把链接发您……"

夕阳下，一老一小两个人，蹲在秋色湖边上，叽里咕噜比画着。

孙孝元此刻彻底扔掉教授包袱，边频频点头，嘴里应着“是是是”，边暗自懊恼地叹口气，该带本笔记本出来的，失策了。

这几天，澜大校内论坛并不平静。有人在论坛里放出风声，新闻部林雪敏不负大家所托，已经拿到了关于许裴的第一手资料，就等着三天后在校刊重磅登出。

接连几天的爆料预热，将澜大学子的期待值拉到了最高，甚至有人迫不及待地改口，称林雪敏为新一届颜值和实力并存的女神。

与此同时，有人发出来一张颜舒的近照。照片里，颜舒穿着宽松的长衣长裤，左手拎着个大钓箱，右手举着钓鱼竿，拖着疲惫的步伐神色匆匆往校门口走。

“不就丢了个版面嘛，颜舒怎么把自己搞得这么惨？皮肤晒黑了不止一个度吧？”

“同意，空有其表而已，还是林雪敏这样的实力美人更得我心。”

田思恬这几天一打开论坛，总会在首页看到两三个类似的帖子，拉踩有之，同情有之，幸灾乐祸亦有之。田思恬瞟了一眼正仔细擦着鱼竿的颜舒，恨铁不成钢地叹口气：“明天就是截稿日期了，你怎么就不着急啊？”也不看看别人给她编派成什么样了！

颜舒一脸莫名：“我这不挺着急的？”

“着急什么？钓鱼？”田思恬不能理解。

颜舒把鱼竿放进盒子里，慢悠悠地拉上外盒拉链，往柜子里一放：“今天不钓鱼。”

田思恬不懂，今天不钓鱼怎么还得意上了？颜舒神神秘秘地吐出两个字：“钓人。”

电话铃声打断了两人的谈话，颜舒低头，眼睛顿时就亮了，她开心地比了个口型：“钓到啦！”

颜舒清了清嗓子，按下接通键：“哎！老爷子……今天来不了……今天学校有个采访必须要完成……哪有这么简单，我人都没约上呢……啊……对，澜大新闻部……”

孙孝元中气十足的声音从电话那头传过来：“还约什么人，你直接采访我不就行了！”

颜舒很做作地惊呼一声：“啊？”

“怎么，我孙孝元不配给你采访？一个小时够不够？”

颜舒喜笑颜开：“够！”

孙孝元火急火燎道：“一个小时后，在我办公室见，把鱼竿带上啊，抓紧时间，采完咱们直接去秋色湖。”

田思恬直接表演一个目瞪口呆：“刚刚……刚刚给你打电话的是孙、孙教授？”

那个传说中刻板、古怪、不好惹的数学系教授——许裴团队的指导教练？

“对，他现在有一个新身份了。”颜舒愉悦地挑挑眉，“我一个小时后的采访对象。”

田思恬沉默了将近一分钟，然后深深吸了口气。

四十分钟后，颜舒看了眼镜中精心收拾后光彩照人的自己，带上粉色猪猪笔、笔记本、录音笔，当然还有她精心准备的各种问题，准备出发前往 C 教学楼。

一阵急促的脚步声由远及近，田思恬捂着电话，立到颜舒面前。

“怎么了，这是？”

“颜颜，你还记得那个人吗？就是冒充许裴团队那人。”

“噢，骗子啊！”

“不是骗子。”田思恬神色复杂，有点儿怀疑人生，“他真的是许裴团队的师兄。”

传说中，谢绝任何媒体的许裴团队核心成员，应用数学与计科系双修，一星期前和许裴并肩作战，拿下大学生数学建模竞赛金奖的关文强师兄。

“关师兄打电话过来，说、说想约你做个，”她闭了闭眼，竭尽全力控制住怦怦乱跳的小心脏，才颤着嗓子吐出最后四个字，“独家访谈！”

关文强小心翼翼地打开衣柜，取出一件熨烫得整整齐齐的衬衣换上，这是他站在 MCM（数学建模竞赛）领奖台上穿的那件。

抹发蜡，搞造型，喷香水……三部曲之后，他对着镜子摆了个自认为很帅的动作，怀着激动的心情转身。

两米外，许裴打扮得光鲜亮丽，下巴对着他点了点："走吧。"

关文强愣了一下："裴哥你也要出门？"

"嗯。"

"干什么去？"

许裴意外地扬起眉："不是要接受采访？"

关文强的手指在两人中间微妙地比画了一下："裴哥，你的意思，是要和我一起接受采访？"

"有意见？"许裴淡声。

关文强默默把自己的震惊咽了下去："没意见。"可能吗？许裴要是去了，谁还理他啊！

关文强原本容光焕发的脸，一秒黯淡了下去，只余头上的发蜡锃亮如初。看着许裴已经走到门口的背影，他委委屈屈地拿出手机："行吧，我跟田思恬说一声，让她提前准备些问题。"

许裴脚步顿了顿，他提取出关键词汇："田思恬？"

"对啊，颜舒今天要采访老孙，时间上有冲突，就让她室友田思恬过来代采。"说着，关文强又觉得挺匪夷所思的，"这事儿咋这么玄乎呢！老孙什么人哪，倔起来跟头驴似的，天王老子的账都不买。你说他怎么就突然开窍，接受颜舒的采访了呢？"

回答他的是一片寂静，以及室友逐渐远去的背影。关文强把宿舍门一关，追上去："等等我啊，裴哥！"

"等你做什么？"

关文强有点儿莫名其妙："一起做采访啊！"

许裴也露出迷茫的神情："我说过要和你一起，做采访？"

"你是没说过这句话，可你刚才不就这意思吗？"

许裴拍了拍他的肩，体贴道："强哥，你的个人采访，我怎么会跟过去，我是那种没眼力见儿的人吗？"

关文强有点儿感动："好兄弟！"同时，他又有点儿疑惑，"那你怎么还要出门？"

许裴往教学楼方向迈步："我那本《黎曼猜想漫谈》忘老孙那儿了，得去拿回来。"

关文强"噢"了一声，和他往相反的方向走去，没走两步，突然想起一件事——那本书，不就在宿舍吗？他出门前还见过呢！

许裴站在孙孝元办公室门外，门是虚掩着的，从手掌宽的门缝里，能清楚地看到里面的情形。

颜舒坐在孙教授对面，认真聆听他的回答，时不时眉眼弯弯地点头附和两句，对面的孙老头虽习惯性地绷着老脸，眼神却比盯着他们几个小子时柔和许多。

许裴习以为常。她从小就这样，总能轻而易举地得到长辈们的喜爱。她那一套组合拳打下来，别说孙教授了，就连他家老爷子那么古怪的老头都招架不住。

记得有一年秋天，她被接回城里上幼儿园，裴老爷子那几天脾气越发的大，正吃着饭，却突然发起火来："这饭怎么这么难吃！"下一句却是，"你去问问老颜，他家那小胖丫头，什么时候回来闹腾啊？"

许裴抬手，轻敲两下门，听到孙老头说了声"请进"后，推门而入。

颜舒转过头，愣神地看着许裴从门外走进来。孙孝元也望过去，带着同样的疑惑："今天不是放假吗？"

许裴应道："有本书忘您这儿了。"

孙孝元指指身后的书架："我这儿正忙着，你自己找。"又朝颜舒挥挥手，"咱们继续。"采访完还要去钓鱼呢！

颜舒重新点开录音笔："据说今年大学生数学建模竞赛题目难度非常高，尤其是咱们团队选中的题，被大家戏称为史诗级地狱模式，还有知名选手表示这套题根本不是五天比赛时间能完成的。请问孙教授，对此说法，团队有怎样的评价？"

许裴站在对面书架前，背对着她，两条被黑裤包裹住的长腿极有存在感地占据了她的视线。颜舒垂下眼，尽量把这双腿想象成两根黑木，十分专业地抛出了自己的问题。

孙孝元："今年的题是比较……""刺啦"一声响动从背后传来，夹杂着许裴的声音："抱歉。"

孙孝元思路被打断，蹙着眉头思索片刻：“今年的题是相对较难，但是……”

又是“哐当”一声，书架上的笔掉落了两支，孙孝元眼睛一瞪：“你、你、你……”许裴弯腰去捡：“不好意思。”

孙孝元忍住蹭蹭上涨的怒火，揉了揉太阳穴：“我刚才说什么来着？许裴！”

许裴不明所以地看向他，孙孝元想了好半天，还是什么也没想起来，为了绷住脸面，他干瘦的手指指向许裴：“你，你来答！”

“我？”

“这里还有谁！”

许裴把刚抽出来的书本重新放进去，手肘架在书桌上。“今年的题相对较难，但对于我们团队来说，一般。”他回忆几秒，伸出五根手指，又收回去一根，淡淡道，“四小时足够搞定。”

这是要气死那群五天都解不出两道的？她低头认真记录好，开始下一个问题：“我们也知道，团队今年成功拿到数学建模竞赛金奖，孙教授对此有什么想说的？”

孙孝元刚开头说“我们”两个字，就再次被许裴弄出的动静打断。孙孝元“我们”了半天愣是没想起下个字要说什么，他忍不住拍桌：“那你来！”

许裴很自然地接上他的话：“我们当之无愧。”

颜舒现在开始思考一个问题，她采访的究竟是谁？孙教授显然也意识到了这个问题，他叹了口气：“你来，我去歇会儿。”他需要吸口氧，顺便缓缓脑子。

许裴蹙起眉：“不好吧，孙教授。”

孙孝元坐到沙发上，吹着胡子冷笑：“不好吗？我看你答得挺快的。”

“行吧。”许裴勉为其难地叹口气，神色不悦地看了眼腕间的手表，淡漠的眼眸扫向颜舒，“但我只能给你四十分钟。”

“四十分钟？”孙孝元不满地瞪大眼，差点儿没从沙发上跳起来。颜舒也欲言又止地看着他。

许裴不明显地弯了弯唇，抬头时换上一副头疼的表情：“不够？那再……”

“你很闲吗？”孙孝元不悦地打断他，想到这人竟妄想占用他的钓鱼时间，肺都快气炸了，嫌弃地吼道，“我们忙着呢，采访时间就剩二十分钟了。”爱采不采！

许裴的视线缓缓转移到对面女孩身上，看得颜舒“娇”躯一震。

她虽然很馋许裴的采访，但采访内容已经很够了，还得顾忌孙教授这小老头的情绪，只得硬着头皮干咳两声：“……啊，对。”

许裴沉默了。

孙老头看了眼手表，冷酷无情地报时：“现在还剩十九分钟。”

事实上，颜舒事先准备的问题已经基本问完，她脑子飞速运转之后，有条不紊地提出了几个针对许裴的问题，也都得到了令她满意的答案。

采访时间一到，孙老头火速从沙发上弹跳起来，火急火燎地跑去了杂物室。

留下两个小年轻在办公室，大眼瞪小眼。颜舒拿起录音笔往包里放，今天这段采访的价值如何，她再清楚不过，便抬头笑了笑：“今天谢谢你了。”

许裴坐在采访椅上，长腿随意交叠，淡笑了一下：“凑巧而已。”他起身准备离开，瞥到衬衣衣角，突然想起件事：“我是不是有件衬衣在你那儿？”

颜舒也想起了这回事：“在西源超市洗衣店，要不……”要不我给你二维码，你自己去取？

许裴往门口走，勉为其难地颔首：“行吧，那我跟你一起。”

颜舒：她是这么个意思？

许裴背对着她，默不作声地轻笑了下，刚走出几步，就见取完钓具的孙老头从门口闪过。

孙老头声音急切，对着颜舒招手：“走走走，赶快。”

许裴目光下移到他手里一大坨工具上，心里顿时有种不妙的预感：“你们有事儿？”

“当然有事儿啊，还是天大的事儿！颜舒今天可是一早就答应了，要陪我钓鱼。”孙孝元喜不自禁地炫耀完，才注意到面前的许裴，立马皱起眉不悦地说，“你小子怎么还在这儿？”

见他不语，孙孝元警惕起来：“莫非你想跟我抢人？”

许裴抿着唇，片刻才吐出一个字：“没。”

“那你挡在门口干什么？”孙老头略微嫌弃地说，顺便一把推开横在他和小姑娘中间的许裴，“起开，别耽误我们钓鱼的时间！”

说完，孙老头抓起颜舒身旁的钓具，迈着矫健的步伐冲向走廊：“快跟上，来不及了。”

“来了来了！”里屋的女孩子嘴里应着，匆匆从许裴面前跑过。

孙老头操心得像个老妈子：“今儿太阳烈，把伞准备好。”

“噢。”

一老一少咕叽说着话，完全没心思搭理某个立在门口黑脸的男人。两个身影跟两道旋风似的，消失在走廊拐角，许裴的衣角被带起又飘落下，空留一身萧条孤寂。

第二章 青梅竹马

“你是说，你上午采访孙教授的时候，顺便把许裴给一起……采了？”田思恬努力让自己尽量淡定，音量却不自觉地拔高了许多。

颜舒刚整理好粉粉嫩嫩的钓具，从小抽屉里抽了片面膜敷上，坐在电脑前，嗔了她一眼：“你这用词怎么这么怪，说得我好像采花那什么似的。还有，你要是再大点儿声，估计整栋楼都听见了。”

“颜颜，你打我一下，我想看看我是不是在做梦……”

颜舒已经戴好眼镜，坐在电脑前，噼里啪啦打下两行字：“别耍宝了，姐妹。我今晚别说做梦了，就连能不能睡上觉还两说呢！”她食指弯曲，在手机屏幕的时间表上点了点，叹息着：“明早七点前，得交稿。”

颜舒这里赶着稿，手机却一刻也不消停，一直振个不停。稿子告一段落，她取了牙刷去阳台，顺便拿起振动的手机看了两眼。

微信界面上是大红的“99+”，其中绝大部分来自室友群，群里又大部分是“啊啊啊！颜颜好厉害”等无效信息。中途大约是喊累了，话题逐渐歪向吐槽类。

她们宿舍一共四人，黄仁仁和赵咪比她和田思恬高一个年级，目前大三，上个月被推荐到一档选秀节目做见习生。两人日常吐槽工作累、事情杂、不是人干事云云，偶尔冒两句选秀练习生的八卦。

做个人吧：对了，有个妹子长得还不错，是咱学校的大一新生，叫什么来着……

做小猫咪不好吗：舒柔儿？

颜舒正在刷牙的手顿了顿，她垂下眼，盯着这个名字，片刻才取出牙刷，吐出白白的泡沫。

翌日，林雪敏和小姐妹一起，说着笑着往新闻部办公室走去。

“林师姐的稿子已经定了吧？”

一个妹子赶紧举手：“我要第一个看！”

“我也要，我也要！”

林雪敏笑了笑：“那行吧，我带你们过去，但你们要悄悄的。主刊要求很严，不能提前泄稿。”

大家欢呼雀跃，连声保证。突然，有人看到转角处一个高瘦的身影：“那不是颜舒嘛，她的脸色看上去不太好。”

“今天定稿，她今天脸色能好才怪，我要是她就不来了。”

大家交换了一个心照不宣的眼神，抿嘴偷笑两下。

只有小优一个人孤独地站在小姐妹们中间，日常怀疑自己，是她眼睛瞎了吗？虽然颜舒看起来有点儿疲惫，但脸色还挺好的呀！白白嫩嫩的脸蛋，透着一丁点儿粉……吸溜。

大概是没休息好，颜舒懒洋洋地打了个哈欠，微红的眼尾泛出细碎的泪光。

小优的脑子顿时嗡了声。林雪敏顺着目光看了过去，在颜舒两颗巨大的黑眼圈处停留两秒，关切地迎上去：“颜舒，你看上去心情不好，要不要我帮你请个假，你回去休息一下？”

颜舒没打算搭理她，她这几天陪孙老头钓鱼，体力严重透支，昨晚又赶稿到凌晨五点，今天困得不行，只想窝在宿舍好好睡一场，却被秦部长的电话催得不得不打起精神过来一趟。

没想到更倒霉的是，在这儿遇到了林雪敏。

林雪敏上下打量了她一眼，笑道：“你别这么沮丧，这次拿不到主刊版面下次再上！要不要我去跟秦师兄说说，让他给你个副刊？”

“副刊？”颜舒回头看向她，“你指的是夹在告白墙和校外兼职信息里的那种副刊？”

校刊主刊专门报道校园综合新闻，含金量很高，是她们这些记者的主要战场。而副刊里，各类广告、段子，杂七杂八什么都有。把有独立版面记者的稿子扔去副刊，比拒稿还丢脸。

林雪敏挑眉："不都是校刊嘛，分这么清楚干什么。你花了这么大功夫写的稿子，要是出不了，不就太可惜了？你总不想浪费吧？"

她说完，两人已经到了三楼。林雪敏转头，下巴微扬，露出一个笃定的笑容，伸手推开门，笑着问审核："怎么样？定稿了吗？"

几名审核都愣了愣，其中一个黄头发男生挠挠头："定了。"

林雪敏语气随意地吩咐："小优，帮我倒杯水，谢谢。"边说边往里走，故作好奇地问道，"哦？定了谁的稿？我的，还是颜舒的？"

黄头发看着她，欲言又止。

咚！咚！敲门声打破了房间里的微妙气氛。

林雪敏转头，看见来者愣了一下："马老师？"

马老师是校刊主编。澜大校风开放，校刊主编老师一般就挂个名，不太干涉学生选题审核，实际工作一般都是新闻部部长负责，除非发生重大事件。

林雪敏迎上去："马老师，您怎么来了？"

这位马老师人如其名，长着一张老长的马脸，不笑时有几分唬人，学生们都有点儿怵他。

今天，他脸上却一直带着笑："你们这些小年轻，搞出这么大的动静，我不过来一趟像话吗？"

林雪敏一愣："您的意思是？"

"这期版面的采访稿，我看过了。很好，特别好！"马老师毫不掩饰自己的欣赏，目光和善地环视一周，"哪位同学写的？"

林雪敏眼睛亮了亮，身后一众姐妹激动了，七手八脚地推她："是她，是她，是林师姐写的！"

林雪敏故作镇定，上前一步，展示出大方得体的笑容："是我，马老师。"

她从小优手里接过水，殷勤地递给马老师，却没想到对方笑容可掬地问道："你就是颜舒？"

空气安静了一秒，紧接着，啪的一声，纸杯落地，溅起一地脏污的水花。

会议室内，林雪敏盯着手机上的消息出神：“林师姐，我打听到了，颜舒采访到了许裴团队的关文强师兄！”

耳边是马老师侃侃而谈的声音：“颜舒，返稿意见是我标注的，已经发你邮箱了，你修改后发给许裴团队确认，没问题的话，这期主刊版面就全部交给你了。”

林雪敏掐了掐掌心：“马老师。”

会议室所有人都看向了她，林雪敏调整出一个微笑：“马老师，颜舒毕竟只采访了关文强师兄一个人，会不会撑不起全版面啊？不如……”

话未说完，就被马老师打断了：“谁跟你说她只采访了关文强？”

“什么？！”

马老师指着颜舒说道：“人家采访的是包括孙教授和许裴在内的核心团队！”

会议室安静得几乎落针可闻，林雪敏脑袋嗡嗡作响，好半天才反应过来马老师说的什么。

她当机立断，准备退而求其次。

“真的吗？那恭喜你了，颜舒。”林雪敏微笑着看向马老师，“马老师，颜舒是我看着成长起来的师妹，她能拿到全版面我很为她开心，但从新闻的可读性来说，如果我们两篇稿同时登出，会不会更全面，也更精彩？”

马老师抬头看她：“哦，你的是什么稿子？”

林雪敏笑容微僵，连忙把自己的稿递过去。马老师接过，低头扫了两眼。

林雪敏：“我这篇也是写许裴……”

马老师摆手打断她，指着稿子标题上的“青梅竹马”四个字：“你怎么想的？这种花边新闻也上得了校刊？”

林雪敏努力维持着笑容：“马老师，您不知道，舒柔儿不仅仅是许裴的青梅竹马，还是天马公司的签约艺人，现在在参加《新生代，加油》选秀，人气很高的，微博粉丝已经两百多万了。”

马老师是个老古板，听到这儿眉头越皱越高：“再红也是个选秀艺人，能和数学建模竞赛金奖的许裴团队相比？这样的人放主刊合适吗？”

他声音渐高，脸拉得老长，显然已经很不悦了。一时间，会议室众人谁也不敢吭声，林雪敏那群小姐妹更是连脸都羞于抬起。

颜舒撑着下巴，懒洋洋地看了半天笑话，直到这会儿才眉眼弯弯地开口：“林师姐是我最敬佩的师姐，她花了这么大功夫写的稿子，结果上不了，我觉得太可惜了。”

马老师点点头：“行，那就上副刊吧！”

颜舒抬眼看向林雪敏：“恭喜你，林师姐，稿子总算没浪费。”

林雪敏咬着牙，还想挣扎：“马老……”

马老师语重心长地教育她：“你还是颜舒的师姐，以后少做这种没有价值的花边新闻，要多向你师妹学习。”

林雪敏掐住手心，用力挤出一个笑容：“好的。”

田思恬一路上都低着头，开心地在姐妹群里进行实况转播，绘声绘色地描述了一大通，直到进了宿舍，才意犹未尽地放下手机，跑去阳台收衣服了。

颜舒准备换睡衣，上床睡一觉，田思恬挥着一条小丝巾，从阳台噔噔跑过来：“颜颜，你丝巾忘收了。”

颜舒有气无力：“甜甜，帮我放衣柜里，谢谢。”

田思恬应了声，打开她的衣柜：“颜颜，你状态不对啊？”

颜舒哼了声：“可能没休息好吧，没什么力气。”

“是不是生理期要到了？”

“应该不是，没这么快。”

“也是，你还在我后面。”田思恬把丝巾挂进颜舒的衣柜里，突然不说话了。过了几秒，她神色复杂地回过头：“颜颜，你这……”

颜舒慢吞吞地解扣子：“怎么？”

颜舒顺着田思恬的视线看过去，然后，那是她之前抽空取回来的白衬衣，此刻在衣柜里规矩地挂着。宽松，还有点儿大的男士衬衣，夹杂在各种剪裁修身的连衣裙里，显出几分隐约的旖旎。

“啪叽”一声，颜舒走上前淡定地关上了衣柜门，并假装无事发生地打了个战术哈欠。刚好手机振动声适时响起，她低头一看。

许裴：衬衣现在还吗？

颜舒打起精神，把衬衣小心翼翼装好，鬼鬼祟祟地出了门。

约好见面的地方，离学校有点儿距离，颜舒打了个车过去，抬头看了一眼咖啡馆的招牌，推门而入。

许裴背对着她，在吧台点喝的。“冰美式，不加糖。”他听到动静后转过身，问，“你呢？”

这两天天气转凉，他套了件清爽的棉质外套，黑色长裤裹着两条存在感明显的长腿，倚在吧台看她。

“热巧克力。”颜舒上前，看了眼菜单，“咦，还有小鱼干呢！”

许裴：“这家的特色小零食，要一份吗？”

“要！”小鱼干炸得酥脆，金灿灿的，像座小山似的，堆在竹编的漂亮小筐子里。颜舒捏起一条，尝了尝，顿时被香到眯起眼。不好意思一个人独享美食，她伸出一根指头，把小筐子往对面男人那儿推了推。

“吃吗？”

“不吃。”

“很好吃的。”颜舒尝试推荐。

许裴倚在窗边，低头慢条斯理地翻了页书，意有所指地抬眼睨她：“我这几天在孙教授家，吃够了。”

这几天，是钓了不少鱼。她在学校不方便存放，全都给孙老头了。听孙老头讲，他老婆把许裴哥儿几个拉过去，顿顿做鱼给他们吃。她依稀记得，小时候的许裴，是不爱吃鱼的，嫌吐鱼刺耽误他算题的速度。

许裴那时候不爱说话，跟个锯嘴葫芦似的，这事原本大家不知道，她家老爷子每次钓了鱼，都乐呵呵地给许裴爷爷家送过去。直到有次在河边碰到了拎个小桶放生的小许裴……

许裴端起咖啡杯，饮了一小口：“颜老爷子现在还爱钓鱼？”

“那可不。”提到自家老爷子，颜舒的目光顿时变得柔软，含着笑意，“天天跑出去钓鱼，估计有些老鱼都认得他了。”

许裴笑了笑：“怪不得你技术这么好。”

“那是，回家天天都得操练。”

“还是在柳长河里钓？”

颜舒有些意外：“你还记得柳长河？”

许裴看着她，鼻间很轻地“嗯”了声。

他爷爷和颜老爷子同乡出身，又是难得的知音好友，晚年一起回山上选地修房，两家宅子门对门。宅子侧面的山脚下，有一条横穿的蜿蜒小河，就是柳长河。

颜老爷子爱钓鱼，每天清晨拎着渔具，慢悠悠地往河边走，身后跟着只粉嫩嫩的小尾巴。

许裴的房间朝着河边，早上一推开窗，准能看见一老一少两个身影。

小姑娘有时撅起屁股在石头缝里掏螃蟹，有时脱了鞋子在浅水滩里踩水玩，有时跷着脚丫儿举着长长的鱼竿，学着她外公的样子假模假样地钓鱼。还有的时候，她会抬起头，双手比个大喇叭，奶声奶气地大吼：“许裴哥哥早上好！”

她吼的时候，整个小小的身体都在用力，两根羊角辫在搭肩上。许裴往往会面无表情地扫她一眼，砰的一声关上窗。

他那时候可真烦她，整片山林，就数她最吵，不仅吵，还特别缠人。只要碰见他，颜舒总会弯着两只亮晶晶的眼睛，飞快地朝他扑来，两条小短腿儿一蹬，整个人一气呵成地挂在他身上，理直气壮地指挥他跑来跑去。

“将士们听令，娇娇将军要出发了！”

“许裴哥哥，冲呀！”

她小名叫娇娇，却是他见过最不娇的小姑娘，皮得跟个猴儿似的。

他每天最期盼的事，就是这只猴儿什么时候搬回城里去，最好永远不要回来。

有段时间，她真的被送走了。隔壁新住进来了个小姑娘，文静乖巧，从来不敢大声跟他说话。世界清净了，可他却并没有很开心。

在某个清晨，他终于敲开颜老爷子的大门，踌躇了半天，才问道：“颜爷爷，娇娇什么时候回来？”

姑娘软糯的声音将他拉扯回现实：“你好多年没回去了，真记得啊？”

许裴垂着眼，翻过一页书：“大概吧。”

颜舒觉得有点儿罪恶，她于晚上八点，喝了杯热量特别高的热巧克力，吃了一大堆小鱼干，肚子撑得圆滚滚的。

不只这回，上回也这样，上上回也这样……

为什么每次和许裴见面，嘴巴都忍不住要犯罪呢？为避免继续犯罪，颜舒当机立断，马上起身走出咖啡馆，顺便把装着衬衣的手提袋递给许裴："给你，洗干净了。"

许裴没有接。

她不明所以地看过去，却刚好瞄到他微泛出胭色的耳朵尖。男人伸手，却并没接过，只用手指抵住袋身，一点点推回她面前。

不要了？

见她还没反应过来，许裴神色复杂地张了张嘴："你……算了。"

他撇过头，果断伸手，大手箍住她的手腕，将她拽到墙角。

颜舒被迫退后几步，背一下子靠住冰凉的墙壁，一脸蒙地看他打开口袋，取出衬衣。

许裴弯腰，靠近她，大手从她背后绕过，绵软的白衬衣缠上她的腰，男人揪住两只衣袖，手指翻转几下，衣袖在腰间打了个结。

衬衣衣摆垂下，刚好遮住她的腿根，许裴吐出口气："将就着吧。"

颜舒心中有了一个不好的猜测，不会是她想的那样吧？下一秒，身下一阵热流。

接下来的几天，颜舒都在想一个问题：为什么生理期要提前这么多天来？

她一想起当晚许裴那个复杂的眼神，就忍不住脚趾抓地，太丢脸了。颜舒鸵鸟似的，把头埋进课桌。

这节是公共课，教室里好些都是其他系的同学，她埋着头，耳边传来同学们的议论声：

"啊！你买校刊了？听说这次有林师姐的采访！"

"这期有个这么大的报道，颜舒把许裴团队都请到了，谁还要看林师姐那点花边新闻啊！"

"哎！找到了，林师姐的报道在这儿。"

"副刊啊，太丢脸了吧！之前还在论坛造那么大的势，难怪我听他们班师兄说几天都没见着她人了……"

当天下午，校刊就卖到断货。这一系列的戏剧性反转被大家津津乐道，论坛上出现了大量相关帖。

人气最高的一帖是“不吹不黑，从专业角度探讨林雪敏和颜舒两篇稿子的差距”。

原楼主长篇大论，洋洋洒洒几千字，从提问的能力，到文字功底、语言逻辑、分析能力，再到细节处理、语言张力，都有理有据地得出了颜舒吊打林雪敏的结论。最后，她指出：

“从颜舒的采访稿中，我们不难看出她的立意，也可以毫不费力地提取出数学建模竞赛金奖的各方面价值和数学学科的内在联系，最后打破读者的固有思维，给了大家无限思考的空间。

——数学追求的究竟是什么，是最不可思议的浪漫，还是最怀真抱素的务实？

——数学是通往星辰大海的密钥，还是脚下土地的未来？

——数学是科学，还是哲学？

诚然，她的数据来自澜大最顶尖的数学团队——许裴团队，可思考方式和提问格局却是她自己的。换个人去采访这三位，真不一定能出这么高质量的采访稿。

反观林雪敏，从标题‘青梅竹马’四个字开始，就充满了花边新闻的低俗感，完全没有深度的问题和回答，让我感觉看了个寂寞，最后只记住了一件事——许裴喜欢吃鱼。

这种稿子，安排在满是‘告白墙’和‘失物认领’的副刊，不要太合适。

以上，欢迎来辩。”

此帖一出，引发了澜大学子的热烈讨论。大家正讨论得欢快，首页突然出现了一段视频。

视频拍摄的是女生手上的戒指，重点却不在戒指，而是背后咖啡馆门口一高一矮两个身影。

女生手里拿着一个外观精致的手提袋，含情脉脉地递到男生面前，男生沉默了片刻，并没有接下，直接把手提袋推回到女生面前。

最后一秒，两人抬头，咖啡馆灯光刚好亮起，映出两人的面容，女生是颜舒，男生是许裴。

主楼标题："啊啊啊！看我拍到了什么！系花含情脉脉地给许裴送礼物表白，被许裴当众拒绝！当众拒绝啊！"

田思恬握紧了拳头："这些人也太能编了吧！什么含情脉脉，看不出来你眼睛就长这样吗？就算对面是一条狗，你也是这眼神儿啊！"

颜舒正泡着养生脚，对镜仔细敷面膜，顺口回答："是是是。"

"你敷衍我？"

这么明显吗？别人怎么看她，颜舒其实并不太在意，她只希望这些人别再扒她和许裴了，不然离婚的时候很难收场。

"不对啊！"田思恬突然喃喃了一句。

颜舒敷好面膜，转过头，就看到田思恬指着她书桌上露出一个衣领的男士衬衣："我上次就想说了，这件衣服有点儿眼熟。"

颜舒眼皮一跳，就听她提高音量："我想起来了，是许裴的！我见他穿过！天哪，你不会真的跟他有点儿什么吧？"

"瞎想什么。"颜舒一把抓过再次洗干净、正准备今晚还给许裴的衬衣，企图藏到身后，"我自己买的。"

"你好端端的买男士衬衣干什么？"田思恬伸手去抓。

颜舒急中生智，松手，抬起一只脚，脚尖猛地从泡脚盆里探出，白衬衣稳稳落到她脚上。

"我买来……"颜舒弯腰，冷静道，"擦脚。"她一边擦，一边感叹，"这牌子亲肤性好，擦脚最合适不过了。"

手机振动了几声，颜舒拿起看了一眼。

许裴："今晚还衬衣，咖啡馆见？"

颜舒有点儿惭愧地回了一句："不好意思，过两天还你件新的吧！"

许裴："旧的呢？"

颜舒沉默片刻："在我脚上。"

半夜三点，许裴突然睁开眼。

他盯着天花板，片刻，起身爬下床，接了杯水，咕嘟咕嘟几大口下去，心里的躁动才下去了些。

梦里的场景却犹在眼前。他立在床边，脱了上衣，往床上一扔，刚好盖住一双修长笔直的腿，下一秒，一只脚从衬衣边沿探出，很小，大概只有他巴掌那么大，皮肤很嫩，白生生的，很是晃人眼。

莹润饱满的脚指头在他面前勾了勾，娇糯的声音似在抱怨，尾音打着颤："许裴哥哥，你的衬衣在我脚上呢！"

关文强从厕所出来的时候，饮水机旁立着个高瘦的人影，正仰头喝水，影子黑乎乎的，他吓了一跳："怎么半夜起来喝水？"

许裴的声音有点儿哑："晚饭吃太咸，口渴。"

关文强正努力回想裴哥晚上到底吃了什么，却被他的声音打断："你半夜上厕所还抱着书？"

关文强看了眼手里的《分形几何》，摇晃着脑袋走向书桌，坐下，严肃道："现在对我来说，已经是早上了。"

许裴失笑："受什么刺激了，这么努力？"

关文强拿起端正摆放在桌面的校刊，翻开一页，手指点了点其上的文字："我这段采访，看过了吧。"

许裴点头，表示已阅："你指的是'关文强师兄坦言，自己从小养成的习惯，使得他每天凌晨三点便准时睁开眼睛，起床做题，自律到可怕'那段？"

"我只问你看了没，没叫你一字不漏地给复述下来！"关文强叹了口气，"我当时就随便吹个牛而已，没想到啊！没想到……"

搞得他现在一走出去，同学们就向他投来钦佩的目光。关文强合上校刊，摆好，赶紧投入算题事业。有什么办法呢，自己吹的牛，跪着也要继续吹下去。

许裴放下杯子，低头笑了笑。得，接受个采访，还附带这种奇效。说到底，还是他家小姑娘厉害。

最近，大有改变的不止关文强一人，孙老头如今每天都神采奕奕。

他这几天得"名师"指导，钓鱼技术有了质的飞跃，每天都在各种垂钓群里炫耀他的成果，得意扬扬地吊打以前看不起他的钓友们。

"哎呀，不好意思，今天又钓了条大的。"

"钓鱼就这么回事，简单。"

"老李头，你技术不行啊，要不要老哥哥教你几招？哈哈哈！"

总之，非常欠打。但他的学生们不这么认为，大家一致觉得孙老头最近特别和蔼，大概是人逢喜事精神爽，连带着被学生们气秃的胡子都仿佛浓密了点儿。

许裴立在办公室门口，叩门。里面传来声“请进”，他走进去：“孙教授，找我有事？”

孙孝元低头写字：“下个月的校庆，校方的意思是安排你上去作为学生代表讲话，到时候准备下演讲稿。”

许裴回答了一声“好”，便要离开。

孙孝元叫住他：“另外，12 月份你们团队要代表学校去法国交流，早点儿去把签证办了。”

“好。”

“等等！”

许裴打量他几秒：“孙教授，您到底想说什么？”

孙孝元手中的笔微顿：“怎么，单纯跟你聊聊天不行？咯……我就想问问你，助教那事儿考虑得怎么样了？”

许裴挑眉：“您找我来就想说这个？”

孙孝元继续瞪他：“不然呢？”

他上学期就跟许裴提过，想让其担任选修课“数学基础与数学史”助教一职，没想到被这小子一口拒绝。

气得他当场就要休克。

孙孝元今天决定改变一下策略。他语重心长道：“很多其他专业的学生对数学这门学科有很深的误解，我开设这门课的目的就在于传播咱们的数学文化，消除广大学子对它的成见。”

许裴点头，表示理解。孙孝元做出一副愁眉苦脸的样子，叹口气：“但是，今晚十二点报名就截止了，你猜我现在招了几个人？两个！就两个！这么少的人，我这课怎么开？不得被取消？”

许裴完全不为所动：“那您得加油了。”

孙孝元：“你就这么不想做助教？”

“不想。”许裴斩钉截铁。

许裴笑了一下：“行了，别吹胡子了，孙教授，我真不感兴趣，您找其他人吧。”

孙孝元没了脾气，挥挥手："算了，算了，你走吧。"这小子他可太清楚了，决定了的事，十头牛也拉不回来。

许裴"嗯"了声，转身往外走。

孙孝元苦着一张脸，拿起办公桌上那张学生名单，自言自语道："我看看哪两个同学这么有眼光，选了我的课。新闻系田思恬，新闻系颜舒？哎，两个好孩子啊……只可惜这课注定要被取消了……"

许裴的背影微微顿住，几秒后，转身又折回去。

孙孝元有些莫名："怎么，东西忘带了？"

许裴垂下眼，视线定格在他手上的名单上："我想了想，觉得您说得很有道理。"

孙孝元："我哪句话说得很有道理？"

许裴回忆片刻："其他专业不少学子对数学不太了解，作为数学的使臣，我们应该一起努力，传播我们的数学。"

孙孝元："我是这样说的？"

"对，而且作为澜大学子，为学校做点儿力所能及的事是我的荣幸。"

孙孝元看着许裴，还是有点儿没绕过弯来："可你不是没兴趣吗？"

许裴沉吟片刻："现在有了。"

新闻系2021级大班群里，大家你一言我一语地讨论着这学期的选修课。突然有人问道："田思恬，听说你和颜舒选了'数学基础与数学史'？"

底下立刻有同学接话："数学？还是孙孝元的课？太有勇气了！"

"孙教授啊！出了名的卡分小能手，每次他的课及格率都不到一半。自求多福吧，二位勇士！"

"我记得颜舒跟我一样，是个数学学渣啊，她怎么敢选这个？"

数学学渣颜舒抬起头，再三向田思恬确认："你确定这门选修课会被取消吧？"

田思恬连连点头："非常确定！选修课不足20个人，会被学校强制取消的，放心好了，这可是孙教授的课，出了名的严格，除了我们没谁报！"

颜舒前段时间做采访，耽误了不少课程，这两天恶补得昏天暗地，完全忘了选修课这事。

田思恬就别提了，糊涂蛋一个，两人等到隔壁宿舍选好科目，串门来问的时候，才想起来。

两人急匆匆地登上网站，发现剩下能选的课已经不多，怕抢不上，于是火急火燎地输入代码抢课。匆忙之下，代码输入错误，抢、抢错了……

选到了无人问津的，传说中及格率不超过百分之五十的孙孝元教授的课，成为唯二选择这门课的学生。

所幸校方还是非常人性化的，这种不受欢迎的课程，不可能不被取消，她们只要耐心等待就行。两人放下心来，跷着腿等取消课程的好消息，不承想却等来了同学们的疯狂轰炸：

“两位是先知吗？”

“为什么选数学的不是我，上午明明有机会的，可恶！”

田思恬和颜舒对视一眼，在对方眼中看到了同样的迷茫，同学群里，大家都有点儿激动：

“你们不会还不知道吧？”

“你们选的那课，助教是谁你们知道吗？许裴！是许裴！”

还有些不太清楚情况的同学：“许裴怎么可能来当助教？假消息吧！”

“孙教授自己说的，还能有假？刚才教务系统都被挤崩了，100 多个名额半分钟就被抢光了！”

“太羡慕你们了！那么早就抢到了两个名额！”

田思恬现在很矛盾，一方面她对数学略微害怕，另一方面又觉得自己简直天选之子，乱抢都能抢中许裴的课。

总体而言，她还是激动多一点儿，于是兴奋地加入了“啊啊啊”大军。只有颜舒，看着不停滚动的对话框，缓慢抬手，掐了掐自己的人中。

第五阶梯教室，座无虚席。

孙孝元站在讲台上，目光从一颗颗脑袋上掠过，仿佛看到了许裴为他打下的整片江山。

他满意极了，又扫视了一遍可爱的同学们，突然想起一个问题：颜舒哪儿去了？

这小姑娘做过数学建模竞赛团队采访，又是最先选择课程的两名同学之一，对数学的热爱毋庸置疑，一定会早早来教室，提前占据前两排的位置。

孙孝元的目光从前往后，在每一位同学身上仔细扫过，终于，在最后一排……最角落的位置，发现了她。

倏地，教室里一阵骚动，不知是谁激动地喊了声："许裴来了！"

颜舒一抬头，就看到从门口走进来的男人。

白衬衫，黑裤子，高瘦挺拔，头发刚剪过，发梢短了一截，五官反倒显得更加优越。

唇薄而淡，挺直的鼻梁上，架着一副金边眼镜，配上冷淡疏离的浅眸，整个人撕扯出一种生人勿近的距离感。

男人的目光轻扫过教室里密密麻麻的人头，而后准确对上了她的眼睛。恍惚间，颜舒好像听见旁边同学此起彼伏的吸气声。

孙孝元拿着扩音器，讲得声情并茂。

底下同学们的情绪也相当高昂：

"许裴的板书好好看！"

颜舒坐在角落里，听孙教授讲着课，懒懒地打了个哈欠，伸手戳了戳田思恬："欸，团建想去哪儿？"新闻部这次搞了个大新闻，马老师批下来一大笔团建费用。

田思恬："什么叫想去哪儿？"

颜舒指指手机："秦明柏问我呢，我无所谓，你有想去的地方我跟他说。"

"是这周五去？"

"嗯，周五下午出发。"

田思恬想了会儿："秋高山怎么样？露营、烧烤……"

颜舒也来了兴趣："还可以漂流！"

两人兴致勃勃地商量了半天，突然感觉不大对劲。周围不知从何时起，安静了下来。余光里，一只男人的手扣在她桌边，手指很长，骨节分明。

颜舒心里升起不好的预感，她缓缓抬头，目光顺着男人结实的手臂、凸起的喉结、浅淡的薄唇一路向上，最后隔着金边眼镜，对上一双冷淡的眼。

颜舒心里一紧："许、许裴师兄。"

许裴大手翻转，手背撑在她书桌上，几根手指并拢，微屈的关节轻叩两下，他开口，声音又低又淡："叫许老师。"

"许老师，今天第一天做助教，感觉怎么样？"许裴刚回到宿舍，关文强就满眼羡慕地凑过来。

他往椅子上一歪，单手解下衬衣最上面的扣子，脑子里却突然回想起教室里那一幕情景——小姑娘仰起头，慌乱地看向他，眼珠有点儿湿，乌发松散，皮肤白得刺眼，她张开樱红的唇，软糯糯地叫了声："许老师。"

许裴伸手，松了松领口，笑着回了句："还行。"

关文强愁眉苦脸地推了推眼镜，长叹口气："裴哥，你倒是还行，我们这几天可苦死了。"

工作室接了个新单子，裴哥放手给他们几个做，熬了几个通宵，终于做出来了，甲方不满意，又推翻从头开始。

关文强一提起这个，就一肚子抱怨，他正准备一把鼻涕一把泪跟许裴好好唠唠嗑，就见后者含笑拍了拍他的肩膀。

不知道为什么，关文强总觉得这个笑容有种"瞌睡遇到枕头"的欣慰。

"这段时间大家都辛苦了。"许裴思考片刻，"这样吧，你组织一下，这个周末安排场团建，大家也好放松一下。"

关文强不敢置信："真的吗，裴哥？"

许裴："你选下地点。"

关文强想了想："要不，秋水湖？"

"好，听你的。"许裴点头，"就秋高山。"

关文强：我刚才说什么了？

第三章 小仓鼠挠的

颜舒觉得 节数学课下来，脑子都快不够用了。

田思恬还好，她却是个实实在在的数学学渣。当初填志愿的时候，发现新闻专业不用学数学，她开心了好久。

没想到，她现在又跟数学杠上了。不仅上课杠，下课还要完成孙孝元布置的作业。

颜舒望着天书一样的各种符号，发出一声灵魂叹息。

今天就是周五，田思恬正在收拾东西，准备接下来的秋高山团建之旅，回头望见颜舒在电脑前奋笔疾书。

田思恬有点儿意外：“会做了？”

颜舒：“怎么可能！人急了什么都能做出来，除了数学！我决定在网上发个帖，高价聘请一个数学系大佬辅导辅导。”

“姐妹，不至于吧？就一选修课而已。”田思恬咋舌。

颜舒实在没好意思告诉她，孙老头课后就给她发了微信。一方面对她的数学水平表示强烈的震惊，另一方面表示，以后每堂课都要抽她起来回答问题，以报答她教他的钓鱼之恩。

她要是不好好学，估计每节课都能看到她答不上问题的丢人身影了。

颜舒噼里啪啦编辑了一个令人心动的招聘信息，点了点鼠标，发送到校内论坛，起身，收拾行李。

下午五点，新闻部一行人集合，坐上一辆租来的大巴车，一起前往秋高山。

秋高山山脚是一片平地，往里走有专门的房车露营区，他们到时天色已经擦黑，好多位置都被其他人先一步占领了，大家只能分头找地方驻扎。

秦明柏拎着行李，目光一错不错地追随着前面明艳的身影，他快走几步，想追上去，却被一个声音叫住。

“秦师兄。”

秦明柏转头看去，是林雪敏，他朝她点点头：“什么事？”

林雪敏指了指手里折叠的帐篷，柔声道：“秦师兄，能帮我搭下帐篷吗？我不太会。”

他犹豫了片刻，弯腰拎起她的帐篷：“走吧，我帮你。”

等到帮林雪敏装完帐篷，秦明柏没等她再说什么，便急匆匆离开，赶到颜舒那边。秦明柏走上前去，有点儿遗憾地笑笑：“我还想着过来帮你，没想到你这么快就搭好了。”

颜舒把最后一块篷布扯下：“我动作快。”

“还有需要帮忙的地方吗？反正我这会儿闲着。”

“还真有件事。”

秦明柏笑意渐浓：“嗯？”

话音刚落，他的手里便被塞了一个工具包，随后颜舒的声音响起：“你闲的话，帮田思恬搭下帐篷。”

秦明柏笑容勉强了些：“你不跟我一起？”

颜舒撩眼看他：“你一个人不行？”

事实证明，男人根本听不得“不行”两个字。她这话一说出口，为了证明自己特别行的秦明柏立马拎起工具箱，脚下生风地赶去搭帐篷了。

成功支走秦明柏的颜舒愉快地撑了把太阳伞，打开精致的小躺椅，墨镜一戴，惬意地享受起了山间新鲜的空气。

这次团建共三天两晚，今晚就在秋高山下扎帐篷住一晚，明天早上出发，徒步到山顶。

晚上大家集中在用餐区吃了点夜宵，随后，秦明柏提议尽快回帐篷休息，准备明天的徒步之旅。

颜舒和田思恬的帐篷没在一个区，两人说了会儿话，挥手分开。

野外条件有限，颜舒简单洗漱了一番，换了身干净舒服的衣服，沉沉睡去。

半梦半醒间，“咔嗒”一声脆响，颜舒猛地惊醒。她赶忙起身，打开小夜灯，顺着声音的方向摸索了一阵儿，在某一个骨架上停留片刻，举着小夜灯凑近。

帐篷坏了。两根支架连接的地方，零件明显已经断裂，棚顶那根支架开始摇摇欲坠。颜舒动手能力不错，这种情况对她而言不算棘手，换个零件就行。

她准备打开行李箱，兀地想起一件事——工具包好像在田思恬那儿。

颜舒捂着断裂的支架，思考了片刻，终于认命地拿着小夜灯，猫腰走出帐篷。

等下，田思恬住哪儿来着？

颜舒站在帐篷门口，左望望右望望，死活想不起来该往哪边走。她犹犹豫豫地朝左边迈开一小步，又觉得不对，转身不太确定地往右边走去。

好像是这边吧？颜舒方向感实在太差，对这个地方也不太熟悉，差不多样子的帐篷紧密排列在平台上，她只觉脑袋都大了。

颜舒照着记忆穿梭在各个帐篷之间，心里正暗自庆幸着，突然，粉粉的小夜灯在黑暗中闪了两闪，啪的一下，彻底黑了。

这也能坏？果然，她当初就不该为了好看，买这种华而不实的品牌。颜舒当机立断地掏出手机，一看……没信号。

她四下望了望，终于有点儿慌了。她在哪儿？田思恬又在哪儿？

夜已深，黑暗里只有一顶顶死气沉沉的帐篷，没有一丝动静，静得可怕。颜舒借着月色的微光，顺着小路小心翼翼地摸索着，终于在前面路口发现一个人影。

谢天谢地。她正想抓住这人问个路，才迈开腿，这人就回过了头。

两人远远地对视了一眼，下一秒，对方张嘴，怪叫一声——跑、跑没影儿了。

颜舒看着前方的空气，又看了看自己，黑发，白裙，夜色里随风飘逸……行吧，确实有点儿吓人。

但他那眼神，不会真有什么吧？颜舒狐疑地朝自己身后看了一眼。她身后一片漆黑，什么也没有。远处是绵延的山脉，在黑雾里像一只匍匐的怪兽，静伺在旁。

半空挂着的树枝被刮得猎猎作响，萧萧瑟瑟，像低沉又可怖的咆哮声，直直地钻入耳中。

颜舒立在空无一人的黑暗里，手心冒出一股冷汗。

一时间，各种叫人胆寒的民间传说纷纷涌入她的脑海，远处的山在她眼里变成了各种形状的怪物，张牙舞爪地张开血盆大口。

她的脚像被灌了铅一样，如有千斤重，无法迈出一步。

突然，背后响起两道声音，像尖锐巨大的牙齿啃着骨头的作响声，又像脆弱的脖子被一把拧断的响动。

颜舒猛地回过头。鸟鸣声响起的同时，一只黑鸟张开翅膀翱翔而过，树上半断不断的树枝，终于闻声而落。

原来是鸟。颜舒闭上眼，这口气还没落下来，背后忽地又响起一阵诡异的声音。

而后，一团黑色的阴影，从身后慢慢笼罩在她身上。这次不是幻觉，她背后真的有东西！那东西还靠了过来，搭上她的肩膀。

这一瞬间，颜舒汗毛直立。她几乎本能地转身，闭着眼把紧握的手机狠狠朝那东西砸去。

“砰”一声响，紧接着是一声低沉的闷哼。颜舒手疾眼快地捡起刚掉下来的那根树枝，朝那家伙挥舞而去，恍惚间，有人在耳边叫她的名字。

她不敢答。混乱间，她脚下一踉跄，和那东西一起滚倒在地，又冷不丁碰到方才掉落在地的手机，屏幕噌一下，亮了起来。

颜舒睁开眼，恰好看到微弱的光自下而上地打在了那东西脸上。没有她想象中的血盆大口、面目可憎，反而挺、挺好看的。

短发，薄唇，下颌线条干净利落，神色沉静，透着一股子清冷疏漠。

颜舒越看越熟悉，好半天才找到自己的声音。“许、许裴？”她松了口气，“怎么是你？！”

许裴没回答，只转动眼珠，缓慢地从上到下扫了她一眼。片刻，他神色复杂地开口：“你确定要这么聊天？”

颜舒顺着他的视线缓缓低头，身体僵了僵。此刻的许裴平躺在地上，衣衫凌乱，扣子绷掉了两颗，领口也被她扒拉下一截儿，露出半根突起的锁骨。

两人大口喘着气，呼吸声在寂静的夜里起伏，勾出几分引人遐想的暧昧。

颜舒现在只有一个念头，还好月黑风高，没什么人。这要是被人看到，那许裴的清白……

她还没想完，就被一个铿锵有力的声音猝不及防地打断："谁在那儿？！"

颜舒的眉毛不受控制地狠狠一抖，咽了咽口水，缓缓低头，看向身下躺着的人。男人似乎还没反应过来，抬起头，就要往那边看去。

许裴的头刚抬了一半，就被颜舒按了回去，他那英俊的后脑勺在草地砸出一个大坑。许裴伸手，试图拨开她在自己身上为非作歹的小手，却不想被扣住手腕。又是一声闷响，整条胳膊被毫不留情地扣在了地上。

颜舒有点儿愧疚，但情况特殊，怕他再乱动，她赶紧弯下腰，在他耳边悄悄威胁："你如果不想被发现的话，就别动。"

不知道是不是错觉，许裴动得更厉害了。颜舒狠狠压着他，耳边是两人怦怦乱跳的心跳声，以及两个越来越近的人声。

"你看那儿是不是有人？"

"哪儿有人啊，这么黑的地方，谁没事往那儿凑啊！"

"那可说不定。"

"走，我们看看去……"

山间的夜幕，笔墨似乎更加浓重。

颜舒问许裴借了个工具包，放轻脚步，走在帐篷驻扎地外的小路上，忍不住庆幸："还好那人只是说说，没真过来看。"又想起来什么，问他，"你怎么在这儿？"

"团队组织团建。"许裴声音很淡，却让颜舒莫名心安。

颜舒恍然大悟，转过头，视线不经意地落到他的后脑勺，大惊："你这脑袋怎么回事？这么脏！"

许裴蹙了蹙眉："你问我？"

颜舒愣了下，这才模糊记起刚才那一幕幕画面，她视线往下扫了扫，结巴道："这、这只手臂也是我按下去的？"

许裴沉着脸，睨她："你说呢？"

颜舒不敢接这话茬儿了，转移话题，左顾而言他："你额头上这个包，挺别致的。"

听她还有脸提这个，许裴的俊脸越发沉。颜舒看着他逐渐变化的脸色，不太确定道："这应该不关我的事……吧？"

许裴面无表情地睥向她的手机。颜舒不敢置信："是被、被我的手机砸的？"

许裴淡定控诉："力度还不小。"

他这么一提，颜舒就想起来了，好像真的拿手机砸了他一下，当时只听到一声闷哼，以为没多大事，谁知道鼓这么大一包呢！

"一定很疼吧？"她愧疚地问道，伸出脚，踢了踢路边的小石子，"对不起，我当时真的太害怕了。"

"不疼。"许裴似乎很轻地笑了声，"怕山怪？"

她小时候太皮了，跟着颜老爷子住在乡下那段时间更是无法无天，上蹿下跳，只差没把屋顶给掀了。

不知听谁说了句，半夜十二点，花仙子和树神仙会降落山间，她一连几晚都嚷嚷着要去看神仙。

颜老爷子生怕他家小胖丫头不知轻重，非在夜里乱跑，硬生生编了好几个山怪的故事吓唬她，天天讲夜夜讲，一星期不带重复的，吓得她天一黑，就撒丫子往屋里跑。

颜舒勉为其难地"嗯"了声。几百年前的事了，许裴还记得，真是没有愧对他的脑子。

颜舒心里暗自佩服，默不作声地走了会儿，客气说道："前面就是我的帐篷了，你把工具给我就行，我自己会修。"

许裴顺着她手指的方向看过去，默了片刻："帐篷？你指的是垮掉的那一顶吗？"

垮、掉？颜舒跟着望过去，然后就傻眼了。她费力支棱起来的帐篷，此刻竟然已彻底坍塌了，皱巴巴地歪在露营垫上，像一片惨不忍睹的废墟。

许裴伸出一根指头，点点：“你确定能修？”

颜舒脑子里冒出无数个办法，又被一一否决，却听许裴道：“走吧！”

“嗯？”

许裴单手插进兜里，往前走。他后背的衬衣被山风灌得鼓起，冷淡的声音顺着风飘到她的耳里：“住我那儿。”

颜舒站在他的帐篷外，踌躇片刻：“那你呢？”

“在这儿就行。”许裴指了指脚下的草地，他清洗过的头发和手臂正湿漉漉地滴着水，将衬衣上的污渍衬得越发明显。

颜舒很是犹豫，往衬衣污渍处瞟了眼：“先进去换件衣服吧！”

她脱掉鞋子，光脚踩进帐篷。许裴的视线一下子就落到了她的脚上。

和梦中的场景相差无几，巴掌大小，白嫩嫩的，脚指头圆润可爱，唯一不同的是，这双小脚指甲盖上涂着层胭粉的蔻丹，在昏暗的小夜灯下，更显夺目。

颜舒撩开篷布：“愣着干什么？快进来呀！”

狭小的帐篷里，一男一女相对而坐。

颜舒感觉现在嘴巴有点儿干，她眼睁睁看着许裴抬起手，慢条斯理地解下胸前的一颗纽扣，冷白的肌肤随着动作，从领口敞开的细缝里一寸寸露出。

许裴的长指顺着领襟往下一滑，顺势便要解下一颗，指尖却兀地一顿，紧接着，发出一声轻叹声：“颜舒。”

颜舒猛然回过神：“啊？”

许裴的声音比平时低沉：“你这样盯着，我没法换。”

颜舒的脸噌的一下红了，这是她免费就能看的东西吗？好在她反应迅速：“我马上转过去。”

说完，她忙背过身，下一秒，眼神却定住了。

背过来后，确实是看不到了，但小夜灯下男人的影子却不消停地在她眼皮子底下作怪。

他解开扣子，除去衬衣，他整个上半身肌肉的轮廓……都清清楚楚地投射在了帐篷墙上。

颜舒睁着眼，尴尬地四处乱飘，好不容易等他换完衣服，才长长地松了口气。

许裴本就喜洁，满身脏污已是忍了又忍，换好衣服，整个人终于清爽了。他叠好衣服，起身往外走，到门口时想起什么，回过头，弓着背脊，小臂撑在门架上，偏头看她："我就在外面，怕了叫我。"

许裴直起身，手指松开，帐篷门帘一下子落下来。拉链声响起，他替她关好门帘。

颜舒躺在充气垫上，扯过旁边薄薄的被子，搭在腰间，翻了个身。过了会儿，她试探地唤了声："许裴？"

"我在。"立时，外面的男人便做出了回应。

隔着帐篷，他的声音并不真切。颜舒想起刚才透着凉气的山风，他穿得单薄，怕是冷的。

占了人家的帐篷，把人赶出去吹夜风，算怎么回事？她正胡乱地想着，却听外面响起一道低低的咳嗽声。

颜舒躺不住了，她翻了个身，下定决心似的深吸一口气："你这垫子，是一米八的吧？"

"也许。"

颜舒粗略比画了一下，故作镇定地说："那两个人睡，应该不会挤吧！"

外面又没了动静。片刻，才听他淡声："不用，我在外面就行。"说完，又咳了两声。

断断续续的咳嗽声传来，颜舒立马不纠结了，赶紧吼道："快进来！"

外头安静了两秒，拉链声响起。许裴还在门口犹豫，捂着嘴，虚弱地咳起来。颜舒彻底坐不住了，一把把他拉进来："怕什么，合法的！"

大约是暖和了，许裴刚才在外面咳得用力，进来后却没有一丝要咳嗽的迹象。

十分钟后，颜舒蒙着被子，暗自叹口气。总之，就很后悔。她错误地低估了孤男寡女共处一张床的尴尬。

虽然床很大，两人规矩躺下的时候，基本不会碰到对方的身体，但夜太深、太静。旁边的人哪怕只是动一根手指，她都能清晰地觉察到。

颜舒再次叹了口气，还能有比这更尴尬的事吗？

一阵淅淅沥沥的声音在帐篷顶上响起，越来越大，越来越急，最后变成了噼里啪啦的急雨声。

下一秒，一滴冰冷的雨水嗒一下，打在了她的手臂上，紧接着，又是一滴。漏、漏雨？

颜舒抬头看了眼篷顶，转动脖子，对上许裴略显头痛的目光。

许裴思索片刻，问她："你带伞了吗？"

外面雨声急促，男人冒雨将她的粉蓝色小雨伞撑在篷顶漏雨的位置，掀开门帘进来的时候，浑身湿漉漉的。

颜舒赶紧将他之前准备好的衣服递过去，嘱咐他："快换上。"看到他的样子，又忍不住小声叨叨，"你看你，都湿透了。"说完，却发现许裴盯着自己，夜灯下目光微深。

颜舒摸了摸脸："怎么了？"

许裴没作声，只淡笑了一下，接过衬衣。她那两句话，配上方才的动作，倒真像个在家中等待丈夫归来的小媳妇。

颜舒递了衣服，慌忙转过身："你赶紧换。"想起什么，又加了句，"把裤子也换了。"

墙上影子动作微顿。颜舒怕他怀疑，连忙说道："放心，下半身的影子我是真看不到！"

墙上的影子彻底不动了。过了好一会儿，才传来男人微凉的声音："影子？"

许裴的目光捉着面前规矩背过身的女孩，顺着她歪头的方向，看到了篷墙上灰黑色的肌肉线条一清二楚的影子。

许裴语气复杂："你刚才一直歪着脑袋，就是在看这个？"

颜舒飞快辩解："我没有一直，我只看了几分钟。"颜舒还想再抢救一下，"我的意思是，你穿上衣服后，我就没看了。"好吧，抢救失败。

身后没了动静，"啪"的一声，小夜灯被无情关掉，四周连同墙上的影子，一起没入黑暗。

颜舒感觉受到了奇耻大辱，这是在防、防着她？有必要吗！

嗬，男人鼻腔溢出的一声冷哼，在黑暗里格外明显。

比孤男寡女同睡一张床更尴尬的是什么？同睡半张床！之前篷顶漏

雨，充气垫左边那部分全被雨水淋湿了，能睡的地方，只剩下一半。

两个成年人躺在不足一米的地方，狭小局促的感觉简直到了极致。

呼吸相对，肩膀紧挨着，稍微动一下，衣料之间便不受控制地相互摩擦，在寂静的夜里发出丝丝暧昧的勾缠声。

颜舒努力半侧着身子，小心翼翼地睡在狭窄的充气垫上，怕蹭到许裴，她大气都不敢出一口。

为了转移注意力，她开始反思自己究竟哪一步走错了，才沦落到了这个地步。

复盘到最后，颜舒得出一个结论：自己的事情自己干。要是她当初没把工具包给秦明柏，就不会出帐篷，也不会有后来一连串的倒霉事件发生。

颜舒闷着脑袋反思完，一不小心懊恼地深吸了口气，吸进了一鼻子薄荷香。她尴尬地埋下头，刚埋到一半，额头猝不及防地碰上一个柔软的东西。

颜舒僵硬住了，她生怕许裴误会，立即解释："我绝对没有故意用额头亲你。"

这话听着怎么这么怪？颜舒一心琢磨怎么找补，并不曾发现旁边男人的呼吸似乎滞了滞，好半天才跟缓过气来似的，轻"嗯"了声。

他不吭声还好，一说话薄荷香更浓了。颜舒小口吸着气，怕再发生什么，红着脸提议："要不，你转过去？"

一分钟后，颜舒又开始后悔。床垫狭窄，两人都不动还好，一旦翻身，那简直……哪儿哪儿都能碰到一起。

短短一个翻身的时间，颜舒感觉自己过了一万年，每条神经都被绷紧，每个细胞都仿佛被架在火堆上灼烧，好不容易挨过了这个瞬间，她又绷紧了身体。

不是，这个姿势好像也不太妙啊！她只要稍微动那么一下下，就能隐约感觉到男人背后的轮廓。

显然，许裴的感觉也不太妙，他不动声色地往旁边挪了挪。颜舒忙阻止他："别往那边去了，垫子还湿着。我来，我来。"

她努力往后缩了再缩，几乎快把自己挂在帐篷边上了，终于和他的身体分出了一条小小的边界。

还好，颜舒长长地舒了口气。刚舒完没两秒，手机铃声毫无预兆地响起。

她之前睡的左边，手机顺手放在了一旁，后来她睡的那一边被打湿，许裴不由分说地和她换了个位置，手机却没拿，在许裴旁边放着。

颜舒慌忙去摸，却不想碰到了某人紧实的腹部、结实的胸肌……还挺有料。

许裴忍无可忍地抓起手机，扔进她手里。

颜舒抖着手接过，按下接通键，田思恬的声音从里面传来："你给我打电话了？山里信号不好，这会儿才看到提示。"田思恬打了个哈欠："对了，你搞什么，半天不接电话？"

颜舒缓了口气："这玩意儿放太远了，我半天没摸着。"

那边一时没反应过来："什么玩意儿？你摸什么？"

颜舒顺口："摸腹肌。"下一秒，赶紧纠正，"说错了，是胸肌。"

沉默。电话那头的女人和颜舒身旁躺着的男人，一起沉默。

"不是。"颜舒崩溃地提高音量，"是手机！"

颜舒觉得自己有必要解释一下。她磨磨蹭蹭好半天，做了许久的心理建设，终于鼓起勇气开口："许裴。"

旁边男人没有任何反应，只听见他均匀绵长的呼吸声。睡着了呀？也好。颜舒不再纠结，闭上眼。

本以为在这种煎熬的环境下，应该很难入睡，但或许因为这一天折腾太多，又或许是身旁的淡薄荷香清新助眠，她很快就沉沉睡去。

许裴睁开眼，眸子里并无半分睡意。

他伸出手，想把横在身上的那只脚挪开，刚碰到她的脚腕，脑海里忽地想起梦中那个场景，发烫的指尖一点点缩了回去。

她从小好动，没想到睡着了也不老实，一会儿搭过来一只胳膊，一会儿又伸一条腿，大约梦见了什么，又一个劲儿地往边上挤，差点儿没把帐篷给掀了。

睡着不到一个小时，她拳打脚踢就花了半个小时，估计梦里已经打死好几只山怪了。

许裴弯了弯唇，翻过身，几根手指托住她的后脑勺，把她往中间移了移，见她终于舒服了些，才起身，走出帐篷。

雨势渐小，他走了段路，掏出车钥匙按了下，车灯闪起。

“哈哈哈！这谁的帐篷？怎么还挂着把小花伞呢！”

“还真是，太好笑了吧……”

吵吵嚷嚷的对话声仿佛很远，又似乎近在耳边。

颜舒迷糊地睁开眼，便看到一张放大数倍的俊脸。她还没反应过来，就听外面一个大大咧咧的声音响起：“裴哥，这都几点了，还不起？”

颜舒低头看了眼像八爪鱼一样，扒在许裴身上的自己，脑子有点儿晕晕的。拉链响动的声音从门帘处响起，伴随着那人的大嗓门儿：“看我多贴心，还给你带了小包子！”

颜舒的脑子瞬间清醒，她盯着被掀开一小半的门帘，急速头脑风暴了一秒钟，噌的一下站起来，企图和许裴划清界限。站到一半，又弹了回去——裙子被许裴给压住了。

眼看就要脸着地，一只大手倏地扣住她的后颈，翻转半圈，宽大的掌心护住她的后脑勺。

许裴另一只手肘弯曲，懒散地撑起上半身：“慌什么？！”刚睡醒的声音带着些困倦。

颜舒压低声音：“这还能不慌？要是被人看见，我俩还说得清？”

许裴没回她的话，只问道：“你昨晚说什么还记得吗？”

颜舒：现在是回想这个的时候？

拉链声还在继续，门帘被掀开了一大半，露出门外那人近在咫尺的一双腿。

许裴扫了一眼门帘，抓起散落在旁的小被子，在半空中画出一道半弧形的弧度，准确无误地罩在颜舒身上。被子彻底落下前，颜舒看到许裴笑了笑。

“别慌。”他开口，似宽慰也似提醒，“合法的。”

被子落下，颜舒眼前霎时一片灰黑。许裴顺手带了带被角，小被子将她牢牢裹住，紧接着她听到许裴的声音：“出去。”

“裴哥。”一声闷哼后，那人的声音委委屈屈的，“裴哥你踹我干吗啊？”

关文强真的委屈，他一大早起来，开开心心到孙老头那儿拿了两份包子，自己都还没来得及吃，就巴巴地跑来送给他裴哥，没想到，刚打开门帘，就被裴哥一脚踹了出来。

他满含怨念地抱着两份小包子。许裴掀开帘子走过来，表情严肃：“你一大早招呼不打一声，直接往我帐篷里闯？”

关文强如丈二的和尚——摸不着头脑：“这有什么，我就掀个门帘而已，里面又没藏姑娘，你怕什么？”

许裴盯着他，盯得关文强心里莫名发虚，他干笑一声：“行行行，我错了，哥。”

许裴的脸色这才好看了些：“手里拿的什么？”

关文强把小包子递过去：“帮你带的早餐呗！”

许裴接过，问了句：“那边还有吗？”

“还有吧，他们买了挺多的。”

许裴低头瞟了一眼他手里那份，不客气地抓起：“这个也给我，你自己再去拿一份。”

关文强很是怀疑：“你一个人吃得了两份？”

“你管我。”许裴作势要走，却听到一声：“等等！”

关文强目光如炬地盯着他的帐篷：“裴哥，你的帐篷刚刚动了一下！”

许裴淡声：“刚才吹了阵风，能不动？”

关文强连比带画地解释：“不是那种动，就是有人在里面的那种动法！”

许裴转头看了一眼纹丝不动的帐篷，又回过头上下睨了他一眼：“挂号了吗？”他伸出两根指头，对着他那双眼睛点了点，忧心忡忡地表示，“眼疾还是得治。”说完，拎着两袋小包子慢悠悠离开，钻进帐篷，谨慎地拉好门帘。

关文强狐疑地挠挠头，难道真看错了？

他没想那么多，直接乐呵呵地跑到孙老头那儿，又取了份包子，看到桌上新买回来的豆浆，赶紧捧了一杯，给他裴哥送过去，走到拐角，却突然顿住了脚步。

等等，他刚看到什么了？一个白色的影子，从裴哥帐篷门口经过，嗖的一下没影了。

他立在原地，盯着前面空无一人的草坪，开始思考该去哪家医院看眼科比较合适。

颜舒以最快的速度从许裴的帐篷里跑出来，还好路上没什么人，她跑回自己的帐篷，在里头修修搞搞，费力地支起一个角。

她取出衣物，正准备换上，田思恬来了，指着她的睡衣问："颜颜，你怎么还没换衣服？"

颜舒打了个哈哈："睡过头了。"

田思恬没多问，神神秘秘地凑过来："告诉你一件事。你绝对想不到发生了什么！"

"嗯？"

田思恬的声音突然兴奋："许裴师兄来了！

"真的，不骗你。"田思恬以为她不信，强调了好几遍，最后感叹起来，"你说我们这什么运气啊，连团建都能和许裴团队撞上。不是，你怎么一点儿也不惊讶？"

颜舒赶紧反驳："我怎么会不惊讶，我可太惊讶了！"

田思恬心满意足地接着八卦："听说马老师在和那边接洽，没准今天咱们俩团队能一起活动。唉，要是早点儿接洽好就好了，早上就能吃到他们那边买的徐记小包子了。"她开始琢磨，"好想知道他们买的什么馅儿啊。牛肉？猪肉？……"

她一口气猜了十来种肉馅，越猜越离谱，颜舒忍不住了："就不能是素的吗？比如蘑菇馅？"

话音刚落，就有两个男声从帐篷外飘过："早上那包子可真香。"

"对，蘑菇馅儿也太香了，听说许裴一口气吃了两份！"

换好衣服，颜舒打开工具箱，开始研究怎么修帐篷。背后一个温柔的女声传来："颜舒，这么早就开始拆帐篷了？"

颜舒不用回头也知道这人是谁——林雪敏。

“要不要帮忙呀？”林雪敏又很抱歉地说道，“昨天秦师兄因为我没来得及帮你，我心里一直过意不去。”

小优在旁边说道：“林师姐，颜舒不是拆帐篷吧？你看她支架那儿坏了。”

林雪敏走上前去关切地问道：“真的，怎么坏得这么严重！你昨晚怎么睡的？没砸到头吧？”

颜舒原本没理她，一心捣鼓帐篷，听到这句手却是一顿。她拍了拍手，站起身：“你怎么知道昨晚就坏了？”

林雪敏垂在身侧的手一紧，面上却笑道：“昨晚我听见声音了，不过夜深人静的，我一个女孩子没敢出来看。”

“是吗？”

林雪敏依旧笑着：“是啊，要是我出来看一眼就好了，还能叫你到我这儿挤挤。”

颜舒盯着她的眼，秦明柏从小路走过来：“怎么回事？”

林雪敏抢先一步回话：“颜舒的帐篷坏了，要是没多的帐篷，今晚还不知道怎么办呢！”

她这句话提醒了小优，小优一拍大腿：“车上好像真有一顶多的，就是有点儿……破。”

秦明柏皱了皱眉。何止有点儿破，那顶是租车公司车上的，不知道放了多久，积了厚厚一层灰，支架锈迹斑斑，篷布破破烂烂。

林雪敏笑起来：“真的吗？那太好了。颜舒今晚有着落了呀！虽然破了点儿，好歹有个住的地方不是？”

秦明柏垂下眼，思考了片刻，正想把自己那顶让给颜舒，一个大个子男生跑了过来，把手里拎着的袋子往旁边一放：“那个，颜师妹……不是，颜同学，给你的。”

大家视线一致向下。袋子敞开，露出帐篷崭新结实的篷布。林雪敏的脸色顿时变了变，瞧向大个子：“我们还准备了备用帐篷？我怎么不知道！”

大个子莫名其妙：“你们没准备，我们准备了啊！”

秦明柏赶紧站出来，为大家介绍：“这是许裴团队的关文强关师兄。”

“原来是关师兄啊！”林雪敏定了定心神，“关师兄，你们团队的备用帐篷，我们新闻部怎么好意思占用呢，况且……”她笑了一下，“况且你擅自给我们，许师兄也不会同意吧？”

“谁说他不会同意！”关文强指了指刚拿过来的帐篷，“这就是许裴让我送来的。”

这句话，让所有人都闭上了嘴，一时间，大家神态各异。关文强没管这些，只麻溜收起颜舒那顶破掉的帐篷，开始替颜舒搭新帐篷。

颜舒拆开一小包工具，抬眼看林雪敏：“林师姐不是要帮我吗？”

见这么多人都看着，林雪敏只得咬牙蹲下身，苦哈哈地帮着颜舒搭起了帐篷。累死累活出了一身汗，终于搭好了，她正准备休息，突然听到“咔嚓”一声响动，回过头，刚好看到旁边帐篷的支架断裂，帐篷一点点塌了下去。

小优惊呼：“林师姐，那不是你那顶吗？怎么也坏了？关师兄，你们那儿还有多的备用帐篷吗？林师姐的也坏了。”

林雪敏抬起头，满怀希望地看向关文强：“关师兄……”

关文强挠挠头：“没了，就这一顶。”

其实他们团队根本没有备用帐篷，但不知道为什么，早上车里突然多出来一顶新的。

林雪敏顿时失望了，她面色难堪地看着塌掉的帐篷，却听颜舒笑眯眯地说：“咱们团队不是还有一顶吗？”

林雪敏还没开口，小优就开心地要去拿那顶破布一样的帐篷：“太好了，林师姐今晚有着落了！”

颜舒学着林雪敏之前的语气，体贴道：“虽然破了点儿，好歹有个住的地方不是？”

小优深以为然，回头却愣了愣。她说错话了吗？不然林师姐的脸色，怎么……这么黑？

九点十分，许裴整理好行囊，野外双肩包往背上一搭，撩开门帘，往外走。

关文强跑过来：“裴哥。”

许裴脚步未停：“事办得怎么样了？”

关文强拍拍胸脯：“我办事你还不放心？今天的行程早就安排好了，我们和新闻部一起上山，中午在山顶野炊……”

“我问的是这个？”许裴出声，打断他的话，见他还愣着，抿着薄唇提醒，“帐篷。”

关文强恍然大悟：“放心，帐篷帮颜同学搭得稳稳的，保证坏不了。”

两人边说边往前走，瞧见不远处围了一圈人。关文强凑到许裴身边，幸灾乐祸地努努嘴：“裴哥看见没？那片草里有个人形大坑，大家都在猜是哪个倒霉蛋留下的。”

他想想忍不住笑起来，笑了会儿，发现旁边人没什么反应，一回过头就看到他裴哥那张面无表情的俊脸。

关文强不敢作声了，努力把剩下的笑憋回去。突然，他想起什么：“对了，裴哥，我在那儿捡到一颗扣子，你看是不是你的。”

许裴眼神往下一扫，手毫不含糊地抓起扣子，扔进包里。

“还真是你的啊！”关文强惊讶地问道，“怎么突然掉了？”

许裴没吭声，抬眼，正好瞧见不远处一个娇艳夺目的女孩从帐篷里钻出，许是觉察到目光，女孩朝他看过来。

两人的目光隔着十米的距离，越过熙熙攘攘的人头，准确无误地交织在了一起。片刻，许裴收回视线，笑了笑：“小仓鼠挠的。”

第四章 他掌心温暖

田思恬拄着根木棍往山上爬，一路上，嘴叨叨个没完，一会儿说起徐记家的小包子，一会儿又和颜舒八卦草坪上那个人形大坑。

“你上厕所去了，没看到那坑，是真的好笑。谁那么缺德呢，把人往坑里按。”田思恬继续念叨，“话说那后脑勺还挺好看。”

颜舒听到这儿，有点儿震惊：“你这都能看出来好看？”

“说得好像你见过那坑似的。”田思恬睨了她一眼，“美人在骨不在皮听说过没？那颅骨的深度、颅顶的高度，加上那双这么长的腿，一看就是个帅哥。”

颜舒正佩服地为她鼓掌，旁边一道阴影落下。她抬起头，就看到许裴的身影。短发，白衣黑裤，背脊挺直，如同一棵挺拔的小白杨。这棵小白杨头上顶了把可爱的粉蓝小伞，淡着一张脸，从她身边擦肩而过。

田思恬拉拉她的衣袖：“你看，像许裴这种条件的后脑勺，就是教科书式的帅哥。”

颜舒怕了她的火眼金睛，还好许裴好似有所察觉，手往下一滑，伞跟着往后一倒，刚好挡住后面的视线。

田思恬可惜地咂咂嘴，突然眼珠子盯着前面不动了。

颜舒不明所以：“怎么了？”

“等会儿，这伞看着怎么有点儿眼熟啊？”

颜舒冷静误导她：“伞不都长一个样吗！”

田思恬摇摇头：“不对……”突然想到什么，又道，“我想起来了，这不是你那把吗！许裴怎么跟你……”

颜舒盯着她，眼皮开始乱跳，正准备捂住她的嘴，就听她大声质疑道：“许裴怎么跟你买了同款？”

啊？同、同款？颜舒松开手，同时呼出一口气：“对，同款而已。这有什么好奇怪的？”

田思恬：“怎么不奇怪？你那把伞多少钱自己心里没数，小几千的价格，你觉得一般人会买它？”

“他买不起？”

田思恬被噎了一下：“不是买不起，是没必要，许裴看上去也不像什么大富大贵的家庭出身，你以为谁买东西都跟你似的？”

颜舒似懂非懂地点点头，转头看了眼许裴逐渐走远的背影，目光顿了顿。

他衣领微敞，从后面看过去，领口松散。头发刚剪不久，短了一大截儿，显得脖颈更加修长。肤色冷白，颈窝处一道擦伤格外猩红。

颜舒盯着他的脖子，过了会儿回过头问道：“甜甜，你那儿有云南白药吧？”

两个团队一起，人差不多有三十来个，大家身体素质有高有低，速度有快有慢，出发前就约定好在半山腰集合一次。

田思恬是个外强中干的菜鸟，颜舒边爬边等她，待两人爬到半山腰时，已经快十一点了。

由于时间问题，两个团队商量了一下，决定在不远处的野营区野炊后，再整装继续。

烧烤架等工具架起后，大家才想起当时托老板把食物运到了山顶，现在一来一回运下来至少要再等一个小时。

这下，两队的负责人都犯了难。

孙老头想了会儿，拿了个主意：“这样吧，旁边有条小溪沟，咱们到那边看看，能不能摸到些小鱼小虾。”

大家一听，来了兴致。自己捉鱼捉虾，那可比单纯烧烤有意思多了啊！但是，大家也有些犯难。

“这怎么捉啊？”

“我们哪儿会这个！”

“我们不会，有人会啊！”在一旁支着架子的林雪敏笑着说道，“孙教授可是这方面的专家。”

她之前有所耳闻，孙教授酷爱钓鱼，想必水平不差，故而赶紧抓着机会捧他一捧。众人明白过来，纷纷接话：“是哟，有孙教授在这儿，我们还怕捉不到鱼？”

“跟着孙专家，有鱼吃！”

孙教授摆摆手：“我哪儿是什么专家。真正的专家在……”他伸出一根手指，在人群中找了好半天，都没找到那人的身影。

大家的视线跟着他的手指头左晃晃右摆摆，林雪敏故作熟稔地笑起来：“孙教授，您人没指到，咱们头都转累了。难道是马老师？”

马老师飞快摆手，表示自己不配。

林雪敏眨眨眼：“这专家到底是谁呢？”

话音刚落，就听孙教授大喝一声：“在那儿！”

林雪敏跟着众人的视线，一同望过去，下一秒，就看到了颜舒的身影。

颜舒只不过上了个厕所，回来的时候，一抬头就看到孙老头气势汹汹指向自己的手指。

紧接着，他周围的所有脑袋齐刷刷地转过头，盯向自己。

她一惊，开始反思，今天没犯什么事儿吧？还没想出个所以然，这群人就欢呼着朝她冲了过来。

颜舒弯腰在水里摸来摸去，身后……身后跟了一大群小尾巴。其中，孙教授牢牢记住他“大弟子”的身份，始终占据她身后第一个位置。

此刻，他正竖起耳朵听“颜老师”传授摸鱼技巧，手上也不闲着，牢记知识点，融会贯通，手猛一下探进水里。

小鱼成功地从这双老手里溜走。孙教授正欲捶胸顿足，旁边伸过来一只小手，嗖地扎进水里，准确抓起那条漏网之鱼。

他正佩服着，就见颜老师拧起眉：“我刚才怎么说的，不仅要快、准、狠，还要预判它的走位。”

孙老头小鸡啄米般地点头："是是是。"

他身后众人一起啄米。

颜舒摇摇头："哎！你们真是我带过最差的一届。"

许裴懒洋洋地坐在岸边，撑着太太留给他的小伞，优哉游哉地翻着书，听到这句话，抬起眼，看向小溪沟里明媚的身影。

她这话说得还真不假。还是个小胖丫头的时候，她就带领着山间一群孩子上蹿下跳，明明最小，但那些小孩儿就是喜欢跟在她屁股后头上山下河，玩得乐不思蜀。

每天中午，都能听见村里大着嗓门儿找小孩儿的声音。这大概是她带的第一届摸鱼专业的……学生？

她从不缺玩伴，但她总喜欢来找他。

有回他偷偷把颜爷爷送家里的鱼拿去放生，回来的路上，刚好看到她带领着一群童子军，雄赳赳气昂昂地走在小河边。他冷着一张小脸，只想调头就走，却见她眼睛如星星般亮起，雀跃地叫道："许裴哥哥！"

而后，她朝他跑过来，不带一丝犹豫地，抛开背后所有的小孩儿，坚定地朝他奔跑而来。

一个没注意，小胖丫头把他扑倒在地。

他那时脑子就一个念头，这小胖丫头可真重。可现在，她太轻了。

昨晚睡着睡着，她几乎整个人都趴在了他身上，脚趾还无意识地在他小腿上蹭了蹭，轻飘飘的，像羽毛落在心尖，挠得他又麻又痒。

关文强大大咧咧的声音由远及近："裴哥！"

他开心地跑过来："裴哥，快过去捉鱼，颜舒可太厉害了，带我们捉了好多小鱼小虾，还搬了几只螃蟹！"

许裴淡定垂眼，心无旁骛地翻阅着手中的书籍："不去。"

"为啥？"

"不喜欢。"

关文强点点头："行吧，那你挪挪地儿，到那边树荫底下歇着，不是更凉快？"

许裴瞟了眼他指的位置："那边看不清楚。"

关文强莫名其妙："什么看不清楚？"

许裴没回话，只抬了抬眼。关文强顺着他的视线望过去，正巧看到颜舒带领着大家伙儿愉快摸鱼的身影。

自己不喜欢摸鱼，却喜欢看别人摸是个什么怪癖好？

他心里惦记着鱼虾，也管不了这么多，边往河边跑边说道：“不去就不去，但我提醒你啊，这次除了颜舒，大家战利品都不多，我们可都说好了自己吃自己的，你要是不去可没得吃。我、我顶多只能给你分一只虾！”

他说完又觉得愧疚，正挣扎着要不要再多分他一只，就听某人淡淡地说：“不用，我有。”

关文强顿住脚步，折回来：“你有？”他指了指裴哥脚边空空的小桶，“哪里？”

许裴面色不改：“现在没有，颜舒分我一半就有了。”

关文强感觉自己听了个大笑话，张着嘴好半天才不可思议地哼笑出声：“不是，她凭什么要分你一半啊？”

手机提示声响起，许裴抄起手机，看了一眼。对话框上，颜舒也带着同样的疑惑：“分你一半？为什么呀？”

他垂着眼皮，慢悠悠地戳下几个字：“夫妻共同财产。”

关文强还在嘲笑他：“裴哥，你在想什么！人家捉得再多，也是辛苦在河里劳动了好半天得来的，会分给你？比尔·盖茨怎么不把钱分我一半呢？你太天真……”

话还没说完，就听到一个声音：“来了来了。”

他转过头。颜舒拎着满满一桶小鱼小虾，哼哧哼哧跑过来，蹲下身，开始往他裴哥桶里倒鱼，一边倒一边数：“一二三四，一共捉了八条小鱼，这四条是你的，还有虾和螃蟹……”

颜舒规矩地分好小鱼，分虾的时候，悄悄瞧了许裴一眼，见他没注意，想偷藏两只到桶里。

计划刚实施到一半，面前的男人状似无意地撇了撇头，颈侧的伤口便暴露在了她的视线下。

颜舒顿时心生愧疚，乖巧地把藏起来的私房虾分到他桶里。

待到分好鱼虾，关文强也已经走远，她偷偷从兜里摸出一个东西，塞进许裴手里。许裴低眼看："这是什么？"

"云南白药。"颜舒提示他，"给你擦伤口用的。"

许裴不明所以："什么伤口？"

颜舒指了指他的颈侧，见他还一脸茫然，着急了，下意识提高音量："就昨晚我把你压在草坪里不小心弄出来的伤口！"

颜舒有些羞耻地闭了闭眼，她说了什么？

偏生许裴一本正经地颔首，含蓄地表示："那你下次小心点儿。"

她没脸在这里待下去了，赶紧拎着小桶，飞快跑远了。

田思恬那边已经开始点火，见她跑过来，疑惑地看了她一眼："你耳朵怎么这么红？"

颜舒淡定下来："跑那么远一截路，能不红？"

"干吗跑那么远？"田思恬顺嘴问了句，又想起件事，"对了，你刚才往我桶里塞那么多鱼虾干什么？"

颜舒默了一会儿："你就当我，转移共同财产吧！"

关文强十分珍惜地烤着他为数不多的小鱼小虾，却见许裴提着一大桶水产品，闲庭信步地走过来，放在他旁边。

关文强惊喜道："裴哥，这是给我的？"

许裴颔首："全给你。"末了，他不放心地嘱咐道，"虾子去虾线，烤干一点儿，多放点儿辣椒。"

关文强摸了摸脑袋："咱俩都不爱吃辣，放辣椒干啥？"

许裴从桶里捞起一只小鱼，放进清水盆里清洗，仔细去掉鱼鳞、内脏，扔给关文强："小鱼用油过两遍，弄脆点儿。"

关文强更摸不着头了："裴哥，你不是不吃鱼吗？"

许裴又抓了条鱼，拍晕："啰唆什么。"

关文强不说话了，整就完了。反正这儿就他和裴哥两个人，裴哥不吃正好，全是他的！

二十分钟后，关文强端着盘子，不敢置信地问："裴哥，你说什么？"

许裴夹起一只虾尝了尝："我叫你把这两盘给颜舒送过去，她给我们这么多东西，不得表示一下感谢？"

关文强恍然大悟，乐呵呵地把两大盘鱼虾给颜舒端过去了。回来看着盘子里的几只小虾，陷入沉思。等等，他捋捋，颜舒给裴哥分了一半鱼虾，裴哥拉着他一起费心费力做好，又给送回去了？那他刚刚是做了回……海鲜加工厂？

不得不说，关文强牌海鲜加工厂加工过的味道真没得说，田思恬和颜舒两人恨不得把手指都给舔掉了。

颜舒意犹未尽地舔舔嘴角，有一点儿后悔。早知道这样，还转移什么财产，她直接净身出户岂不更好？

林雪敏已经忙活半个多小时了。她平时根本不做饭，但为了维持形象，一直很积极地帮大家伙儿做事，累死累活了好半天，饿得前胸贴后背，还吃不上饭。

鼻子里钻进一阵诱人的浓香，林雪敏一抬头就看到颜舒抄起一只虾，大快朵颐起来。不仅如此，她面前还摆着满满两大盘不知谁送来的鱼虾。小虾烤得橙红，上面撒满了香喷喷的调料，小鱼干烤得酥脆，一口咬下去，咔嚓咔嚓脆响，馋得林雪敏直流口水。

她忍着饿，憋着气，努力让自己集中注意力干活，哪晓得颜舒吃完鱼虾，又慢悠悠走到她旁边洗碗。香味又一次往她鼻子里钻来，她更饿了。

还好秦明柏很贴心地端了盘烧烤走过来，林雪敏心里一喜，朝他感动一笑："秦师兄，这是……"

见秦明柏点点头，她更是欢喜，正准备伸手去接，却听秦明柏说道："对，这是给颜舒的。"她的手僵在了半空中。

漫不经心洗着盘子的颜舒抬了抬眼皮："给我干什么？"

秦明柏看着她："你今天辛苦了，犒劳你一下。"

"谢了，我不需要。"

林雪敏听着他俩的对话，咬着牙，尴尬地收回手，心不在焉地重新拿起刀，咬咬牙，狠心往手上划开一道口子。

但怕疼，她没敢划太重，只破了层皮。

"哎哟……"林雪敏含着眼泪，求助地看向秦明柏，"秦师兄，我的手受伤了！"

秦明柏终于看了过来，然而下一秒，他公事公办道："林雪敏，下次小心点儿。手受伤了找后勤拿创可贴。”又转过头，对着颜舒努力推销，“我手艺还不错，确定不尝尝？”

一个清冷的男声适时响起：“秦部长如果一个人吃不完，介意我帮你分担一些吗？”

秦明柏转过头，看向来者。许裴走过来，身体十分自然地挡在他和颜舒中间。

两个男人的视线，在半空中交会。秦明柏看着他，有点儿受宠若惊地将食物递过去：“当然不介意，我的荣幸。”

许裴两根指头捏住盘沿，一点点推回去，笑了笑。“开个玩笑，我从不觊觎别人的东西。”秦明柏正想随他笑笑，却听他声音突然转淡，“希望秦部长也能做到。”

秦明柏若有所思地抬眼，再次对上许裴的视线。他眉心兀地一跳，难道许裴……

林雪敏举着手指，打断他们的对话：“秦部长，可以扶我去拿创可贴吗？”

秦明柏回过神：“你怎么还在这儿？”

许裴也看过来：“你是脚受伤了吗？”

林雪敏：“不是，是手。”

“那为什么不能自己去拿？”

林雪敏被这两个男人噎得说不出话，却听一声惊呼，“呀！”颜舒正好端端收拾着饭后残渣呢，却不小心被一根鱼刺划了一下，下意识轻呼了一声。

下一瞬，许裴声音响起：“怎么回事？”

“没什么，被鱼刺划拉了一下。”颜舒不好意思地把手往后藏，却被他一把捉住。

许裴看了一眼，颜舒嫩白的手被划出一条很深的伤口，猩红的血一点点渗出来，看着触目惊心。

“真没事。”她无所谓地挥了挥手，刚抬起来就本能地“嘫”了一下。

许裴回过头，冷静对秦明柏道：“你去拿一下医药箱。”

“好，好！”秦明柏紧张地应了两声，飞快地跑到后勤拿医药箱。

林雪敏不可思议地看着他们，请问颜舒是腿断了吗？凭什么她不自己去拿？

不到半分钟，秦明柏就拎着医药箱，喘着气跑回来了，身后跟着忧心忡忡的孙教授。

孙孝元仔细观察完她的伤势，表情十分严肃："这可不得了，颜舒这双手可是用来钓鱼的，千万不能有任何差池。"他吩咐许裴，"一定记得，好好消毒，好好包扎，两天内不能让她碰水。"

十分钟后，颜舒看着被绷带挂着的手臂，陷入了沉默。

田思恬刚好烤完肉跑过来，看到她的样子，哆哆嗦嗦摸过来："颜颜，你的手断了？"

颜舒："不是……"

田思恬义愤填膺："谁干的？！"

颜舒解释了好半天，田思恬才终于明白了怎么回事，她不可思议："皮外伤裹这么多层？纱布不要钱吗？谁包的？"

颜舒正纠结要不要告诉她，这是许裴的杰作，就见小优颠颠儿地跑过来，高声喊道："天哪，那座铁塔卖出去了！"

原来在半山腰处，有个卖许愿手串的大胡子，大胡子摊位上有座缩小版的一人多高的秋高宝塔，据说是镇摊之宝，许愿特别灵，大胡子开价 9999 元，田思恬当时还在和颜舒讨论，是谁脑子不好才会买走这座塔。

田思恬有些震惊，什么也顾不上了，赶紧把颜舒拉上，跑去小摊前。

小摊子前，两个小伙子正费力地擦拭着许愿塔。抹布一擦，一层铁锈混合着不知积了多久的灰尘附着其上。

一旁的大胡子喜笑颜开："小心点儿擦啊，顾客定了的。这儿怎么还有灰呢！"

俩小伙子苦兮兮地说："老板，这都是陈年老垢，怎么擦啊？"

大胡子眼睛一瞪："老什么垢，这是岁月的沉淀！"

田思恬咋舌，她对着颜舒小声说："这世上还真有脑子不好的。"

颜舒深以为然，田思恬碰了碰颜舒的胳膊："颜颜，你看那边。"

颜舒顺着她手指的方向看过去，恰好看到铁塔的背后贴着的那张小字条。

田思恬挤挤眼："好像是买家信息，咱们看看是哪个。"

她俩鬼鬼祟祟绕到铁塔背后，凑近一看，顿时不说话了。过了几秒，田思恬睁大眼："好家伙，这人竟然跟许师兄同名同姓！"

颜舒也很是感叹："对啊，同样叫许裴，格局也差太多了。"

田思恬抢着补充："岂止格局，哪儿哪儿差别都大！一个是清风霁月不食人间烟火的学神，另一个却是钱多得没地儿花的傻瓜！"

大家玩耍着爬到山顶已经是下午四点多了，于是在山顶上待了半个小时就坐缆车下山了。

吃过晚饭，秦明柏把新闻部众人召集起来，围着火堆，一边喝饮料，一边玩游戏，气氛好不热烈。猜拳、青蛙蹲等游戏都玩了个遍，在林雪敏的提议下，大家玩起了真心话大冒险。

第一轮小优输了，她鼓足了勇气，到隔壁的陌生团队要了个男生的电话号码。大家开始起哄，气氛逐渐高涨。

第二轮，瓶口指向了林雪敏，她大大方方地选了真心话。

小优笑嘻嘻地问她："林师姐有没有喜欢的人？"

林雪敏笑着回了"有"，说完拿眼去瞟秦明柏，引得新闻部众人连连起哄，还有人把他俩推到一起。

秦明柏尴尬得手足无措，连声叫着别闹。她却没有阻止，只抿着唇害羞地笑着。

田思恬凑过来："这招妙啊！既能逼一把秦部长，还能让喜欢他的妹子知难而退。不过也好，她这么一来，估计没人开你和秦部长的玩笑了。"

颜舒深感佩服："就一个游戏，你竟能悟出这么多东西。"

田思恬叹口气："颜颜你哪儿都好，就是在这方面少根筋。"

林雪敏等到大家差不多起完哄，才用手指勾了勾头发："好啦，别闹了。轮到我转瓶子咯！"她伸手，轻轻一转，瓶子转动起来，几秒后缓慢停在了颜舒面前。

林雪敏在火光中抬起头，挑眉："颜舒，该你了。"

这个游戏的规则是，上一次做任务的人要给接下来被选中的人出题，上次瓶口指向的是林雪敏，所以这次，由她出题。

林雪敏："颜舒，你选真心话还是大冒险？"

田思恬悄声说："选真心话，颜颜。"要是选大冒险，指不定林雪敏怎么为难颜舒呢！

颜舒自然知道这个道理，但她揣着一个大秘密，如果回答不好，被发现端倪就不妙了。

"我选大冒险。"

听她这么说，林雪敏也有点儿惊讶，她笑笑："那我出题咯！问你走出这里遇到的第一个男生要一样东西。"

"什么东西？"

"他最重要的证件。"

她这题一出，大家都愣了愣。一个人最重要的证件，不就是身份证吗？不只是田思恬的脸色变了，连平时跟林雪敏要好的小优也回过头，诧异地看着她。

"谁会把身份证随便给别人，要是谁问我要身份证，我就报警了！"

"这也太为难人了！"

"林师姐什么意思，故意出难题让颜舒喝酒？"

林雪敏自然知道在众人面前这么针对颜舒，不是上上策。但今天这一天过得实在糟心，仿佛所有人都在跟她作对，她实在忍不了了。

林雪敏压下心里的憋闷，"扑哧"一声笑道："玩游戏嘛，这么紧张干什么。任务失败就喝酒呗，颜舒又不是不能喝，是不是呀，颜舒？"

她这么一说，大家也不好再说什么，就像她说的，不过是个游戏，太较真就没法玩了。

颜舒不好扫大家的兴，站起身，往旁边小路走。

林雪敏给她换了个大点儿的杯子，拿起酒瓶，倒了满满一杯酒。而后，跷着腿，等着颜舒回来喝罚酒。

颜舒是抱着白走一趟的心情离开的，毕竟谁会把身份证给别人呢？也好，出来透透气，回去也就喝杯酒而已，她正好有些口渴呢！

颜舒安慰了自己一波，穿过长亭走廊，没碰见一个人，正纠结要不要直接打道回去认输，转过角就看到一个高瘦的身影。他斜倚在朱红色的廊柱上，电话举在耳边，看到她走来，低头朝电话那头说了两句，又道："稍等。"

许裴的几根指头向下一滑，捂住话筒，往她手臂上扫了一眼："手都这样了，怎么还跑出来？"

"我也不想啊！"颜舒开门见山，阐明了来意。

许裴抬眼看她："最重要的证件？"

颜舒怕他有心理负担，赶紧说道："没有也没事，反正就是一个游戏，不重要。"

许裴松开指头，冲电话那头淡声："抱歉，等我两分钟。"

说完，大拇指在屏幕上按了下，关了麦，从外套内袋里掏出一个钱夹，摸出身份证，递过去。

颜舒接过。得，这酒看来喝不上了。

"我一会儿还你！"颜舒眉眼弯弯地说着，就要把证件装包包里，却听他吐出两个字："等等。"

"嗯？"她仰头看他。

许裴用手指夹住钱包，不紧不慢地从里面抽出个东西，递到她另一只手上。

颜舒低头。她左手握着他的身份证，打着绷带的右手手心里，乖巧地躺着一个红色小本本。

路灯照出上面三个烫金大字——结婚证。

"我也不知道哪个更重要，要不……"许裴重新拿起电话，按下麦克风键前，他开口，清冷的声音散在山间夜风里，"你选一个？"

篝火堆旁，大家席地而坐。田思恬看了眼时间，侧过身悄悄给颜舒发信息："颜颜，要不到就算了，早点儿回来。"

一旁的林雪敏默不作声地勾了勾唇："甜甜，你问下颜舒还要多久啊，大家可都等着呢！"

"颜舒回来了！"有人打探了消息，跑回来报信。

大家伸长了脖子，往四周望去，在长亭口找到颜舒折回来的身影。

山间夜凉，她的鼻尖被冻得有点儿红，右手缠着厚厚的绷带，笨拙地绑在脖子上，一阵风吹过，把刘海吹得在空中胡乱支棱，怎么看怎么惨。

田思恬赶紧迎上去："怎么去了这么久！快来火边暖暖。"又忍不住叨叨她，"要不到证件就算了，喝酒而已，你又不是不会。"

林雪敏心中有了数，把装满了酒的杯子递过去：“对呀，输就输了，游戏而已。先说好，咱们可不兴女孩子喝半杯那一套哟！”

“半杯？瞧不起谁啊！你再倒八杯也没问题！”田思恬语气莫名自豪，“是吧，颜颜？”

“不是，甜甜，酒不酒的无所谓。”颜舒一脸疑惑，“但你觉得我像会输的样子吗？”

田思恬悄声安慰她：“她故意为难你，大家都看着呢，这局输了也不丢人。”她说完，就瞧见颜舒略显复杂的眼神。

田思恬惊了：“你该不会……”颜舒笑眯眯地从小包里翻出张证件，在空中挥了两下，略显遗憾地说：“这杯酒应该喝不上了。”

田思恬竖起大拇指，表示佩服：“不愧是你！”

大家也没想到她真能完成任务，激动地“哇”了一声。

林雪敏面色微变，故作埋怨地摊摊手：“看吧，你们还冤枉我，说我故意为难她，我早说过，颜舒本事大着呢！何况我们颜舒还长得这么漂亮。”

她这话说得仿佛另有深意，但酒过三巡，周围又太吵闹，大家一时间没注意到这话的潜台词，纷纷笑闹起来：“别说小男生，我一个女生也抵抗不了颜舒这张脸呢！”

林雪敏眼角余光里，秦明柏和大家一起笑起来，温柔的视线落到颜舒身上。

她用力抠了抠酒杯杯沿：“也是颜舒运气好，遇到的是别的男生，不是许裴。要是遇到许裴呀，你这杯酒，怕是喝定了。”

田思恬皱起眉：“扯什么许裴啊！谁遇到他不都得输？你管她问谁要的，任务完成不就行了！”

林雪敏无奈道：“我就开个玩笑，怎么还上纲上线了呢？”

旁边的妹子适时转移了话题：“来来来，咱们继续，该谁了？”

林雪敏放下酒杯：“慌什么？还没验货呢！”她笑着伸手，从颜舒手里拿起那张身份证，亲昵道，“我看看是哪个男生这么……”声音戛然而止。

她旁边的妹子调皮地说：“这是有多帅啊，林师姐都看呆了。”

大家一听，赶紧凑过来，林雪敏却下意识把身份证往下一压，企图遮住证件正面的照片。

然而来不及了，妹子笑嘻嘻地抢走身份证：“林师姐，让我们也看看呗！”

说着妹子低头瞧了一眼，但火光太昏暗，看不太清楚，只感觉确实挺帅的，还有点儿眼熟。

倏地，随着一道手机电筒的灯光亮起，大家伙儿一同凑过来，而后就像被谁按了暂停键一般，所有人都顿住了。

证件照上的男人五官立体，眼神清冷，这张脸对新闻部众人而言，太过熟悉，毕竟大家做梦都想拿到他的采访。“姓名”后面印着两个大字——许裴。

关文强跟在许裴屁股后头，捂紧衣服：“裴哥，这大晚上的，又这么冷，你把我拉出来散什么步啊！”

“冷吗？”许裴脚步微顿，思考片刻，“新闻部好像在搞篝火晚会，要不我陪你过去烤烤火？”

关文强十分感动，他随便说了声冷，裴哥都放在了心上。他开心地跟着许裴往篝火那边走去，快到了，才想起来，不对啊，这天气，钻帐篷里不就不冷了，用得着烤火？

一抬眼，他们就看到了篝火。

新闻部一群人眼尖地发现了他俩，纷纷伸长脖子，露出星星眼：

“许师兄，你们怎么来了？”

“许师兄是来拿身份证的吧？”

许裴颔首：“顺便过来陪你们关师兄烤烤火。”

大家赶紧给他俩让座：“来来来，这里暖和。我们正玩游戏呢，许师兄、关师兄，要不要一起？”

关文强连忙摆手，心想：烤两分钟火就行了，团队今天也挺忙的，哪有那么多时间玩游戏啊！却见许裴看向自己，蹙了蹙眉地问道：“你又想玩游戏了？”

关文强惊慌：“我没……”

“行吧！”许裴自顾自地点点头，“陪你玩一会儿吧！”

他正在思考怎样让裴哥明白，他真没想玩游戏，就被热情的新闻部众人拉着，讲起了游戏规则。关文强听了好久，终于明白过来，他们这群人现在玩的是真心话大冒险的升级版。

依旧是转动酒瓶，只不过酒瓶指到的人需要从在场人中挑一人，一起完成三道问题。全部答对，才算成功，否则就要接受惩罚。

关文强：“惩罚就是喝酒？”小优指了桌上的酒杯：“两杯酒，或者一百个青蛙跳。”

有了许裴两人的加入，大家的兴致空前高涨，摩拳擦掌地想要将瓶子转到两人面前，却屡战屡败，还有人转了半天转到了自己，狠狠坑了自个儿一次。

一片欢声笑语中，小优站起身，摩拳擦掌后几根手指头把着啤酒瓶用力一转，啤酒瓶在地上打了好几个圈，而后晃晃悠悠地指向一人。大家顺着看过去，一起欢呼一声：“耶，终于转到许裴师兄了！”

小优迫不及待地拿着学号牌跑了过去：“许师兄，抽个学号牌。”

她面前放着二十多张小卡片，卡片上写着学号的后三位数，许裴需要自己抽选一个，抽到谁的学号就和谁一起完成任务。

关文强小声在他耳边提示：“我的学号尾数是 618。”

“好的。”许裴颔首，“我选 215。”

许裴转过头，义正词严：“孙教授平时怎么教育我们的？聪明劲儿得用到正道上，不要想着作弊！”

关文强很是羞愧：“裴哥，我悟了！”

话音刚落，小优翻开学号牌：“尾号 215 的幸运观众是，颜舒！”

颜舒和许裴前面各放了一个答题板，要一起答对三道题才算成功，不然许裴将面临一百个青蛙跳的严重惩罚。

颜舒很不可思议：“为什么不选喝酒？”

许裴只淡淡问：“我们会输吗？”

一句话就激起了颜舒的好胜心，她的回答铿锵有力：“绝对不可能！来吧。”

三道题都和做任务的人相关，小优对着小字条念道：“第一道题，许裴最近阅读的书叫什么名字？”

许裴写好答案，看向颜舒。

颜舒拍了拍胸脯：“放心，我知道答案。”她去送小鱼虾的时候，刚好扫到过他手里拿着的那本书的名字。她自信满满地往答题板上写，但由于右手被架着，只能用左手写，笨拙别扭的动作，让所有人都笑作一团。

好不容易写好，小优翻开两人的答案。两张答题板上，写着同样的几个字——普林斯顿数学指南。

左边板子的字迹苍劲洒脱，右边的字却歪歪扭扭，如同狗刨过一般。

颜舒顶着一张幽怨脸问道：“你下次能不能看本短点儿名字的书？”

“第二道题，许裴最讨厌吃什么东西？”

这次颜舒连想都不带想，直接写了一个字。小优翻开一看，“颜颜，你这个一看就是错误答案啊，看来许裴要做青蛙跳了，哈哈哈。”

大家凑过来，看了一眼，答题板上歪斜着一个大字：鱼。

大家乐不可支地在颜舒旁边笑道：“颜舒，这就是你的不对了啊！林师姐的报道你都没看？”

“但凡看了就知道，小青梅说许裴最爱吃的就是鱼，每天都要去她家拎两条。怎么会讨厌呢？”说完，有人赶紧跑去翻许裴的答案：“看吧，你肯定答错……”话未说完，便顿住了。

许裴的答题板上，竟然写着同一个字——鱼。

大家伙儿面面相觑，三三两两小声嘀咕：“怎么回事？难道林师姐的采访有问题？”

“不会吧？是不是信息有误啊？”

有大胆的，还跑到许裴面前问他：“许裴，那个传言中的青梅，你到底有没有啊？”

篝火噼里啪啦一阵碎响，许裴抬了抬眼，像在看篝火，又像是透过篝火看向了对面。

颜舒听到篝火声，转头去看火堆，却不经意地对上许裴如点墨般的瞳孔。

橙红的火光中，他开口：“有。”

再问下去难免有打听他人隐私的嫌疑，小优赶紧转移了话题：“颜舒，你怎么猜到答案是鱼？”

颜舒移开视线，脸不红心不跳：“我就挑了个字少的写。”

一时间，大家又哈哈大笑了起来：“这都能误打误撞到？”

已经回答出了两道，只要再答对一道题，他们就能成功完成任务。颜舒正襟危坐，竖着耳朵听小优报题。

“第三道题。”小优打开题目，顿时兴奋地提高了音量，“请问许师兄，最近一次亲吻是什么时候？”她问完，整张脸都通红一片，不知道是害羞还是激动的。

新闻部一群人更是捂着脸，“啊啊啊”个没完。借着游戏的名头，理所当然地探听许裴的八卦，这种事他们之前想都不敢想。于是，大家不约而同地放亮了双眼，看着答题中的两人。

颜舒咬着笔头，陷入沉思，这题她哪儿会啊！

可就剩最后一道题了，如果失败的话她实在不甘心，只好绞尽脑汁，开始急速头脑风暴。

三秒后，她突然想到了什么。昨、昨晚，她是不是拿额头亲了许裴的嘴？

许裴垂着眼皮，刚一笔一画地在答题板上写下答案，抬眼就看到颜舒紧皱的眉头猛一下舒展开：“这题我会了！”

许裴很是怀疑：“我都不会，你会？”

旁边人半开玩笑地说：“许裴师兄，不准对答案！”

“对啊，哪能作弊啊，颜舒，不带这样玩儿的！”

大家你一言我一语闹着，将他的声音彻底淹没。

隔着嬉嬉闹闹的人群，颜舒递给了他一个“放心，我们必胜”的眼神，自信满满地看着逐渐翻开的答题板，然后，就不说话了。

两张答题板，答案截然不同。

颜舒：昨晚。

许裴：无。

颜舒疑惑地看向许裴，她趁人不注意，悄悄指了指自己的额头，疯狂给他提示。

许裴不为所动。

“回答错误！”新闻部众人已经开始起哄，有节奏地拍起手掌，“许裴！青蛙跳！许裴！青蛙跳！”

颜舒放弃了挣扎。算了，反正是他受惩罚，输了就输了，关她什么事！有生之年能看许裴做青蛙跳，想想还挺刺激。她转过弯来，幸灾乐祸地加入了起哄队伍。

哄着哄着，感觉哪里有点儿不对。不是，许裴用那种眼神盯着她做什么？颜舒一张脸写满了迷茫。思考良久，她突然想到什么，身体微微一僵。

不会吧，这一百个青蛙跳难道算是——夫妻共同债务？！

“许裴！青蛙跳！许裴！青蛙跳！”

热烈的起哄气氛还在持续，每个人都涨红了脸，期待着许裴的惩罚。

突然，颜舒噌一下站了起来，微笑着说：“作为小组成员，我有义务帮助许裴，我帮他跳五十个！”说完，毅然决然地站出列。

一直稳坐如山的许裴，此刻也慢悠悠站起身，挺直背脊走到颜舒旁边。两人一起蹲下，不约而同开始青蛙跳。不知从何时起，篝火旁陷入了一阵诡异的安静。

大家沉默地看着两人蹲下、跳起，蹲下、跳起……越跳越快，越跳越远。

最后，两道背影一同消失在草坪里。

众人：不是，青蛙跳的意思是，围着篝火堆跳，可不是叫你俩跳到大家伙儿视线外的地方去！

确认自己和许裴已经跳很远后，颜舒开始复盘，她百思不得其解地问：“这道题的答案怎么会是‘无’？”

许裴也表示不能理解，他蹙眉：“怎么会是昨晚？”

颜舒提醒他：“你忘了？昨晚我不小心拿额头亲了你的嘴啊！”

许裴瞥了她一眼：“那也算？”

颜舒大感受辱：“怎么不算？那可是我额头的初吻。”

“注意审题，题眼是亲吻。如果亲吻是第十级，昨天那个顶多只能算第一级。”许裴淡定伸出一根小指头，掐了指甲盖那么一小块地方，轻哼了声，“最次的那种。”

颜舒不服气了："这种程度才第一级，那什么是第二级？"

颜舒刚说完，脚下没注意踩了个小石子。她右手被缠住，一时间没平衡住身体，猝不及防地往旁边倒去，旁边一只大手适时将她稳稳扶住，惯性使然，她脑袋不受控制地向左歪斜。

下一秒，柔软的嘴唇从他的耳垂上轻轻擦过。许裴的手微微收紧，被她冒犯的那只耳朵，肉眼可见地染上了一层薄红。

他忍住耳垂传来的阵阵酥痒感，转头，对上她的眸："这应该算吧！"

"嗯？"

许裴撇开视线，声音很轻地开口："第二级？"

关文强没想到，许裴竟然真带着他，和新闻部那群人玩了一整晚的篝火游戏，直到散场才回到帐篷。

所幸他俩今晚的任务已基本搞定，只须用十几分钟，简单收个尾就行。

关文强敲完数据，合上电脑，指了指门帘外："裴哥，那我先回了啊！"

"等等。"

许裴手指在键盘上敲下一串数字，把手机丢给他："帮我拍张照。"

"啊？"

"发给宁合机械，拍张工作照，交个差。"许裴解释。

关文强明白过来，"噢"了声，接过手机准备随便拍一张，却见许裴伸手，指了指他旁边的位置："到那儿去拍。"

"为什么？"

许裴用词十分简短："宁合机械。"

关文强不解地皱起眉头，疑惑地问："他们要求这么多？"

许裴摊手："甲方，没办法。"

关文强听命地退后两步，"咔嚓"拍了一张。许裴接过看了一眼照片，立马摇头："不行，重新来，角度往上来点儿。"

关文强更迷惑了："这要求怎么这么奇怪？工作照而已，还需要找角度？不知道的还以为你要拿这照片相亲呢！"他嘴上诧异，身体还是很敬业地替许裴拍了起来。

但许裴始终不满意，一会儿嫌弃角度不好，一会儿又觉得焦距不对。

关文强猫腰弯腿地拍了十来张，最后才勉强过了关。

他刚吐完一口气，手机突然振了一下，一条微信闪了过来。许裴淡淡的声音响起："强哥，这条链接发下朋友圈。"

关文强看着手机："这也是他们那边要求的？有病吧！"

许裴沉默片刻，和他一起唾弃："是啊！"他拍拍关文强的肩，"辛苦了，强哥。"

一句话把关文强搞得饱含热泪，直替裴哥委屈："甲方的毛病，关你什么事啊！裴哥你才真的辛苦，你一个人和睿智甲方周旋，承担得太多了。"

他拍着胸脯保证："裴哥，你放心，我马上就发，绝对不让你难做！"

许裴微笑："嗯，回吧，路上小心。"

关文强收起眼泪，"嗯嗯"两声，边按要求编辑链接，边弓着背走出帐篷。手一按，点击了发送。朋友圈界面自动刷新后，他第一时间看到了自己那条动态。

再往下一条，则是他刚拍好的那张照片，最左栏显示的头像是许裴。

关文强挠挠头，迷茫极了：裴哥不是说这是要发给甲方的吗？怎么手滑发到朋友圈去了？

田思恬喝了点儿酒，精神有点儿亢奋，话也变多了，拉着颜舒陪她躺在帐篷外的小椅子上，饶有兴致地刷着朋友圈，边刷边实时点评。

"校门口那家重庆小面太可恶了，竟然深夜'放毒'。不行，我明天下午回校，立马点三两！"

"哎，你看我这同学啊，又在朋友圈搞抑郁文学了，以前多乐观一小姑娘，上半年嫁人之后，画风就变了。唉，选老公这事，还是得放亮眼睛好好选！"

田思恬原本就只是自个儿叨叨而已，没想到一直仔细敷着脚膜的颜舒突然感同身受地感慨道："是啊！没看透那男人之前，真不能急着嫁过去，不然会变得不幸。"

难得颜舒这么给她这个醉鬼面子，田思恬越发来了精神："对对对，我这同学就是没看清，一拍脑子嫁过去，才发现男人什么都没有，住她娘家房，开她娘家车，还好吃懒做。"

颜舒敷好脚膜，手指上滑，开始揉小腿："这还算好的，还有的女人，年纪轻轻嫁过去，不但要自己下河捕鱼养男人，还要替他还债，腿差点儿没跳断！"

田思恬没搞明白，还债跟腿跳断有什么关系，但这并不妨碍她义愤填膺："谁啊，这么倒霉？"

颜舒幽幽叹了口气："我一个朋友。"

她揉完微微酸胀的小腿，学着田思恬的样子，往身上搭了条小毛毯，歪倒在躺椅上，吹着山风，刷着朋友圈，好不惬意。只不过，还没惬意多久，就刷到一条朋友圈。

来自她那"倒霉朋友"的老公——许裴。

动态简单明了，没有任何文案，就一张他背对着镜头工作的照片。

这张照片应该是谁抓拍的，看起来非常随意，镜头略有些糊，却正好对焦在了后颈的伤口，其他地方都不太清晰，只皮肤上几道血印十分醒目，仿佛在提醒颜舒，她昨晚犯下的恶行。

颜舒开始内疚起来，还好她上午悄悄给他送了瓶云南白药，只要认真上药，过两天就能好全。正自我安慰着，她就看到动态下多出一条他自己的回复。

许裴："感谢大家关心，暂时还没来得及上药。"

她戳了下他的头像，又在对话框里打下一行字："我上午不是给过你药了吗，没喷？"

许裴："没。"

颜舒："怎么不喷上啊？"

许裴："够不到。"

颜舒才想起，他的伤口在颈侧的位置，的确很难自己上药。

"找你朋友帮下忙？"

许裴："都睡了。"

颜舒犯了愁，但转念一想，就皮外伤而已，等明早他朋友起来再帮他上药，估计也行。

旁边田思恬突然乐出声："颜颜，关师兄也太逗了吧！"

颜舒转过头："怎么了？"

田思恬边乐边把手机递过来："他好好一个学霸，竟然转发这种鬼畜文章，跟我爸有一拼！"

颜舒接过来一看，整个人立时就顿住了。关文强未留只言片语，但转发文章的标题十分瞩目——警惕！小伤口大毛病！男子轻伤后未及时处理，竟然导致截肢！

随后，手机振动，许裴发过来一条语音："我没事。"嘴上说着没事，声音听起来却虚弱无比，落到颜舒耳里，仿佛在说"我快不行了"。

田思恬正乐着，就见颜舒默默撕掉脚膜，站起身。田思恬摸不着头脑："颜颜，你干什么去？"

颜舒的身影已经远去，只留下四个字："救死扶伤。"

颜舒掀开帐篷帘的时候，虚弱到快"死"的许裴正坐在夜灯下，慢条斯理地翻阅书本。

他抬了抬眼皮儿，眼神疑惑："有事？"

颜舒猫腰钻进去："药呢？"

许裴蹙眉："都说了没事。"说完，却捂着后颈"嘶"了声。

颜舒皱了皱眉，摊开手："啰唆什么，快给我！帮你上了药，我还得回去睡觉呢！"

许裴慢吞吞地从包里摸出碘伏和喷剂，递给她。

深夜，秋高山上。新闻部两个妹子走在小路上，鹅蛋脸的妹子拉了拉旁边妹子的衣袖，悄声问："不会吧，你还要去问林师姐要校刊？"

高个子妹子回道："对啊，上期校刊太抢手了，我都没抢到呢，林师姐答应送给我一本副刊。怎么了？"

鹅蛋脸妹子唏嘘："你今晚没去篝火晚会，都不知道发生了什么。我跟你说，林师姐那篇报道是乱写的，你要来干什么？"

"啊，不是采访的许裴师兄的小青梅，还和颜舒争版面吗？怎么成乱写的了？"

"谁知道呢！"

"那我还是不要了。"

两人说完，就要往回走，一转身，却吓了一跳。

“林、林师姐！”“林师姐好！”

林雪敏立在黑暗处，看不清表情，过了两秒才走过来，笑着问：“这是要去哪儿？”

高个子妹子结巴地说：“就、就随便走走。”

鹅蛋脸妹子机灵地说：“马老师刚才叫我们去搬烧烤架呢！先走了啊，林师姐。”

林雪敏点头：“夜深了，注意安全啊！”她说完，笑着和二人告别，一转身，脸色唰地就变了。

她压住心头直往上蹿的怒火，拿出手机，点开舒柔儿的号码，拨了出去。电话响了一声，就很快被掐断。

林雪敏阴沉着脸，往帐篷走，等走到自己帐篷前时，一张脸更黑了。她面前的帐篷像抹布一样又破又烂，反观旁边颜舒那顶，又宽敞又结实，两顶并排而立，把她的帐篷衬得更加惨不忍睹。

林雪敏忍着破布发霉的味道，心中的怨怼一时间被拉到了极致。她摸出手机，找到校内论坛 APP（软件）的登录界面，熟练地输入了自己的学号，点击“我要发帖”按钮。五分钟后，校内论坛上多出一个新帖，标题瞩目。

“亲眼所见，系花真的茶得可以，呵呵！”

主楼：“事情是这样的，楼主和家人到秋高山度假，偶遇了新闻部和许裴团队团建，接下来就是被系花一系列操作惊到三观炸裂的两天。系花故意弄坏帐篷，到许裴面前装可怜也就算了，中午又捉了鱼虾捧到许裴面前献殷勤，只可惜许裴完全不领她的情，一口都没吃，笑死我了。”

“晚上大家开篝火晚会，她还故意帮许裴挡惩罚，制造独处机会。手段、心机真的是一套一套的，只可惜落花有意流水无情哪，许裴不买账。别人之前说她，我还不信，这两天亲眼看到才算开了眼，跟个小丑一样，在许裴面前上蹿下跳，真是给我们女人丢脸哪！”

发完帖，林雪敏还觉不解气，再次翻出舒柔儿的号码，打了过去。还好，这次手机响了两声，就被接了起来。那头声音甜美：“喂，雪敏姐。”

“舒柔儿，我这次被你害死了！”林雪敏这话一出口，才发现自己声音沉得厉害。

“喂？雪敏姐，你那……那信号不……好吗？”

林雪敏看了眼手机，果然信号不太好，这破地方。她起身往外走，找了个高点儿的地方，继续黑着脸质问她：“你老实告诉我，你和许裴到底什么关系？”

林雪敏对她可没什么好脾气。她第一次见到舒柔儿时，这丫头不过三四岁，穿着土到掉渣的花裙子，畏畏缩缩地站在角落。现在的舒柔儿攀上个好爹，摇身一变，成了校园女神，可在林雪敏心里，她永远都是那个落魄的小土妞，丝毫不值得她花功夫伪装。

电话那头的女生声音微顿，依旧甜甜笑着：“我不是说了吗，我们小时候就认识，经常一起玩的。怎么了呀，雪敏姐？”

“你跟我说，他小时候最爱吃鱼，可许裴刚才亲口告诉大家，他最讨厌吃的食物就是鱼。”林雪敏冷笑了一声，“你怎么解释？”

演播厅里，舒柔儿微微愣了一下：“不可能吧？”怎么会呢？她明明亲眼看到的。

那时，她借住在颜爷爷家。

每天早上，许裴都会过来，板着小脸敲开大门，站在门口朝里面望：“颜爷爷，今天有鱼吗？”

同一个问题，他一连问了好些天，后来有一天，他终于没再要鱼，而是站在门口憋了好半天，最后吐出一句话：“颜爷爷，娇娇什么时候回来？”

舒柔儿举着电话，神情略微恍惚，直到林雪敏那边“喂喂”了两声，她才回过神。

她飞快挤出一个笑容：“小时候爱吃，长大了口味发生了变化也说不定嘛！”

片场传来导演的声音：“38 号舒柔儿，38 号舒柔儿……”

舒柔儿应了声，对着电话说：“等我一下。”

林雪敏不耐烦地“嗯”了声，抱臂走在小路上。眼角余光里，一个身影从一间帐篷飞快钻出，偷偷四下望了眼，飞快没入夜色里。夜太黑，那人的模样她没看清，但那双鞋子她瞧得一清二楚。

奥提稀有版小白鞋，颜舒的。

林雪敏的视线从背影消失处收回，又落到了那顶帐篷上，脸色一变再变。

电话那头，舒柔儿甜美的声音传来："我挂了啊，雪敏姐，导演组叫我彩排。"

"等等。"她盯着那顶帐篷。

舒柔儿："嗯？"

林雪敏皱眉："你什么时候能返校？"

"过几天就能出来一趟。怎么了？"

林雪敏冷哼了一声："没怎么，就是提醒你一声，赶紧回来看好你男人，不然可就被人捷足先登了。"

舒柔儿在电话另一端轻声笑了笑："他那个性格你又不是不知道，别的女生想登也登不了呀！"

"是吗？"林雪敏视线依旧紧盯着帐篷，"我看他这次对颜舒可不一般。"

电话那头的人似乎僵了下："谁？"

"颜舒。"林雪敏回完，才想起她大概不认识，加了句，"大二新闻系，颜舒。"

"不可能！"那头的声音突然提高了几分。

"有什么不可能。"林雪敏咬了咬牙，"说起这个颜舒，我真的一肚子气，上次抢我版面的就是她。她写的那什么东西啊！不知道主编老师怎么想的，居然让她上了！"

连日以来的情绪，终于找到了一个发泄口，林雪敏语气恨恨："你知道我现在住哪儿吗？一顶破帐篷里！早知道我就不搞坏她的帐篷了，不然现在还能住许裴的备用帐篷！"

"那个小优是个没脑子的，不知道吃什么长大的，居然让我睡破布玩意儿里，我呸……"

她将这些天受的委屈一股脑吐给了舒柔儿，还准备再说点儿什么，却听背后哐当一声响。

林雪敏举着电话，突然心里咯噔一下，脑子里闪过一种不好的预感。

她僵硬地回过头，离她不足五米的地方，站着十来个人影，这群人

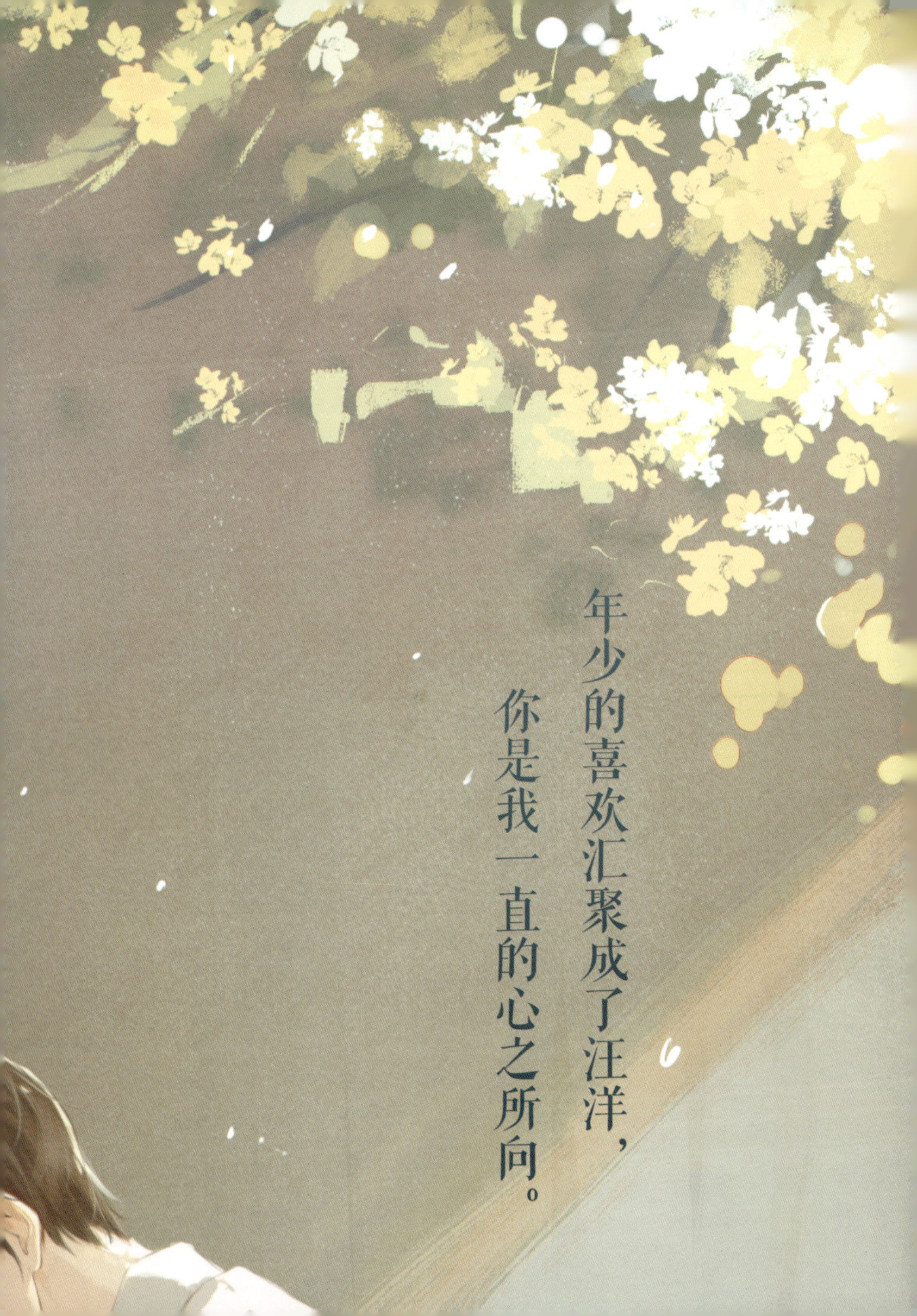
年少的喜欢汇聚成了汪洋，
你是我一直的心之所向。

有男有女。两三个男生抬着一个烧烤架，旁边几人每人手上都拎着大包的炭火、食物、工具，还有几个妹子手里拿着刚才没吃完的烤串。

大家整齐划一地顿在原地，眼神复杂地看向她，其中一个妹子睁大了眼，张大了嘴，一副震惊到说不出话的古怪模样，手里的烤串，十分应景地“嗒”一声，掉落在地。

时间仿佛都静止了。

这时，一个声音弱弱地响起：“林师姐，吃、吃烤串吗？”

旁边有人冷呵了一声：“嗬，她都说你没脑子了，你还问人家要不要吃烤串，你真傻啊？”

林雪敏脑子嗡嗡直响。她动了动唇，嘴巴却像被粘住了一般，始终说不出一个字。

一个干瘦的身影从两个高大男生背后走过来，马老师拉着一张老脸，显得脸更长了。

他厉声：“你，给我过来一趟！”

颜舒累了一天，回到帐篷，倒在气垫床上就睡着了。迷迷糊糊间，她好像看到了一个男人半湿的胸膛，她挣扎了好久，终于犹豫着走到男人面前，却听男人咬着牙：“颜舒！”

颜舒猛地一下从床垫上惊坐起来，天已大亮。

她坐在床上，搓着眼睛迷茫了好一会儿，突然，脑子没来由地闪过几个片段，她手上的动作一顿。

等等，她昨天是不是做梦了？还梦到了男人？

重点是，她恍惚记得，在梦里的她，好像非常开心。还好那男人没有露脸，不然——不对，那男的虽然没露脸，但是声音，是……

颜舒脑子里如同绞了一团毛线，乱哄哄的，一会儿是昨晚许裴咬牙切齿蹦出的两个字，一会儿又是梦里的他愤怒控诉自己的声音。不仅声音，脑海里的场景也是乱的。

颜舒低垂着脑袋，狠狠唾弃着自己。

田思恬撩开门帘进来的时候，颜舒正盘腿坐在帐篷里，托着腮，若有所思。田思恬脱了鞋，走过去：“做什么呢，这么入神？”

尽管有些难以启齿，但颜舒还是把昨天那个梦原原本本给田思恬讲了一遍，原本以为田思恬会笑话她，没想到这姐妹听后却感慨万千：“不容易啊，颜颜，你终于正常了！”

田思恬：“你想啊，你今年二十岁，都到国家法定结婚年纪了，就算一直单身，那至少应该有点儿世俗的欲望啊！”

颜舒迷茫脸：“世俗的欲望？”

“对。”田思恬语气老练，“就像你昨晚做那种梦，我早几年就做过了！你这种一点儿想法都没有的，才是稀有动物。”

“这样啊！”颜舒松了口气，彻底放下心来。

田思恬：“你梦到谁了？”

田思恬冷不丁这么一问，颜舒差点儿就将“许裴”两个字脱口而出了。还好颜舒反应及时，又给咽了下去，随便瞎掰了一个：“记不太清了，好像是蓝修明……”

这人是尤佳喜欢的明星，高中那会儿，她天天在颜舒耳朵边念叨，两人还约着一块儿听了场演唱会。颜舒一时情急，顺手就抓了他的名字。

田思恬“噢”了一声：“他是挺帅的。”而后又兴致勃勃地说，“真的就只摸了下胸肌？没干点儿别的？”

颜舒皱眉：“还能干什么？”

田思恬凑近了点儿，一副老司机的样子：“回头我发给你，你研究一下，保管你下次做梦的时候，花样不这么单一，场景也多变。”

颜舒连连点头：“对对对，我也觉得太单调了。多发点儿给我！”

两人边聊边往外走，准备去吃早餐，结果还没到地方呢，就见小优气喘吁吁地跑过来：“颜颜，马老师找你。”

颜舒莫名：“找我？”

小优欢快地说：“是啊，他把林师姐也叫过去了。”

“林雪敏？”

小优握紧了拳头：“颜颜你还不知道呢？你那顶帐篷，就是她弄坏的！她还想连夜回学校，马老师不让，要她照价赔偿，再给你道个歉才放她走。”

团建结束，已是下午三点，大家意犹未尽地上车，准备出发回校——除了林雪敏。

她早上涨红着脸，憋了好半天，憋出一句“对不起，是我错了，我不该弄坏你的帐篷”，说完，就赶紧拎着行李匆匆消失了。

田思恬机灵，把整个道歉过程都录了下来，一整天都在循环播放，她一边回味，一边感叹，坐上车了也没消停。颜舒的声音在耳边响起：“甜甜，你看那儿。”

田思恬转过头，看到远处一个农民老伯挑了两担东西，问道：“柚子？”

颜舒扒在窗边，眼睛亮亮的：“这可不是普通的柚子，是斋婆柚，我小时候可喜欢吃了。”

她不爱吃什么蜜柚、沙田柚，却独独对斋婆柚情有独钟，但这种柚子味道小众，外面卖的远没有当地人自己种的味道正宗，她已经好几年没吃过了。

颜舒现在就想冲下车买两个，田思恬一把拉住她：“那老伯人都不见了，你到哪儿买去？”

颜舒急忙回头，看向窗外，果然，柚子已没了踪影。

“不是，裴哥！”关文强看着停车场里空落落的位置，发出灵魂质疑，“咱们的……车呢？”

许裴抬脚，往前走：“孙教授有急事，上午带着几个师兄弟，把车开走了。”

关文强咋舌：“那我俩怎么办？”

许裴好像也陷入了沉思：“咱们想想办法，一定能蹭到顺风车的。”

关文强眼睛一亮：“对啊，我们可以蹭新闻部的顺风车啊！”

许裴挑眉：“新闻部？”

关文强想到了主意，自觉很得意：“我记得他们租了辆30多座的大巴车，加上我俩座位也绰绰有余。”他说完，没得到裴哥的夸奖，不乐意地转过头看向许裴。

后者目光定定地看向一处，片刻，回头交代了一句：“这样，你去跟秦部长沟通一下。”

关文强拍着胸脯："好嘞！我办事裴哥你放心，保管办得漂漂亮……"话还没说完，许裴就没影儿了。

关文强回过头，发现他裴哥已经站到了离他十米远的地方，面前是一个卖柚子的老伯。

关文强几步跑过去："裴哥，你想买柚子？这么沉，网上买不就行了。"

许裴半蹲在担子前，手肘架在膝盖上，另一只手把住颗柚子，托了托重量，仔细挑选。他笑了一下，声音有点儿低："不一样。"

片刻，许裴抬头问他："我们不是要蹭人家的车？"

"是啊！"

"那你好意思不表示一下？"许裴语重心长，"这点儿人情世故还要我教你？"

几句说教下来，关文强悟了。他蹲下身，认真和他裴哥一起研究起了柚子。

"选这种，甜的，她爱吃。"

"嗯嗯。"关文强点完头，又觉哪里不对，一脸茫然地问，"他？谁啊？"

许裴沉默片刻："秦部长。"

关文强一脸佩服，他彻底服气了。不愧是裴哥，太面面俱到了！

"啊啊啊！许裴师兄要跟我们坐同一辆车！"

"最新消息，许师兄还给咱们买了柚子！人人有份啊！"

"我听说是因为秦部长喜欢吃这个，许师兄才买的！"

新闻部一群人正激动地聊着天，车门处上来两个男人，大家纷纷打招呼："许师兄好！关师兄好！"

小优眼珠子骨碌转了两下，指了指自己前面的位置："许师兄，坐这儿呗！"

许裴看了一眼，婉拒道："秦部长还没位置，他晕车，这里留给他，我坐后面就好。"

大家又齐刷刷地"哇"了一声。

等到秦明柏上车的时候，发现大家对他都过分热情，拉着他七嘴八舌："秦部长，许师兄对你太好了！知道你喜欢吃柚子，特意买了这么多！"

秦明柏有点儿疑惑："我喜欢吃柚子？"

大家狠狠点头："嗯，许师兄还知道你晕车。"

秦明柏继续疑惑："我晕车？"

"对呀，所以他宁愿自己坐在颠簸的后排，也要把前排的好位置留给你！"

大家伙儿都感动了："没想到许师兄这么温柔！"

秦明柏顿时有种不妙的预感，他缓缓转过头，看向自己精心留出来的颜舒身后的位置。果不其然，那位置已经被一个男人占据。那男人感觉到他的视线，抬起头，对他友好地微笑了一下。

上山的时候大家兴致勃勃，驱车回学校时，一个个都唉声叹气。

"快乐总是短暂的，明天又要上课了，唉。""苦啊！"

颜舒也忍不住愁眉苦脸道："你们谁有我苦，我回去还得上数学课。你们不知道，我数学没学到，瞌睡倒是补了一大堆。"

她这话说完，大家都乐得笑了起来。

一个妹子替她犯了愁："那你期末考怎么办啊？"

另一个妹子半开玩笑："咱们车上不是坐着两尊数学系大神吗。许师兄，关师兄，考验咱们这几天团建情谊的时候到了。"

"就是，两位指导一下颜舒呗！"

"两位要是肯帮忙，颜舒这科肯定轻松过。"

她们几个之前都听信林雪敏的话，对颜舒有过误解，现在误会解除，纷纷瞅着机会帮颜舒说话："是不是呀，关师兄？"

关文强被几个妹子捧得云里雾里，嘴角一直没下来过。他挺起胸膛："我没……"我没问题！

话还没说完，便被旁边的男声打断："强哥，宁合机械的数据完成了吗？"

"嗯？"

许裴扬了扬手机："那边催得要命。"他又想起什么，"对了，孙教授刚才问你那个建模方案打算什么时候做出来？今天吗？"

关文强痛苦地埋下头，话到嘴边变成了："我没时间。"

妹子们："啊，那许师兄呢？"

许裴蹙眉，似在思索。

“下次数模大赛什么时候开始？”

“一个月后。”

许裴两根手指头微屈着，在手肘处点点，为难地说：“那不好办，工作室这段时间接了几个活，竞赛那边时间也有些紧张。”

余光里前面女孩转过了头，马尾在白皙的后颈扫了扫。他压下微翘的唇角，“不过……”

“不用啦，许裴！”前面女孩笑眯眯地看向他，“我已经找到家教了。”

许裴微微顿了一下：“什么？”

颜舒晃了晃手机，眉眼弯弯：“我周五就在论坛发了请家教的帖子，刚刚有位数学系师兄接活儿啦！”

新闻部众人：“哇，可以啊！颜舒！”

“不错不错，都会未雨绸缪了。”

小优更是开心：“许师兄，这下你不用为难了！”

许裴坐在最后一排的窗边，小臂随意搭在窗沿上，低头，单手发出去一条信息，然后收起手机，戴上手套，开始剥柚子。

小胖丫头口味一向比较大众，却唯独对味道独特的斋婆柚情有独钟，只可惜这个品种太小众，很少能见到，今天运气倒是好，估计这会儿她也正高兴着。

关文强和田思恬插科打诨了一阵，回过头就看到他裴哥埋头剥着柚子，动作看起来莫名温柔。他凑过去：“裴哥，你剥这么多柚子干什么？”

许裴没抬头：“你不是喜欢吃吗？”

关文强受宠若惊：“这都是给我剥的？”

许裴颔首：“这段时间单子多，工作室那边得辛苦一阵，提前犒劳一下你。”

关文强感动了，他又有点儿纠结：“可是这么多，我也吃不完啊！”

许裴终于抬起眼：“这倒是，不如……”

他顿了下，关文强十分贴心地接过话头：“不如我给大家分点儿！田同学，颜同学，来来来，吃柚子了！裴哥刚剥好的，新鲜出炉。”

他说完又觉得不太好，裴哥辛辛苦苦给他剥的，他拿去借花献佛，是不是有点儿不太够意思？

正想征求一下裴哥的意见，就见后者微笑地看着自己，表情似乎带着种“孩子真懂事”的欣慰。

许裴看了眼前面开心吃着柚子的女孩，淡淡地收回视线，靠着椅背，闭目养神。片刻，他耳里传来前座两个姑娘的对话声：

“颜颜，怎么了，怎么又开始叹气了？”

“别提了，说好要给我补课的那位师兄，刚才突然发消息给我，说什么他临时要参加一个数学竞赛，没时间给我做家教了。”

“啊，怎么这么倒霉啊！那怎么办？”

许裴睁开眼，调整了一下坐姿，正欲开口，耳边响起关文强大大咧咧的声音：“别担心了，没什么大不了的，我这儿帮你联系了一个……”

话到一半，关文强却顿住了。不知道为什么，他总觉得许裴面无表情看着自己，眼睛里有那么一点点凉意，但他还没来得及细细体会这个眼神，田思恬和颜舒已经开始欢呼：

“真的吗，关师兄！”

“那人是谁啊，靠谱吗？”

关文强立马拍胸脯：“靠谱靠谱，绝对靠谱！我推荐的这位同学，他非常优秀，实力强得很，人品也特别好，他就是……嗷！”

关文强捂住被踩得剧痛的脚，嗷嗷直叫。

许裴的声音响起：“就是我。”

空气安静了数秒。片刻，颜舒回过神：“你的意思是，你帮我补数学？可是，你不是工作室那边挺忙的，还要准备竞赛吗？”

许裴淡声：“工作室不算太忙，竞赛在一个月后，还有时间。”

颜舒还是有点儿犹豫：“这不太好吧，会不会耽误你的时间啊？”

“没事。”许裴沉吟道，“我也正好赚点儿外快，补贴家用。”

补贴家用？关文强震惊了：“裴哥你随便……”随便接个单子就六位数的盈利，需要当几百块的家教补贴家用？

只不过他的话还没说完，脚背又是一痛。

颜舒看了会儿窗外，别着左手，捏起一小块柚子放进嘴里。她想了许久还是没想明白，于是凑到田思恬耳边："甜甜，许裴家应该还不错吧，怎么还需要补贴家用啊？"

田思恬刚好一局游戏完毕，收起手机："你是从哪儿看出他家里不错了？"

颜舒不说话了。她小时候对钱没什么概念，只依稀记得许家不像差钱的样子。好在田思恬也没真要她回答，给她科普道："他开的那辆大众你见过吧？听说是他大一代表学校参加高校联赛获得冠军后，学校给的奖励，十多万的车开了几年，硬生生开成了破损版……你再看他平时穿的、用的，都不是什么大牌，估计全身加起来，都够不到你一件衣服的零头。"

颜舒仔细想了想，好像也是。难道他家破产了？怪不得他都这么厉害了，还要靠做家教来补贴。

刚这么想着，得到消息的新闻部一群人就激动地围了过来，纷纷艳羡地说："颜颜，听说许裴答应给你补课了？！"

"我们就说说而已，没想到他真的答应了！你这运气也太好了吧！"

"是啊，否极泰来了。早上知道林师姐对你干那事，我还吓一跳呢！"

许裴原本看着手机，听到这话，抬了抬眼："林师姐怎么了？"

小优嘴快，三两下就把这两天发生的事给吐了出来。

许裴蹙起眉，语调微冷："所以颜舒的帐篷是她弄坏的？"

小优愤愤道："对呀，颜舒被害惨了，她之前什么也不跟我们说，大家还以为林师姐对她很好呢！"

"哪个林师姐？"

"林雪敏！"

许裴没再吭声，他掏出手机，发了条消息，又思索片刻，从背包里取出笔记本电脑，垂眼打下一串代码，等到处理妥当，车内已安静下来。

他揉了揉眉心，抬眼。前座那姑娘没了动静，显然是睡着了。过了会儿，她脑袋一点点朝窗边歪斜过去，慢慢靠在了透明的车窗上。车窗抖动，这颗脑袋也随之一颠一颠的，小姑娘似乎被车窗玻璃硌得有点儿疼，无意识地伸手，揉了揉头顶。

许裴盯了她片刻，俯身，拉开背包拉链，取出一件宽大的外套。

关文强正和田思恬组队打着游戏，感觉身旁光线一暗，他转头望过去。

许裴双手勾住一件外套，在半空中一挥，长外套稳稳落在了头顶，将他整个人都罩了起来。

关文强不明所以："裴哥你干吗？"

许裴倾身，把住椅背，外套隔开周围的视线。低低的声音透过衣服传出来："睡觉。"

在密闭的隔绝所有人视线的狭小空间里，许裴伸出手，手掌从窗户与前排座椅的缝隙处穿过，手背轻轻贴在前排车窗上。几秒后，前排的小脑袋一点点靠了过来，歪在男人温暖又厚实的掌心里。

第五章 新婚小夫妻

山路崎岖，抖得人昏昏欲睡，颜舒这一觉睡得格外舒服，等大巴车到校后才迷迷糊糊醒过来。

她打着哈欠歪在田思恬身上，排队取行李，耳边传来关文强的大嗓门儿："裴哥，你一个劲揉手干啥啊？"

"手麻。"

"不是，你坐个车怎么还把手坐麻了？欸，裴哥，你等等我！"

声音由远及近。等到颜舒略微清醒过来时，许裴已经站到了她面前。

"几点？"他问。

颜舒还蒙着，揉揉眼睛："什么几点？"

许裴言简意赅："补课。"

"补什么课啊？"颜舒对上许裴的视线，脑子终于清醒了点儿，她有些不敢置信，"你的意思是，从今晚开始补数学？"

许裴淡声："不然？"

颜舒的头开始痛了，她努力拖延："要不，明天吧？明天一定！我今晚还有篇稿子要写呢！"

田思恬回过头："你的稿子不是三天前就写好了吗？"

她试图挣扎："我衣服还没洗。"

田思恬："你怎么回事？衣服你周五就洗了啊？"

颜舒支支吾吾："还、还有一件……"

许裴抬手看了眼腕表："这样吧，给你半个小时，够吗？"

半个小时？颜舒被噎得说不出话，过了好一会儿才沉痛地伸出一根指头："至少一个小时吧！"

"行，那就一个小时。"

"等等，到哪儿去补习呀？"

许裴沉默片刻，弯了弯唇："这样，到……"我家。

他的话还没说完，却被气喘吁吁跑过来的关文强一口打断："到自习室！"

颜舒："会不会没位置？"

关文强保证："不会，我两个朋友七点要回寝，你们过去刚好接他俩的位置。"

颜舒立刻拍板："好，那就到自习室。谢谢你啦，关师兄。"

"没事，我也是帮裴哥嘛！"

关文强自以为解决了许裴的难题，求表扬似的得意地扬扬眉，却对上许裴凉幽幽的目光。

一阵秋风吹过，身体一向结实的关文强莫名打了个寒战。

自习室里，一男一女对坐无言，以他二人为中心方圆十米内鸦雀无声，却暗涌流动。

有对着朋友挤眉弄眼暗示的，有假装看书、实则疯狂偷瞄的，还有默默敲手机、召唤朋友的。更有甚者，假借接水之名，暗搓搓经过他俩身边，不动声色地近距离围观。

颜舒忍不住抬起头："同学，你这十分钟都接六杯水了。"

那名女生一下子脸涨得通红："我晚上吃的火锅太咸了！"说完，捂着脸跑开。

她身后那名女生慌乱地端着水杯，底气不足地解释："我才第二杯。"

总之，她现在就很后悔。她早应该想到和许裴一起出现在自习室会造成这种场面，只怪当时答应来的时候没睡醒，脑子一团糨糊。

颜舒心里懊恼着，想喝口水压压惊，伸出手刚碰到水杯，就愣了一下。

许裴也怔了怔，他看向杯子上的另一只手，提醒道："这好像是我的水杯。”

颜舒赶紧道：“不好意思，我这只左手它老控制不好。”

说完，就听“咔嚓”一声，伴随手机快门声音的，还有一道闪光。

颜舒缓缓转过头，左边一个小男生默默举着手机，支支吾吾地道歉：“对、对不起，我忘、忘关闪光灯了。”

旁边有圆眼睛女生唾弃：“闪光灯都不关！什么素质啊！”

这是闪光灯的问题？正无语着，又听“咔嚓”一声。

刚吐槽“什么素质”的圆眼睛女生尴尬地收回手机，她摸了摸耳朵：“……我忘关声音了。”

颜舒起身，淡定地说：“我去上个厕所。”之后，就再也没回来了。

颜舒逃走后，无聊地躲在附近的小树林里，十分钟后，终于等来了前来会合的许裴。

她四下张望了两眼，确定没人后，才放心地同他抱怨：“我都看过皇历了，今天就是不宜学习，你非让我学。要是听我的明天再学，绝对不可能发生这种事。”

许裴冷静提出质疑：“这是学习的锅吗？这分明是地点的问题。”

颜舒连声赞同：“对，我们就不该来自习室！这地点到底是谁选的！”

她愤愤之后，突然想起——这好像是她自己拍板选定的！正自责着呢，却听许裴淡声：“关文强选的。”

“关师兄也只是提议，好像是我……”

许裴蹙眉，不认同地看向她：“怎么会是你？就是关文强。”

颜舒愣了一下，开始熟练甩锅：“对，不是我，是关师兄！”

许裴颔首：“回头我说说他。”

颜舒点头：“让他下次不能这样了啊！”

同一时间，远在几百米之外宿舍里的关文强，重重地打了几个喷嚏。

“强哥，你感冒了？”舍友李在问了一句。

“我这身体素质，咋可能感冒呢？”关文强揉了揉鼻子，嘿嘿了两声，“估计是有人想我了。”

小树林里，颜舒和许裴这么一合计，迅速给关文强定了罪，但今天的数学学习计划却不得不泡汤。

正准备商议下次学习的地点，颜舒的手机振动了一声，她打开微信对话框，就传来了田思恬的声音：“颜颜，你还在自习室？你快出来吧，论坛首页飘了三个关于你和许裴的帖子！”

紧接着，田思恬发过来几个链接，颜舒划开手机看了两眼，由衷感叹：“你别说，刚才那人拍得还挺好，不会是摄影专业的吧！”

这位楼主不但照片拍得好，还很有心地帮他们调了色，周围模糊一片，就他们两个人，高清得不能再高清。

许裴瞥了眼，他没怎么注意照片，倒被下面两个字吸引了注意力——绿茶。

许裴盯着那两个字问：“谁说我是绿茶？”

她没搞懂他的脑回路，奇怪地看了他一眼：“你在说什么？”

许裴默了一下：“我的意思是，他们说谁是绿茶？”

“我啊，难道还能说你？”

许裴皱起眉头：“谁这么说你？”

“说我的多了去了，我怎么知道是谁？”颜舒见许裴变了脸色，赶紧打住话头，反倒安慰起了他，“这不算什么，这些人就是嫉妒我的美貌。放心，我不会往心里去的。”

许裴沉着脸，片刻，他摊开手，伸到颜舒面前。他几根手指并拢，勾了勾：“让我看看这些人是怎么嫉妒你的美貌的。”

颜舒不想让他看到那些乱七八糟的话，见势不妙就想藏起手机，不想她独臂难敌双手，下一秒，手机就被某人轻而易举地夺了去。她慌忙去抢，手腕却被人漫不经心地箍住。

许裴一只手轻松扣着她的手腕，另一只手抬高，任凭她怎么上蹿下跳，都挨不着手机的边。

他偏头，盯着屏幕片刻，脸色越来越沉。

颜舒眼睁睁看着许裴的脸变得乌云密布，又眼睁睁看着他摸出手机，当场就要下载论坛。

“你干什么？”

许裴没回她，大拇指直接点击下载。

颜舒：“……你不是要去回帖澄清吧？”见许裴没否认，她有些急了，

"你别回啊，你以什么身份去澄清？"

许裴手上的动作微顿，抬眼看向她。

颜舒："你想啊，你一个从不关心这些乱七八糟论坛，甚至连软件都没下载过的人，突然跑上去为我澄清，别人怎么想我俩？要是被人发现了什么端倪……"

"被人发现的话，会怎样？"许裴忽地打断她的话，声音在夜里显得格外冷。

颜舒没搞懂他这突如其来的冷淡，有点儿茫然："当然会给你带来不必要的麻烦啊！我这不是为你着想吗？"

许裴盯着她的眼，没再吭声，好半天，鼻间才冒出一个带着凉气的轻笑，很快便散在浓稠的夜色里，声音夹着一丝无奈："那你可真是好样的。"

回到宿舍后时间尚早，颜舒摊开书，预习了一下第二天的广播学课程，早早洗漱去了。她右手不能沾水，没法洗澡，接了一大盆水，仔细擦拭了两遍身体，换上睡衣，上床倒头就沉沉睡去。

早上，颜舒迷迷蒙蒙地听到"扑哧"一声，她闭着眼睛眯了会儿，脑子逐渐清醒过来，慢吞吞地爬下床。

田思恬正抱着手机傻乐呢，见她起来，朝她招手："颜颜，快来看，快来看！"

颜舒拿起牙刷："看什么？"

"昨天半夜，我们校内论坛的账号都显示了学号！而且显示了好几分钟呢！"田思恬声音兴奋。颜舒回过头："啊？"

澜大的校内论坛向来都是匿名的，乱七八糟的帖子特别多，要是学号被显示出来，那就相当于潮水退去，谁在裸泳的话，一眼就看出来了。

田思恬跑过来，朝她挤挤眼："昨晚虽然只显示了几分钟，但早上就有好多人被扒出来了，太精彩了！"她边笑边捶桌，"只会'嘤嘤嘤'那个小可爱，居然是关师兄！"

颜舒震惊了："你说关师兄是那个嘤嘤怪？！"

田思恬指了指论坛新出炉的帖子，笑到公鸡打鸣："对，刚被扒出来的，学号××××618，可不就是他嘛！”

关文强那么一个大个子壮汉，颜舒实在想象不到他“嘤嘤嘤”的样子，忍不住跟着田思恬一块儿笑了起来。

两人好不容易止住笑，过了会儿，田思恬又遗憾地叹口气：“唉，要是咱俩昨晚晚点儿睡就好了，还能看看到底哪些人在黑你。”

刚说着，颜舒手机振了两声，小优发来了信息：“颜舒，快来新闻部，大事！”

颜舒和田思恬简单收拾了一下，匆匆赶去新闻部，一推开门，小优的声音就传了过来：“颜颜，你知道论坛黑你的那些帖子都是谁发的吗？是林雪敏！”

颜舒还没反应过来：“林雪敏？哪个帖啊？”

新闻部其他人围过来，七嘴八舌。

“什么哪个啊，好几个都是她发的！”

“她还假装路人，用不同的账号，各种带节奏，昨晚图书馆那个帖子里，骂你的那些楼层一半以上都是她的发言！”

“还好昨晚论坛抽风，把她的学号给抽出来了，不然谁能想到这一些啊！”

大家出主意的工夫，小优也没闲着，噼里啪啦打了一大段，最后恶狠狠地吐出一口气：“我把截图都发论坛上了，让大家都看清楚她的真面目！”

十分钟后，帖子炸开了锅，澜大学子们捂着震坏的三观，硬生生用不带重样儿的骂声盖起了一栋几百层的高楼。

田思恬从新闻部出来时，还一脸恍惚。她扯了扯颜舒的衣袖：“颜颜，这次好像不是一般的论坛抽风。”

“嗯？”

“我刚才问了嘤嘤怪，不是，是关师兄，他说校内论坛基本不可能这么个抽法，应该被是谁给……”田思恬不解道，“你说哪个大佬这么无聊，居然有这样的闲心？不过也多亏他了，不然谁知道林雪敏这么不要脸！”

颜舒耸耸肩，表示她也很费解。手机这时响起，她看了一眼，叹了口气。

田思恬："谁啊，让你这么愁眉苦脸？"

颜舒又叹了口气，点点屏幕上的名字，说道："还能是谁，我数学老师呗！"她接起电话，"许老师。"

"觉悟不错，颜同学。"那边的男声似乎笑了笑，"下午两点，过来补课。"

一听到"补课"两个字，颜舒的头又痛了，她习惯性挣扎："我下午还有课，不如……"

许裴淡淡打断她："需要我把你的课表发给你看看吗？"

心虚的颜舒："不了吧！"

"那你下午还有课吗？"

"……没。"颜舒为自己心疼了三秒钟，突然想起一件事，"那我们今天到哪儿学啊？"

自习室这种公众场合，显然不能再去。许裴也似乎被难住了，过了会儿，他开口："去我……"家。

同一时间，颜舒抢着回答："我知道了，去你的工作室！"

电话那头开始沉默。颜舒完全没察觉到哪里不对，感叹道："许老师，我们太有默契了！"

许老师好半天才冒出声："嗯。"

下午不到两点，颜舒就带着书，到了约定好的地点。许裴靠在咖啡店的外墙，单手划着手机，见她过来，他将手机扔进口袋里，带她朝工作室走去。

途经两个兴奋八卦昨晚"论坛抽风事件"的女生时，颜舒怕被校友认出，飞快伸手，鸭舌帽往下扯了扯。

许裴睨了她一眼："还担心什么？现在大家不都知道，那些子虚乌有的话是林什么敏造的谣了？"

"也不是担心。"颜舒正想解释，突然回过神，"不是，这事连你都知道了？"

许裴微顿："关文强说的。"

颜舒张大了嘴："他嘤嘤怪的账号都被爆成那样了，他还好意思跟你说？”

许裴毫不心虚：“没办法，他脸皮厚。”

颜舒“噢”了声，没再纠结这个，跟他说起了今天在论坛上的趣事。

她话匣子一打开，就收不住了，直到快到工作室，才收住了话头，愁眉苦脸地掏出数学课本。许裴垂下眼皮，看向旁边突然垮下小脸的颜舒，撇过头，忍不住轻轻笑出了声。

他迈着长腿，走过一个拐角，脚步忽地一顿。

颜舒疑惑地问：“怎么了？”

刚问完，一抬眼，就看到不远处的门口，立着个流着汗的中年师傅，穿着跑腿软件的工作服，拿出手机准备拨电话。

旁边立着一个巨大的一人多高的箱子。下一秒，许裴的电话响起。

中年师傅赶紧挂断，笑着问他：“您就是尾号 ××××× 的许先生吧？”

“是我。”

“太好了，您的东西到了，请您查验一下。”

许裴的视线自下而上，打量了这个箱子好几眼：“这是？”

中年师傅：“这是……”

许裴忽地想起什么，脸色微变。他想打断那师傅的话，但是已经来不及了。

中年师傅“啪”一拍箱子，声如洪钟：“这是您的宝塔啊！！！”

“这真是关师兄买的？”颜舒看着屹立在旁边的宝塔，还是不太敢相信。

许裴捞过眼镜盒，打开：“不然呢？”

颜舒咋舌：“关师兄人……”“傻”这个字已经到了嘴边，却觉得不妥，赶紧换了个形容词，“人聪明钱多。”

她有点儿没想通：“但他为什么要写你的名字？还有……”

颜舒正想刨根究底，却被许裴淡声打断：“颜舒。”

“嗯？”颜舒抬眼看他。

许裴立在窗边，悠然地往办公桌沿一靠，一只腿微屈，背稍弓，仔细擦拭手中的金边眼镜。过几秒，他抬起头，大拇指和食指捏住细细的镜边，往鼻梁上一架，染着淡笑的眼神透过薄薄的镜片落到她身上："你是过来跟我讨论这个的？"

"嗯？"

许裴抬起手腕，另一只手两根指头并拢，在表盘上轻点两下："该上课了。"

说着该上课了，但事实上，半小时后，他们依旧没进入正题。颜舒坐在办公桌边，面前堆满了楼下小店送来的杧果汁、酥脆小鱼干，以及各种琳琅满目的小零食。她捏起一小块曲奇饼干，放进嘴里，满足地嚼了几下："你是说，这些杧果汁、小零食什么的，每天都会按时送来？"

许裴靠在皮椅上，闲闲地翻着书："嗯，工作室福利。"

颜舒环视周围一圈。这工作室略显简洁，几十平方米的房间里，摆着几张简单的办公桌椅，并无任何其他摆设，实在不像会有这些贴心福利的地方。

颜舒大为感叹："看不出来啊！"她正慢悠悠地吃着小鱼干，开开心心地和他唠着嗑，就见面前伸过来几根长指，在办公桌上轻敲了一下。

她一抬头，对上许裴的眼，后者扯了扯唇："说吧，你想拖到几点？"

拖延计划失败的颜舒，只好垮下小脸，慢吞吞地翻开第一页，她跟看天书似的，盯着上面的公式，努力想要集中注意力，脑子却不听使唤地神游去了。

等到颜舒回过神来，发现对面男人正抱臂蹙眉，一副略显头痛的模样看着自己。她心虚地低头看书，假装很认真的样子，连连点头表示知晓。

"颜舒。"

"嗯？"她摆出虚心求学的架势，"怎么啦？"

许裴沉吟片刻："你的书拿反了。"

她自暴自弃地把书一合，下巴委委屈屈地搁在黑色办公桌上："我的数学有多垃圾，你还不知道吗！"

许裴一怔，没再吭声，反倒笑了笑。

这倒也是。第一次见识她数学功力的时候，他还是个小孩，不喜待在高楼林立的城里，却独爱回乡下，跟在他家老爷子屁股后头转悠。

他那段时间沉迷数独，老爷子便故意给他出些刁钻古怪的数独题。

刚开始，他几分钟就能解出，后来题目越来越难，老爷子给设置的障碍也稀奇古怪，他解题花的时间越来越长。

尽管这样，他还是保持了百分之百的正确率，叫老爷子得意又头疼。

唯独一次，他马前失蹄。那次老爷子又提了个怪要求，美其名曰锻炼他的专注力，叫他必须在最吵闹的地方做完题目。

他想都没想，就带着题目坐到了河边。最吵闹的地方，可不就是这儿嘛！

小胖丫头成天带着她的尾巴们在这片儿打闹，有时在卧室都能远远听到这片儿闹作一团的嬉笑声，更别提坐在这儿了。

他专注力一向极好，就算身处菜市场也能无动于衷，奈何小胖丫头太磨人。她一见着他，就毫不犹豫地甩掉身后那群小尾巴，欢快地围在他身边叽叽喳喳。

她那天战利品丰富，得意地把自己装满小鱼的桶拎到他面前："许裴哥哥，你看我钓了好多小鱼。我给你数数！一、二、三、四……"

"啊，不对不对！一、二、三、四、五……哎呀，小鱼你别动啊！"

"我重来一次，一、二……我数好了，一共十条！嗯，我再检查一遍，一、二、三……"

她在他耳边不停地数着，却一直数不好，许裴只得朝她那桶里飞快看了一眼："一共九条。"

小胖丫头皱着眉："怎么会是九条呢？我刚刚明明数好了，是十条！"

许裴："是九条。"

小胖丫头："就是十条！"

许裴想不明白，为什么看一眼就能得到的答案，跟她就是说不通呢？他皱着眉头和她争论了许久，才反应过来自己是来做数独题的。

"你说几条就几条吧。"他低下头，任她叽叽喳喳，都没再理过她。

只不过，他把作业拿去交差的时候，听见了老爷子惊诧的声音："你这里怎么会填9呢？不应该啊，这种错误你三岁起就没再犯过！"

许裴伸手，揉了揉眉心。

他轻合上书："这样，今天不讲题，我们讲讲数学的作用。颜同学，你觉得数学有用吗？”

只要不做题，颜舒的精神就来了：“当然有用，每一门学科都有用，而数学，是其他学科的基础，从理论上讲，它比任何一门都重要。”

许裴笑：“功课做得不错。”

颜舒得意的同时，没忘恭维他：“那当然，不然我怎么敢采访你们团队？”

许裴又笑了笑：“那你还记得我当时说的一句话吗？”

颜舒在数学方面是渣渣，但涉及采访稿件，记忆力便格外好，她顺着想了几秒：“数学有用，但不止有用。是这句吗？”

许裴颔首，表示赞同。

他往后靠了靠，金边眼镜下的眸色从容：“我们国家的古代数学一直处于世界领先水平。古人也发明出很多伟大的算法，勾股测量、割圆术，等等，用来丈量土地、计算斤两、统计数据，这是有用的数学。与此同时，古希腊数学也在迅速发展，他们很有意思，和我们研究的方向完全不一样，他们研究的是……”

“没用的数学？”

“准确地说，是精神上的数学。”许裴淡笑了一声，“也就是说，他们研究的是头顶的星空，我们钻研的是脚下的土地。浪漫和务实，两个不同的方向，你更喜欢哪一个？”

颜舒想了想，勉强选出一个：“浪漫吧。”毕竟鸡兔同笼、游泳池一边放水一边倒水，还有小明和小红几分钟后相遇这些务实问题，让她从小学头痛到高中。

许裴打开书，推到她面前：“行，照你说的办，今天我们就学习浪漫的数学。”

浪漫的数学？颜舒低头看了好几眼，整个人都不好了。这不就是刚才讲的那一页吗！绕了一大圈，就是为了让她主动提出要学这个？

不得不说，许裴的讲课水平很高。他耐心不错，又不嫌弃她的水平，往往能够将几个看上去复杂的公式通过举例做到简化。一番深入浅出，颜舒恍惚感觉自己也学到了不少，但无奈她对这门学科天生不感冒，熬到后来又开始昏昏欲睡起来。

怕被许裴发现，她努力撑大眼睛盯着他，脑子里却早已一团糨糊。

“数学里的浪漫还有很多。”许裴想起一个例子，问她，“笛卡尔和瑞典公主的故事，听过吗？”

颜舒故作认真地点头：“听过。”

“瑞典公主痴迷数学，请了笛卡尔当她的老师，两人……”许裴抬眼，对上对面女孩的眸，“两人朝夕相对，不久就生了情愫。”

“然后呢？”

许裴掐去中间不揪心的那部分：“然后笛卡尔给她写了一封信，信里没有只言片语，只列了一个公式。”

颜舒努力撑着眼睛：“嗯？”

“$r=a(1-\sin\theta)$。”许裴开口的声音很轻，“这就是著名的笛卡尔爱心函数。”

他目光捉着她，秋日午后的阳光倾洒进房间，落到女孩的头顶，给她原就夺目的小脸铺上了一层薄薄的金辉，她似乎没听清，脑袋往前凑了些。

两人之间的距离被她骤然拉近，鼻尖相对，相隔只有二十厘米，他几乎能看清她脸上细小的绒毛。许裴滚了滚喉结，声音低沉：“他把自己的心意，藏在了公式里。”

对面的女孩没说话，她再次向前倾了倾，动作很慢。许裴手指微微收紧，下一秒，却见女孩慢悠悠合上眼，脑袋一滑，栽倒在桌面上。

半个小时后。

颜舒愧疚地托着腮，反思自己究竟是怎么睡着的。

好像是当时她正瞌睡得要命，偏偏许裴又讲了个她听不懂的公式，她一下子就像被催眠了一样，什么都不记得了，起来的时候，身上披着件宽大的外套。

许裴什么话都没说，拿起自己的杯子，起身去接水，然后回来，坐下：“继续？”

她努力拖延时间：“许老师，我也想喝水。”

许裴起身，想替她拿个一次性杯子。

颜舒摆手：“这多浪费啊，要不我下去买一个吧，反正以后会常来。”

她只是想随便找个借口出去而已，不确定会不会被许裴拆穿，哪晓得后者却若有所思地点点头：“好，早去早回。”

颜舒心下一喜，正打算麻溜地往门口走，却听“啪嗒”一声脆响。她回过头，看到一只掉在地上的四分五裂的杯子，赶紧折回去：“有没有受伤？”

许裴看了眼自己的手，摇头：“没，就是杯子打碎了。”

“只能跟你一起去趟超市了。”他捞起椅背上的外套套上，“走吧。”

走出门，颜舒才发现身上还披着许裴的外套，她没好意思再折回去，只好将就先穿着。

所幸，楼下就有一个连锁超市。颜舒推了辆购物车，精神抖擞地往里走，没有半点儿要打瞌睡的迹象。许裴指了指购物车，很是不解：“就买个杯子而已，需要用这么大一车？”

颜舒回过头，笑眯眯地说：“谁说只买一个杯子？来都来了，不把这辆车装满，对得起咱们专门来这儿一趟吗？”

许裴看着已经快乐飞奔出去的颜舒，正欲跟上去，余光瞥见左侧的横幅，脚步一顿。

颜舒冲出去了好一阵，购物车里都装了好几样小零食了，突然发现，许裴好像还没跟上来。她纠结了一会儿，最后还是放下薯片，推着购物车，回过身四下张望着找人。

片刻，她终于在一个促销摊位前，看到了他过分挺拔的背影。

背影旁的摊位上，叠着一堆五颜六色的小盆子，最高的那个盆子上，贴着一张大红色的横幅，上面用黑色毛笔写了几个潦草的大字——新婚夫妇，买一送一。

颜舒走过去的时候，售货员阿姨正拉着许裴介绍，声音十分热情：“这个活动真的划算，好多小两口带着结婚证来参加嘞！”

许裴脊背瘦薄笔直，身姿颀长，白T恤外面套了件浅蓝色外套，黑裤，白运动鞋，干净清爽的打扮，衬得少年气越发重。

阿姨上下打量了他两眼：“不过我看你这个小伙子这么年轻，应该没结婚吧？我们活动要求很严格的，没结婚证可参加不了哟！”

颜舒张了张口，正准备把许裴叫走，却见某人慢条斯理地掏出钱夹，从里面摸出一个红色的小本本。

他几根指头捏着小本本，推在阿姨面前，定住，低声问："是这个吗？"

阿姨睁大眼睛瞧了两眼，笑得见牙不见眼的："哟，小伙子动作蛮快的嘛！"

许裴跟着笑了下："够吗？不够的话，我太太那儿还有一本。"

"那倒不用。"阿姨摆摆手，指了下旁边的背景墙，"但是需要你们两口子拿着结婚证，站这儿照张相，我们好做个登记。这对小盆子质量好，花样又好看，要吗？"

许裴颔首："好，就要这对。"

阿姨眉开眼笑："好嘞！对了，你媳妇儿呢？"

不知道哪个词取悦了他，许裴弯了弯唇，伸手往一个方向指了指："她在那儿。"

阿姨四下张望了几眼，奇怪地问："哪儿啊？"

"就在……"许裴转过身，声音却顿住了。身后除了个拿着棵白菜晃悠的老大爷，哪儿还有其他人。

颜舒见势不对，一早推着购物车，扭头跑了。她生怕再慢上一秒，就被许裴捉去参加"新婚夫妇"的促销活动。直到折回零食区，她才有惊无险地松了口气。

她心里琢磨着许裴的经济情况，手上拿起一包牛肉干，一个没注意，后面的袋子跟着倒下来，下意识想伸手，无奈右手还裹着纱布，只好用下巴艰难地扶住。

是的，因为许裴的过度担心，她的手现在还裹着纱布。

耳边却传来一个声音："妈妈，那个姐姐怎么没有手……嗯……"

颜舒回过头，两米远的地方站着一对母子，年轻妈妈紧紧捂着小男孩的嘴，红着脸对颜舒说了两声对不起，然后拖着儿子跑远了。

她出门前不小心披了件许裴的外套，左手没什么问题，但右手裹着纱布，没法从袖口伸出去。她低头看了眼自己空荡荡的右袖，那位妈妈该不会以为她真的没有手吧？

一分钟后，颜舒就得到了答案。她站在拐角，不远处是刚刚那对母子。

年轻妈妈蹲下身，教育他："我说了多少次了，做人要有礼貌。不是所有的人都拥有健康的身体，妈妈教过你的，像这位姐姐这种情况，需要的不是指指点点，而是什么？”

小男孩回答：“需要帮助！我知道了，我去帮助姐姐！”

年轻妈妈一脸欣慰，却听儿子稚嫩的声音：“正好我还可以写进今天的作文里！”

颜舒火速想要逃离作文素材收集现场，正转过身，就看到小男孩朝她跑过来，一脸真诚：“姐姐，你需要什么？我可以帮你拿。”

颜舒沉默了一秒，指向架子最高的那一层：“我想要那本作文本。”

超市里信号不好，许裴连拨了两个电话，都没打通。

他收起手机，想也不想，径直往零食区走去，刚经过两个货架，就顿住了脚步。

颜舒站在两米开外的货架旁，幽幽叹口气：“我现在这样，拿东西都拿不了……”

她的声音极具感染力，对面站着的小男孩都快听哭了。颜舒笑得风轻云淡：“没事，我早就习惯了。”

颜舒悄悄看了旁边某人一眼，许裴面色依旧很淡，看不出情绪，但步子迈得极大，没几秒就把她甩在了身后。她小跑几步跟上他：“你怎么了？”

许裴拿眼睨她：“你刚才胡说八道什么？”

“哦，你说那个啊！”颜舒明白了，“我就是稍微夸张了一点儿，我现在确实不方便拿东西啊！而且顺便还帮那小孩儿积累了一个写作素材，这么一段难忘的经历，没准儿他能从现在用到高考呢！这多小的事啊，至于生气吗！”

许裴气得哼笑了声：“小事？你拿自己的手开玩笑，算小事？”

颜舒表示无辜：“我说都说了。”

许裴默了默：“你呸一下。”

颜舒忍着笑，对着地上：“呸呸呸，行了吧？”

她看了眼乌云转晴的某人，没忍住，撇过头暗搓搓偷笑了两声：“没看出来你还信这个，那铁塔该不会就是你买的吧？”

她也就说笑而已，旁边某人却兀地一顿，紧接着迈开步子，越走越快。颜舒又追上去："我不都已经呸了吗，你还想怎样？"

许裴停住步伐，转过身："我想买一送一，一个省19.5元，两个省39元。"

颜舒一脸震惊："你连十几元的便宜都要占？"

这话一出口，她又觉不妥，怕伤他的自尊心，只得委婉劝服道："我的意思是，千万别冲动消费，你想想你是来干什么的，买杯子呀！那你买个盆回去干什么？不是我不配合，如果做活动的是杯子，我二话不说就去照相。可这不是没有嘛！"

她说完，抬头看了眼，整个人就不动了。离她不到三米远的地方，摆着一个展架，上面陈列着各式各样的——陶瓷杯，旁边一米宽的红纸上，写着几个熟悉的大字——新婚夫妇，买一送一。

许裴站在大字旁，严肃点头："你说得很对，那听你的，买杯子吧！"

颜舒沉默。盆子那边的促销阿姨一看到许裴，慌忙跑过来，眼神在颜舒和他中间转悠两圈，笑嘻嘻地打趣他："哟，媳妇儿找到了？"

许裴淡着脸，不重不轻地"嗯"了声，抬手，再次抽出结婚证，递过去，回头看她："愣着干什么，过来照相。"

促销阿姨举着手机，对着他俩："你们俩可以往中间来点儿，再来点儿啊……"

镜头里，两人往中间移了移，却依旧规规矩矩，完全看不出小两口的亲密劲儿。阿姨歪出一颗头："亲密点儿啊，别害羞，不然我可交不了差啊！"

许裴犹豫一瞬，正欲伸手，手臂却被旁边的女孩一下子缠住。颜舒凑过来，白生生的小手绕上他的胳膊，温软的橙花香扑面而来。她问："这样呢？"

阿姨开心地笑道："这样不就好了！哎，小伙子表情不要太僵硬，笑一笑啊！一、二、三，茄子！"

颜舒刚选好杯子，就听见促销阿姨感叹的声音："你们两口子模样可真俊啊，这照出来跟俩明星似的，就是小伙子不爱笑，板着张脸。"

她忍不住附和着吐槽："他这人从小就这样，跟谁欠他钱一样。"

“哟，你一说还真是的，欠得还不少哟！”

“是吧是吧！”

许裴低沉的声音在她耳边响起：“在聊什么？”

颜舒赶紧转移话题：“没聊什么。咦，你这个杯子跟我选的这个一样呢！”

同一时间，阿姨也机灵地说：“没聊什么，就是告诉你媳妇儿一声，今天我们好多日用品都参加这个活动，拖把、抽纸、洗洁精……”阿姨话还没说完，许裴已经转身，大步朝促销区走去。

颜舒心惊肉跳地跟在他后面：“你别冲动啊！”但是，已经来不及了。

冲动的许裴停在了洗发水展架旁，和阿姨慎重交流一番后，不急不慢地抽出了他的结婚证。

接下来的时间里，颜舒跟在她的抠门老公身后，扫遍了促销区全场。

她计算了一下，短短二十分钟，许裴掏了十次结婚证。

最后，一个阿姨直接拿起小喇叭：“全场注意啊，这个小伙子有结婚证，也照过相了，可以直接打折啊！”

采购完毕，颜舒看着面前堆成小山高的购物车，又静静瞪了一眼罪魁祸首许裴，思考她这一趟到底干吗来了。许裴全然无视她的眼刀，拿她之前的豪言壮语堵她的嘴：“来都来了，不装满购物车怎么对得起你出门一趟？”

颜舒捂着发疼的胸口：“我出门可不是为了买这些！”

许裴点头，毫不留情地戳穿她：“嗯，你是为了躲数学。”

她正要辩驳，突然顿住了话头，旁边传来了几个熟悉的声音。

“秦部长，你在选什么啊？”

“采访本。”

“这个颜色这么粉嫩，买给女朋友的啊？”

“胡说什么，新闻部采访本用完了，采购一批。”秦明柏声音带笑，“我到那边看看去。”

说着，转身之时，好像觉察到一道视线，他微顿，往右边望去。那边空无一人，除了一个小山高的购物车。他狐疑地看了两眼，再次抬脚，朝对面展架走去。

颜舒拉着许裴，紧贴在展架后，还没来得及庆幸躲过一劫呢，就听小优的声音隔着一个展架板，清晰地传了过来。

“我想起来了！不是新闻部的采访本用完了，是颜舒的采访本用完了啊！”

一个女生捂着嘴：“啊，秦部长刚才挑得可仔细啦，你们说他是不是对颜舒有意思啊？”

“那还用说？挺明显的吧。听说开学聚餐的时候，他就想对颜舒表白了。”

“想想也正常，谁能抵挡住颜颜的魅力呀！”小优激动过后，一番捶胸顿足，“只可惜我不是男的，不然我就自己上了！”

颜舒正无语着，耳边响起许裴低低的声音：“你的采访本写完了？”

她想了想：“好像是吧。”许裴顿了顿，低声问：“怎么没跟我说？”

颜舒感到有点儿奇怪：“这有什么好说的！”说完，习惯性地回头看他，头发却不经意地扫到展架上的胶带。

“嗒”一声轻响，胶带落地。颜舒眼皮跳了跳，她飞快回头，隔着架满胶带、转笔刀……各种文具的展架，刚好对上小优那双装满惊诧的圆眼。

小优张了张嘴：“颜颜！”眼看她的视线就要移到旁边男人身上，颜舒当机立断，踮起脚尖，抬手，把住男人的后颈窝。

她使出全身力气，猛地将他的头往下一压。“哐当”一声响，展架震了三震。

隔着一个展架的距离，小优隐约感觉颜舒旁边好像有个高大的人影，但她还没来得及看过去，那人就没影儿了。

与此同时，展架震了震，一声轻“嗞”声随之响起。

对面的颜舒似乎用力按着什么东西，见她瞧过来，停止了动作，并露出一个非常标准的微笑：“嘿，小优。”

小优愉快地拉住颜舒，一起挑选起了采访本。不知道是不是错觉，她总觉得这一路上，颜舒都心不在焉的，有时还偷摸着东张西望。她正想顺着颜舒的视线看过去，可脑袋刚转过去，就被人掰了回来。

“颜颜，怎么了？”

“没怎么。你看这本采访本好看吗？”

小优小鸡啄米：“嗯，好看！”她说完，脑袋不经意地朝另一边转了过去，视线刚好落到“新婚夫妇”促销区的背景墙上。

白色的背景墙上，贴着几十对新婚夫妇的合影。咦，其中一张的男女生看上去有那么点儿眼熟啊！小优刚想凑近看看，脑袋“咔”一声，又被掰了过去。

颜舒换了本采访本，笑眯眯地问：“那这本呢？”

小优沉默了一会儿：“好看是好看，就是有点儿费脑袋。”

颜舒好不容易搞定新闻部一群人，捂着口罩，偷偷摸摸地回到超市时，许裴正在结账。

他排在队伍的最前端，背脊笔直挺拔，比周围人高出一个头，五官引人注目。

周围几个女生的视线都若有似无地投到他身上，他浑然不觉，只从购物车里拿起一对杯子，淡声对收银员说：“这个是新婚夫妇促销品。”

收银员应了声，拿扫码器时忍不住偷笑了一下：“我们都知道了，帅哥。”她指了下阿姨拿着的小喇叭，“刚才那段话放了那么久。”

许裴没再吭声，只递给她一个东西。收银员接过，边打价边说：“这个不是活动品哟！”

颜舒跑过去一看，居然是一本藏蓝色的采访本，她下意识问道：“你买这个做什么？”又想了下，“难道是，给我的？”

许裴将她刚才慌乱脱下的外套挂在小臂上，指了指满 300 减 10 的促销牌，掏出手机付钱：“凑单买的。”

第六章 只有我们两个人

田思恬在宿舍听着歌，涂着指甲油，听到门口有动静传来。颜舒抱着一大沓书本，走了进来。

田思恬吹了吹刚涂好的指甲："补课回来了？许裴师兄的私人家教课感觉怎么样？"

颜舒精神抖擞地往椅子上一坐，夸道："很不错。"

"怎么不错了？"田思恬很感兴趣。

颜舒："……催眠效果不错。"

田思恬不可思议地说："你竟然能在许裴师兄的课上睡着？这要是换了我，光冲着他那张脸也舍不得睡啊！等一下，你手里抱的什么？"

颜舒这才想起怀里还抱着东西："采访本。"她说着，手一松，五颜六色的本子立马倒在了书桌上。

"这么多？"

"新闻部发了三本，小优送了我一本，许……"颜舒顿了顿，"我自己买了一本。"

田思恬乐了："这你得用到明年吧，我帮你用一本！"

颜舒摊开本子："行啊，随便选。"

田思恬小心翼翼地夹着拖鞋，兴冲冲地跑过去："这些都可以选？"

"当然。"

"够意思啊，姐妹。"

田思恬的目光在几本本子中间流连了几圈，最终拿起了一本藏蓝色的："就这本吧。"

颜舒看着那本本子，微微一愣，还没反应过来，就听到自己的声音："这本不行。"

"为什么？"

颜舒没回答，她也不知道为什么，下意识脱口而出而已。她换了本粉色小猪的递给田思恬："要不，换这本？"

田思恬有点纳闷儿："你把这个给我干什么？你不是最喜欢这个粉小猪系列吗？"她接过粉色小猪采访本，把藏蓝色的递过去。

颜舒拿了支笔，在藏蓝采访本上工整地写上自己的名字，瞥了她一眼："偶尔换个口味不行吗？"

许老师的数学课暂定一周两节，周一和周五，这两天下午她和许裴都没有课。

周五两点，她抱着数学书，惆怅地坐到办公桌前，脑袋低下，看了眼数学公式，就开始生理性犯困。旁边递过来一杯饮料，颜舒打了个哈欠，无精打采地端起，喝了口，小脸立刻皱了起来。

她连连吐着舌头，看了一眼手里黑乎乎的饮料，大惊："我的杧果汁呢？为什么换成了咖啡？"还是无糖的纯美式。

对面的人抬了抬眼："你说为什么？你要是不打瞌睡，我能换？"

颜舒一脸痛苦："有其他选择吗？"

"有。"许裴给她递过来一个杯子，语调漫不经心，"铁观音。"

颜舒更惆怅了，她从小嗜甜，对这种苦不拉几的东西天生抗拒。

许裴瞄了她一眼，从抽屉里掏出一瓶风油精："不然你选这个？"

颜舒咋舌："这也是你们工作室的福利？"

"嗯。"

她抗议："那我能选之前的福利吗？我要薯片、杧果汁、千层，还要小鱼干！"

"可以。"许裴起身，端了一盘香喷喷的酥脆小鱼干，"在你完成作业之后。"

最后，没有完成任务的颜舒不但开心地吃起了小鱼干，还霸占了许裴的电脑。她受宠若惊地指了指屏幕："我真的可以玩游戏？"

许裴整个人靠在她旁边的桌沿上，端着茶杯轻轻吹了口气，撩眼看她："可以。"

颜舒"耶"了一声，迫不及待地点开桌面的一个小图标。

短暂的加载之后，屏幕弹出来一个短动画，之后快速进入了新手教学。

这个小游戏设计得挺简单的，就是一个小女孩在河边捉鱼，捉到同一种类的鱼就可以合成更高一级的鱼。但画面制作精良，主角小女孩也很可爱，绑着两个羊角辫，看上去特别好捏的样子，一点开，颜舒就玩得停不下来。

她玩的是闯关模式，每过一关，电脑都会有几秒的加载时间，过了一关后，颜舒跷着腿等加载时，注意力忽地被吸引，不知为什么，她总感觉这画面看上去有几分眼熟。

盯着看了片刻，颜舒突然"哦"了声，指着屏幕："这个地方，长得好像柳长河啊！"

许裴把着茶杯的手微顿。

"真的好像啊！"颜舒兴奋起来，"你看这棵树，我记得当时有一只小鸟差点儿摔下来，我把它给抱回去了。"

许裴淡淡问她："你指的是，你掏鸟蛋差点儿让雏鸟摔下来那一次吗？"

多久的事了，为什么他能把前因后果记得这么清楚？她强行挽尊："重点是这个吗？重点是，我把它送回家了。"

"没错，但后来你自己摔下来了。"许裴语调缓慢地表示，"差点儿把我压垮。"

颜舒沉默了一会儿，决定转移话题："咦，这块石头你还记得吗？有一次你还坐在这儿算题来着，那次我徒手抓了十几条小鱼！"

许裴也沉默了片刻："你记错了，你只抓了九条。"他顿了顿，补充，"并且一直数不清楚。"

虽然没有证据，但颜舒总觉得自己被羞辱了。她默默闭上嘴，决定专心玩游戏，再也不理他了，只是刚才兴致勃勃地点击了"下一关"，就弹出来一个对话框。

“恭喜您成功通过五关，答题后解锁下一关哟，3 秒后开始答题。”

“求以下函数的定义域。”

颜舒张了张嘴：“这、这还要答题才能玩下一关？还是这么难的数学题？这么丧心病狂的游戏，谁做的啊？”

许裴淡定地喝了口茶。

颜舒看了眼游戏界面，又看向始终从容不迫的某人：“等等，这难道是，你做的？”

许裴松松挑了挑眉：“你说呢？”他笑了一下，“不过是游戏而已，答不上来就别玩了，没什么大不了的。”

颜舒原本也没感觉这游戏非玩不可，但许裴这么一说，她的胜负欲一下子就被激了起来。

她噌一下站起来：“谁说我不玩！我现在就去做题，我就不信我做不出来！”

颜舒起得太快，带起一阵风，旁边某人白衬衣的衣角被微微带起，随着一声轻笑，又飘然落下。

颜舒信誓旦旦地往学习区走去，途经许裴之时，她身子顿了顿，转过头：“你只有这几件衣服吗？”

颜舒指了指他的衣服。她一早就想问这个问题了，这么多次接触下来，她感觉他除了这件白衬衣，就是上次穿的白 T 恤，好像没别的衣服了。

许裴的脸上没有太大的表情：“本来还有一件的。”他抬眼，缓缓提醒她，“不是被你弄脏了吗？”

购物商场那两栋气势恢宏的大楼拔地而起，大片灰色的玻璃幕墙反射出夺人眼球的流光。

大楼中间，喷泉排成隆重的队列直冲云霄，任由秋日阳光在剔透的水波间闪烁流转。

喷泉旁的甜品店里，一个女孩懒散地陷在沙发里，周围男士经过之时，无一不驻足回望。

这时，又进来一位打扮精致的姑娘，她匆匆走进来：“颜颜！”

颜舒抬起头，问她：“你迟到多久了？”

“我今天忙得要死。”尤佳看了眼手表，“半个小时？”

颜舒很严谨地纠正道：“是 35 分钟！”

尤佳：“……你的数学怎么突然这么好了？”

颜舒佩服地看着她：“不愧是你，总能从我平平无奇的一句话里发现华点。”

二十分钟后，尤佳总算搞明白了：“所以，你现在请了你老公做家教，帮你补数学？”

颜舒戳了一块榴梿班戟，放进嘴里后，点了点头。

尤佳露出实名羡慕的眼神：“没想到你结个婚还能有这好处，许裴单独辅导啊，这种好事大家做梦都不敢想。”

颜舒老实道：“估计跟结婚没什么关系，他现在就是缺钱。”

“许裴缺钱？”尤佳总觉得哪里不对，但她没多想，“不管了，反正是好事就对了。”

她想起什么，又幸灾乐祸地笑道：“这要是被舒柔儿知道，她不气坏了才怪！”

颜舒没反应过来：“她气什么？”

尤佳无语了，她恨不得戳颜舒的脑门：“你这脑袋瓜子还这么不记事呢！你忘了？她高一那年可是让你爸帮忙，都没请动许裴替她补习呢，最后气得哭了两个小时。”

许是想到了当年的场景，尤佳“扑哧”乐出声来，随后又不解道：“她和许裴关系不挺好的吗？许裴连跟她的合照都还保留着，你说他怎么就不愿意给她补习呢？”

颜舒垂了垂眼，眼里神色不定。她没再接话，只有一下没一下地戳着班戟。

尤佳话匣子打开了，又问道：“对了，舒柔儿去年不是复读了一年嘛，她今年考上哪儿了，你知道不？”

“我们学校。”颜舒挑眉，笑了一下，“想不到吧？”

“呸！”尤佳咬了咬牙，“她怎么就阴魂不散呢！那你见过她了？”

“没，她参加了一个什么选秀，还没到校。”

尤佳吐出一口：“那就好。放心，你们学校那么大，要碰见也不容易。”

她刚说完这一句，不经意地往窗外一望，下意识低低咒骂了一声。

“怎么了？”

尤佳没吭声，只看向窗外。

颜舒顺着她的视线望过去，透过大片透明的落地窗，正好看到喷泉边立着的女孩。

白裙，黑发，小鹿一样的眼睛迷茫又无辜。她面前停了一辆卡宴，旁边穿着黑色正装的保镖恭敬地拉开车门后，走下来一位四十岁左右保养得体的女人，优雅地冲保镖笑笑。

女孩迎上去，环住妇人的胳膊，笑脸盈盈地撒着娇，午后阳光正好，洒在女孩毫无杂质的笑脸上，更显干净纯粹。

颜舒懒洋洋地瞧着这对母女，耳边是尤佳的低唾声：“呸，我这乌鸦嘴也是绝了。”

“晦气，真晦气！”出了甜品店，尤佳还在一个劲儿地咬牙切齿，“舒柔儿不是在选什么秀吗，怎么咱们在这儿还能碰上她？”

“谁知道呢！”颜舒回了句。

尤佳气了会儿，最后总结成一句话：“我刚才就不该提这个名字！”

“别气了，你忘了我今天找你来干什么了吗？”

尤佳想了一下：“逛街？”

“对啊！”颜舒笑眯眯地揪了揪她的脸颊，“所以别再想那些糟心事了，好好陪我逛逛怎么样？”

尤佳开始撸袖子：“走，姐妹，今天不陪你把店买空，我就不姓尤。”

“走！”两人边说，边欢快地往门店冲。

店里，导购热情地介绍着：“颜小姐，您看下我们店今天刚到的新款，这款的限量色非常难买到，这件刚好是您的尺寸，您看要试一下吗？”

尤佳饶有兴致地点点头：“这件不错啊，姐妹。”

颜舒接过，看了两眼，递回去：“这个款式我有类似的。”

尤佳不解地吐槽：“……你衣柜里不都是类似的吗？”

导购十分识趣地抽出另一件：“颜小姐，这件怎么样？这是最新的秀场限定款，非常符合您高贵的气质。”

尤佳连连附和：“这件好啊！快试试！”

颜舒这下连翻都懒得翻一下，直接否了：“颜色不好看。”

尤佳：这颜色，你衣柜里没个几十件算我输！今天就不好看了？

不仅尤佳满头问号，导购也有点儿崩溃。她想不通颜小姐今天怎么了，平时这么一圈逛下来，至少能签六位数的单，今天怎么一件也看不上呢？

导购不死心地拿出压轴款连衣裙：“颜小姐，您看这件呢？”

尤佳眼睛一亮：“对啊，这件总行了吧？这么绝！”

“一般吧。”颜舒又仔细看了两眼，表情十分笃定，“真的一般。”

她沉思了片刻，瞟了眼二楼，提议道：“要不，我们去逛下男装区？”

导购的兴致不如之前，却依旧从黑铜色镂空展架上取出一件藏青衬衣，殷勤地笑着介绍：“颜小姐，这款男士衬衫您觉得如何？”

不得不说，导购很了解颜舒的喜好，这件衬衣深得她心。

面料是她平时爱穿的素绸缎，又滑又亮，在奢品店华丽又昂贵的照灯下流光溢彩，胸口位置用同色系丝线勾出盾牌雕镂刺绣，奢华又张扬。

导购见她终于有了反应，正准备趁热打铁说几句，颜舒却挥了挥手，表示不感兴趣，随即伸出食指，朝旁边点了点：“那件拿给我看看。”

导购顺着她手指的方向望过去，微愣，这件衣服好看是好看，可样式素净又低调，怎么看也不像是颜小姐会喜欢的款式。她小跑两步，小心把衣服取下来，笑着递过去：“颜小姐品位真好，这款采用百分百精梳埃及棉，是业内顶级面料，在瑞士手工纺纱捻转后，再由机器进行编织，虽然看着低调了些，但上身非常舒适。”

颜舒颇感兴趣地伸了一只手过去，面料在皮肤上轻微划过，她认可地点点头：“是还不错，要了。模特身上那件，也给我看一下。”

导购完全没想到她还真要了这件，喜笑颜开地给她取下另一款。

一连挑选了七八件，颜舒都还意犹未尽，导购趁机问她：“颜小姐，您看这些要哪个尺码，我让同事先帮您准备一下。”

“尺码？”

“或者您知道先生的身高、体重、围度吗？”

颜舒一下子犯了难，她回忆着许裴和她的身高差，在头顶上方十几厘米的位置比画了一下：“大概，这么高？体重不太清楚，反正很瘦。”

颜舒又想起什么：“不对，也不是特别瘦，胸肌摸着还挺发达……”

“什么胸肌？”尤佳刚上二楼，就听见她的危险发言。

颜舒突然就不说话了，她沉默了一会儿：“什么胸肌？我说的是手机，你听错了。”

不过尤佳的注意力很快就被导购怀里抱着的一大堆衣服吸引：“这是什么？”

导购笑着回：“这是颜小姐选中的衣服。”

尤佳惊住了，她打量了那堆衣服两眼。基本都是素色衬衣、外套，白衬衣居多，面料款式略有区别。尤佳张大了嘴，看向颜舒：“你要这么多男士衬衣干什么？”

她突然联想到刚刚那句危险的“摸胸肌”，瞳孔开始放大：“你该不会，跟哪个男人有什么见不得人的关系吧？别忘了你现在是有老公的女人！”

颜舒被噎了一下，解释：“这就是给我老公买的。”

尤佳更震惊了，结结巴巴：“你、跟你老公，好、好上了？”

这话听着怎么这么奇怪？颜舒翻了个白眼：“你想什么呢！我前段时间把他一件衬衣弄脏了，这不得买了还他？”

尤佳指着导购手里那一堆，质问：“你弄脏一件衬衣，需要给他买这么多件？”

颜舒顿了下：“我欠他那么久，总得给点儿利息吧！”

见尤佳还想问点儿什么，颜舒赶紧又道：“再说，今天三倍积分，我还不是为了多积点儿分！”

尤佳：“你还在乎积分？”

颜舒理直气壮：“对啊，我现在可节约了，用的杯子都是超市里买一送一折下来八块八的那种。”

颜舒没再管她，直接从旁边展架上钩起两件衬衣：“你正好也帮我选选，看这两件哪件好。蓝色的看着清爽，可我不知道渐变色他喜不喜欢，白的这件倒挺衬他，料子也很舒服，但他有件差不多的，就是纽扣款式不一样。”她说了一大堆，没听见尤佳表态，看过去，“怎么了？”

尤佳眼神复杂：“你连他衬衣纽扣的款式都能注意到？”

颜舒想了一下，不确定地问：“我这人，从小观察力就很强吧？”

“嗬！”尤佳冷笑一声，“你是指从来不记得我穿的是裙子还是裤子，戴的小鸡发夹还是兔子发带，涂了什么色号的口红的那种强吗？”

导购眼观鼻鼻观心，趁着她俩斗嘴的间隙，默默更新了颜小姐的客户资料库。喜欢面料柔软、款式低调的素色男装，尤爱棉质白衬衣，会注意衬衣纽扣，细节控……男装上新时，务必为其发送图册。

半个小时后，颜舒拎着一大堆男式衣物，踩着小高跟，振奋地从店里出来，如同一个刚打完胜仗的将军。

她刚准备出商场大门，就听尤佳幽幽道：“你不是要积分吗？忘了？”

两人从门口折回，刚到贵宾室门口，尤佳又呸了一声，懊恼地说：“你说我今天嘴犯冲还是咋的！早知道她俩在这儿，别说积分了，就是捡钱我也不叫你来。”

颜舒抬眼，面无表情地看向迎面走来的那对母女。

对面两人明显也怔了怔，不过穿着棉布小白裙的鹿眼少女很快就露出惊喜的表情。少女小跑两步，到颜舒面前时，又小心地站在原地，怯怯地唤了声：“姐姐。”

中年女人表情也有些惊喜，一下子握住颜舒的手，柔声道：“你这孩子，怎么又瘦了？今天要不要回家一趟，让阿姨给你炖点儿汤补补？”

她的手一攀上来，颜舒就有一种强烈的不适感，几乎是第一时间，她猛一下甩开那只手，不顾那女人什么表情，拉着尤佳直接扭头就走，身后传来母女俩对话的声音。

“姐姐是不是还在生我的气呀？我真的没想到爸会那样骂她……”

“你这孩子，说什么傻话，都是一家人，你姐姐这么大度，怎么可能跟妹妹计较？等她想通了，自然会回家。”

尤佳回头看了一眼，舒柔儿靠在她妈身上小声啜泣，好像被颜舒欺负了似的。

尤佳大为震撼：“这两人有病吧？你都不搭理她们，哭给谁看哪！”

颜舒耸耸肩，表示不解：“表演型人格？导演不喊卡停不下来？”

尤佳乐了：“刚才就不该走，看她俩能演到几时！”

颜舒伸手，按了下电梯，旁边的保安恭敬地替她挡住电梯门。

她走进去，笑了笑：“得了吧，不嫌恶心？”

到了停车场，颜舒从小包包里掏出把水晶钥匙，扔给尤佳：“姐妹，看你的了。”

尤佳很自觉地往驾驶室走去：“服了你了，买这么好的车又不开，简直暴殄天物。”

颜舒理直气壮地窝进副驾位，鞋子一蹬：“我又不会，怎么开？”

电话响起，她看了一眼，按掉。

“谁啊？”

“还能是谁。”颜舒把手机拿到她眼皮子底下。

尤佳看了一眼：“你爸？不接？”

颜舒懒懒散散地撩了她一眼：“接什么？左右不过是数落我。哦，估计那俩又跟他说了什么吧。”

尤佳有点儿不信：“不会吧，他好歹在商场里面混了这么多年，也是有头有脸的人，不至于这点儿小把戏都看不清吧？”

颜舒露出“你还太年轻”的眼神：“关键不在他能不能看清，在于他想不想看清。不信？赌什么？”

尤佳还真就不信了：“赌我家蓝修明的写真周边，你要是赢了，我全送给你。你什么表情？我抢了很久才抢到的！”

颜舒的确很嫌弃，只不过电话又响起了，她也没再多说什么，直接按下了通话键。

那头传来中年男人忍着怒的声音：“你又惹柔儿干什么！跟你说过多少遍，她现在是你的妹妹，你那个脾气……”

颜舒笑眯眯地挂掉电话，对尤佳挑了挑眉：“服了没？”

尤佳甘拜下风：“总算知道你为什么不回家了。”

颜舒瞥了她一眼：“别瞎说啊，那不是我家。”

“也是。”尤佳点头，取笑她，“你现在都嫁人了，老公在的地方才算家。”

两人正闹着，她老公就发过来一个分享链接。颜舒打开，短暂的加载之后，出现一个熟悉的游戏场景。

蜿蜒的小河流边，坐着一个绑着马尾辫跷着脚丫子的小姑娘，头上冒出一个对话框：“我最喜欢捉小鱼啦，快来和我一起玩吧！”

颜舒不由自主地笑了笑，却看到许裴发来的消息。

许裴：“打到十五关。”

颜舒：“嗯？”

许裴：“家庭作业。”

她的笑容逐渐僵硬。

伴随着轰鸣声浪，线条流畅的跑车唰的一下消失在停车场。颜舒窝在副驾，发出痛苦的哀叫：“周末布置什么家庭作业啊，还要不要人活了！”

尤佳啧啧两声：“都大学了还这样？哪个老师，这么严格？”

颜舒满怀怨念地叹口气：“还能有谁，我老公呗！”

尤佳的手微微一顿，她把着方向盘，往左一转，终于忍不住看向她：“颜颜，你有没有觉得，你最近……”

“嗯？”

“叫老公叫得越来越顺口了。”

颜舒：不是你先说的吗？

颜舒购物告捷，大获全胜地拎着战利品回到宿舍。田思恬今天有个摄影任务，一大早就跑到南区跟拍去了，这会儿还没回来。趁人不在，颜舒勉强把几个袋子塞进衣柜，藏了起来。

电话响起，是尤佳。颜舒接起：“我正想打给你呢，到学校了没？”

“刚到。”伴随着开锁的声音，尤佳说，“对了，你的车怎么办？”

颜舒一边夹着电话，一边接水：“放你那儿呗！”

“行。”

“那就这样。”

“欸，”尤佳叫住她，“你着什么急啊？”

颜舒：“能不着急吗，我家庭作业还没做好呢，明天得交给许老师！”

尤佳：“你明天要补课？那衣服也是明天送咯？”

“嗯，怎么？”

“肉痛一下不行？好歹六位数呢！”

尤佳刚说完，就听见那边传来“哐”的一声，紧接着，颜舒又“哎呀”了声。

“怎么回事？”

颜舒声音懊恼：“唉，水杯刚倒了，不说了，我得收拾桌子。”

挂了电话，颜舒慌忙扯出几张卫生纸，垫到湿透的桌面上，接着手疾眼快地捞起已经沾湿的新采访本，仔细擦着封面上的水珠。

她怕内页受损，打开采访本快速翻看了一下，未料一张轻飘飘的小票从里面掉落。

颜舒捡起一看，是上次超市购物的小票，应该是不小心夹到采访本里的。

上面一长串购物清单，共计 27 件，金额……颜舒凑近了些。

金额：307 元。

她一边收拾桌面，一边盯着这个数字看，过了会儿想起什么，翻开手机账单。

颜舒认真看了看，果然如尤佳所说，六位数的支出。她托着腮想了会儿，抄起手机，拨了号码出去："甜甜，你上次不是采访了一个做淘宝的师姐嘛，快快快，联系方式给我一下。"

半小时之后，颜舒几下剪掉衣服上散发着昂贵气息的标签，仔细挂上新吊牌。

全部换好后，她打开台灯，看着上面"建议零售价：9.9 元"几个字，满意地叠好衣服，扔进行李箱里，藏好。

许裴坐在窗边黑椅上，长腿闲散交叠，偏了点儿头，对着蓝牙耳机那头的人："损失制排队的优化建模，分两部分计算出总强度，再计算出电话平均服务时间和服务率。"

他语调不急不缓，从容，却不乏笃定。眼角余光里，小姑娘漫不经心地跷着脚，坐在办公桌旁，无聊地咬着笔头。

桌子是黑楠木的，黑得纯粹，衬得她脚背更白，像楼下盛开的玉簪花。

"裴哥？"关文强大大咧咧的声音在耳里震荡。

许裴回过神："嗯？"

"服务率那块卡住了！裴哥救命。"

许裴抬手，食指和大拇指捏住眉心："公式发群里了，自己看去。"

"啊！裴哥万岁！"

许裴朝旁边看了一眼："还有事吗？"

“有！”关文强在电话里委屈地说，“裴哥，我们什么时候能回工作室啊？”

“喂喂喂？裴哥？”关文强望着被挂断的电话陷入沉思。

旁边几个抱着电脑的男生一窝蜂凑过来。

“怎么样？我们都已经待在这儿办公好多天了，什么时候能回去办公啊？”

“对啊，在这里建模太不方便了！”

“不知道。”关文强可怜巴巴地指着电话，“裴哥给我挂了。”

顿时，一片唉声叹气。

关文强不解地挠挠头：“你们说裴哥到底为啥要把我们赶出来？”

“那谁知道啊！”

“裴哥的心思哪是我等凡人能猜到的？”

旁边一个红衣服男生敲着键盘，抬起头：“强哥，你不是说裴哥最近在给一个女生补课吗，会不会是因为这个？”

关文强愣了一下：“你的意思是，裴哥把人接到工作室补课？”

“对，对！”

“不可能！”关文强斩钉截铁，“裴哥什么为人你们难道还不清楚？他即便给颜舒补课，也是找自习室那种人多的地方，怎么可能和她孤男寡女，共处一个工作室？”

“对啊，裴哥多洁身自好啊！根本不会给别人可乘之机的！”

“就是，裴哥是正人君子。彪子，你得反思一下啊！”

“哎，怎么没看到李在和小六子？他俩去哪儿了？”

这人刚说完，几人的微信同时发出一声振动。大家伙儿掏出手机，一看。

“我天！李哥和六哥，这两位是真勇士啊！竟然冒死跑到工作室打探情况去了！”

许裴挂上电话，起身走了几步，到办公桌边站定。小姑娘已经睡着了，趴在桌上，闭着眼，呼吸绵长均匀。他垂眼，盯了几秒，很淡地弯了弯唇。

颜舒的脑袋动了一下，有转醒的迹象。

许裴肃了肃神色：“风油精没用？”

颜舒还没彻底清醒，就听见他冷淡又严厉的声音，她揉了揉眼睛：“还不是等你等瞌睡的。还有，你那么凶干什么？”

许裴没搭理她的控诉，沉默地拿起眼镜布，擦了擦镜片，戴上。

颜舒不满地撑起脑袋：“亏我还给你买了好多衣服。”

许裴的手微顿，他抬起眼：“什么？”

颜舒弯腰，从桌底抽出行李箱，一拍，正要说话，却听“叮咚”两声急促的门铃声。

她看了眼许老师，很有“关门”弟子觉悟地跑去开门，然后抱了一个箱子蹬蹬跑回来：“你前几天不是叫我买书吗，收货地址我直接填了这里。帮我递一下剪刀哟！”

颜舒说完，没听到回应，抬眼看了一下许裴，后者正偏过头，视线落在行李箱上。

“许老师？”

许裴从抽屉里摸出把剪刀，递过去。“刺啦”的声音响起，颜舒拆开。

“许老师，你看是不是这几本？”

许裴淡淡看了一眼：“嗯。”

“没买错吧？”颜舒问着，拿出一本《概率统计》，“今天是先从这一本开始学吗？”

许裴依旧不咸不淡地“嗯”了声。颜舒还要说什么，却见他抬眼：“颜舒。”

“啊？”

“你刚才说，给我买了什么？”

“哦，衣服啊！”颜舒才想起这回事，她连忙放下书本，把行李箱拖出来。

“刺啦刺啦”的拉链声后，行李箱被打开，露出塞满各种衣服的大肚皮。颜舒指着行李箱：“我不是把你衣服搞脏了吗，这些都是赔给你的。”

她兴致勃勃地为他介绍：“这几件是白衬衣，这件是厚点儿的外套，还有这件，”颜舒抄起蓝白拼色衬衣，踮了踮脚，勾勾手，“你往下来点儿。”

许裴慢慢弯下腰。颜舒捏住衣服肩线，贴在他身上比画了一下，露出松一口气的神色：“我昨天还怕这个不适合你，没想到这么好看！”

刚说完，外面响起开锁的声音。紧接着，大门被打开：“裴哥！”

屋里两人同时看过去，门口站着一高一矮两个男生，两人如被定住一般，僵在门口。

半晌，两个男生喃喃道：“我们是不是开错门了？”

“没有吧，裴哥不是在里面吗？”

“会不会是……”

还没讨论完，就见许裴冷着一张脸：“李在，小六子，你们还准备在门口待多久？”

李在和小六子从来没想到，他俩在自己的工作室也能这么拘束，两人夹着肩，并着腿，乖巧地坐在会客沙发上。

颜舒从生活区探出一个脑袋：“李师兄，刘师兄，你们要喝点儿什么？”

小六子还没太回过神来：“啊，还有喝的？”

“对啊。奶茶、杧果汁、咖啡、红茶都有。”颜舒打开冰箱，有点儿奇怪地问，“这不是你们工作室的福利吗？”

小六子张了张嘴，他迷茫地看了李在一眼，试探地问道：“我们工作室，有这……福利？”

李在也蒙了：“……应该没有吧？”

颜舒给两人端了饮料，又跑去生活区，端出来两大盘瓜果零食。

李在、小六子：“这？”

颜舒理所当然地往他俩面前一放：“工作室福利啊，我帮你们拿出来啊！”

片刻，又放上来一盘小鱼干。

李在、小六子受宠若惊地说：“这也是我们工作室的福利？”

她确信了一件事，这两人肯定是新来的。颜舒坐下，视线往会议室那屋扫了扫，许裴还在里面打电话，她闲得无聊，顺手抓起一把瓜子，一边嗑着，一边和两位新员工拉家常：“你们工作室福利真的不错了，你看，光零食就有好多种，还都是进口的，我之前也听学姐去公司实习过，根本没这么贴心……”

小六子和李在被绕得晕晕乎乎，连连点头，显然已经接受了他们工作室福利好的设定。

小六子的视线往左边瞟了一下，突然看到一大箱子衣服，他跑过去，笃定地说：“这个也是工作室福利吧！”

李在拿起一件衣服：“哟，这不是那个什么牌子嘛！不便宜的！”

许裴单手插兜，在会议室讲着电话。

耳边是隔着一道门的对话声：“这是仿货！”

“仿这么好才九块九？哪儿买的？”

“太划算了吧，我能加你个微信吗，颜师妹？你把卖家微信推给我呗！”

许裴对着电话那头淡声：“稍等一下。”随后，打开门，“李在，小六子。”

“啊，裴哥？”

“你们今天很闲？要不要再加点儿工作量？”

两人吓得立马放下衣服，微信也不要了：“那个，颜……颜同学，咯，我们还有事，先走了。”

颜舒好不容易找到人唠嗑，有点儿遗憾：“不再坐会儿？”

“不了不了。”两人摆手，起身，往门口走。

途经转角的地方，小六子突然停顿了一下，疑惑地说：“咦，这什么东西？”说着，指向屹立在转角处的巨大铁塔。

颜舒热情地解释：“这是关师兄买的，价值 9999 元的秋高宝塔。”

小六子和李在震惊——什么玩意儿？

宁合机械那边的单子收尾，数模竞赛还有不到一个月的准备时间，许裴今天电话不断，辅导时间比预计的晚了一个小时，等到补习结束，已经快六点了。

颜舒现在已经有了自己的小书桌，她看了眼时间，稍微收拾了一下东西，就同许裴打了个招呼：“那我先走了啊，许老师。”

许裴刚结束了一个工作电话，手机扔进兜里：“我送你。”

“不用了，你忙你的。”颜舒往门外走，又想起什么，折回身，“许老师。”

“嗯？”

"衣服怎么样？喜欢吗？"颜舒邀功似的看着他。

许裴面色很淡，看不出情绪，只松松应了声："还行。"

"就还行啊？"颜舒有点儿失望，"我挑了很久的！你不试试吗？"

许裴淡笑了一下："衣服而已，能穿就行了。用不着试。"说完，抄起一本书，心无旁骛地翻阅起来。

"噢。"颜舒不好再打扰他，告了别就关上门，往电梯走去。她刚乘电梯到楼下，突然想起忘记拿包了，于是折回 23 楼。

颜舒正要敲门，不经意拉了下，门竟然自己开了。她吓了一跳，想起这个门锁一直不太好关，在心里连连提醒自己，下次关门后，一定要记得检查。

颜舒一边提醒，一边往里走，走了没两步，她却顿在了原地。

两米外，许裴换上了她昨天刚买的蓝白拼色的衬衣，背对着她，站在落地窗前整理衣摆，身旁几件衣服凌乱地扔在沙发上，显然都已试过。

他对着落地窗看两眼，三两下解开纽扣。颜舒心里咯噔一下，正想阻止，然而已经来不及了。下一秒，男人的上半身就没了遮挡，流畅结实、充满力量感的背部线条，毫无预兆地呈现在颜舒眼前。

男人肩宽背阔，肌肉不算太明显，但恰到好处。他抬了抬手，肩背的肌肉跟着动了下，肩胛处勾出一个明显的阴影。

颜舒吞了吞口水。

许裴正慢条斯理地扣着衣服纽扣，却听门口传来响亮的"咕嘟"声。

他大手微顿，回过头。颜舒立在门口，耳朵和脸颊都有点儿红红的。她看看地板，又抬头看天花板，一副眼神无处安放的模样："这回我真不是故意看的！我就回来拿个包，谁知道这门它没关紧！"

许裴神色复杂地轻"嗯"了一声。

颜舒的眼睛继续左瞟瞟右看看，没话找话似的："对了，你你、你不是说用不着试吗？"

许裴夹着纽扣的手微微一紧，他沉默了一下："没办法，衣服刚才弄脏了。"

颜舒的注意力终于被转移了："啊？怎么弄脏的？"

许裴又默了默，随后淡定解释：“关文强。”

颜舒：“他都没在这儿！”

许裴伸出食指，指向他办公桌上的一个小瓶子：“强哥这墨水，乱放。”他蹙眉，“跟他说过好几次了，就是不改。”

304 宿舍，关文强抱着手机开了局游戏，打到一半，气氛正胶着，许裴叫了他一声：“强哥，过来。”声音很是慎重。

关文强赶紧把手机一放，从座椅上弹起来：“怎么了，裴哥？是宁合机械那单子出问题了，还是昨天的建模哪里不对？”边问，边着急地三两步跑过去，一看——

许裴正对着镜子，不慌不忙地整理衬衣：“我后衣领是不是没整理好？帮我看看。”

关文强帮他折了下领口：“挺好的。”

许裴接着说：“背后也没问题吧？”

关文强觉得哪里有点儿不对：“裴哥，你叫我过来就是问我这个？”

“还有。”

“什么？”关文强竖起耳朵。

许裴转过身，问他：“我身上这件衬衣，怎么样？”

关文强完全没弄懂他的点，上下看了一眼：“就不错啊，但大晚上的，你换什么衣服啊？”

“孙老头有事找我。”

“这么晚找你干什么？”

“咱们马上要毕业了，学校现在数竞这块青黄不接，老孙最近胡子都愁白了，估计是想让我帮着大二师弟带个团队。”

许裴寥寥几句话带过这事，关文强听到“毕业”两个字还有点儿伤感呢，就听他问：“好看吗？”

“衬衣。”许裴提醒他。关文强没想到他的关注点还在衣服上，有点儿迷茫：“什么好看不好看的，你的衬衣不都长这样吗？”

许裴慢悠悠抬手，整理袖口：“这件不一样。”

“哪里不一样了？”关文强问完忽地注意到他背后的吊牌，乐了，“哦，确实不一样，这件才九块九。”

许裴没理会他的调侃，拿过书桌上的手机：“你懂什么。”

他说话的时候，眉毛松散一挑。关文强不知是不是自己的错觉，裴哥今天好像莫名有点儿傲娇。傲娇的裴哥低着眼，拇指在屏幕上点了几下：“强哥，看下手机。”

“叮”的一声响。关文强拿起手机，茫然地看着突如其来的到账短信。

他挠挠头，有些不解地问道：“裴哥，这还没到发工资的时候啊，你给我转这么大一笔钱干啥？”

许裴沉吟片刻：“这是额外的，奖励。”

关文强有点儿没摸着头脑：“奖励？”他最近工作表现很好？

“对。”许裴强调，“我单独给你的奖励。”

关文强惊了，他不相信地问道：“是别的人都有，还是就我一个人有？”

许裴看着他的眼神里，带着淡淡的怜爱：“就你一个人有。”

关文强看着手机里的金额，激动得泪眼汪汪：“裴哥！”

许裴挎上双肩包，准备出门，经过关文强时，拍了拍他的肩：“收下吧，应该的，这段时间辛苦你了。”说完，打声招呼，出了门，留下关文强一人，在宿舍独自感动。

游戏界面，田思恬拉他组队，关文强忍痛点了拒绝，而后果断关掉游戏，义无反顾地投身工作。他真没想到，裴哥竟然这样看中自己，他一定不能让裴哥失望！

刚投身了没一会儿，手机“叮叮”响个不停，他一脸被打扰的不情愿样儿打开微信，一看，眼睛立马瞪圆了。

小六子：“最新情报，裴哥工作室里，藏了个美女师妹！在哥可以做证！”

下边一长溜的感叹号。

关文强再也无心工作，瞪圆了眼，颤抖着手跟了句：“什么情况？别卖关子了，快说说！”

小六子：“集合，速来。你们懂的。”

“还是不会做吗？”许裴抬了抬眼，透过薄薄的镜片看向对面咬着笔头的女孩，他思考片刻，“看来……”还未说完，就见颜舒猛一下直起身，眼神莫名慌张，手里笔头乱戳：“不、不了吧！”

许裴往椅背靠了靠，衬衣往上爬了几厘米，他伸手，试图整理衣摆的褶皱。

颜舒有点儿慌，她捂住怦怦直跳的小心脏，脱口而出：“你想干什么？”

许裴整理衬衣的手微顿，上下扫了她一眼：“你今天怎么了？”

对面的女孩额角微汗，脸色看上去也不太正常……

许裴蹙起眉：“你是不是发烧了？”

颜舒眼神乱飘着，用手飞快地扇了几下。“没，我就是有点儿热。”她干笑两声，“这段时间天气好奇怪，一会儿冷一会儿热的，对吧？”

许裴没作声，目光往她严防死守般拉到顶的外套上扫了扫：“你热的话不会脱一件衣服吗？”

颜舒感觉自己的脸更烫了：“啊，脱衣服啊？不太好吧？”

“我的意思是，热了喝水就行！”颜舒说着，噌的一下站起来，跑到饮水机前，接了满满一大杯水，咕嘟咕嘟喝下去。喝完还嫌不够，她又接了一杯。

许裴看了眼已经见底的水壶，又抬眼看她，微微拧起眉，低声问道：“你还好吧？”

颜舒现在很尴尬，非常尴尬。她活了二十年，头一次发现自己原来还挺不纯洁的。她竟然对纯洁无瑕的许老师产生了糟糕的幻想。

颜舒对自己的思想进行了深刻的反思，一顿思想教育下来，她感觉自己的灵魂得到了升华，看向许老师的眼神终于正常了起来。一切正逐渐走上正轨，电灯忽地一闪，紧接着，四周陷入一片黑暗。

颜舒有点儿蒙：“怎么回事？”

许裴淡淡的声音在旁边响起：“别慌，应该是停电了。你坐着别动，我去拿手机。”

颜舒乖巧“嗯嗯”了两声，又想起——“许老师，还是我去拿吧，我的手机就在旁边架子上。”

她说着，站起身，手往旁边探去，却不想架子没碰到，反倒摸到一个柔韧温热的东西。

这个手感……

然而，还没等她细细体会，一束光忽地亮起。她缓缓移动眼珠，视线落到自己抓在许裴背上的那只手上……

颜舒的手一哆嗦，手指猛地跟着一滑，温热的指腹从背一下子摸、摸到了腰。

她僵硬地看向许裴，后者缓慢转过头，眼皮往下一耷，视线准确无误地落到了她胡作非为的小手上。颜舒尴尬地收回手，强行替自己挽尊："这衣服不行啊，料子太滑了！"

许裴默了默："你买的。"

他抄起书桌上的钥匙，往门口走，手上电筒不忘给她照着："走吧，先去吃饭。物业刚才发了微信，半小时后来电。吃完饭时间刚好，回来还可以看部电影。"

颜舒没反应过来："啊，看什么？"

"电影。"许裴在门口站定，等着她，"不是说想看吗？"

两人就在楼下随便吃了点东西，回工作室时，大楼已经亮起盏盏星火，显然供电已经恢复正常，跟着恢复正常的，还有颜舒。

颜舒出来吹了阵风，脑子彻底清醒了，想起接下来的活动，心里还挺期待的，又有点儿不敢相信："许老师，真的要看电影吗？"

许裴走在她身侧，鼻间淡淡"嗯"了一声。

电梯"叮"一声，金属门打开，两人一前一后走进去。

颜舒想了会儿，又皱起小脸："你所谓的电影，不会是数学科普什么的吧？"

许裴笑了一下："你觉得呢？"

颜舒立刻使出夸夸大法："我觉得许老师这种高风亮节的老师，一定不会这么残忍。"

许裴又淡笑了一下，却也没反驳。

看来今晚真的不用学数学了，颜舒开心得不停说话："工作室有投影仪的吧？奶茶点了吗？看电影专用爆米花呢？还有其他人要来看吗？就我们俩吗？"

两人下了电梯，沿着昏黄的走廊往工作室门口走去。

颜舒问了一长串，许裴都没作声，最后，他低头拿出钥匙，开口的时候，眼尾染上一层薄笑："嗯，就我们两个。"

许裴转动钥匙，"吱呀"一声，门被打开。两人看着顶灯大开，亮如白昼的工作室，同时愣了愣。

颜舒疑惑地说："我记得我出门那会儿特意关了灯啊，怎么回事？"

许裴没说话，他心里突然有一种不好的预感，他视线微抬，就看到了工位上坐着的假装自己很忙的——一、二、三、四、五、六、七，七颗脑袋。

工作室七个男人，整整齐齐，一个不少地出现在这里。

颜舒和许裴站在门口，对面坐着七个假装无事发生，但演技实在拙劣，眼神到处乱飘的大男生。

颜舒很震惊，她头一次看到许裴工作室里，出现这么多人。对面的几个男生比她还要震惊，他们万万没想到李在和小六子说的竟然是真的。裴哥工作室里，竟然真的藏了个小师妹！

一时间，所有人都沉默了，气氛诡异地安静了三秒，然后被一个大嗓门儿打破："哎呀！"

关文强从对面噌噌跑过来，露出大松一口气的表情："原来是颜舒啊，我还以为谁呢！"

他回过头，对着大家伙儿语气熟稔地说道："介绍一下，这是新闻系的颜舒。小六子、李在，你俩也不说清楚，害得我差点儿以为裴哥真的晚节不保，近了女色呢！"

不是，这话听着怎么有点儿伤自尊啊！颜舒不满意了："什么意思？我不算女色吗？"

"行了，都老熟人了，谁还不了解谁啊！"关文强一副跟她很熟的样子，只差没勾肩搭背了。

他大拇指往颜舒那儿一指，另一只手拍着胸脯："别人我不敢保证，颜舒吧，我就敢打包票，她和裴哥绝对是纯洁的补课关系。大家千万别瞎想啊！"

关文强叽里呱啦一顿解释之后，大家总算恍然大悟地接受了两人纯洁的补课关系。

他又想起什么："对了，裴哥，你们这课不是安排在下午吗，这么晚过来干吗？"

两人沉默了一秒，同时开口："补习。""看电影。"

颜舒也有点儿不解，她也不知道为什么许裴跟她的答案不一样，他们上来不就是看电影的吗？但她不好质疑他的权威，赶紧改口："补习。"

同一时间，许裴："看电影。"

工作室被布置成了影院，白色的幕布挂墙上，对面摆着一排座椅上，九个人依次坐下。

许裴看了眼颜舒身边的位置，正抬脚过去，却听小六子的声音："裴哥，坐这里！"说着，不由分说地把他拉到自己旁边的位置坐下。

与此同时，颜舒被关文强拉着，坐在了最右边的椅子上。两人中间隔了整整七颗脑袋。

小六子安排好裴哥，想起什么，"噔噔"地跑到生活区，学着颜舒上回的样子问道："兄弟们，喝点儿什么？咖啡，果汁，茶，还是可乐？"

大家有点儿震惊："啊？"

小六子熟练地解释："工作室福利。"

大家你看看我，我看看你，端着震惊脸小声问："我们工作室还有这种福利？"

李在点点头，理所应当的样子："对啊，有啊！"

他俩的语气十分自然，还一起露出"你们连这都不知道"的表情。大家伙儿沉默了，开始怀疑是不是自己的问题。

紧接着，热情的小六子又根据记忆，从生活区的大柜子里翻出各种各样的零食："来来来，兄弟们，随便拿啊！"见大家都愣着，他指着零食言简意赅地解释："工作室福利。"

说完，他端出来一盘小鱼干。这下，不用他解释，接受设定的大家伙儿举一反三道："这一定也是福利吧！"

小六子与有荣焉地挺起胸脯："当然，颜同学说了，我们工作室的福利可是一等一的好，大家要好好珍惜啊！"

大家特别感动：

“裴哥对我们可太好了。”

“不仅工作、学业上处处照顾我们，生活上也体贴入微。”

小六子觉得自己今天表现特别好，不仅服务了团队，还带领大家表了一番衷心。这么一来，裴哥一定会对他刮目相看的。

他邀功似的看向裴哥，却对上后者冷飕飕的目光。他正疑惑着，却听一个兄弟问道：“咦，那啥玩意儿啊？以前没见过。”

小六子顺着那人的视线看过去，了然一笑，添油加醋地说道：“这啊！这是关师兄花了 9999 元为工作室独家定制的秋高宝塔！”

关文强原本开心喝着可乐，吃着零食，冷不丁听到自己的名字，震惊地望向角落里的巨型铁塔：“啥？这是我买的？”

许裴沉吟片刻，淡着脸颔首：“对，就是你买的。”

颜舒紧接着表态：“我做证，许裴说的是真的。”

李在也连连点头：“对啊，我和小六子也可以做证。”

就连他旁边两人也议论道：

“肯定是强哥啊，他这人平时就很信这个。”

“强哥这人平时看着挺抠，没想到肯为工作室花这么多钱。”

在大家伙儿肃然起敬的眼神中，关文强默默闭上了嘴。老实说，他现在也不确定到底是不是自己买的了。他还在思考人生，他裴哥已经带头举起了杯，淡笑道：“咱们一起，为强哥干杯。”关文强被迫和大家伙儿一起，在“强哥万岁”的欢呼声里，愉快地举起了杯子。

工作室的几个大男人难得聚在一起看电影，众人七嘴八舌，开始选片子。大家众说纷纭，各种安利，一时间拿不了主意，小六子机灵地跑到许裴面前：“裴哥，你有没有什么想看的？”

许裴端起杯子，呷了口茶。

小六子眼尖：“裴哥，换新杯子了？”又发现什么，“哎，裴哥，你这衣服不错啊！”

许裴很好心情地笑了笑，抬眼看他：“以前怎么没发现你小子这么会来事？”

小六子“嘿嘿”笑了两声。

“选部动作片看。”许裴往后靠了靠，视线不经意地往右边扫了扫，抄起置物架上的一盘小鱼干，递给小六子，隐晦地朝一旁点点下巴，“给那边分一下。”

颜舒和关文强说着话，心里却惦记着置物架上的小鱼干。

这几个男孩子吃得又快又多，原本满满一盘的小鱼干，现在就剩下一小半。她想跑过去拿点儿过来，偏生关师兄一直拉着她热情寒暄，她实在不好意思打断，只好一边笑眯眯地点头附和，一边偷偷瞄了瞄盘子。

刚瞄第二眼，小六子就像知她心意一般，端着小鱼干跑了过来，分给大家伙儿。颜舒随着几个男生一起，拿了两条，心满意足地放进嘴里，咬了一口。

有人调侃：“哟，小六子，服务意识不错啊！”

小六子打了那人一下，笑骂：“滚，裴哥怕你们这边吃不到，特意让我端过来的。”又突然想起什么，对着还在选片的李在吼了声，“对了，裴哥说看动作片，小李子，动作麻溜点儿啊！”

颜舒看着许裴，他的身体被中间几人挡了个七七八八，手腕随意往腿上一搁，衬衣衣袖挽至手肘，小臂结实，腕骨突出，手背宽而瘦，筋骨明显，显出几分男人特有的力量感。

许裴伸手，端起和她同款的陶瓷杯，手指并拢，把住杯柄，指节修长又分明，水杯端至嘴边，他仰头喝下，脸依旧被挡住。

颜舒不知道自己看了多久，耳边是关文强的声音：“颜舒，你觉得呢？”

她立马回过神，然后陷入茫然状态。

关文强“呜哇”一声：“你刚才看什么去了？我说了这么久，你都没听到？”

颜舒心乱跳了两下，下意识否认：“怎么可能看什么！我一直在听你说话啊！你问我觉得是吧，我觉得不错！”

不是，他的问题是“你觉得裴哥在忙什么”，她觉得不错是几个意思？他还没想明白，就听颜舒换了个话题：“对了，最近怎么没看到你？”

关文强的注意力立马被转移，他苦着一张脸：“别提了，最近都忙死了。宁合机械那边龟毛得要死，还得跟着裴哥准备竞赛。”

他说完，不死心地继续问她：“哎，你最近不是一直跟着裴哥补课，那你知道他在忙什么吗？”

颜舒这回总算跟上了他的节奏：“怎么了？”

关文强叹口气：“前段时间吧，裴哥把我们赶到外面小实验室去了。你不知道，那里办公太不方便了，工作效率特别低。我们合理怀疑，他在搞什么秘密项目，不然怎么突然干这事儿？”

颜舒想了一下：“别的时间段不清楚，但给我补课的时候，应该没搞什么项目。”

关文强若有所思地想了一会儿，还真让他想到了一个绝妙的好主意。

“既然这样，”他猛一拍大腿，眼睛跟着一亮，“那我们可以在你们补课的时候，溜回工作室办公，别的时间再溜出去！这样不就行了？”

办公室里，孙孝元戴着老花镜，挺直着背脊，在白纸上写下一串数字，抬头问：“大二的数竞团队，有很多不足的地方，你这段时间得多费费心。我老了，未来还是要靠你们年轻人啊！”

许裴坐在他对面的位置，起身冲了一杯茶，端到他面前，笑：“哪里老了？您要能拿出钓鱼那劲头儿，十七八岁的小伙子都赶不上您。”

孙老头瞪他：“没大没小。”听他提起钓鱼，又想起颜舒，问道，“听说你最近在给颜舒补习数学？”许裴笑了笑，算是默认。

孙老头的眼神在他脸上转了一圈，突然哼笑两声，埋头算题时，意有所指地感叹了几句：“加油吧小伙子，长路漫漫啊！你什么时候要是混成我这样，也算出头了。”

许裴挑了挑眉：“要不您先给我一个目标，比如？”

孙老头面带得意之色，往身上一指：“比如你老师我，现在穿的衣服，都是你师母找裁缝做的。唉，真是的，想自己去选选都没机会。”

许裴颇感兴趣地“噢”了声：“那敢情好，回头帮我问下师母这裁缝的联系方式，我正觉得衣服大了点儿，想改改。”

孙老头瞟了一眼他身上崭新的白衬衣：“买的时候没注意？”

“不是我买的。”许裴靠着椅背，手里的钢笔有一下没一下地转着圈，淡淡道，“别人送的，还一送送了好几件，都得改。”

“谁？”

许裴笑了笑：“不方便说，怕您生气。”

许裴坐在他对面，下巴微扬，眼角眉梢看似无奈，唇角却含着遮掩不住的笑意。

孙老头猛一下反应过来，直接一本书给他扔过去：“好啊，你小子！把我师傅拐跑了不说，还要跑我这儿炫耀！”

许裴笑着躲开，捡了书放在桌上：“没拐跑，还在努力。再说了，这不您先开始的？”

孙老头炫妻不成反被将了一军，不耐烦地挥挥手：“滚滚滚，自己忙去，别来烦我！”又叫住他，“帮我把这个带出去扔一下。”

许裴看了眼桌上摆着的小药瓶，皱了下眉：“您胃疼的毛病又犯了？”之后拿起空药瓶，顺手放进兜里，“这个我先拿走，照着给您买一瓶去。”

孙老头摆了摆手：“不用。”又咧开春风得意的嘴，“你师母早给我买了！”

从孙孝元办公室出来，许裴马不停蹄地赶到B楼四实验室。

目前，大二团队还没有自己的工作室，孙老头给批了个空着的实验室，给团队三人做数模。许裴抬手看了眼时间，掏出手机，点了几下，发出去一条消息：“有点儿事，晚点回。”

不多时，那头回了句：“没关系，你慢慢来。”

事实上，许裴处理事情的速度并不慢，反而进度快得让大二团队难以消化。三个人都顶着苦瓜脸，私下痛苦地感叹起了许裴和普通人的区别。

许裴讲到最后，也意识到了这个问题，拍了拍团队负责人的肩膀：“先这样，你带着他们消化一下。我今天赶时间，明天再给你们分步讲解。”说完，和几人打了招呼，匆匆往工作室赶。

乘电梯到23楼，沿着走廊，刚走到工作室门口，许裴就听到里面传来的各种对话声：

“颜同学，你这个公式没写对啊！”

“哎，这步算错了！”

他步子微顿，随即大步踏进门。

原本安静的工作室，此刻坐满了人，颜舒坐在小书桌边，旁边三个热心师兄围着她，七嘴八舌地给她纠正错题。见他进来，大家在同一时刻转过头，热情地和他打招呼。

“裴哥回来了？裴哥好！”

“裴哥，你放心忙去吧！”

“没错，颜同学这边，就交给我们！”

关文强还乐呵呵地凑过来：“裴哥，颜舒在的时候我们才过来，碍不着你事，还能帮你给她补习呢！”

许裴懒得跟这大傻个多言，他转过视线，面无表情地盯向被几个男生包围着的颜舒：“你觉得？”

颜舒莫名感觉许裴现在的心情不太好，又想起关文强说他最近带大二团队，忙得脚不沾地，大约是累的。于是，她很贴心地扬起笑脸：“我觉得不错啊，师兄们教我就行，许裴你忙去吧！”

许裴没作声，只盯着她，过了几秒，他撇开眼，往里屋走，留下一句淡淡的话：“很好。”

这几天，工作室气氛异常紧张。关文强几人已经获得批准，全都搬回来办公，但不知怎的，裴哥似乎心情不佳，成天到晚脸上没个笑容，搞得大家大气都不敢出一口。等到下一次颜舒过来补习的时候，几个人全部一窝蜂地围上来，迫不及待地向她大倒苦水。

许裴坐在里间办公室里，听着他们断断续续的声音：

“颜同学，你可算来了……日子苦啊……”

“不知道哇……是不是累了……生病了？”

外面的人许是觉察声音有点儿大，压低了嗓门儿，没过多时，又传来了七嘴八舌的讲题声。

许裴垂着眼不知在想什么，片刻，伸手打开抽屉，翻出前几天随意放进里面的一个小药瓶，放在桌上，食指和中指并拢，往前推了推。

颜舒今天勤勤恳恳做了一个小时的习题，虽然平时和师兄们插科打诨，真要到了补课时间，她反而不像以往对着许老师那么爱耍赖，等到告一段落休息时，才伸了个懒腰，笑嘻嘻地和几个人侃大山。

在她的带动下，工作室一扫前几天的沉闷，气氛明显变得松快起来，大家伙儿你一句我一句地聊了起来。

大家正说笑着，却听“吱呀”一声，里屋办公室的门打开，高瘦的身影走了出来。颜舒转过头看去。

许裴端着杯子往饮水机走去。他脊背挺直，面上神色很淡，弯腰接水之时，眉心微蹙，另一只手下意识按住了腹部。颜舒脑子里突然蹦出来刚才关文强说的那句话——“别是累生病了吧？”

“咚咚”两声响，关文强在她小书桌上敲了两下：“休息时间结束，来来来，颜舒，咱们继续。”

十分钟后。几个师兄看着心不在焉的颜舒，苦恼地捂住了脸。

“颜舒啊，集中注意力啊！”

“这类题你刚才不都会做了吗，怎么休息过后又还给咱了？”

“再讲一遍啊！”

又过了十分钟，关文强彻底服了，他长叹一口气：“你这看来还真得裴哥出马不可。”

平时他们这么说习惯了，遇到什么难题都会以一句“看来还得裴哥出马”作为结束语，关文强原本也是日常感个叹而已，哪晓得颜舒却猛一下来了精神。

颜舒做出深思状，而后点点头，大义凛然地说：“这样啊，那我只好去打扰他一下了。”

“哎，我不是那个……”意思。话还没说完，就见颜舒噌的一下站起身，“嗒嗒”地往里屋办公室跑去。

裴哥在里屋的时候，都是默认的免打扰工作状态。

曾经有个新来的不知情，跑去敲了裴哥办公室的门，刚踏进一步就被无情地轰了出来，更别提这几天某人这么低气压了。

关文强赶紧阻止：“颜舒，别……”然而来不及了，勇士颜舒已经飞快敲响了许裴办公室的门……

关文强捂住了眼，小六子捂住了眼，在场所有师兄一起捂住了眼。

裴哥这人，一向公事公办，在他眼里可没什么性别之分。工作室众人实在难以想象娇滴滴的小师妹被轰出来的样子，几个男生捂眼的同时，甚至开始发愁一会儿该怎么哄人了。

只是，预想中的事情好像并没有发生。里面传来一声很平静的“请进”。

然后……颜师妹就进去了！

这么简单？几人你看看我，我看看你，挤眉弄眼了好一阵，悄悄伸长脖子探看里面的情况。

“砰”一声，门被紧紧关上。

老实说，颜舒好多天没看到许裴了，眼前的男人坐在办公椅上，手指飞快地敲着键盘，片刻，抬起眼，浅淡的目光透过薄薄的镜片，扫向她：“什么事？”

颜舒把书本往他桌上一搁，理直气壮地说：“这道题太难了，他们都不会。”

许裴没说话，食指和中指按住书本，拖过去，看了一眼，又抬头看她：“你过来点儿。”

颜舒听话地凑近了些。许裴淡着脸，开口：“这个函数之前教……
嗞……”刚起了个头，他便微蹙着眉头，闷哼了一声。

颜舒抬头就看到他额角隐约的细汗，以及桌面下那用力按住腹部的大手，她有些紧张：“怎么了？生病了？”

许裴摆手：“没事。”又敲了敲桌子，提醒她，“专心看题。”

不得不说，许裴的业务能力真不是盖的，三言两语就讲清楚了，只可惜颜舒今天的注意力老是不集中，听了几遍还是有点儿犯糊涂。关文强那边似乎有什么事，连叫了好几声裴哥。

许裴起身：“我出去看一下。”

颜舒的视线在他按着腹部的手上停留一秒，转回头，又看向桌子上那个显眼的小药瓶。

她伸手，拿起来看了两眼。的确是药瓶，却已经空了，上面写着“胃舒平”三个大字。

关文强还撑着脑袋，朝许裴喊着：“救命，救命，裴哥！跪求帮忙看看我这算法哪儿错了！到底哪步出了问题，怎么就算不下去了啊？”刚喊完，就看到颜舒跟阵旋风似的冲了出去。

关文强咋舌，看向许裴的眼神犹如看一个禽兽。裴哥是不是，把人骂哭了？

许裴懒得搭理他，浅淡的目光直直地捉着她的背影，直到消失在门口，才收回视线，不着痕迹地弯了弯唇。

“脑子有空想其他的，没空想算法？自己回去好好想想，算不出来扣工资。”许裴转身，淡声道。

这么难，怎么算？他严重怀疑，裴哥存心想扣他工资！

许裴没理会他的腹诽，环视四周一圈，直接对着工作室几人吐了两个字：“下班。”

工作室一群人愣了一秒，紧接着一片哗然：

“裴哥，今儿太阳打西边儿出来了？”

“稀奇啊！裴哥你这个工作狂，竟然让咱们提前下班了？”

“发生了什么？？”

许裴慢悠悠地往办公室走：“工作室福利，你们不要？”

众人：“当然要！裴哥万岁！”

楼下就是药店，颜舒风风火火地下楼买完药，又火急火燎地赶回工作室。刚才还热闹沸腾的工作室，现在却安静了下来，关文强一众人等都早已离开，只剩许裴高瘦的身影，背对着门口。

男人背脊挺直，看上去和平时一般无二，完全看不出胃疼的样子。他弯腰接了杯水，喝两口，转过头，才看到门口立着的颜舒。

许裴撩了撩眼，视线从上往下，落在她手的位置，定住：“手里拿着什么？”

颜舒没说话。

许裴把水杯搁置物架上，发出声闷响，然后抬脚，走几步，在她面前停住。他伸手，掌心向上，四根指头并拢，轻轻勾了勾：“给我看看。”

颜舒想了一下，摊开手心：“就胃药啊，我刚才下去买的。但你现在……”她打量了他一眼，“应该不疼了吧？”颜舒手指回收，握住小药瓶，一边往里走，一边嘴里咕嘟着：“早知道你不疼了，我就不跑这……”话未说完，便被一只大手攥住了衣袖。

她错愕地转过头，正对上许裴的眼。视线里，男人攥着她的衣袖，手掌微微用力，向上一提，她的胳膊也跟着往上抬了抬。

许裴轻声说了句：“还疼的。”另一只手大拇指和食指扣住药瓶，从她手里一点点抽出。

药粒之间相互碰撞，发出的哗哗声中，男人开口，声音带着笑，低低地说：“吃了你的药，才不疼。”

第七章 十指紧扣

周五上午的新闻采写实验课是大二新闻系的重点课程，上完课，颜舒又赶去新闻部开会。

两周前，主编马老师拍板让她协助秦明柏选题和审核稿件，算是取代林雪敏之前的工作。这次是她参加的第一次全员大会，和新闻部众人一起商讨下期的版面事宜。

下期恰好轮到田思恬做版面，青歌赛决赛刚结束，两位校友名次可观，且颜舒九月份已经做好了沟通，联系一直没断，最后大家一致通过了她的青歌赛采访方案。

大会刚结束，大家有说有笑地商量一会儿聚餐吃什么，办公室门却“吱呀”一声被推开，多日不见的林雪敏踩着小高跟，出现在大家面前。

大家伙儿互相交换了一个眼神，不约而同地看向她，目光警惕。

弄坏颜舒帐篷这件事，让大家已经够震撼了，没想到她还到处造颜舒的谣！这件事太没节操，差点儿崩坏大家的三观。刚出事那段时间，大家还恨不得当面骂她两句呢！

林雪敏完全无视众人不友好的目光，像没事人似的，施施然来到自己的工位前，不紧不慢地收拾起了东西。田思恬冷冷刺了她一句：“哟，知道没脸待了，跑来收拾东西了？早知如此，何必当初啊！”

林雪敏手里的动作微顿，这些人已毫无价值，她自然懒得再伪装。

“没脸待了？妹妹你想太多，我只是……”林雪敏把几本采访本抱在手里，趾高气扬地转身，“已经不需要待在新闻部了。”

她这种随时变脸的特技，让所有人都震惊得说不出话，一时间，办公室里鸦雀无声。

林雪敏环视一周，目光最后落到了颜舒身上。她缓慢走到颜舒身边停下，扬起下巴嗤笑了一下：“你们该不会以为，我真把部里过家家一样的小打小闹放在眼里吧？实话告诉你们，我已经拿到了光辉报社的录取通知，再会，各位。哦，如果你们也能进光辉的话。”

说完，她搬起收拾好的东西，利落地走出新闻部办公室，留下一群面面相觑的新闻部众人。一时间，大家又愤怒又羡慕，还有些不敢置信。

“真的假的……”

“对啊，那可是光辉报社，她运气也太好了吧！”

“光辉今年招人了吗？没听到风声呀！”

小优还有点儿蒙：“光辉报社怎么了？”

田思恬翻了个白眼：“服你了，小优，你这都不知道？午言集团旗下的头号纸媒，学新闻的谁不想进光辉？”大概觉得太长林雪敏志气，灭自己威风了，又赶紧补了一句，“不过纸媒近几年势弱，想想也没什么大不了，是吧，颜颜？”

说完，却没听到颜舒回答，她转头看去，后者垂着眼，低头看着手机。

田思恬凑过去，不经意瞟到她的手机屏幕，当时就笑出声了：“关师兄怎么回事，老是转发这些莫名其妙的养生链接——吃什么养胃之有胃病的人三餐食谱，什么鬼？谁有胃病啊！”

说完，她想起说好了今天中午部里聚餐，忙拉着颜舒的手：“走走走，吃饭去，我都看饿了。”

颜舒却抓起包：“甜甜，你自己多吃点儿啊！我有点儿急事，就先走了。”

“哎……”她后面的话，被迫吞进了肚子里，颜舒已经跑远了。

德膳粥铺位于澜市城东，尖顶的中式院子隐匿在豪华的城中心，碧绿的爬山虎爬满灰白的墙面，顺着朱红门头蔓延至烫金招牌。

这是澜市大名鼎鼎的粥铺。一是因为据说老板的曾祖父是御厨，祖父得其真传，民国时期开了家甜粥坊，也就是德膳粥铺的前身，颇有传奇色彩。二是因为粥铺的菜品价格昂贵，随便一顿下来，人均也要近四位数。

此刻，颜舒坐在珠帘挡住的八仙桌前，翻看着菜单，对服务员招了下手："你好，哪些粥是养胃的？"

服务员侧着身："您好，肥鸽糯米粥、桂花心粥，还有墨鱼粥，这三种能健脾益胃，消食生津。"

颜舒立马拍板："行，一样来一份。"她不知道许裴爱吃什么，反正一样来一份准没错。

等餐的时候，电话响起，颜舒看了一眼，坐正了些，清了清嗓子，才笑眯眯接起："哟，老爷子，今儿什么好日子，都记得给我打电话啦！"

对面是颜舒的外公，颜老爷子。他现在依旧住在柳长河边，天天钓鱼晒太阳，日子过得好不快哉。唯一遗憾的是，柳长河那边信号不太好，颜舒打电话过去十有七八无法连通，基本要等老爷子哪天无聊想起她来，爷孙俩才有机会通通电话。

好在老爷子身体健康，又请了保姆和一名私人护士在家照看，颜舒倒也放心。

颜老爷子佯怒道："怎么，给你打电话还要选个好日子不成？果然嫁出去的孙女泼出去的水了？"

颜舒："这不您让我结的婚吗？要不，我离了？"

颜老爷子："你这丫头，又胡说八道些什么！"

颜舒笑了笑："知道我胡说八道还生气。不离，不离，您都发话了，我哪敢离啊！"

后半段话只敢在心里说说：要离也要等一年后，您不盯着了再离。

颜老爷子哼了哼："许家那小子，对你怎么样？"

"好得不得了，我们两个相亲相爱，蜜里调油。"颜舒嘴里不着调地回着，想起什么，又道，"外公，我记得赵婶之前爱给您熬养胃茶，等会儿您让她把配方发给我。"

"你胃不舒服？"颜老爷子声音微凝。

颜舒随意道："不是我，是许裴，他这两天胃疼。"

颜老爷子愣了一下，随即哈哈大笑：“行啊，咱们娇娇这婚没白结，都知道疼人了。”

“说什么呢，我一向会疼人。”颜舒不服气地说。

颜老爷子无奈道：“好好好，你说什么就是什么。”语气一转，“对了，亲家公那边怎么联系不上？”

颜舒没反应过来：“啊？”

“就是你公公婆婆那边。”颜老爷子声音略微不满，“他们许家到底怎么回事，你们俩都结婚了，怎么一点儿表示都没有，至少得大家一起见个面商量一下吧！我好好一个漂亮外孙女儿，难道就这么没声没息地嫁到他家去？”

颜舒的头开始疼了，她赶紧回忆了一下：“您这说的什么话啊，他爸妈在什么地方来着，反正没信号。”具体什么地方，她还真没想起来。

“那……”颜老爷子噎了一下，“那他们什么时候回来？”

颜舒笑着安慰他：“哎呀，您就别操心这个了，我问了之后跟您说。不说了啊，我这儿有事呢！”

服务员端着一个精致的盒子走来，颜舒看了一眼，想起什么：“这盒子不行，太精致了，一看就很贵！换一下，换一下，这样，用打包盒就行，越普通越好。”又抽出价格单，揉成一团，扔掉，对服务员比画了两下，“可以换个十块的，不是，八块的单子吗？”

“咚咚”两声轻响，隔着一堵门，关文强刻意放低的声音传来：“裴哥，吃饭了。”

许裴敲完一组数据，往后靠了靠，抬手取下眼镜。外面已没了声响。这群人平时不着调，但许裴工作的时候，绝不会打扰，如果有事要敲门，不管里面有没有回答，顶多敲一遍。

他揉了揉眉心，另一只手将眼镜放回盒内，起身，走出办公室。

“你们先吃。”

关文强没反应过来：“裴哥你不吃？”

“嗯。”许裴淡声回了个字，抬腕瞥了眼表盘。

门口传来一阵轻微的脚步声，许裴抬眸看了一眼，转过视线：“强哥，给我一盒。”

不是不吃吗？尽管很疑惑，关文强还是很乖巧地抄起一个盒饭，正递过去，颜舒的声音在身后响起：“哎哎哎，别给他吃那个。”

关文强转过头，颜舒从门口小跑过来，瞄了盒饭一眼，严肃道：“还是辣的，更不能给他吃了。”

关文强还在思考为什么裴哥不能吃辣的，颜舒已经噌噌地跑到许裴身边，把打包盒放旁边，打开：“吃这个。”

许裴淡淡“嗯”了一声，从厨房取出“买一送一”的两个新碗，先盛了一碗，递到她面前：“你也吃。”又给自己盛了一碗，坐下，慢条斯理地舀了一勺粥，放进嘴里。

两人一时无话，只静静地喝着粥，旁边几个大男生吵吵嚷嚷的声音，既近又远。

关文强凭借大块头的身材优势，成功瓜分走了许裴那盒盒饭，回过头发现小六子目不转睛地盯着自己的盒饭。他犹豫了半天，终于大发慈悲地说：“要不，我给你分一块？”

小六子一脸嫌弃：“你以为我看的是你这盒盒饭？”

关文强放心了：“那你在看什么？”

小六子脑袋凑过去：“强哥，你看那边。”

关文强顺着他的视线看过去：“那边怎么了？就裴哥和颜舒啊，有什么好看的？”他顿了下，又道，“……不对，他俩都还挺好看的。”

“我不是这意思。”小六子伸出根手指头，在两人中间稍微比画了一下，“你不觉得他俩之间，什么东西不一样吗？”

关文强仔细观察了好一会儿，点头：“当然不一样，他俩喝的是粥，看着没什么食欲。还是凉茶好喝，我一会儿给他俩拿两瓶去。”

小六子还想再说点儿什么，却被旁边的李在插了话：“这粥我感觉挺香的啊，看着有点儿像德膳粥铺做的。”几个男人来了兴趣，开始加入对话，议论起了德膳的粥，多贵多有来头云云。

小六子看了眼不远处明显有粉红色泡泡环绕的俊男美女，又看着完全不觉他俩有任何问题的兄弟们，陷入沉思，莫非真是他看错了？

德膳的粥，颜舒其实不太爱喝，准确地说，她就不喜欢喝粥。颜舒喜欢味道浓郁一点的东西，嗜甜喜辣，对粥这种清淡的口味，一向不太感冒。但今天，她觉得这粥的味道似乎还行，许裴应该还吃得惯吧……

颜舒看了他一眼，他吃饭时，动作不慌不忙，其实速度并不慢，胃口看上去不错，第二碗都快要见底了。见他拿了勺子，还要再盛，颜舒赶紧阻止他："哎，别盛了，这两天要少吃多餐。"

"知道。"许裴动作未停，低声道，"给你盛。"

颜舒低头一看，这才发现她的碗已经空了，"噢"了一声，递过去。

她想起中午老爷子的话，问道："对了，叔叔阿姨在那边还好吧？"说罢，又试探着补问了一句，"他们还要在那边待多久啊？应该没这么快回来吧？"

许裴撩了她一眼："11 月回。"

颜舒立刻点点头，还好，还能再拖一个月呢！刚松了口气，余光瞥见关文强拿了两瓶凉茶跑过来，她眉毛一拧："强哥，这就是你的不对了，上午你不还分享养胃食谱来着吗？怎么这会儿又犯糊涂了？"

关文强愣了一下："你说那条朋友圈啊？那是裴……哎哟！"

他捂住被横踢一脚的小腿肚，惨叫一声。

颜舒浑然不觉："对啊，你跟许老师同吃同住，他有胃病你不知道？还给他吃辣的、喝凉茶？"

关文强不解极了："裴哥，有胃病？"

"对！"

"怎么可……哎哟！"

他再次捂住小腿肚，耳边是他裴哥娓娓的叹息声。

颜舒眉头微皱，她觉得自己应该听懂了这声叹息。的确，关文强一个大男人，没有她这么敏锐的观察力也正常。她脑瓜转了转，想出一个主意："这样吧，你这几天的餐饮和用药我负责监督。"

许裴沉吟片刻："不太好吧……咝……"

颜舒满眼紧张，忍不住板起脸责备他："胃又疼了是不是，还逞强吗？"

许裴考虑了一下，又摇了摇头："不行，我这两天在家办公。"他看了她一眼，声音淡淡，"你怎么监督？"

颜舒顺着他的思路想下去："那还不简单，我到你家去监督就好啦！"

许裴颔首，勉为其难道："那行。"

孙孝元办公室里，孙老头抬头看向不请自来的许裴，朝他努努下巴，示意他坐下后，埋头在白纸上写写画画，又觉哪里不对，停下笔，视线往许裴身上扫去。

他斜着眼睨对方，眉头拧起："你小子，是不是每次换件衣服都要到我面前转悠一圈儿？"

"看您说的，哪儿能呢！"许裴悠然地靠着椅背，"我这不来填资料了嘛！"

孙老头这才消了气，从抽屉里抽出一张 A4 纸大小的表格，递了过去。

许裴接过，像想起什么似的，不经意地问道："对了，孙教授，您平时把药瓶放哪儿呢？"

孙老头没明白："什么药瓶？"

许裴的手插在兜里，摸出一个熟悉的小瓶子："就这个。"

孙老头："我记得你胃没毛病，带胃药干什么？"

许裴无奈地笑笑，摊手："没办法，别人买的。跟她说没病还不信，非要我带身上。能怎么办？"

莫名被秀了一脸的孙老头气得想暴打这小子一顿，没好气地说："自己想办法，我怎么知道放哪儿！"

许裴惊讶地挑了挑眉："不知道？难道师母没叮嘱您带身上？"

孙老头忍了忍，没忍住，又是一本书扔过去。

许裴轻松躲过，做出个"我错了"的口型，提笔开始填资料："您在我面前提四年了，不准我反击一下？"

孙老头气得哼了一声："我跟你师母是合法夫妻，我提一嘴怎么了？倒是你小子，别高兴得太早，路还长着呢，悠着点儿吧！你要是有本事，什么时候真合法合规了，再往我这儿凑。"

他说完，自觉扳回一城，又自得地看了许裴一眼。后者没吱声，只淡笑着用笔尖点了点资料纸："必须填真实信息？"

孙老头莫名："这不废话？"

"资料保密？"

“嗯。”

许裴笑了笑：“那行。”他低下头，在资料页上写下几个字。

填完资料，许裴将表格递给孙孝元：“没什么事我先走了。”

等到孙孝元挥手，他不慌不忙地起身，整理衣摆后，往门口走了两步，又顿住脚步，转身漫不经心地问了句：“孙教授，您不检查一下？”

等到人离开，孙孝元沉思片刻，拿起许裴填好的资料页，随意看了两眼。正欲放下，他忽然看到了什么，手微微一顿。

过两秒，他忙不迭地从抽屉里翻出老花镜，三两下戴上，又盯着婚姻状况那一栏仔仔细细地看了许久。

两只眼睛一点点瞪大，黑色方框里的字迹苍劲有力，两个大字格外工整规矩，无端生出几分慎重——已婚。

许裴坐在驾驶位，两只手把住方向盘，往左一转，驶入长九街。

颜舒暗自瞄了他一眼，默默叹了口气。她昨天不知道哪根筋不对，竟然主动请缨，提出要到许裴家照顾他一日三餐。事实上，说出口的那瞬间，她立马就后悔了。照顾许裴的一日三餐啊，那这几天，不就得一直待在他家？

这事放以前也就算了，许裴的为人，她绝对放心，但现在的问题是，她对自己很不放心哪！她这段时间脑子跟抽抽了似的，简直就……

“在想什么？”许裴的声音从旁边传来。

颜舒立马回过神：“没想什么。”她晃了晃手机，“在跟朋友聊天。”

界面是田思恬的微信对话框，最下面是她刚发过来的几条消息：

“颜颜！！！”

“许裴把你带到他工作室去了？”

颜舒默默看了一眼刚驶入的小区道路，心道：现在已经升级到他家了。

她回了句：“姐妹，我是去补习……”

田思恬根本没管她去干什么，回了齐刷刷一排感叹号，然后更加激动地说：“这么说帖子说的是真的咯！许裴师兄真的带你去了他的工作室！等我回来再审问你！”

颜舒：“什么帖子？”

田思恬扔过来一个链接：“这里，你看，这帖主楼你看看就好，重点看后面的评论，超好笑！”

颜舒点了进去，大拇指划拉两下，终于看到了田思恬口中好笑的评论。

十楼：“楼主这语气，莫名熟悉啊，林师姐，是你吗？”

“十楼兄弟眼光太毒了！”

“只要论坛不抽，就没人发现是我林雪敏发的帖！”

“同学们注意了啊，以后要是有人发类似的帖子，一律都当林师姐处理。”

大家在帖里欢乐地玩着梗，也有人一本正经地问最近怎么没看到林师姐。

白色大众缓缓停入车位。许裴拔下钥匙，往旁边扫了一眼，刚好看到女孩手机里慢慢划拉而过的评论：

“上回有人在新闻部看到她了，据说去收拾东西了。另外，说个不知道真假的料，她好像进光辉报社了。”

“我是她同班同学，上来证实一下吧，她的确进光辉报社了。我才知道她这些黑历史，就很气……”

许裴撇开眼，若有所思地望向窗外，片刻，他淡淡道：“到了，下车。”

许裴家的别墅位于澜市城南。

入户是一个不算太大的花园，鹅卵石铺成的小径尽头，纵向不规则的池子里水影绰绰，几尾金鱼若隐若现，树枝修剪得干净利落，看上去赏心悦目。

房屋宽敞，装修简洁，黑、白、灰三种颜色搭配设计感十足的房间线条，和许裴本人的气质相互融合，勾勒出冷淡又高级的美感。

颜舒越看越觉得不对劲，这别墅可不便宜，许老师现在经济不是挺困难的吗？她一直以为许家破产了呢，怎么看着不像啊？直接开口问人家的经济状况，好像也不太礼貌。

颜舒犹豫了一会儿，还没想到怎样委婉问出口，就被许老师拎到了书房，作势要开始补课。

颜舒再也没心思想其他了，想方设法要着赖：“许老师，你病了要多休息，我能体谅的，真的不用特意给我补课！”

“哦，我想起来了，我来不是照顾你吃饭来着吗，怎么变补课了？我去……”她边说边站起来。

许裴慢悠悠地卷起一本厚厚的教材，伸到她的头顶。颜舒都站到一半了，头顶忽地压力变大，又被动坐了回去。

许裴收回手，手指微张，卷起的书本一下子散开，露出“数学分析”四个大字。他面无表情地开口：“我不急的，先补课。”

颜舒撑着眼皮儿，终于熬到了午饭时间，一到点儿，她原本瞌睡的眼睛，立马精神起来。

她站起来，眼睛亮亮的：“许老师，午饭时间到了！”

许裴看了眼腕表，点头：“嗯，那做饭……”

与此同时，颜舒欢快的声音：“我点了外卖！”

许裴有点儿茫然：“什么？”

话音刚落，门铃声响起，颜舒笑眯眯地指了指门口：“咱们的外卖，来了！”

说完，颜舒一溜烟儿跑去开门。许裴跟着走出去的时候，她已经跟物管道了谢，拎着两个塑料袋回了屋。

许裴的眼神在她手上拎着的东西上转了一圈，抬了抬眼，不可思议地看向她：“你打算，接下来几天都吃这个？”

颜舒也看着他，眼神十分理直气壮，面上写着三个大字——不然呢。

两人大眼瞪小眼，僵持了三秒钟。最后，许裴认输似的移开了目光，无奈地说了句“等着”，抬脚往厨房走去。

厨房里传来“砰砰”的切菜声，颜舒躺在小沙发上，晃着小腿，刷着手机，好不惬意。

惬意了没多久，她又觉得有点儿不好意思，趿拉着拖鞋，噌噌地跑到厨房：“有没有需要我帮忙的？”

“有。”许裴微微颔首。

“来来来。”颜舒开始数自己能做的事，“我可以帮你洗菜、洗米、洗水果、洗……”

她还没数完，面前便出现了一盘小鱼干。许裴端着盘子：“帮我解决一下。”顺手将另一只手里刚榨好的杧果汁一起递过去，“还有这个，谢谢。”

颜舒到厨房溜达了一圈，回来后，她晃着小腿，喝着杧果汁，吃着小鱼干，刷着手机……

状态从惬意变成了更惬意。

不知何时，她的目光从手机屏幕，慢慢转向了厨房。

厨房是半开放式的，颜舒懒懒地窝在沙发上，刚好可以看到许裴高大又挺拔的背影。男人肩宽，臀窄，素色围裙的细细带子系在劲瘦的腰间，勾出一丝别样的冷欲。

他执笔算题、画出各种令人费解的函数方程式的大手，此刻却握着一个刚削好的土豆，伸到水龙头下，任由自来水冲进他的掌心。

他的手指很长，指甲修剪得干净圆润，清澈透明的水珠顺着淌下来，很快没入水池。

“哎呀……”客厅一声娇呼。

许裴立时回过头：“怎么回事？”

颜舒举了举拿着小鱼干的手，小声说：“咬到手了。”

许裴匪夷所思地扫了她一眼：“你吃鱼都能咬到手？”

颜舒沉默了，她实在羞于告诉他，不是因为吃鱼，是因为看他才咬到的。

颜舒一边唾弃自己，一边又忍不住地往厨房看。

不行，不能再看下去了！她噌的一下站起来。她的动静不算大，但还是惊动了许裴。男人回过头，挑眉看她。

颜舒立马往书房一指：“我要去做题！”

许裴上下打量了她好几眼：“你？做题？”

“对！”颜舒毅然决然地往书房走，头也不回地喊着口号，“我要做题！我要学数学！数学使我快乐！”

她想清楚了，她不应该贪图他的美色，应该贪图他的知识！颜舒带着信念坚定地走进书房。十分钟后，她成功睡着了。

餐桌上，摆着几个青墨色勾边的白瓷盘子。土豆炖牛腩、糖醋莲藕、椒麻鸡丁，还有一盘酸辣莲白，这些菜甜辣居多，菜品也是颜舒喜欢的。

她睡了一觉，起来本就感觉有点儿饿，这会儿更饿了，伸出筷子，抄了块莲藕。独特的酸甜味，混合着莲藕的清香，在味蕾里化开。

颜舒眼睛亮亮的，不太敢相信地看向对座的男人："许老师，这真是你自己做的？"

许裴眉眼淡然："不然呢？"

颜舒想都没想："不然就是点的外卖啊……不对，外面做的可没这么好吃！"

这句话似乎取悦了他，许裴笑了一下，愉悦挑眉："再试试其他的？"

最后的结果是，颜舒吃撑了。她捂着圆滚滚的小肚子，开始深思自己到底干了些什么——吃零食，睡觉，睡完起来吃午饭，吃完躺在沙发上消食。

颜舒捂住脸，突然想到一个严肃的问题——等下，她不是来照顾许老师一日三餐的吗？到底哪一步出了问题，变成了这样？

田思恬这段时间跟了个摄影组，风雨无阻地出各种外景，根本没太顾得上颜舒这边，却没想到后者趁着自己忙，竟然漏报重要的"军情"！好在晚上新闻部聚餐，田思恬逮着颜舒问了个够："然后呢？"

颜舒想了一下："然后我就去许裴工作室了啊！总不可能再到自习室补课吧？"

田思恬咋舌："这么简单？"

想知道这个问题的不仅是她，还有新闻部一众人等，她们之前都和田思恬一样，以为许裴带她在哪个实验室或者小教室补课，谁都没想到，补课地点竟然是许裴的工作室。

那可是，许裴的工作室啊！都是做新闻的，大家对传说中大神云集的工作室不要太感兴趣，你一言我一语地议论着。

"我听说许裴工作室连只母蚊子都飞不进去的！"

"之前那个谁，说要问问题，跟到工作室，许裴还真挡在门口让她问，门都没让人进！"

"颜颜，现在就你一个人目睹过许裴工作室啊！那地方怎么样？快跟我们透露点儿！"

"人多不多啊？听说今年他又招了两个师兄过去。"

颜舒沉吟了几秒，惆怅地叹口气："其实，许裴现在不让我去工作室补课了。"

她这话一说，大家不约而同地遗憾地"噢"了一声，随后，一起露出"果然如此"的眼神，又觉不妥，纷纷轻言细语地安慰起了她：

"没事没事，去不成工作室也没关系，你好歹也进去过不是？"

"对呀，换个其他地儿也还不错啊，至少许裴还给你补习呢，我们可没这机会！"

"而且他现在帮孙教授带了个大二的数竞团队，估计也没时间去工作室了……"

一聊起他，新闻部的人可是有一大堆话题，大家很快就从八卦他的工作室，拐向了八卦帮带大二数竞团队的事，一时间收不住嘴，各种小道消息翻来覆去地聊。

据说大二负责人原本是个谁也不服的刺头，第一次见许裴，鼻孔还朝着天。许裴没说什么，只路过的时候，顺手指了指他的草稿本。那人到晚上题算不下去了，倒退回去才发现一列公式出了问题，正是许裴随手指的那一处。

那人心服口服，跑到许裴面前立正认错，结果许裴来了句："你是？"

颜舒正竖着耳朵，听得起劲，田思恬暗暗戳了她一下："你今天怎么也这么八卦？吃菜啊！"

这家是江浙菜馆，颜舒爱极了菜里的酸甜味，两人私下来过好多次。田思恬往菜桌上指了指："你喜欢的西湖醋鱼，还有糖醋莲藕都上来了，不尝尝？"

颜舒闻言抄了两块放进嘴里，最后寥寥夹了几筷子就不动了："你们吃，我中午吃太多了，这会儿还有点儿吃不下。"说完，电话振了一下，颜舒看了一眼，低头接起。

她周边声音吵闹，许裴那边顿了一下："在吃饭？"

"对啊，新闻部聚餐。"颜舒想起什么，又道，"对了，你猜我刚才吃什么了？"

男人声音很低，问："吃什么了？"

颜舒往外走，等嘈杂的背景声散去，才松开捂着电话的手指："我又吃了糖醋莲藕，就在学校南门口左数第三家吃的，之前我觉得味道还不错啊，怎么中午吃了你做的，再吃这个就感觉一般了啊！”

许裴懒散地倚在椅背上：“是吗？”他回答简短，声音也是淡的，但眼角眉梢里，是藏不住的笑意。

电话那头，女孩笑嘻嘻地拍他的马屁：“我说真的啊，你别不信。许老师你这叫全才，什么都会，叫你数学系之光简直委屈死你了……”

颜舒逮着他，噼里啪啦一顿夸，之后才暗搓搓地打听：“许老师，你还会做哪些菜啊？”

许裴懒洋洋地回了一句：“问这么多干什么。明天做干烧鲫鱼，来的时候，到超市买点儿葱、姜、蒜。”

按了挂断键，许裴有一下没一下地转着手机，片刻，解锁，打开某个视频博主的界面。

“姐妹们，俗话说得好，想要抓住别人的心，必须抓住别人的胃！要想人跟你跑，好吃好喝少不了！从今天开始，厨艺学起来！！！给我学起来！！！”

他打开评论区，大拇指微屈，指腹点在屏幕上，慢条斯理地敲出几个字：“亲测有效。”

颜舒弯腰，拿起一盒老姜放进购物车，想了一下，又选了盒仔姜。她不清楚许大厨需要哪种材料，干脆各买了一份。

购物清单上，还有豆瓣酱，颜舒沿着展架，慢慢找着，电话响起。

她接通，尤佳的声音传过来：“姐妹，约不约？”

“不约。”

“今天可是周末啊！你有事？什么事？”

颜舒伸手，取了个小瓶子放进购物车里：“补课啊！”顺便蹭个饭。

尤佳语气遗憾：“那行吧，还想说约的话，把写真给你呢！”

颜舒没反应过来：“什么写真？”

尤佳提醒她：“蓝修明的写真啊！”

蓝修明是尤佳喜欢的明星，她一提起这个名字，颜舒就想起来了，给许裴买衬衣的时候，她俩打了个赌，这本写真是尤佳下的赌注。

颜舒对这东西完全不感冒，赶紧表示："还是算了吧！"

"那怎么行呢？我是那么没赌品的人吗？"尤佳"嘿嘿"笑了两声，"再说，这本写真可是好东西，我珍藏了好久的，你看了就知道了。行了，约不了就算了，我一会儿寄给你，应该明天就能收到。"说完，她匆匆挂了电话。

颜舒翻开手机购物清单，核对了一下，确定没有任何遗漏，才推着购物车，往结账区走去。

今天周末，智能操作台前，排了一条几人长的队。排在她前面的，是两个四五十岁的中年男女，颜舒觉得左边的男人看着有点儿眼熟，便多打量了两眼。

男人虽已过中年，但身板挺直，脸瘦，鼻梁上架着一副无框眼镜，看上去冷清又严肃。他身旁的女人保养得当，油亮的秀发一丝不苟地绾向脑后，举手投足间，透出几分随意又优雅的贵气。

两人的相貌都生得极好，穿着举止不凡，只一点，看上去有点儿黑……像刚从哪个热带地区度假回来的。

果然，那男人皱着眉头抱怨道："说好的 11 月再回的，不知道现在巴巴赶回来干什么！"

女人斜了他一眼："你懂什么！咱们现在回来，就是要给儿子一个惊喜。"

"惊吓还差不多，我有这工夫不如在岛上多待几天，还能多捉些螃蟹呢！"

女人抿嘴笑了一下："行了，你都在那边待多久了，蟹没抓到几只，手倒是没少被夹。"

"我那是没注意！"

"你天天都没注意？"

颜舒没忍住，"扑哧"一声笑了出来，给他支着儿："您得从后面抓。"

男人转过头："我就是从后面抓的，但它总乱跑。"

颜舒笑眯眯地说："螃蟹怕强光，下次您带个手电筒，一照它就不跑了。"

男人还要再说些什么，就见她冲前面挥挥手："哎哎哎，大婶别插队啊！”

“我就一样东西。”

“那也不行呀，买多买少不都得排队嘛！”小姑娘说完转过视线，对着他俩，“叔叔阿姨，快结账去，该你们了。”

裴瑶、许成山二人刚乘飞机回国，到了小区周边，便支开了助理和司机，准备沿着天雪湖小径走到别墅，经过超市，顺便进来买两瓶水。

裴瑶接过丈夫拧开的矿泉水，喝了一口，刚好看到方才同二人说话的小姑娘拎着刚买的菜，晃悠悠地从超市出来。

那姑娘脸小，五官明艳，个子高挑，皮肤瓷白，瞧着竟没一处不美的。偏生她美不自知，笑起来亲切又自然，眉眼弯弯的，只看一眼便叫人顿生好感。

那小姑娘一抬头，也看见了他们二人，立刻弯着眼睛笑起来，十分自来熟地同他二人打招呼：“叔叔阿姨，你们怎么还在这儿？”

裴瑶年轻的时候，就想要个女儿，一直未能如愿，年纪越长越喜欢漂亮小姑娘。这姑娘生得美，性格也挺可爱。她本不是热情的人，此刻却淡淡笑起来，和姑娘寒暄：“我们等人呢。小姑娘，你多大了？”

小姑娘声音脆生生的：“二十了。”

“哟，那在读大学了啊！哪所大学呀？”

“澜大。”

“哟！”裴瑶美目一转，轻轻拉过她的手，笑道，“那跟我儿子一个学校啊！我儿子也是澜大的，今年大四了。”

她还要说什么，旁边男人干咳一声：“老婆，小林等着呢！”

等到走远了，裴瑶还有些依依不舍，柔声说：“这小姑娘真不错，合我眼缘。”

丈夫许成山背着手，想了两秒，点点头：“是不错，还会抓螃蟹，也合我眼缘。”

裴瑶抚了抚耳边的鬓发，抱怨道：“那你刚才拉我做什么，没见我正和人聊天吗？”

许成山指着小姑娘远去的背影：“我再不拉你，你就要把那小姑娘拉家里去了。”

裴瑶眼睛一转，轻轻瞪了他一眼："我就是想拉回家，你又能拿我怎么样！"

小姑娘拎着菜走到道路尽头，身影飞快消失在拐角处。

裴瑶遗憾地收回目光，深深叹口气："不知道谁有这个福气，能娶到这么漂亮的儿媳妇！"

许成山："反正不是咱俩。"

她幽幽道："也是，就咱儿子那德行，我们俩是指望不上他了！唉，没这好命啊！"

许成山想说点儿什么，私人手机铃声响起，他摸出电话，看着号码顿了一下。

裴瑶见他表情有异："谁啊？"

许成山将手机递过去，声音有点儿疑惑："颜老爷子。"

他接起，脸上挂起客套的笑容："您好啊，老爷子。"

颜舒将买好的东西依次拿出来，跑到书房门口，敲敲门，随后探进去一颗脑袋，放轻了声音："许大厨。"

许裴从电脑面前抬起头："许大厨？"

颜舒笑嘻嘻地朝他眨了眨眼："不喜欢这个称呼？那换一个呢？许师傅？许师傅，菜已备好，您还有什么吩咐？"

许师傅起身，取下眼镜放进盒子里，"砰"一声盖住："清单上的都买齐了？"

颜舒拍了拍胸脯："齐得不能再齐！"

许裴绕过书桌，往厨房走，视线从她摆放好的小盒子上扫过，转过头看她："还差一样。"

颜舒连忙凑过去，仔细核对了一遍："差什么？"

许裴转身，拾起餐桌上的一页硬质彩纸，递到她面前："差你的点菜单。"

颜舒接过一看，上面写着几个大字——心愿菜单。

许裴打开塑料盒，取出两块仔姜："昨天不是问我会做什么菜吗？"

"想吃什么填什么，你填在菜单上的，我都会。"

他声音很淡，很轻，但颜舒听在耳里，莫名清晰。

她盯着他的背影几秒，张了张口，却被一阵叮叮作响的门铃声打断。颜舒回过神："可能是你的快、快递到了，我去开门！"

她噌噌地跑到门口，打开门，却惊讶地张大了嘴。颜舒望着门口站着的带着同样惊异表情的中年夫妇："叔叔阿姨，你们……"

五分钟前，裴瑶穿着高跟鞋，轻步走在湖边小路上，转过头问丈夫许成山："颜老爷子打电话过来有什么事吗？"

许成山皱了皱眉，茫然地摇头："他没说什么，就问我近况如何。不过，我听着老爷子语气不是很好。"

"语气不是很好？"裴瑶想了一下，不确定地问，"是不是这几年没去看望他，老爷子心里有气？"

许、颜两家老爷子走得近，许老爷子在世的时候，他们两家一年总会见几面，聚上一聚。

之前，两个老爷子还半开玩笑，说让许裴和颜家小外孙女儿娇娇定个娃娃亲来着，可自从十多年前许老爷子过世后，两家就少了走动，交往只限于逢年过节的祝福信息。算起来，这还是多年来第一次接到颜老爷子的电话。

许成山尽管疑惑，也没太在意，只道："行了，先看儿子，颜老爷子那儿，下次有机会再去看望他。"

两人说着话，很快到了自家别墅门口。

许成山按了门铃，裴瑶直接伸手去按密码，嘴里念叨着："按什么门铃呀，直接开门不就行了。"

许成山不赞同："儿子大了，不方便。"

裴瑶白了他一眼："有什么不方便，难道他还有本事，能带个女朋友回……"

随着大门"吱呀"一声打开，裴瑶的声音戛然而止。

刚才她眼馋好久的小姑娘，此刻正俏生生立在门口，满眼错愕地看着他二人："叔叔阿姨，你们……"

裴瑶反应了几秒，恍然大悟地笑起来："哎呀，你这孩子原来住这儿啊！看来咱们还真是缘分不浅哪，我儿子应该就住你隔壁……”

许成山接过话头：“咱们敲错门了。”

裴瑶连连点头：“对，敲错门了！你看我们这记性，岁月不饶人哪，年轻的时候哪会记错这个啊！”

许成山指正她：“你年轻的时候，记忆力也不行。”

裴瑶眉毛一横，刚想反驳，里面传来一个熟悉的男声：“取个快递要这么久？”

裴瑶悄悄凑到许成山耳边：“这声音听着，怎么有点儿像咱儿子啊？”

接着，一个修长的身影从厨房走出来。裴瑶喃喃地说：“长得也像。”

许成山默了一会儿：“好像就是他吧！”

话音刚落，那人便看了过来，声音微讶：“妈，爸？”

裴瑶愣愣地看着自家儿子从里屋走出，又将目光缓缓地移向门口俏丽的小姑娘。

颜舒脑子有点儿蒙，许裴刚才叫他们什么来着？她还没反应过来，就对上了对方激动的眼神。下一瞬，裴瑶往前一大步，热切地握住了她的手。

“你的意思是，你是来补习的？”裴瑶再三确认问道。

颜舒坐在沙发上，乖巧点头，又拿眼看向许裴。后者撩起眼皮，对上她的视线，又淡淡移开目光，沉默了一瞬，才笑着：“妈，你问几遍了？”

裴瑶呼出一口气，脸上写满了肉眼可见的失望。

许成山靠近她的耳边，低声安慰道：“这有什么好失望的。你自己都说了，他那个德行咱指望不上，期什么望啊！”

他说这些，裴瑶心里怎么可能不清楚。前两年，她想儿媳妇想得紧，还抱了点儿幻想，暗自找人牵线，相看了好几个小姑娘，活泼的、温柔的、豪爽的……各种类型相了个遍，小姑娘们一个赛一个地漂亮。可她家这臭小子，眼睛跟瞎了似的，瞧都不往姑娘身上瞧一眼。

末了，实在被她搞得心烦，他直接冷着声音来了句：“妈，我不喜欢女人。”

……差点儿没把她气个半死。

裴瑶又是一声叹息："也是，我就不该对他抱这种不切实际的幻想！"之前小姑娘和他儿子站一起的画面太有冲击力了，她的理智瞬间被冲走了，现在才慢慢回过神来。

裴瑶勉强打起精神，拉着小姑娘的手细细问她的名字，学的什么专业，云云。

她越聊越觉得喜欢，想到自己和这小姑娘始终有缘无分，未免又是一阵暗叹。忽然，她想起什么，美目瞬间亮了起来：做不了儿媳妇，可以做她侄媳妇啊！

许裴懒散地窝在沙发里，扫了眼旁边两个相谈甚欢的女人。

颜舒生得漂亮，又惯会讨长辈喜欢，几句话就哄得他妈许夫人眉开眼笑，合不拢嘴。

两人从护肤聊到了衣服、包包，交流了好一番心得。许裴正打算起身去厨房看看，就见许夫人拉起了颜舒的手，笑了笑。

这个笑容，许裴莫名熟悉，前两年，每次许夫人想给他牵线搭桥的时候，就露出这种笑容。他心里一咯噔，瞬间有了不好的预感。

果然，下一秒就听许夫人娓娓道："颜舒，你有没有男朋友？"

颜舒踌躇了一下，不知道该怎么回答。男朋友是没有，老公好像有一个。

许夫人看她沉默，以为小姑娘不好意思，又笑道："那就是没有咯，要不要阿姨给你介绍一个？"

颜舒愣了一下："啊？"

裴瑶的笑容更热切了："阿姨有个侄儿，长得又高又帅……"

她正努力诉说优点呢，却被一个声音淡淡打断："你说裴修？我记得他比我矮。"

你长那么高有用吗？裴瑶稳住笑容，温声细语："他只比我们家许裴矮那么一厘米，在交大读书……"

"他高考多少分来着？"

"468。"

许裴意味深长地"噢"了一声。

裴瑶不知道这小子今天怎么了，话这么多，还一直拆她的台。

她换了个角度，继续说："我这个侄儿读书赶不上你们，但还算有特长，他从小就爱唱歌、跳舞，十几岁签了经纪公司，听说出过几张专辑，还挺多粉丝的，没准儿你都知道他。"

颜舒赶紧摆摆手："阿姨，我平时不怎么关注明星的，只知道一个蓝修明，应该不认识您侄儿。"她这话一出，客厅静了一瞬。

许裴转过头，看向她，许夫人也看着她："太巧了吧，我侄儿就是蓝修明，这是他的艺名。"

尴尬。总之，就很尴尬。

许裴不知何时起身，进了书房。

颜舒听着许夫人各种夸她侄儿的话，心不在焉地点头，时不时敷衍地"嗯嗯"两声。

许夫人温柔地笑了笑："这么说，你答应了？"

颜舒差点儿没从沙发上蹦起来："我答应什么了？我没有！"

许夫人疑惑地说："那你……"话未说完，书房门"吱呀"一声打开。

许裴长手长脚地靠在门口，手肘往门沿随意一搭，抬眼看过来。他开口，声音很轻："妈。"

裴瑶话被打断，不满地看向他："怎么了？"

许裴缓步走过来，坐下："我护照找不到了，你之前是不是替我收了起来？"

裴瑶想了想："就在你书桌第三个抽屉里。"

许裴蹙了蹙眉："找了，没找见。"

裴瑶只得拍拍颜舒的手背，优雅起身："好孩子，你先坐会儿，我去去就来。"

许成山早已自觉地进了厨房，许夫人此刻一走，偌大的客厅就只剩颜舒和许裴两人。许裴倾身，端起茶几上的陶瓷杯，轻吹了一口茶沫。

颜舒暗搓搓地往他那边移了点儿，再移了点儿，脑袋凑过去，着急地说："怎么办，怎么办？阿姨这事，我怎么拒绝啊？帮我想想办法！"

许裴撩起眼，淡淡看向她，缥缈的茶雾中，他似乎笑了笑："办法？"

颜舒点头："对呀！"

声音刚落，一声划破长空的尖叫从书房传来："啊啊啊！"

原本优雅的许夫人，此刻迈着极不优雅的步伐，捂着胸口从书房蹿出来，手中紧紧地捏着一个红色小本本。她抖着手，把红本本伸到他俩面前，又颤抖着嗓子："抽屉里怎么会有这个？"

许成山还以为发生了什么事，匆忙从厨房跑出来，便听见妻子欣喜若狂的声音："老公，你看，结婚证！"

许成山也蒙了一秒："什么？"

"结婚证！"

颜舒乖巧地坐在客厅沙发上，看了一眼正仔细盯着小红本的许成山，悄悄凑到许裴耳边，忧心忡忡地说："你那结婚证，不是带在身上的吗？怎么跑书房去了？"

许裴抬了抬眼："不是你让我放家里的吗？"

颜舒疑惑了："我有吗？"

许裴点头，并给出准确时间："有，'新婚夫妇，买一送一'那天，你自己说的。"

颜舒真想不起来自己说过这话，但许裴的表情太过笃定，她忍不住开始怀疑起了自己的记忆力："难道是我忘了？"

两人正复盘着，就见许成山扬起小红本，看向许裴："这是什么？"

许裴闻言抬起头，下巴朝着证件点了点，他弯唇，笑容懒散："上面不是有字吗？"

许成山扯了扯嘴皮，哼了声："有字？"

他翻开小红本，上下扫了眼，又合上，表情严肃："你老实告诉我，这是真的还是假的？"

许裴没搞懂老许怎么会问出这种无聊的问题，他身体往后靠了靠，笑得胸有成竹："当然是真的。"

刚说完，就见许成山若有所思地点点头，轻叹了一口气："看来是假的了。"

许裴唇角的笑容微僵："老许，我说的是真……"

"啪"一声响，结婚证被扔到桌上。许成山转过头，对夫人说道："这是假的。你也真是的，事情都还没搞清楚呢，就开始瞎激动。"

裴瑶表情愣住："什么，假、假的？"她捞起小红本，翻来覆去看了好几遍，不敢相信，"不会吧？"

许成山叹了口气："不会？自己儿子什么德行，你还不知道？我就问你，他可能结婚吗？"

这个问题，让裴瑶瞬间清醒了不少，她陷入了沉思。

许裴："妈，你那是什么表情，我真……"

又是"啪"的一声，裴瑶抬手，捶在许裴的后背，他的声音戛然而止。

彻底回过神来的裴瑶咬了咬牙齿，嗔怒道："好哇！你小子，竟敢拿这种事耍我！这是能随便开玩笑的吗？我就说嘛，你小子再不懂事，怎么可能结婚这么久都不告诉我们老两口！"

许裴："你们在那岛上没信……"

"是不是你那些朋友拿你开玩笑，你就联合人家姑娘，做了张假的糊弄他们？做得还挺真的，连我都差点儿被你骗过去了！"许夫人深吸了一口气，目光温柔地看向许成山，"还好你爸爸聪明。"

许成山谦虚地说："都是老婆平时教得好。"回头不忘教育许裴，"以后别开这种玩笑了啊。"

裴瑶："是啊，可能犯法呢！"

两人好一通教育下来，才想起问儿子："你刚才想说什么？"

许裴终于有了解释的机会，他刚想开口，衣袖被人捉住。眼角余光里，小姑娘嫩生生的小手拽住他的袖子，轻轻扯了扯。

许裴抿唇："没什么。"

虽然结婚证遭到质疑，但所幸，这么一打岔，他妈也忘了给颜舒介绍男朋友的事。

四人一起吃了个饭后，裴瑶又拉着颜舒聊起了护肤保养心得，许裴坐在旁边和他爸大眼瞪小眼。他看了眼时间："爸、妈，我们先回学校了。"

裴瑶聊得意犹未尽："今天不是周末吗，这么快回去干什么？"

"工作室有点儿事。"许裴言简意赅。

裴瑶略显失望："是吗？我还说留颜舒在这儿吃晚饭呢！"

颜舒赶紧站起身，笑盈盈婉拒道："不用了，叔叔、阿姨，我晚上也有点儿事，下次再来拜访你们。"

许裴已经走到了门口，回过头："走了。"

颜舒小跑过去："来了来了，催什么呀！"

许裴换好鞋，淡淡问："我什么时候催你了？"

颜舒："刚刚！"

许裴蹙眉："我那叫催？"

颜舒："不叫吗？"

两人和许成山夫妻告了别，你一句我一句地往外走。

途经花园大门时，许裴拉开铁门的同时，伸手，大手虚护住姑娘的肩膀，避免她被撞到。

等到出了门，他才放下手。

许成山和裴瑶立在门口，看着两人逐渐远去的背影沉默了几秒。最后，还是许成山沉吟着开口："你有没有感觉儿子今天不太对劲？"

"你也发现了？"许夫人转过头，瞪大了眼，不可思议地说，"刚刚你看见没？他竟然给人姑娘挡着门儿。"

许成山："吃饭的时候，还给那姑娘夹菜。"

裴瑶："还给她倒果汁。"

许成山沉思道："你见过儿子这样吗？"

裴瑶瞪他："你觉得我能见过？"

两人立在门口好半天，同一时间转过头，对视一眼："他们肯定有问题！"

许成山率先反应过来："结婚证！"

裴瑶心脏又扑通扑通跳了起来，又怕是乌龙，勉强稳住心神，急切道："快去找！"

边说着，两人边急切地往书房跑去。裴瑶一个不慎，差点儿跌倒。许成山扶住她："小心点儿，我去拿就行。"

裴瑶等了几秒，催促道："找到了没？"又过了会儿，"许成山，你怎么这么慢啊！"

"来了来了！"许成山刚拿着结婚证走过来，就被裴瑶一把抢了去，他急忙凑过去。两颗脑袋凑到一起，仔细研究了半天，也没研究出个所以然来。

半晌，裴瑶道：“要不，咱们还是找专业的人看看？”

颜舒觉得今天这一天过得可太刺激了，还好有惊无险，不然可就太对不起许老师了。她反思了一下，一切都是因她蹭饭而起的。要是她嘴没这么馋，就不会发生这种事。

她反思着，一个没注意，许裴的车就开到了校门口，她赶紧喊停：“哎哎哎，许老师，就这儿，就这儿！我该下车了。”

车子缓慢停在路边，颜舒解开安全带，抓起小包包，正要开门。

“颜舒，你之前拽我袖子干什么？”许裴手臂懒散地搭在方向盘上，转头看她。

“啊？”

“为什么不让我说结婚证是真的？”

颜舒“噢”了声：“你说那个啊，我就想着，我想着你既然不愿意让叔叔阿姨知道，那我……”

“没有不愿意。”许裴轻声打断她。

颜舒犹豫道：“那他们怎么……”

车上有些闷热，许裴的手摸到门边，食指按了一下：“他们之前一直在海岛度假，那边还没完全建好，岛上没信号。”车窗轻微的下降声中，他淡着声音强调，“所以不是不愿意说，是没机会而已。”

颜舒垂着眼，“噢”了一声：“原来是这样啊！”说完，就不知道该说什么了，车内陷入一阵沉默。她不自然地转过头，不经意瞄了一眼后视镜里的自己，然后怔了一下。

咦，她嘴角什么时候扬起来的？这有什么好开心的。颜舒赶紧别开脸，换了个话题：“那……”

“嗯？”许裴抬了抬眼。

颜舒突然兴奋：“那岛上一定很好玩吧，没手机都能玩这么久！”颜舒还开心地说个不停，“怪不得阿姨说叔叔天天捉螃蟹呢，还有各种小鱼、小虾、小贝壳……啊！我也想去玩了！去不成海边，就在附近玩玩水也行啊！”

大约是想到了各种好玩的东西，她眼睛弯成一条好看的弧度，瞳仁亮晶晶的，显然是期待极了。

许裴抬眼瞧着她，笑了笑，片刻，撇开头，望向窗外。

颜舒被几句话勾起了玩水之魂。当天下午，她回了宿舍就开始找附近玩水的地方，只可惜澜市这段时间天气转冷，许多玩水胜地已经不太适合出游。

原本有个新开的恒温水上乐园，看着很让人心动，没想到它家 11 月才正式营业，票都还没开始卖，颜舒瞬间蔫了下来。手机响起，是许裴："今天作业做了吗？"

嗯？今天还有作业？颜舒边想边理直气壮地回了一句："当然做了！"

许裴："真的？你作业本还在我这儿！"

他毫不留情地戳穿她，顺便将一张物证照片甩了过来。照片里，颜舒几本数学教材连同作业本一起，大大咧咧地摆在许裴的书桌上。

颜舒正准备替自己好好挽一下尊，目光突然落到了书桌左上角摆着的东西上。咦，那东西好像是……

颜舒两根指头扒拉了一下，把那一处放大，终于看清楚了。两张彩色门票，上面几个大字——乐嗨恒温水上乐园门票。

颜舒瞬间激动了，把那门票圈了出来："许老师，你怎么有这个？"

许裴回复："合作公司送的。这是他们公司今年刚建成的项目，现在试营业，给了我们工作室一些门票。"

颜舒羡慕地说："送你们工作室的？那你们岂不是能过去玩了？"

许裴："嗯。"

颜舒继续羡慕："所有人都能去？"

许裴那边没了声响，过了好一会儿，才发来一个："嗯，过来拿票？"

颜舒愣了一下："我也有份？"

许裴坐在办公室里，看着对话框上发过来的消息，手上有一下没一下地转着两张彩色门票。过两秒，他屈起大拇指："嗯，还剩了几张。要去吗？"

"要要要！！！"

许裴看了一眼回复，笑了一下，拇指一按，屏幕黑了下去。

他戴上眼镜，提笔，写了个"解"，顿了许久后又摘下眼镜，放下笔。他再次拿起手机，打开浏览器，输入几个字：水上乐园情侣约会攻略。

“什么？！”关文强一脸不敢置信，“你说我们工作室要去水上乐园玩？”

颜舒：“对啊，许裴没跟你们说吗？”

小六子凑过来：“没啊！你确定我们能去？”

“对！许裴跟我说的！”颜舒信誓旦旦，“说你们工作室所有的人，都要去！放心吧，这是你们合作公司给的票，许裴说多出来好多张呢，连我都有份，你们百分之一百能去！”

一时间，工作室众人都激动得两眼放光。小六子还是有些疑惑：“那裴哥怎么没跟我们说啊？”

关文强却已经开始感动了：“这你都不知道？裴哥肯定是想给我们一个惊喜！”

众人：“对！裴哥真好！”大家表完忠心，开始热烈讨论起了什么项目好玩、玩项目的路线云云。

关文强也和大家一起讨论了一会儿，突然想起件事：“对了，颜舒，你有个快递到了。”他拿起置物架上的东西，跑过来递到颜舒手里。

颜舒有些莫名：“我最近好像没买东西啊！”

关文强：“是不是你的书？”

“可能吧。”颜舒拿起剪刀，拆开，果不其然，快递盒里面躺了一本书。她一边伸手拿书，一边感叹：“我果然很爱学习。”说完，她拿出书一看，整个人就顿住了。

关文强凑过来，也顿了顿，眼神复杂地看向她：“你果然很爱学习！”

“什么，什么？学习什么？”大家的讨论话题刚结束，正没事干呢，一听说颜师妹又买了什么学习资料，全都很感兴趣地转过头。然后，就看到了颜师妹“学习资料”上半裸着的性感男人，上面还有十几个大字。

——男神写真，蓝修明：肌肉在嘶吼。

颜舒决定今晚要好好控诉尤佳一番。

关文强在她旁边若有所思：“原来你喜欢蓝修明这种类型啊！”他凑过来，很感兴趣地看了一眼写真，“哎，这个肌肉好像也不怎么样嘛！还嘶吼？”

大家伙儿点头附议：“真的一般。”

“还没我们裴哥的肌肉好看。”

颜舒跟着点头：“对对对。”

大家沉默了两秒：“你对什么，你看过啊？”

颜舒赶紧否认：“没没没！我只是透过现象看本质，许老师身材一看就……”

许裴刚进屋，就听到颜舒铿锵有力的声音：“许老师身材一看就很好啊！”

他低了低头，压住微微上翘的唇角，淡着脸走进工作室：“在说什么？”

关文强跑过来：“裴哥，你来了！我们在说你身材比颜舒喜欢的那个明星的身材好多了！”

许裴脚步微顿，抬起眼：“颜舒喜欢的，哪个明星？”

“这个啊！”关文强大手一指。

许裴顺着望过去，视线准确落在颜舒手里的写真上，封面男人半裸着上身，肌肉线条明显。那人顶着他表弟的脸，头上写着三个大字：蓝修明。

关文强感觉裴哥的气压好像有点儿低，看起来心情不太好的样子，为了让他高兴点儿，他选了个开心的话题：“对了，裴哥，咱们什么时候去水上乐园啊？”

许裴皱眉：“什么？”

“水上乐园啊！”关文强撞了撞他的胳膊，挤眉弄眼，“别装了，颜舒都告诉我们了！”

许裴眉心跳了两下：“告诉你们什么？”

其他团队成员也开心地围过来：“哟，还演着呢裴哥？演技不错啊！”

“你懂什么，这是裴哥给咱准备的惊喜！”

“咱什么时候去啊，裴哥？”

说了一大堆之后，大家的情绪更激动了，关文强提议：“咱们今天人齐，干脆大家伙儿一起照个相，我发个朋友圈预告，羡慕死别人！”

田思恬下午就刷到了关文强的朋友圈，她点开图片，羡慕地说：“颜颜，出息了啊！你现在竟然混到跟许裴一块儿照相了！”她仔细看了两眼，“咦，许裴看着怎么好像不太开心啊？”

颜舒接过她递来的手机："有吗？他不是一直这样？"

"……也是。"田思恬点点头，回头看到颜舒正从衣柜里拿出件泳衣。

颜舒拿着泳衣，跑到镜子面前，比画了两下："甜甜，这件好看吗？"

田思恬看了几眼："还可以啊！"

颜舒却摇摇头："不行不行，这件太素了。"她又跑到衣柜，三两下找出另一件粉色的比基尼，"这件呢？"

田思恬张了张口，还没回答，便见她再次否定道："不行，这件款式太老了，根本穿不出门。"

颜舒再翻出一件："甜甜，这件呢？"

田思恬眼睛一亮："这件不错！"U型露背款，胸前两条交叉的细带，又纯又性感。

颜舒却叹了口气："只是不错啊？算了，我让导购给我发点儿图片过来，选件更好看的。"

田思恬默了一会儿："颜颜，你这是要去选世界小姐？"

导购火速给颜舒发了好几款泳衣过来，颜舒仔细挑选着，腾出空来白了她一眼："什么啊，我是去水上乐园玩。"

田思恬忍不住疑惑："水上乐园而已，你怎么突然在意起泳衣了？"

颜舒的手顿了一下："我没有突然，我就一直很在意啊！上次跟你出去游泳，我不是就选了很久？"

田思恬仔细思索片刻，冷静质疑："不对！那次你随便从衣柜抓了一件带上就走了，哦，就是你说'款式太老穿不出门'的那件。"

颜舒干咳一声："那是个例外，上上次……"

田思恬接过话头："上上次就更离谱了，你根本就忘记带泳衣了，在门口随便买了一件。"

"老实交代，你这次到底要跟谁出去玩？"

"就……就……""许裴"两个字就在嘴边，颜舒却觉有点儿烫嘴似的，说不太出口，她灵机一动，指着田思恬的手机，"就关文强他们啊！"

田思恬的注意力立马被转移，她"啊啊啊"了几声，指着关文强的朋友圈，张大了嘴："你的意思是，你这次是跟许裴工作室的人一起去？！"

颜舒点头，想起了什么："对了，甜甜，你想去吗？许裴那儿好像还多了几张票。”

乐嗨恒温水上乐园位于澜市城北，下了高速，驱车十来分钟就到达了目的地。关文强抱着游泳圈，兴奋地左看右看：“哇，宁合搞的这项目不错啊！看着挺有意思的。”

他指了指半空中的巨型招牌：“哇，这广告做得不错！最刺激的水上乐园，最浪漫的水上世界，最佳情侣约会胜地……不错不错。”他说完，回过头，“你觉得呢，裴哥？”

许裴抬起眼皮儿，看向广告牌上的大字——最佳情侣约会胜地。他扫了眼旁边兴高采烈的关文强、小六子、李在等人，又扫向颜舒旁边叽叽喳喳的田思恬、小优……最后，视线定格在离他十万八千里远的颜舒身上……许裴幽幽开口，声音莫名地凉：“我不觉得。”

田思恬坐在人工沙滩边，对着刚从更衣室出来的颜舒吹了声口哨。

小优转过头来：“哇！颜颜！”

颜舒挑挑眉，沿着沙滩漫步走过去，在二人旁边的沙滩椅上躺下。小优看了她一眼，又看一眼，没忍住伸出手暗搓搓摸了一小把，摸完还意犹未尽地感慨：“颜颜，你好滑啊！”

颜舒被她摸得痒得不行，笑着推她：“你够了啊！你们刚才在聊什么呢？”

“林师姐，不对，林雪敏啊！”小优提到这个又开始愤愤，“你不知道，她现在可风光了，到光辉报社实习了一星期，回来走路都不看路的，就这样扬着下巴。”她仰着脖子学了几下，把人家逗得前仰后合。

笑了一阵儿后，田思恬又有点儿气：“她到底怎么进光辉的啊？就她做那几期主刊的内容，那边应该瞧不上才对啊？”

小优努努嘴：“上回回校的时候，她透露了一点儿。听说集团董事长有个姓林的助理，好像是她家什么亲戚。”

田思恬叹口气：“那她以后见了咱们怕是要横着走。”

田思恬抬头，刚好看到许裴一行人从男更衣室那边出来。许裴穿了条齐膝泳裤，裸着上半身，四下看了一眼，好似在寻找什么。

许裴站在工作室一众男生中间，旁边的关文强在他耳边说了句什么，他笑着踹了对方一脚。

工作室的男生们开始起哄，两人抓脚，两人抬手，几个人托住许裴的腰，笑闹着把他扔到了深水池里。颜舒没忍住，笑出了声。

片刻，那水池没了动静，她渐觉不好，猛一下站起身来。她盯着一片死寂的水池，脑袋一片空白，掐了掐发麻的指尖，拔腿就要跑去呼叫救生员。

下一瞬，男人从池里猛地探出身，激起一片透明的水花。他抬起胳膊，大手随意将湿发抹向脑后，隔着一个水池和沙滩的距离，准确对上她追过来的目光。颜舒顿住脚步，不自觉地松了口气。

许裴伸手，手掌撑在池沿，轻松翻上岸。旁边有人笑嘻嘻地递了条毛巾过去，他接过，反手将那人踹下泳池，这才低头，漫不经心地擦了擦发。

颜舒的视线跟着那条毛巾，自上而下，从他的沾湿的发梢，到带着水珠的眼睫、薄唇挺鼻，再到筋肌分明的脖颈。他偏了点头，脖颈线条更甚，剔透的水珠顺着其上的青筋缓慢向下，从结实紧绷的肌肉流淌过，没入腹肌那一块凹陷的线条深刻的阴影里。

颜舒又渴了，她端起水杯，才发现水早已被她喝光了。颜舒抿了一下略干的唇："甜甜，还有水吗？"

问完，没听到田思恬的回答，转过头发现后者也看着许老师的方向，若有所思："没想到许裴还真的挺有料啊！"

颜舒愣了愣，看了下四周，发现旁边好些女孩子都在偷偷打量许裴，又扭捏地用眼神暗示同伴。颜舒心里咯噔一下，她可太清楚这些人在心里怎样疯狂脑补他了。不行，她得赶紧阻止。

许裴从水池里探出头，一睁眼，目光就捉到了颜舒的身影。她穿着一件黑色连体泳衣，立在沙滩椅边，明眸皓齿，双腿修长，黑色的衣料紧贴在她白皙的身体上，叫人难以挪开视线。

她好似有些口渴，转过身去拿水，大U型的开背，勾出大片比雪还白上三分的肌肤，优美的背部线条毫不保留地暴露在外，只一根细细的带子横在腰间最细的地方，随着她弯腰的动作，在纤腰勒出一道浅痕。

周围人的目光都若有似无地扫向她，连李在给他递毛巾的时候，都下意识朝她那边看去，开玩笑道："颜师妹皮肤这么白呀！"

许裴接过毛巾，反手一用力，将人给推到了水池里。他懒懒地擦着发，低垂着眼，在想着什么。

一抬头，那抹娇俏的身影手里拿着一张巨大的浴巾，快步朝他走来。她小跑两步，走到他面前，什么话都没说呢，就打开大大的浴巾，踮脚，胳膊一伸，快速披到了他身上。

还嫌不够，她两只手扯着浴巾，往他身上一裹，直到男人脖子以下全给捂了个严严实实，才放心地舒了口气。

颜舒警惕地看了下四周："你没发现大家都在看你吗？"她语重心长地教育道，"你这种年轻男孩子，在外面要好好保护好自己才是。"

被抢台词的许裴默了默，开口："可我怎么觉得，他们都在看你。"

正巧大个子关文强胳膊上挂着三条大浴巾，从二人身边经过。许裴从自己的粽子壳里探出一只手，轻松勾走了他一条浴巾，如法炮制地裹到颜舒身上。

走着走着突然少了一条毛巾的关文强倒回来："裴哥，你是不是拿了我一条浴巾？"话刚问完，又一条浴巾被抽走。她身材太过有致，许裴不放心地再往她身上加了一条。

颜舒左右望了一眼："不公平，那你也要再加一条。"她不甘示弱地抽走关文强胳膊上最后一条浴巾，费力地往许裴身上一裹。

关文强缓缓低头，看向自己空荡荡的一条浴巾不剩的胳膊——发生了什么？

颜舒觉得这么干好像也不是个事儿，毕竟一会儿总要下水的，颜舒冷不丁想起刚才的画面。

太要人命了，要是能让他换套不这么性感的泳衣就好了。她正这么想着，却见许裴蹙了下眉："你的泳衣是不是坏了？"

颜舒吓了一跳："哪儿呀？"

"你看不到，就肩膀，破了一点儿。"许裴淡着声音提议，"去买件新的？"

颜舒突然被他启发，对啊，可以让他重新买一件新的保守款啊！她沉着脸点头："好吧。对了，我刚才看到你的泳裤好像也破了一点儿。"

许裴思考一瞬："那一起去买？"

颜舒满意地笑起来："好。"

泳衣店里，颜舒站在男式区，许裴站在女式区，两人都十分用心地为对方挑选了一件泳衣。有两件颜舒都很满意，她特意对比了一下价格，贴心地选了一款便宜的。

两人接过泳衣，各自付账，颜舒愉快地刷完二维码，回头见许裴看着钱包，若有所思。

她想到他这段时间的经济状况，犹豫地问道："是钱不够吗？"

许裴摇头："结婚证好像忘带了。"

颜舒松了口气："放家里就放家里呗，这里又不打折。"

许裴颔首，付了账。两人拎着泳衣，各自去了更衣室。

田思恬和小优之前去上了个厕所，回来后，田思恬在沙滩上躺了好久，把乐园里的帅哥都看了个七七八八，才想起："是不是到时间玩项目了？咦，颜颜呢？"

小优也反应过来："不知道啊，上厕所回来就没见着她人。"

她说着，四下望了望，目光在更衣室门口顿住，她碰了碰田思恬的胳膊，怀疑道："甜甜，你看那美女是不是她啊？我眼睛近视看不清。"

田思恬："哪个？"

小优沉思两秒，费力形容道："就是穿着长袖长裤泳衣，只剩一颗头在外边的那个。"

田思恬费解地转过头，凭借5.2的视力，清晰看到颜舒和许裴分别从男女更衣室走出来。两人穿着一丝不苟的长袖长裤，全身上下遮得严严实实，在一片清凉的人海中，他俩仿若两个误入水上乐园的潜水运动员。

十点起，各项目设施开始运作，新闻部几个小姐妹一起玩了好些项目，垂直滑道、龙卷风大喇叭等。

等玩到下午一点的时候，大家准备一起去玩号称全澜市最刺激的项目——螺旋飞船。这个项目相当于水上过山车，能同时容纳40个人。一行人约定好了时间，有说有笑地排着队。

轮到他们一行人的时候，正好能坐上同一列飞船。大家伙儿兴高采烈地进入通道，找到位置坐下。颜舒跟在田思恬身后，正要检票，身后传来一个熟悉又轻微的闷哼声。她立马顿住脚步，回过头："怎么了？"

许裴用手按了下腹部，又很快松开："没事。"

颜舒往下扫了一眼，皱眉："胃又痛了？"

怕在门口堵着影响其他人，颜舒将他拉到一边，后面一对情侣赶紧越过他俩，抢占了这一轮最后两个位置。

关文强伸长脖子望过来："裴哥、颜舒，你们没位置了？"

颜舒正想回答，就听许裴气定神闲地淡笑着道："你们先玩，我们等下一轮。"

颜舒小声："你还要玩下一轮？胃不疼了？"

"嗯。"许裴笑，"暂时不疼。"

"啊，那你们俩岂不是要多等一轮？"关文强觉得有点儿不好意思，很有绅士风度地提议道，"要不，颜舒你先玩，我陪裴哥玩下一轮吧。"

颜舒赶紧摆手："不用，就几分钟的事。"好说歹说，总算劝住了准备"孔融让梨"的关文强。

结果又听他大着嗓门儿，不死心地说道："裴哥，要不我把这机会让给你吧！"说着，就要解开完全带，跳下来。

许裴不慌不忙地伸手，在工作人员的桌前敲了两下："你好。"见工作人员看过来，许裴压低声音，语气关切，"那边穿红泳裤的人个子，他的动作是不是有点儿危险？"

工作人员一看，立马提着大喇叭，高声说道："坐好了都，别乱动啊，尤其别解开安全带，说的就是你，小伙子！"

被批评的关文强红着脸解释："裴哥，真不是我不让给你，是他不准我出来。"

许裴微笑着给他做了个口型："没关系。"

工作人员上前检查了一遍，终于，铃声作响。许裴立在原地，嘴边挂着一抹淡笑，等着那群碍眼的电灯泡随着飞船一起起飞。

忽地，"哇"的一声，上面一个男生捂着嘴，举起一只手："不行，我头晕，坐不了了。"

那边有工作人员帮忙把他扶下来，这边的工作人员指了一下排在第一位的颜舒："空出来一个位置，该你了，小姑娘。"

许裴的笑容僵在嘴角，颜舒还没反应过来，就被催促着往里走了几步。

等她回过神来，猛一下转过头，许裴的身影已经消失不见。她站在通道踮起脚，往人群中望去，只一眼就看到一个高瘦的背影，他身上泳衣太醒目了。

他背对着她，在人海里逆向走着，黑发微湿，背脊挺拔，像一棵拔地而起的白杨。颜舒抬脚就想倒回去，耳边却传来田思恬的声音："颜颜，你愣着干什么？快上来呀！"

她看过去，田思恬和小优正对着她招手。她转过头，视线落到人潮中，那人没回头，依旧逆着人群，往外走，步子缓慢，却离她越来越远。

视线里，他抬手，按住了腹部。颜舒忽地心头一紧，拔腿就往门口跑。这哪是白杨啊，分明是朵娇花。

田思恬在后面问："颜颜，你不玩了？"

大门打开，护花使者颜舒飞快跑出去，回头对她随便编了一个理由："我突然有点儿恐高！"

许裴转身，拨开人群，余光里，女孩站在通道，踮着脚尖往他这边看过来。他垂眼思考一瞬，找了个角度，伸手按住腹部。

过了几分钟，他的左肩被人从身后轻拍了一下。许裴顿住脚步，压下微翘的唇角，回过头。

"不好意思。"身后不小心碰到他的男生冲他抱歉地笑笑，许裴的目光在人群里扫了一圈，淡淡颔首，表示无碍。

片刻，那侧的肩膀又被人拍了拍，许裴身体微顿，垂在身侧的手指微收，这次隔了两秒，他才缓缓转过身，隔着一小段的距离，颜舒仰着的小脸撞入他的眼底。

许裴松开手指，抬眼看向远处正准备起航的飞船，淡淡地问："你怎么下来了？"

颜舒随意瞎编了一句："那个，我有点儿想吐。"

许裴："想吐？"

颜舒点点头，突然又觉得不对，她刚才跟田思恬怎么说的来着？她回忆了一下，飞快纠正："不是，是恐高。"

许裴盯着她的眼，许久，他轻笑了一下："恐高啊！"

颜舒想起什么："对了，我之前叫你带在身上的药，你是不是没带？"

许裴“嗯”了一声，下一刻，却见她打开手机防水袋，从里面拿出一个小小的一次性药袋子，取出一颗药，放在手心。她得意地挑眉：“还好我早有准备。”

白色的小药粒静躺在她白生生的手掌心，许裴低头，注视几秒，又抬起眼：“你特意给我带的？”

颜舒下意识反驳：“不是特意，我就是怕你会忘。”

许裴伸手，接过小药粒，一口放进嘴里。

颜舒睁大眼：“你就这样吞进去啦？不苦吗？”

许裴舌尖一裹：“不苦。”

游玩项目铃声作响，载着几十个人的飞船在半空中划出一道彩虹，尖叫声此起彼伏。人潮海浪，语笑喧闹，他盯着她：“甜的。”

许裴看着面前晃悠悠的生意惨淡的小船，蹙眉：“你说，我们现在坐这个？”

颜舒点头，指了指手中的宣传册：“这里写了，双人挑战，挑战成功可以拿到奖品哟！”

她手指着的地方是一根笑脸项链，上面镶着一排细碎的锆石水钻。颜舒从小就喜欢这些亮晶晶的、花里胡哨的东西，尽管她家收藏级的项链也不缺，但出现在这种奖品宣传册上，她就挪不开眼了。

她看了许裴一眼：“许老师你玩不玩这个？不玩的话，我就等下田思恬，到时候和她一起玩。”

许裴没说话，直接往工作台走去，见她没跟上来，回过头：“我胃疼，也玩不了其他的。走吧。”

一个工作人员打着哈欠出来，一看他俩，乐了：“哟，你俩这是来过冬呢？”

旁边恰好一对情侣经过，两人偷偷望过来，又抿唇偷笑了两声。颜舒看了眼许裴的长袖长裤，又看了眼自己的，默默捂住了脸：“都怪你，给我选了套这么丑的泳衣！”

许裴淡淡地说：“你选的这套也没好到哪儿去。”

颜舒想了一下，这个问题双方都有责任，确实不好追责，赶紧挡着脸就要往里走。工作人员拦住她："哎，等等，盖个章。"

许裴原本和颜舒一道往里走，听到这话回过头："什么章？"工作人员拿出一个卡通印章："这个，参赛记号。"

许裴警觉："盖哪里？"

"手上。"

许裴看了眼自己的手臂，又蹙着眉瞥了一眼印章，俊脸上写满了拒绝："能不盖吗？"

工作人员想了想："好吧，不盖也行，反正这也没什么人玩。"

许裴颔首，正欲提脚，却听一声："当然要盖啊！这是小鱼印章啊，这么可爱！"颜舒撩开袖子，"我要我要，麻烦给我戳重一点儿。"

"好嘞！"

盖好章，颜舒开心地晃了晃手，手腕上新鲜出炉的红色小鱼儿也跟着她一起晃动。

工作人员给他俩开了门，看着这对俊男靓女走进游玩通道，他又打了个哈欠，准备再睡一会儿，却见刚进通道的高个子男生去而复返，面无表情地把胳膊肘伸到他面前："我也要一个。"

工作人员下意识问："要什么？"

冷面小帅哥默了一瞬："盖章。"

刚才不是你自己说不盖的？工作人员："能不盖吗？"

冷面小帅哥："能盖吗？"

工作人员挥挥手："章被同事借走了，你划完船回来再盖。"

水上乐园上空传来一阵阵欢乐的尖叫声，每个项目大门前都门庭若市，排起了或长或短的队。只有乐园最左边，一个巨大的还未开发完全的人工湖泊前，清清冷冷，门可罗雀。

整个湖面平静无波，只有一艘卡通小船在湖心静泛。颜舒坐在船上，看着对坐悠闲翻着书本的许裴，一脸不可思议："你出来玩竟然还带书？"

许裴倚在船尾，不置可否地挑了下眉。颜舒懊恼地叹口气："唉，我现在太后悔了。早知道是这种无聊的挑战，我一定不会参加。"

"是吗？"许裴头也没抬，"我现在倒觉得不错。"

颜舒震惊地说："你是说这种在湖面待满两小时就算成功的挑战还

不错？”

许裴轻“嗯”一声，从旁边背包里取出一个平板，递了过去。颜舒接过一看，这不是她的数学游戏界面吗？仿佛是印证她的猜想，许裴适时地悠悠道：“至少你能做几道数学题，游戏通到第 50 关。”

她来的是水上乐园吗？还不如在家呢！至少家里可以刷刷视频、摸摸鱼，这里却……

她看了眼许老师过分淡漠的侧脸，任命地低下头，愤愤地戳了两下屏幕。虽然颜舒想到做题就不甘不愿，但她这段时间的数学水平在许老师的辅导下进步飞速，这些题已经不再像以前那么晦涩难解了。

她玩了一会儿，竟越玩越投入，苦思冥想好久，倒真叫她捣鼓出了好几道数独题，49 关连续通过。颜舒的手指在平板上戳了两下，得意地抬头看向许裴：“许老师，我已经打到第 50 关，马上就完成任务了。”

许裴笑了笑：“这么厉害？”

“那可不？”颜舒说着，最后点了两下屏幕，小鱼成功钻进小姑娘的篓子里，她拿着平板握紧了拳头，开心地勾起唇角，“成功了！”

与此同时，屏幕忽地一黑，颜舒吓了一跳，正要问许裴，却又霎时亮起，她握着平板，五颜六色的光在她手里怦然绽放。漫天飞舞的细碎烟花里，游戏中的小女孩蹦跳着出现在屏幕上，脑袋上方顶了个卡通版对话框：

“恭喜主人，您用超厉害的钓鱼技术成功征服了河神大人。请问，要召唤河神大人吗？”

颜舒有点儿疑惑：“这是什么？”

她看向许裴，那人却当没看见似的，只漫不经心地翻着书本：“上面不是有字？”

颜舒努努嘴：“不说就不说。”

她抬手，点了“是”，画面一转，出现了一个可可爱爱的小男孩，他把一只沉甸甸的箱子推到屏幕中间，一溜烟儿跑了，还挺害羞的。

屏幕没了动静，颜舒试着戳了戳周围，没有反应，她伸手，点了下金灿灿的小箱子，瞬时弹出来一句话——“这是娇娇小朋友遗落在河里的宝箱，要打开看看吗？”

颜舒盯着“娇娇小朋友”五个字，出了会儿神，才顺着提示点了“打开”。箱子变成了一枚精致的扇贝，上面有着四个大字——许愿贝壳。

许愿贝壳？颜舒看着一闪一闪的游戏界面，像是想起什么一般，兀地抬头，看向对座的男人。她眼睛亮晶晶的：“咦？许愿贝壳啊！”

许裴淡笑了一下：“嗯。”

这四个字像一把钥匙，拧开她脑子里储存很久的模糊又零碎的记忆片段。小小的她扎着两根细细的羊角辫，捧着一枚精心挑选的漂亮小贝壳，小心翼翼地送到许裴面前：“许裴哥哥，这是许愿贝壳，你想要什么，它都能帮你实现。送给你！”

现实与回忆在刹那间相互重叠，屏幕忽地又是一变。烟花交叠中，显出三个字——送给你。

颜舒的手指不自觉地收了收，下意识地紧握平板，过了两秒，她抬眼，看向许裴。小船不知何时已经靠岸，他闲闲地坐靠在船尾，像在看她，却并不真切。

过了几秒，他起身，笑了一下：“走吧。”

颜舒跟在他身后，“噢”了一声，视线再次回到屏幕，她手指微屈，在上面点“接受”。

关文强狐疑地看向心情明显很好的颜舒：“你在开心什么？”

颜舒肃了肃神色：“我有很开心吗？”

关文强：“有啊！”

颜舒想了一下：“大概因为马上可以拿到奖励了？”

“奖励？”关文强耳朵一竖，“什么奖励？”

颜舒得意地指着宣传单：“就是这个！”

关文强接过：“我说你们俩哪儿去了，怎么玩着玩着没影儿了，原来是参加挑战去了！咦，这钢笔不错啊，裴哥应该会喜欢。”

“什么？”她凑过去一看，关文强指着的地方是一个小众品牌的经典款钢笔，价格不算贵，但有一小撮固定爱好者。许裴的确挺喜欢这个牌子的，好几支钢笔都是它家的。她盯着图片若有所思，耳边是工作人员催促的声音：“要领奖的快点儿，要下班了啊！”

关文强：“愣着干什么，快去啊！”

颜舒反应过来，转身，走到领奖区。领奖区的工作人员是个温柔的小姐姐，她看到颜舒走进来，笑道："小美女，你是想要笑脸项链吧？"

她旁边有人接话："这项链是挺好看的，昨天那美女为了它，在湖上待了几个小时呢！"

两人说话间，像是已经默认了颜舒会选项链似的，直接把它从柜子里拿了出来。

颜舒看到实物后更挪不开眼了，不知道是不是因为柜台灯光的原因，她瞧着项链是真的漂亮，比图片还漂亮许多。

工作人员往她手上一比："哟！美女，这也太衬你了吧，好漂亮。"

颜舒本就是个耳根子软的，小姐姐越说她越心动，恨不得马上把项链戴在脖子上，正要付诸行动，眼睛却不经意一瞟。她纠结了一会儿，指着柜子里一处说："小姐姐，这个给我看一下好吗？"

工作人员看过去，有点儿意外："钢笔啊！"

工作人员拿出来，将两样物品一起放在柜台上，颜舒左看右看，纠结了好久都拿不定主意，身后传来田思恬的声音："这还用纠结？明显项链适合你啊！"

"你怎么来啦？"

"关师兄跟我说你在这儿，我就过来看看。"

颜舒回答她上一个问题："你不觉得钢笔也很适合我吗？"

田思恬："哪里适合你？"

颜舒："就很，实用吧。"

田思恬震惊："你竟然在乎实用？"

颜舒找了个理由："而且也很好看，喜欢它的人肯定很有品位。"

田思恬被她今天的审美搞糊涂了："算了，你自己选吧，我去看看小优来了没。"

颜舒"嗯嗯"两声，回过头继续纠结。田思恬走到门口，又顿住脚步，她到底没憋住："颜颜，其实，你就是想选钢笔吧？"

颜舒领完奖品，发现大家都聚集到了这里，许裴从不远处走过来，关文强朝他招手："裴哥，这里。你刚才干什么去……咦，你胳膊上是什么？"

他指着许裴左边手腕上——上面有一尾活灵活现的红色小鱼。

许裴笑起来："观察力不错。"

关文强看了他一眼，很想告诉他不是自己观察力好，是裴哥你袖子卷太高了。

颜舒注意到这边的动静，也回望过去，果然，在许裴左手腕骨附近，多了一条红色的小鱼儿，和她右手这条一模一样。

颜舒疑惑了一下，划船的时候，他不是嫌幼稚，没戳章吗，怎么这会儿又有了？正想着，又听关文强叫了声："颜舒，你这儿怎么也有一条啊？"

颜舒还没回答，瞥见旁边某人睨了他一眼："想要？自己划船去。"

"哦，划船才有啊！"关文强想了一下，"不对，我也有的。"

许裴闻言睨了他的手腕一眼，关文强胳膊一抬，露出小臂上那条蓝色的大鲨鱼。大家纷纷展示自己的卡通印章："对啊，我们也有的，坐飞船的时候就盖了。"

许裴挑眉："你们这跟我的一样？"

"不都是章嘛，颜色不一样而已。"

许裴没再说话，他环视一圈，从一众蓝色大鲨鱼中扫过，最终落到两尾红色小鱼上。

片刻，他笑了一下，何止颜色，哪儿都不一样。他余光扫着隔壁那尾鱼，垂眼想了一下，刻意放慢了脚步。

沙滩离更衣室就几分钟的距离，一群人边玩边走，路上硬生生耗了半个小时。

颜舒心里想着奖品的事，没注意，一时没跟上大部队，冷不丁发现，身旁多了一个高大的人影。两人并肩而行，腕骨上的两条红鱼挨得极近，随着胳膊晃动，彼此无声嬉戏。

颜舒盯了一会儿，竟然觉得有些脸热，一定是许裴挑的这件泳衣太厚了！她伸出手，想扇扇风，缓解一下这突如其来的热意。

刚巧许裴手机响起，他抬手将手机放在耳边，不经意间，两条小红鱼轻碰了一下，似是擦尾而过。

颜舒感觉自己更热了！她正飞快扇着风，却听旁边男人手机里传来一个激动的声音："儿子，你在哪儿？快把我儿媳妇带回来！"

颜舒的手倏地一顿，她缓缓回过头，对上许裴的视线。

许家客厅里。

许成山端起水壶，滚烫的开水冲入紫砂茶壶，细长的茶叶在里面来回翻滚。和茶叶一样，如同被火烧着般的，还有在茶几前走来走去的许夫人。

许成山盖上茶壶盖，扣住滚烫的盖沿，往公道杯里一倒，分入两个茶杯："别转悠了，来，喝口茶。"

裴瑶白了他一眼："都什么时候了，我还顾得上喝茶？"她摸了摸梳得一丝不苟的黑亮头发，"我头发没乱吧？"

没来得及听许成山回话，她就自顾自地拿起镜子，不放心地看了几眼，顺便整理了一下并没有一丝褶皱的衣领，又帮许成山扶了下领带。

许成山端起一杯茶，一饮而尽："行了，不就是见儿媳妇吗，紧张什么？"

裴瑶："你不紧张，你老上厕所干什么？"

许成山托住茶杯的手微僵："……我那是茶喝多了！"他干咳一声，"跟你说过多少次了，遇事不要慌张，冷静点儿。你看我……"

裴瑶一提起这个就来气："我看你干什么？前几天你也叫我别激动，说儿子那结婚证是假的，结果呢？要不是你，我能早高兴好几天呢！"

许成山自知理亏，不说话了，过了好一会儿，才憋出一句："我哪儿能想到这出。这小子也是，竟然不声不响给咱们这么大一惊喜。对了，你刚才问林助理了吗？确定颜舒就是颜老爷子家的外孙女儿，娇娇？"

听到这儿，裴瑶又乌云转晴，美目里含着笑意："还用你说，早确定了。"

许成山放下心来，感慨："两家老爷子年轻的时候，就老开玩笑让他俩结个娃娃亲，没想到这事儿还真成了。"

裴瑶有些得意："是啊，咱儿子这次是真出息了，就是仓促了些，最起码要留点儿时间，让我们做父母的好好上颜老爷子那儿提亲去，不然岂不是显得咱们很没……"她话说一半，忽地顿住，看向许成山，"前几天，颜老爷子给你打了电话，该不会就是为了这事吧？"

两口子对视一眼，裴瑶一拍大腿："坏了！快给颜老爷子回个电话！"

颜老爷子最近窝火得很，虽说当初是他厚着脸皮打电话给许家小子，才促成了两个小孩儿的婚事，但娇娇好歹嫁到他老许家这么些日子了，亲家那边别说什么表示了，连个电话都没打一个。是当他老了，还是根本没看上娇娇和颜家？

他思来想去，忍不住一个电话拨了过去，哪晓得电话里许成山却像没事人似的，客气地跟他寒暄，还问他有什么事。

还能有什么事？这是揣着明白装糊涂！他知道，这些年许家势头好，生意做得越发大，但也不能这么拿乔吧？他好好一个乖外孙女儿嫁过去，许家就是这么对待她的？

颜老爷子又急又气，鱼也不钓了，饭也不吃了，正要收拾收拾去澜市找许家说理去，电话响起，他一接通就听见一声："亲家老爷子！"

许成山声音热情亲近，与上次的客气礼貌截然不同，态度简直一百八十度大转弯。

颜老爷子冷哼一声："许董客气，这我可担不起。"

许成山还想说什么，却被夫人一把抢过电话，赔笑道："什么许董，叫他小许就好。都是一家人，亲家老爷子怎么还这么见外啊！"

颜老爷子又是一声冷哼："你们上次可不是这么说的。"

许夫人苦笑："亲家老爷子，您可真误会我们了，我们之前在海岛上度假，今天才知道这事儿。"说着，仔仔细细把事情解释了一遍，末了接上一句，"您看您什么时候方便过来，咱们商量一下两个孩子的婚事。"

刚说完，就被许成山打断："夫人的意思是，您有空的时候知会我们一声，我们好上门拜访。"

裴瑶反应过来，急忙笑道："对对对，亲家老爷子您看什么时候方便？"

一通电话过去，好说歹说，终于让颜老爷子消了气，定下了下次见面的时间，许家两口子又热情地寒暄了一阵，两家关系拉进不少。

挂上电话，许夫人松了口气，又开始操心其他事："也不知道娇娇喜欢什么样的婚礼，戒指买了没，是不是还得拍结婚照，蜜月也得安排上，还有首饰。"想了想，又拨了个电话出去，"林助理，你回老宅一趟，取点儿东西过来……"

挂上电话，还觉得少了点儿什么，片刻，她想起来：“对了，我得给儿媳妇做顿饭！”

许成山眼皮儿直跳：“你消停点儿吧，就你那做饭水平，别把厨房炸了……一会儿记得稳重点儿就行，可别把娇娇吓到了。”

“知道了！”

颜舒其实还有点儿发虚，上次许裴妈妈看到结婚证，表现得太过激动了，这回确定了两人的关系，恐怕会更激动，她不知道怎么应对。

不过到许家坐了一会儿，她的心就完全放下来了。裴瑶虽然依旧笑容满面，但好歹不像那日似的抓着她的手不放，只慢声细语地跟她聊着小时候的趣事。

颜舒笑盈盈地回着，看到厨房里许家父子忙活的背影，有点儿不好意思地说：“阿姨，我还是去帮下忙吧。”

裴瑶一把将她拉住：“好孩子，你就在这儿坐着，老许的厨艺还不错，等会儿你一定得好好尝尝。”又想到什么，补充道，“许裴这孩子虽然不会做饭，但现在娶了媳妇儿，正好跟着他爸学学，以后也好做给你吃。”

颜舒一愣：“许裴不会做饭？”

裴瑶误解了她的意思：“以前不会，现在开始学也不迟，他学东西一向快。”

颜舒有点儿没反应过来，还想问点儿什么，就见许成山端了盘菜，从厨房走出来，乐呵呵地招呼两人：“来，吃饭了。”

饭桌上，裴瑶也没闲着，一会儿问问她的口味，一会儿又张罗着给她换渣盘，忙里忙外的，还抽空叨叨许裴：“你看你，不早点儿跟我们说这事儿，不然咱们一家人早几天就能一块儿吃饭了。”

许裴挺直背脊，慢条斯理地咬下一根芹菜：“说了，你们不信。”

裴瑶顿时噎了下，又道：“谁让你俩没有一点儿新婚夫妇的样子，我跟你爸一时没看出来，也正常啊！”

颜舒原本吃着虾，听到这话微微一顿，许裴则慢悠悠地抬眼：“我们怎么就没有新婚夫妻的样子了？”

裴瑶想了一下：“我看人家小两口哟，都是一口一个老公老婆的，吃个饭也是你一口我一口的，你看看你俩……”

颜舒生怕她看出点儿什么，赶紧接过话头："我俩也这样啊！"

许裴偏过头，淡淡地问："怎样？"

颜舒沉默了几秒，抄起一只虾球，放到许裴嘴边："就是这样。"颜舒做完这个动作，又觉不妥，刚想打个哈哈收回手，收了下……没收动。

视线里，许裴咬上筷子尖，他张嘴，将虾球一点点含入口中，淡声："谢谢老婆。"

颜舒的心稍微快了那么一下，她挤出一个笑："不客气，老……老公。"

原以为表演就此结束，没想到下一秒，许裴不紧不慢地夹起一小块牛腩，递到她唇边，体贴道："老婆，这是你最爱吃的，张嘴，啊……"

好家伙，所以，她刚才的演技被他比下去了？颜舒不服气地又给他夹了一块豆腐，许裴回她一朵小蘑菇，颜舒跟比赛似的，又给他喂了只麻辣小龙虾。

许夫人忍不住偷笑了一下："怪不得颜老爷子说那话。"

颜舒听到她外公的名字，好奇道："我外公说什么了？"

许夫人眼尾带着深深的笑意："他说啊，你跟他讲的，你们俩现在恩恩爱爱，蜜里调油呢！"

她有说这话？好像是，上次通电话的时候，她稍微嘴快了那么一下？

许裴挑眉看了过来："你这样说？"

颜舒立马挽住他的手臂，唇角勾出一个甜腻的笑容："对呀，我们就是恩恩爱爱、蜜里调着油嘛，是不是呀，老公？"

许裴的手微微一顿，放下筷子，下一瞬，他手腕翻转，直接反握住了她的手腕，五根手指顺着腕骨往下滑，一点点插入她指缝之中，两只手亲密无间。

许裴牵着她的手，十指紧扣，笑了下："是，老婆。"

颜舒感觉自己僵住了，四周倏地静了一瞬，脑子里很轻很轻地轰了一声，明明是她先动手的，明明只是在他父母面前做做样子而已。

但手被他反扣住的那一刻，却仿佛有微微的电流，从手心相连处擦过，噼里啪啦地往上蔓延。一大一小两只手严丝合缝，手腕相对处，两条摆尾的红鱼，很生动地嘟着嘴，而后，两条鱼的嘴，很轻地碰了一下。

第八章 太太等我回家吃饭

裴瑶看着两人甜蜜的小模样，倒是彻底放下心来，嘴角的笑都合不拢了："儿子你也真是的，都这样了，现在才让我们知道，我看你们那证 8 月份就领了。哎，几号领的来着？"

颜舒的意识逐渐回归，她想了一下，几号来着，还没想起，就听许裴说："18 号。"他又强调了一遍："8 月 18 号。"

许夫人回忆了一番，叹气："唉，怎么偏挑那时候，我和你爸爸 8 月初就上岛了。说起来要是不上岛就好了，都怪你爸爸，那岛刚买上，信号一点儿也不好，他还非要跑上去玩。"

许成山皱眉："怎么又怪我了？那个岛当初不是你让买的吗？"

"是我让买的，还不是你拍的板？"

颜舒正偷摸着在跟许裴拉拉扯扯："差不多得了啊，快放开，我还得吃饭……"还没说完，就从两口子嘴里听到一个关键词，买、买岛？她愣住了，压低声音，"买什么岛？"

许裴简单解释："南太平洋那边的一个小岛，老许喜欢，去年年底买下的，以后开发好了带你去玩。"

重点是去玩吗？重点是，你们家不是破产了，你不是还在做家教挣钱吗？为什么还能买岛，还是未开发的岛？！

颜舒正迷茫着，刚想开口问问许裴，门铃忽地响起，裴瑶起身："应该是林助理来了，我去开门。"

几秒后，她从玄关走回来，身后跟着个西装革履的青年，青年身后，是两个西装笔挺的高大男人。二人手里都抱了个看起来分量十足的盒子，恭敬地站在门口。青年微微颔首：“许董好，许先生好。”

裴瑶早有所交代，他看向颜舒，礼貌又慎重地说道：“初次见面，你好！许太太，我叫林宏盛。”

裴瑶回到餐桌前，笑着同颜舒介绍：“这位是林助理，他跟我们几年了，办事牢靠，以后有什么繁杂事，直接交给他去办。”

颜舒还没反应过来，只机械地说：“林助理好。”

林助理将许家对待她的态度收入眼中，立马露出个客气的笑容：“许太太客气，叫我小林就好。”

他还想说点儿什么，便见颜舒不好意思地指了下手机：“抱歉，接个电话。”她走到走廊处，礼貌性地背过身，刚接起就听见田思恬一声：“颜颜，大新闻！”

她语气很兴奋，显然发生了不得了的大事，颜舒捂了捂话筒：“姐妹，长话短说，我这儿有点儿忙。”

田思恬：“大晚上你忙什么？今晚咱们和许裴工作室搞聚餐，你不来真是可惜。”

颜舒：“有什么可惜的，反正许裴又不在。”

“倒也是。”田思恬说完又想起什么，“你怎么知道他不在？我记得你走的时候他还没走啊！”

颜舒：“别扯这些有的没的，说重点。”

“噢，来，我跟你讲个八卦！”田思恬声调升了几度，“上午咱们不是还在说林雪敏那事吗，我刚听了个后续，你猜怎么着？”

颜舒从她激动的语气中推测：“我猜她一定倒霉了。”

田思恬幸灾乐祸地说：“何止倒霉，她简直倒大霉了！她被光辉劝退了！”

“啊？”这颜舒还真没想到，“为什么？”

田思恬：“具体原因不清楚，反正就是光辉那边查出来她简历作假，准确来说也不是光辉查出来的，是言午集团总部那边给查到的，光辉直接把人劝退了。你还记得她采访的那位自称许裴青梅的人吗？”

颜舒微怔："舒柔儿？"

"还真记得？"田思恬没管这些，继续开心八卦，"听说就是她那边给弄进去的，结果总部要求把那人一起解聘了。"

"对了，还有，林雪敏不说号称和言午集团董事长姓林的私人助理关系匪浅吗，结果就是那林助理查到她简历作假这事儿。"

颜舒听得目瞪口呆："还能这样，这简直神级反转啊！"

田思恬笑个不停："她还说以后见着咱们要横着走呢，这回只怕是逃着走了。学校论坛都刷疯了，谁让她前段时间那么高调，打脸了吧！"

田思恬一边乐着，一边又说起了其他的："咦，这条评论好像有点儿料。"她一字字念着，"长见识了，林宏盛的关系也敢攀，许董私人助理，号称'冷面罗刹'，言午许多中层都怕他。还有这个……"

话未说完，却被颜舒猛一下打断："你说谁？林什么？"

田思恬反应了一会儿："林宏盛啊！"

言午集团，许董，林宏盛，这三个词让她产生了一个大胆的想法。颜舒举着电话，呆了好一会儿，然后缓缓回过头，看向几分钟前对她说"叫我小林就好"的西装青年，她喃喃："林宏盛？"

田思恬："是啊，就是那个林助理。这人还爆料他雷厉风行。"

这话刚说完，颜舒就看见"冷面罗刹"小林对着她，非但不冷面，还很谦恭地微笑了一下。

许裴进卧室的时候，颜舒已经洗好了澡，穿着许夫人准备的睡衣和睡裤，窝在沙发上，壁灯一打，整个人显得柔软极了。

他立在门口，注视了她几秒，往里走，然后就看到小姑娘背过身去，只留给他一个后脑勺，许裴唤了她一声："颜舒。"

颜舒没搭理她，反而背得更过去了点儿，许裴蹙眉，以为她听着音乐，提高了一些音量："颜舒。"

小姑娘立马转过头："你声音小点儿，别被叔叔阿姨听见了！"

许裴表情略显茫然："你没戴耳机，那为什么不答应我？"

她说不出来，就觉得不想跟他说话，但她这人就不是忍得住的性子，憋了一会儿没憋住："你说，你为什么要骗我，为什么说你家很穷？"

许裴脚步微顿，他抬眼："我有说过我家穷？"

颜舒莫名哽住了，她努力回想了一下，他还真没说过，但……

颜舒拿出气势，问他："你那小破车怎么回事？"

许装声音很淡，从衣帽间传出："我对车没什么要求，能开就行。那台开着算顺手，就没想着换。"

颜舒冷静提出："买一送一的杯子呢？"

许裴走出来，手臂上挂了件睡衣："打折为什么不要？"

颜舒抛出最后一个疑惑："你既然不缺钱，当初为什么要答应做我的家教？"

衣帽间昏暗的光从他背后打过，许裴没急着回答，过几秒才开口，声音低沉："你不是需要家教吗？"

"我需要你就给我当吗？"颜舒脱口而出。

"不然？"

颜舒顿了一下："不会太麻烦了吗？你马上要比赛了，还要带大二的团队，还有工作室……"

"不麻烦。"

颜舒抬眼，卧室里，两人无声对视了两秒。

颜舒被他盯得莫名脸有点儿烫，许裴的蓝色衬衣领口微敞，半截锁骨微露，慵懒地倚在门口，注视着她："你的事情，永远不会麻烦。"

他声音很低，砸进她耳里，如同一根鼓槌，在她心上不轻不重地敲了一下。颜舒怔了几秒，转瞬又被他的动作吸引，男人手指捻着胸前的纽扣，一颗散开，指尖顺着往下滑："还有问题吗？没有的话我进去洗澡了。"

颜舒下意识地说："嗯？你不是说在一楼洗吗？"

许裴转过身，淡淡道："一楼的换气功能坏了。"

"换气坏了就坏了，明天让老李安排人过来修就行。"裴瑶坐在梳妆台前，抹着脸。

许成山拧着眉："不应该啊，之前还好好的。"

裴瑶好笑道："行了，有精力琢磨这些小事，还不如想想亲家那边怎么处理。"

“什么怎么处理？”

裴瑶剜了他一眼：“你看你，还集团董事长呢，怎么和亲家打交道都不知道？第一件事难道不是和亲家见见面，商量商量婚事？”

许成山点头：“那我赶紧给他打个电话。”

虽然许、颜两家老一辈关系不错，但结婚这种事还是得双方父母商量。刚好许成山在生意场上也和舒父打过照面，翻了一通电话簿，拨通了号码。

电话另一头，舒家别墅。

原本慵懒躺在沙发上的钟艳，一听到这个名字，下意识站起身来，她握着电话，声音突然变得殷勤：“您是言午集团的许董吗？您好，您好，许董，我先生出差去了，您有什么事可以跟我说。”

许成山直接把电话递给裴瑶，裴瑶皱了下眉，她平时不怎么跟舒夫人这类人打交道，但她是娇娇的母亲，也只能笑着应酬：“你好，舒夫人，我是许成山的夫人裴瑶，深夜叨扰你，冒昧了。”

钟艳赶紧赔笑：“不冒昧，不冒昧，许夫人说的哪里话。”

裴瑶：“这次我和成山打电话来，是为了两个孩子的事。”

钟艳一愣：“两个孩子有什么事？”

裴瑶斟酌着措辞，委婉道：“我们也是今天刚知道的，我们家许裴和你们家女儿，他们两个小年轻彼此情投意合，我和成山也很喜欢她……”

她话未说完，钟艳便抓紧了电话，失声：“什么？他们两个，情投意合？”

裴瑶微诧：“原来你们也不知道？这两个孩子，瞒得还够紧的。”

钟艳不知想起了什么，声音逐渐激动：“我知道，我当然知道！他们俩孩子从小就认识，青梅竹马，相配得很。”

裴瑶放下心来，笑道：“看来舒夫人也很支持他们了。那行，等舒先生回来，咱们可得找个时间出来见个面，商量孩子们的婚事。”

钟艳结结巴巴：“婚、婚事？”

挂了电话，钟艳还有些恍然。

她怔怔地立在电话前好半天，一屁股坐在沙发上，刚好保姆小玲穿着围裙从旁边经过，她提高声音：“你站住！”

小玲瑟缩了一下：“夫人。”

钟艳伸出手："你掐掐我……快掐……哎哟！"她欣喜若狂地喃喃自语，"是真的，竟然是真的！"

钟艳激动地念叨了好久，又急忙摸了手机出来，颤抖着手，按了几下，才成功拨了出去。电话响了几声，那边接起，压着声："妈，我跟你说过多少次了，我现在录节目呢，没空接你的电话！"

钟艳抖着嗓子："我的姑奶奶，你还录什么节目啊，许家都打电话来商量婚事了！"

舒柔儿微愣："什么？哪个许家？"

钟艳激动到声音变调："言午集团的那个许家啊！许成山刚才给我打的电话，说你和许裴情投意合，要咱们找个时间，一起商量你们的婚事。"

舒柔儿怔在原地，好半天都回不过神来："我和许裴情投意合？商量婚事？"

钟艳笑起来："你这丫头心里在想什么，我这个当妈的心里还不清楚吗？你钱包里不是还一直保留着和他的照片吗？妈可都知道啊！"

舒柔儿害羞得跺跺脚："妈！"

钟艳："你再想想，许裴对你是不是挺特别的？"

舒柔儿微微恍惚，还真叫她想起一件事，高一的入学晚会上，几个女生闹着去要许裴的微信，他拒绝了所有人，唯独加了她的。

钟艳更是激动得快掉眼泪了："那不就是两情相悦嘛！"

被她妈这么一说，舒柔儿的心开始扑通狂跳，她咬咬唇："许家长辈，没意见吗？"

钟艳笑得合不拢嘴："他们说对你满意得很。"

"可我还没见过他们呀！"

"你在节目里这么火，他们肯定在电视上看过你！不然能直接找我和你爸商量婚事吗？他们两夫妻平时油盐不进，出了名的难打交道，今晚全程对我客客气气，不是相中了你能这样？谢天谢地，菩萨保佑，你要是能嫁进许家，这辈子都能扬眉吐气！看谁还敢拿你的身份做文章！"

钟艳越说越来劲，又说道："你爸爸公司现在有点儿问题，你嫁过去正好能让许家帮下咱们家。不对，这事儿结婚前就得好好商量，谈好了再嫁过去。"

舒柔儿娇嗔着："知道了，妈！"

"对了，下个礼拜你宁宁堂姐结婚，能回来吧？"

"应该可以。"

"那正好，宁宁她妈下午还打电话说几个小孩儿想问你要签名呢！"钟艳不知想到什么，"扑哧"一声，"你爸爸那边的亲戚一向瞧不上咱们，要是知道你能嫁到许家，保准下巴都得惊掉。不说了，我得把这个好消息告诉你爸爸。"

挂上电话，舒柔儿一颗心乱跳个不停，久久不能平静。她从钱包里取出一张照片，看着上面的一男一女发了会儿呆，又笑起来。

她紧紧捏着电话，咬着嘴唇看着许裴的微信头像，想发条消息过去问下情况，却听导演在喊："38 号，38 号舒柔儿，跑哪儿去了！"

她只得放下电话："来了。"

颜舒躺在床上，听着浴室里响起的哗哗淋浴声，脑子开始自动播放某些活色生香的画面。

她捂住耳朵，从床上弹起来。

不行，她不能这么堕落下去，颜舒趿拉着拖鞋，往门外跑，刚打开门走到走廊，就看到一楼两个身影。

许成山和裴瑶坐在沙发上，一同抬头望过来，六目相对，裴瑶关心地说："娇娇，怎么了？床睡着不舒服吗？"

颜舒脸上扬起一个笑容："啊？没有，我就出来跟、跟叔叔阿姨说声晚安。"

裴瑶嗔道："你这孩子，怎么还叫叔叔阿姨呢？"

颜舒仿若烫嘴："爸、爸……妈妈、妈，晚安。"声音细若蚊蚋，说完，她僵硬地微笑着转身，关门之际，身后还飘来两口子感动的对话声。

"我算是体会到人家生女儿的福气了。"

"那可不，真是个贴心小棉袄啊，还特意出来给咱们说晚安。"

"是啊，咱儿子那个闷葫芦可从来想不到这些。"

贴心小棉袄颜舒回到卧室的时候，许裴已经洗完澡，长手长脚慵懒地倒在床上，睡衣松散。

颜舒不太敢直视，移开眼，假装很正经地坐到小沙发上："你先睡吧，我玩会儿手机。”

她决定，等他睡着了再偷偷爬上床。颜舒做好决定，掏出手机，开始刷视频。

“娇娇。”

“嗯？”

许裴声音带着莫名的淡笑：“明天再看，现在，”他指了下表盘，“该睡觉了。”

颜舒听到“睡觉”两个字，就跟火烧着了似的，赶紧摇头：“我不困。”

许裴：“那你？”

颜舒噌的一下站起来：“我要学数学！”

许裴默了两秒，起身，颜舒紧张地说：“你干什么？”

许裴整理着睡衣，看她：“教数学？”

最后，孤男寡女，大半夜的，在卧室奋笔疾书。没一会儿，颜舒眼皮子就开始打架，耳边许裴的声音传来：“困了？”

她猛地打起精神：“绝对没有！我要学一个通宵！”片刻，她实在支持不住，“我去拿个东西。”

“嗯？”

“风油精。”颜舒把手伸进包包里，风油精没掏出来，却突然触碰到一个冷硬的东西，那支钢笔——是她白天的奖品。

她抓起钢笔，准备直接递给许裴，可是手跟被定住了似的，怎么也拿不出来。他会喜欢吗，或者，会不喜欢吗？

颜舒纠结了一会儿，倏地惊觉，等等，为什么要考虑他喜不喜欢？！这难道不是他们俩一起赢得的奖品吗？又不是要送、送给他。

但是，怎么解释她没有拿项链，反而选了他喜欢的品牌钢笔呢？要是他问起来……

许裴看了眼手如同被卡在包里的颜舒：“需要帮忙吗？”

颜舒的手跟触电似的弹回来，正襟危坐：“不需要。”

颜舒没听到许裴回话，一抬眼却发现他盯着包包的开口位置，她跟着看过去。包包开口大，崭新的银色钢笔半截露在了外头，也不知道他看到了没。颜舒赶紧心虚地合上拉链。

许裴盯着那处看了会儿，收回视线，笔尖点在白纸上："继续。"

"这道题，要用高斯公式计算，长方体的游泳池蓄满水的状态……"

看来是没发现了。颜舒松了口气，又心不在焉地纠结起了之前的问题，恨不得拿两朵玫瑰出来扯花瓣，送，不送，送……

好吧，还是送吧。但是说什么呢？"感谢许老师为我补这么久的课？"不行，太矫情了。"这钢笔挺适合你的，你拿着用吧！"也不行，太随意了。

她心里都揪成一团毛线了，却听"咔"一声，许裴手中的钢笔莫名其妙地劈、劈叉了！

耳边是许裴叹息的声音："钢笔坏了，可惜家里没有备用的，怎么办呢？"

颜舒愣了一下，咦，这么巧？许老师的钢笔坏了？那岂不是可以名正言顺地拿出新钢笔了？颜舒灵光一闪，眼睛亮起来："我这儿有！"她开心地摸出钢笔，递过去，"用这支。"

许裴深深注视着颜舒手里的钢笔，良久，才抬眼看向她："所以你今天兑换的奖品，是这个？"

颜舒"嗯"了一声，别过脸，又此地无银三百两地解释道："我只是觉得这支钢笔还挺好看的，就……就选了这个，你的钢笔坏了的话，就刚好送给你了。"

她还想再解释点儿什么，比如反正也是两人一起赢的，再比如这支钢笔和你更配，只是还没说出口，便被许裴打断："墨水给我。"

颜舒立马不纠结了，美滋滋给他递了墨，两人开始捣鼓着洗笔，吸墨。

颜舒眼睛亮晶晶的："快试试好不好写，喜不喜欢！"

许裴抬手，公式在笔尖流畅地舒展开，他淡定地说："还行。"

颜舒不依不饶："还行是几个意思？"

空气静了一秒，而后，他答："两个意思。"

"嗯？"

许裴嗓音低沉，恍似从她耳边擦过："好写，喜欢。"

颜舒抬头，对上他的眸，过两秒，她移开眼，眉眼弯弯地"噢"了声。

许裴也撇过头，压下微翘的唇角，恰一阵风，从窗口缝隙透进来，温柔地拂过二人的发丝。

许裴手握钢笔，在白纸上写出一个又一个公式，钢笔是他惯用的牌子，使用感和之前的几支类似，造型朴素，软硬适中，手感顺滑，但又很明显地，不一样。

一个脑袋慢慢靠了过来，细软的发尾扫在他胳膊上，橙花香若有似无地飘进鼻间。许裴看过去，目光柔软，半小时前还吵着要通宵算题的某人，此刻却撑着下巴，脑袋一点一点。

许裴声音淡淡："困了就去床上睡。"

床和许裴啊，这两个词联系到一起，颜舒顿时一激灵："我不困。"她撑住上下打架的眼皮，站起来，"我去泡杯咖啡。"

颜舒刚起身，衣袖就被人拉住，许裴合上钢笔："你坐着，我去。"

五分钟后，许裴端了个托盘推门而入，颜舒看了一眼，惊讶道："怎么是牛奶？"

许裴面色不改："是吗？"他流畅甩锅，"妈刚才倒的，可能弄错了。"

另一个房间，已经陷入梦乡的裴瑶莫名其妙打了个喷嚏。

颜舒端起牛奶，咕嘟喝了半杯，比起苦不拉几的咖啡，她的确更喜欢牛奶，要不是不想睡觉——忽地，眼前一片黑暗，颜舒端着剩下的半杯牛奶，下意识道："咦，怎么回事？"

黑暗里，许裴接过了她手中的杯子，声音毫无波澜："停电了？"

"啊？"

男人若有似无地低叹一声："现在，只能睡觉了。"

十分钟后，因为停电事故，被迫选择睡觉的颜舒睁着一双大眼，躺在床上。慢慢适应了黑夜后，她的眼睛已稍微能捕捉到四周的模糊轮廓，窗帘，飘窗，以及飘窗上躺着的男人。

许裴长手长脚，窝在逼仄的飘窗，却丝毫不见局促，他好像任何时候、任何情况，都从容自如，即便睡着了，也是如此。

黑发，挺鼻薄唇，眉眼疏淡，侧着脸，下颌轮廓清晰干净。颜舒不知道自己看了多久，突然想到一个问题，她刚刚喝的不是牛奶，是咖啡吧？不然为什么真睡不着了！就想，就想盯着他看，越看越精神。

上次她帐篷坏了，两人被迫挤到半张床上时，是什么感觉来着？当时好像是有点儿尴尬，然后……她就睡着了？好像还睡得挺香来着。

可是现在，她和他只是在同一个房间而已。她睡在床上，他躺在飘窗，两人之间隔了一两米的距离，她却睡不着了。

不但如此，她的眼珠还跟上了发条似的，不受控制地往他那边看，越看越睡不着，越看心跳越快。

下一秒，被她盯着的男人似乎蹙了下眉，开口：“娇娇。”

颜舒下意识回应：“嗯？”

男人喉结微滚，低沉的声音在黑暗里，多了层耐人寻味的喑哑：“别看了。”

闭眼，翻身，盖被子，三个步骤，不到一秒颜舒就搞定了。

卧室重回寂静，颜舒紧紧闭着眼，发着烫的耳朵里却似有鼓声，咚咚响个不停。好像，是她的心跳呀！

澜大建校 110 周年的校庆晚会三天后举行，剧院门口，新闻部和宣传部聚集在一起，联合组织布置场地。

颜舒低头对采访稿，热闹的场地突然安静下来，旁边调试摄影器材的田思恬凑过来：“哎，许裴穿这身衣服可真帅。”

颜舒抬头，男人站在门口逆光处，和孙孝元说着什么。

田思恬：“我看论坛有人出他近期衣服的合集，扒过这件，听说是你常买的那牌子，可奈恩家的限定款，不便宜啊。许裴师兄那个工作室，看来是赚钱了，都开始向你靠拢了。”

她说完，就见颜舒目光复杂地看了自己一眼，田思恬有点儿莫名：“你那是什么眼神？”

颜舒没回话，只问道：“许老师来干什么呀？”

“好像是录校庆视频。”田思恬对她男神的动向向来了如指掌，“许师兄明天要飞海市参加数模竞赛，赶不上参加校庆，得提前录一段祝福视频。”

她这么一说，颜舒就想起这事了。所以，他明天要走吗？

田思恬还在叨叨：“原本宣传部想让他上午过来录制，许师兄那边好像临时有事耽搁了，这会儿才回校。”

两人言谈间，其他人也一面窃窃私语，一面往许裴所在的位置看去。

有个大一数学系的男生在朋友的“怂恿”下，拿着一本笔记本，鼓起勇气走到许裴旁边：“许师兄，可以签个名吗？”

这新生许是第一次干这种事，声音因激动而无意识放大，周围同学的目光全都集中过去。

田思恬感叹道：“完了，小师弟的心愿终究要落空啊！”

“为什么？”

“许裴师兄从来不给人签名的，前两年他刚在学校出名那会儿，好多迷弟迷妹找他要来着，他一个也没给，后来也就没人再提签名这事……”

田思恬正兴致勃勃地八卦着，突然声音戛然而止。视线里，许裴看了那小师弟一眼，掏出一支钢笔，埋头在笔记本上签下一串字迹。

田思恬吸了口气。旁边也是此起彼伏的震惊声。

“许裴师兄居然给签名了！”

“今天什么好日子啊，等等我！”

事实证明，今天还真是个好日子，许裴来者不拒，认真给大家签下他的大名，甚至还很贴心地写下了祝福语。

田思恬也激动地抄起采访本：“我也要去！”刚抬脚，却又倒回来，“颜颜，许师兄手里那支钢笔，怎么看着有点儿眼熟啊？”

颜舒心跳了一下，假装淡定：“他的钢笔都长这样，可不眼熟嘛！”

田思恬若有所思地点点头，又想起什么，突然提高声音：“不对，这不是你……嗯……嗯……”颜舒一把捂住田思恬的嘴。

许裴签完名，却不急着收回，直到祝福视频录制结束，他的长指还把着钢笔，有一下没一下地转着圈。

孙孝元实在看不过去了，瞪了他一眼：“你小子，差不多行了啊！”

许裴笑：“差不多什么？”

“装什么？”看着他这副笑脸，孙孝元就生气，吹着胡子故意说道，“你说说你，就这么点儿出息，不就一支钢笔嘛！想炫耀，还得想尽办法从兜里掏出来，至于吗？你看看别人。”

许裴不解：“别人怎么了？”

孙孝元指着刚找他签完名的新生：“你看人家手上有什么没？”

“运动手环。”

“你再看看。”

“绳子。”

“那叫皮筋儿。”孙孝元哼了声，“敢情你还没我这个老年人懂呢？这小皮筋儿往胳膊上一戴，别人就知道他有对象了，至于像你这样？”

孙孝元把这气人学生给撑了个哑口无言，自觉十分畅快，又有些不忍地说：“没有就没有，走了。”

许裴若有所思地转着笔：“您先走吧，我等会儿。”

孙孝元莫名：“不是都录完了吗？”

许裴往场内点点下巴，冲他露出无奈的笑：“没办法，太太吩咐我等她一起。”

孙孝元噎了噎，刚才应该再撑他十句八句的才解气！

许裴掏出手机：“大概什么时候走？”

颜舒那边很快回了过来：“你先走吧，我还要一个小时呢！”

许裴：“不急，我也还有点儿事，时间差不多。”

颜舒：“嗯嗯。”

舒柔儿昨晚一整夜都没怎么睡，今天上午从导演组那里拿到手机，第一时间就给她妈打了个电话。在电话里，她又不放心地仔细问了好几遍，确定真是许成山和许夫人给家里打的电话后，一颗心才彻底落了下来。

挂完电话，她想起昨天没发出去的那条微信，犹豫了一下，再次点开许裴的头像：“许裴哥哥，最近好吗？”

舒柔儿捏着电话，许久都没等来回应，不免有点儿心慌。难道在忙着，没时间看手机？

手机振动，许裴看了眼时间，应该是颜舒发的。他解锁，点进微信，又把手机放回了原处。

发消息的人不是颜舒，许裴想了半天，也没想起这人是谁，索性直接点了删除好友。片刻，手机又是一声振动。

颜舒对完稿，立刻给许裴发了条消息：“我忙完啦，你在哪儿？”

那边秒回：“抬头。”

颜舒抬起头，便看到倚在角落的高瘦身影，男人手里夹着支钢笔，在指尖转了两圈，不紧不慢地收起，侧头对上她的视线。

两人一同回了家，一家四口其乐融融地吃过晚饭，小两口又陪裴瑶看了会儿电视，就回了卧室。

一回到卧室，颜舒就松了口气。她和许裴这种情况，应付家长真是够头疼的。而且吧，也不知道要这么演多久，总不能让许裴天天都睡飘窗吧。

许裴扫了眼小姑娘忧心忡忡的小脸，往衣帽间走："别担心，老宅这两天打扫完，他们就会回去住。况且我明天上午要去趟海城，四天后才回，只需要应付今晚就行了。"

他选了几件衣服，扔在床上，颜舒看了一眼："你去海城，就准备带这些？"

"嗯。"

"海城比澜市冷很多吧？"颜舒赶紧掏出手机，查了一下，"你看，那边已经降温到十来度了，你选的这些衣服都太薄了，不合适。"

许裴淡淡问："那带什么合适？"

颜舒想了一下："卫衣加个厚点儿的外套，还有衬衣、背心，加……"

她说了一大堆，见许裴还是不明所以，叹口气："算了算了，我帮你选几套。你看，这件渐变色衬衣，配一件纯色羊绒背心，外面搭这件牛仔衣，这一套是不是保暖又好看？"

许裴倚在洗手间门框，看着在衣帽间忙活来忙活去地为他搭配衣服的身影，轻轻笑了一下。

他不时懒洋洋地回应一声。橙黄灯光下，两人身影交错。

颜舒迅速搭配完三套，还意犹未尽，又想起别的："对了，我听甜甜说最后一天还有一场交流会，是不是得穿正装？"

许裴"嗯"了声："西装已经准备好了，你帮我选条领带吧。"

"好呀，在哪儿？"

"你左手边的抽屉。"

颜舒嘴里应着，伸手就要打开，许裴看着她伸出右手，眼皮微跳："是左边。"然而已经来不及了，右手边的抽屉猛一下被抽出来，露出一排叠得整整齐齐的各式各样的男士内裤。

颜舒的手，还不经意在其中一条上面蹭、蹭了蹭。"砰"一声巨响，抽屉被人猛地合上，活像里面有怪兽似的。

颜舒关好“怪兽”，赶快打开另一个抽屉，匆忙选了条领带，而后快速转移话题：“差不多收拾好了啊，你去洗漱吧。”

许裴也撇开眼：“……好。”

他转身朝洗手间走了两步，又顿住脚，转过身：“对了，有皮筋吗？”

“有一根。”颜舒捂了捂微红的耳朵，回过神，“怎么了？”

“刘海长了，洗脸不方便。有皮筋的话，”许裴伸手，几根指头并拢，勾了勾，低声，“借我用一下。”

许裴走的第一天，颜舒一想到当晚终于不用和他睡同一屋子，就浑身舒畅。正巧上午没课，她起了个早，和尤佳约好，开心地跑去看了场电影。

大概是工作日，开场时间又太早，电影放映厅只有她们两个人，相当于包场。出了场，尤佳挽住她的胳膊，饶有兴致地问：“感觉怎么样？”

颜舒打了个哈欠：“就普通爱情电影吧，故事俗套，运镜一般，就音乐还行，算差强人意吧。”

尤佳扶额：“我问的是这个？我是问你有没有感觉开窍了？知不知道什么是喜欢了？男女主互诉心意那段，有没什么特别的感觉？”

颜舒想了一下，摇头：“我就觉得有点儿冷。今天是不是降温了？我还是该再加件外套的。”

尤佳恨不得掀开颜舒的脑瓜：“我服了你了，你脑子里就一点儿恋爱细胞都没有？”说完，又突然想起什么，“不对，我记得你以前还喜欢过一个路灯男生啊！”

颜舒愣了会儿才明白她指的谁，纠正她：“什么路灯，人家有名字的，叫沈时。而且，我那也不是喜欢。”

尤佳：“不喜欢你还给人家送小卡片？还写什么‘愿繁花似锦，所向光明’？”

颜舒飞快反驳：“我那就是单纯感激，再说不也没送出去嘛！”

她不太确定自己喜不喜欢许裴，但能确定的是，她一定不喜欢沈时，正如她刚刚所说，她对沈时就只是年少时的感激。

感激他在她最狼狈、最绝望的那一年，伸手拉了她一把，为她点亮整条街道的路灯，驱散阴冷可怖的黑暗。

后来，沈时随父母移居美国，临行前一晚，她为他写了一张祝福卡片，本想送给他，却不想卡片遗失，最终不了了之。

尤佳失望地说：“意思就是，你看完我为你精心挑选的爱情电影，依然什么感觉都没有？”

两人在尤佳“白瞎了”的感叹声中，互相告别，各回各家。

等人走了，颜舒才想起，好像不是一点儿感觉都没有，至少电影中场，她冒出过一个念头——这种两人包场的爱情电影，要是能和许老师一起看就好了。

上午的悠闲时光一去不复返，下午新闻部一群人忙了个底朝天，布置场地，剪辑校庆宣传片。

今年是澜大建校 110 年，新闻部联合宣传部策划录制 110 位杰出师生代表的祝福视频，原本昨天就应该全部搞定，但不知道哪个环节出现了疏忽，竟然还差一个视频。

两个部门召开紧急会议，讨论了好久，最后还是由主编马老师出面，给光辉的现任主编朱斌打了个电话，然后让新闻部颜舒几个人赶紧去拍视频。

颜舒忙完后回家躺在床上，双腿伸直，努力够向天花板，做完一个动作后，她才对着旁边的手机说了今天的事情：“后来忙完了，太累了，我就直接回家了。”

“那你现在在哪儿？”

“在我们的卧室。”

电话那头，许裴不轻不重地低笑了一声，重复：“噢，在我们的卧室啊！”

颜舒倏地反应过来，有点儿脸红：“不是，我的意思是，我在你的卧室……叔叔阿姨这两天在这边，我还得在这儿住这几天。”

“嗯。”许裴又笑了一下，“今天你一个人在家，还习惯吗？”

颜舒怔了一下，终于发现自己今天怎么一会儿做运动，一会儿又想着给他打电话，原来是他走了不习惯啊。她老实回答：“有点儿不习惯。”

一个人的卧室，太空旷，也太安静了，总想搞出点儿什么动静。

电话那头，许裴：“等等。”说完，电话挂断。

颜舒看着被挂掉的电话，更惆怅了。他那边，现在应该很忙吧。明天就要开始正式竞赛，今晚应该要组织团队开个会什么的？

这个节骨眼上，她是不是就不该给他打电话说些有的没的呀？颜舒正想得入神，手机倏地振动起来。

咦？许裴给她发起了视频电话？她从床上猛一下坐起来，下意识捋了捋头发，又跑到书桌前，快速抽出一本书，摆在面前，这才点了绿色的接通键。

屏幕上，出现了一张男人放大的俊脸，睫毛浓黑，低低垂着，在眼睑下，晕成两道灰黑色的半弧形剪影。

颜舒勉强压住心跳，拿着一支笔，假装认真学习的样子：“你一个人？关师兄他们呢？”

许裴镜头放远了点儿，露出书本的一角，他低垂着眸：“他们应该休息了。”

“噢，还以为你们在开会呢！”颜舒没话找话，“对了，你给我打视频电话干什么？”

许裴翻过一页书：“不是不习惯吗？”他往后靠了靠，撩起眼，穿过薄薄的眼镜片，隔着屏幕注视着她，“现在呢？”

校庆晚会成功举办，110 位杰出师生的祝福视频更是得到了全校师生的一致赞扬，马老师为此还特意点名表扬了为此操碎心的新闻部几人。

为了庆祝校庆圆满成功，新闻部和宣传部搞了个联谊聚会，地点就定在南门口的一家川菜餐厅。

吃饭的时候，手机振动了一下，颜舒拿起手机，是新闻部发在微信公众号上的文章。同时，颜舒还注意到，她好像看漏了一条信息，早上 8 点时，许裴发过来的微信：“改机票了，后天晚上回。”

颜舒一面懊恼怎么这会儿才看到，一面又想着后天就能回，那岂不是，能提前一天见到他？

颜舒不自觉地弯了弯唇。

刚好，她前两天买了条墨绿色丝带，再配上她那件白色风衣。不对，颜舒看了下气温，后天降温啊，风衣有点儿薄，不合适了，那穿什么好呢？

翌日一大早，小优和田思恬就被颜舒给吵醒了。

两人打着哈欠赶到广场，却见颜舒精神满满：“姐妹们，来，开逛！我要买衣服！”

小优、田思恬：“颜颜，你怎么突然要买衣服了？”

颜舒莫名其妙：“我买衣服还需要理由？”

两人默了片刻：“问题是，你昨晚才说衣服能穿就行。”

小优：“你还说你天生丽质，不需要衣服衬托。”

颜舒也默了默：“我有说过吗？”

两人异口同声：“有！”

可奈恩旗舰店。

导购小姐热情地为她送上两本图册，选了几件她平时喜欢的风格的衣服，颜舒都不满意地摇头。

最后，颜舒勉强选出一件，上身试穿后，田思恬和小优都赞不绝口，可她却犹豫了：“会不会太可爱了点儿？”

导购小姐看出她的顾虑，上前问道：“颜小姐这次想要哪种风格？”

颜舒想了想，许裴明天下午有个交流会，应该会穿那套黑西装吧？

“成熟优雅点儿的？”

导购立刻重新选了几套，拎到她面前，颜舒一眼就看中了一件白色羊绒大衣，穿上身，果然大家的目光都聚了过来，或多或少带了些艳羡之色。

田思恬感叹：“太美了这件，这小腰掐的！”

小优两只眼睛更像放光了似的，连连点头：“好看好看，颜颜！拿下它！”

颜舒对着镜子看了两眼：“我觉得好像哪里还有点儿不太好。”

小优：“没啊！哪里都好啊！唯一不好的可能就是不太日常，太优雅了，感觉旁边要搭配一个穿西装的男士才完美。”

她这话一说完，原本以为颜舒会更纠结，结果，下一秒，就听颜舒坚定地说道：“就是它了！”

结账的时候，颜舒翻出手机，恰好收到一条新闻推送——万众瞩目的数模竞赛在海城拉开帷幕。

比赛正式开始是昨天早上八点。三天比赛期内，不能和其他人交流，也不能使用手机。

颜舒等得着急，干脆关注了一个建模论坛，每天看着上面网友们讨论比赛事宜，到了最后一天，她天不亮就醒了。在床上翻过来滚过去，每过几分钟就要支起脑袋，捞过手机偷偷看一下时间，简直魂不守舍。

好在比完赛，她的电话准时响起。几乎是铃声响起的瞬间，颜舒就按下了接通键，提着口气紧张地问他："比完了？"

"比完了。"许裴略显疲惫的声音通过虚拟的电话线，淡淡传了过来，"还算顺利。"

颜舒一下子就松了口气："那就好，你赶紧休息一下，下午还要参加交流会呢！"

片刻，振动声再次响起，颜舒把手机放在耳边，电话里，男声低沉："娇娇，我在去机场的路上。"

颜舒的耳朵微微发麻，她下意识问道："交流会结束了？"

"嗯。"

颜舒又想起来："你不是晚上九点的飞机吗？这么早就去机场干什么呀？"

许裴声音淡淡："提前了，六点起飞，七点半到。"

"又提前啦？"

提前了三个小时呢！颜舒低着头，捏了捏电话，下意识地弯着眼睛笑了起来。挂上电话，颜舒手指扣着发烫的手机，朝着前面喊了声："师傅，麻烦快点儿啊！"

说完，她从包包里摸出一面小镜子，正细细整理耳旁的碎发，手指忽地一顿。镜中的女孩，穿着不是自己风格但听说很配他的白色羊绒大衣，顶着化了两个小时的精致妆容，唇角弯弯的，亮晶晶的眼眸里，笑意盎然，像是要从眼尾溢出来似的。

颜舒盯着镜中的自己，突然意识到什么——不会吧？

几秒后，她掏出电话，抖着手在搜索栏上戳出一行字——喜欢上一个人有什么反应。

总想见对方，如果一段时间见不到，心情会很烦躁……每次见面都要精心打扮一番……

一天看八百次手机……

颜舒一边看，一边默默在心里打着钩，当每一条后面都打上了一个钩后，她拿着“考了一百分的试卷”，猛一下倒向椅背。颜舒认命地闭了闭眼，完了完了，她好像喜欢上他了。

这个结论，在看着许裴推着行李箱出现在机场出站口时，再一次得到了证实。颜舒感觉自己的心跳，跳得极快，带着几分不真切的感觉。

男人一身剪裁得体的西服，身材高大挺拔，藏青色领带箍着修长的脖颈，衬衣领口贴着微突的喉结。而且他五官立挺，眼神清冷，下颌线清晰，在人群中格外耀眼。

“走吧。”许裴没多话，语言简洁，声音很淡，如往常一样。

颜舒机械地转身，跟上他的脚步：“噢。”

微信提示声接二连三地响起，颜舒摸出手机，新闻部的群里，大家正悲愤地“啊啊啊”大叫着。

“许裴师兄怎么提前回了？”

“啊？那我们岂不是拍不到他的赛后机场图了？”

“不是我们拍不到，是所有人都拍不到。谁能想到他交流会一结束就回了呢，明明团队其他人都是明天回！”

“现在赶去机场还来得及吗？”

“来得及才怪，听说都到机场了。”

颜舒这才想起一个严肃的问题，她又不是来接机的！她是来拍素材的！颜舒赶紧假装很淡定地拿出相机，“咔嚓咔嚓”闪了两张。

“许老师！”

许裴定住脚步，回头，颜舒又抄起相机，飞快拍了好几张，发到群里。

颜舒：“素材有了。”

新闻部群安静了一秒，而后爆发了一片惊叹。

“颜舒，什么情况？你跟到行程了？”

颜舒小跑着跟上许裴的步伐，低头在他旁边发消息：“许老师透露的。”

“许裴师兄果然够意思！”

“感动哭了！这算给母校新闻部的独家福利吗？”

许裴侧过头，目光落到与他并肩而行的女孩身上。她穿着白色羊绒大衣，棕色细窄腰带掐出一截纤腰，低垂着眼，睫毛又翘又长，手指戳着手机，唇边染着笑。

许裴目光一直跟随着她，开口：“看路。”

颜舒“嗯嗯”两声：“我回个消息，马上。”她指了指刚拍的照片，笑眼弯弯，“你看，小优在问我，这是不是你给我们新闻部的独家福利。”

“不是。”

“嗯？”

机场人潮汹涌，川流不息，许裴在人海中轻声笑了笑，低沉的声音在她耳边响起：“是给许太太的独家福利。”

“许老师，往这儿看，好嘞，笑一个！”

“你重新从这里往前面走，对对对……很好，漂亮！”

颜舒举着相机，“咔嚓咔嚓”照个不停，既然是给她的独家，那一定不能客气。她毫无形象地找各种角度，拍了一大堆许裴的帅照，越拍越来劲。拍完还不忘倒回去，一张张慢慢欣赏。啧，穿西装的许老师，真的帅到犯规啊！

“好了没？”许裴淡声问。

颜舒飞快点头：“好了！好了！”抬头看了他一眼，却没忍住，又“咔咔”了两张。

男人抬起眼皮，清冷的视线望过来。颜舒根本没在怕他，笑嘻嘻地保证道：“最后两张！没办法，你今天太帅啦，情不自禁。”

说完，又觉哪里不妥，特别是当许老师意味深长地“噢”了一声后，她更觉脸烫，想也不想就找了个理由：“那个，我去上个厕所。”刚抬脚跑两步，又退回来，把相机包什么的塞到许裴手上，“帮我拿一下。”

说完之后，她往洗手间走去，过了几秒，身后传来一声淡淡的声音：“颜舒。”

颜舒回过头，便听“咔嚓”一声，相隔五米远的地方，男人一手拿着行李箱，一手托着相机，不紧不慢地对上她疑惑的视线。

颜舒摸了摸脸："拍我干什么呀？"

许裴没吭声，却是挑了挑眉，漫不经心地低声道："情不自禁？"

"我现在就很不对劲！"颜舒靠在洗手间门后，捂着怦怦乱跳的小心脏，对电话那头的尤佳叹口气，"我摸了一下，现在心跳可能快180了。"

尤佳不确定地问道："意思是，你就被许裴拍了张照片，就心跳加速啦？"

颜舒沉默了会儿，又任命地叹了口气，喃喃："可恶，我竟然这么快就对他心动了。"她咬咬牙，"不行，我一定不能被他比下去！"

他到底是你对手，还是你对象？这该死的胜负欲还能不能好了？尤佳刚张了张嘴，想吐槽她两句，就听颜舒那边响起"滴滴"的声音。

颜舒："不说了，我这儿有电话进来。"颜舒说着，挂了电话，接起："宁宁姐。"

电话那头是舒宁，舒宁是她婶婶的女儿，也是她堂姐，只比她大两岁。两人年纪相近，小时候都皮得不行，架没少打，两人互薅头发都薅过好多回了，长大了反倒越发亲近。

舒宁去年大学毕业，忽然同一个比她大八岁的男人一见钟情，闪恋闪婚，一不留神婚礼都已经提上日程。这么晚打电话来，不是婚礼泡汤了，就是红色炸弹。

果然，电话一接通，舒宁直接单刀直入："娇娇，下个星期六我婚礼，你必须要来啊，听见没？"

颜舒这几年和她爸舒正平关系不好，听说几年没回过家了，连带着跟舒家的亲戚们也走动得少了。舒宁一早给她送了喜糖，发了日期酒店，怕被她放鸽子，临近婚礼，又特意打了个电话来。

颜舒笑："放心，我不得来看看谁这么有本事，能把你给收了？"

舒宁："把我收了算什么本事，谁要能把你给收了，那才叫本事呢！想当初咱俩怎么说的来着？谁先结婚就得给个大红包，六位数起步。"舒宁语气得意，"别忘了啊，姐姐等着你的大红包！"

颜舒："你什么时候扯证的？"

"10月份，就是前几天。"

颜舒算了下日子，立马挺起胸："那你……"那你比我还晚俩月结的呢！

“那我？”

颜舒默默咽下剩下的字：“那你等着收红包吧。”

颜舒一边讲着电话，一边出了洗手间，走了几步，盯着前方不远处的一幕，看了几秒，压低了声音：“不说了，我有点儿事，下个星期六见。”

颜舒视线里，男人西装笔挺地立在熙攘的人群里，他对面站着一个穿红毛衣的女孩子，抬手撩起耳边一缕发，笑盈盈地指了指手机。

颜舒心里顿时警铃大作，那什么，她结婚证儿呢？她下意识想冲过去宣示主权，还没来得及冲呢，就见不远处的男人抬了抬手。

西装衣袖随着他抬手的动作，顺着胳膊往上移了两厘米，露出男人突起的腕骨，冷白手腕上，一圈细细的浅粉色的皮筋格外引人注目。

颜舒的脚步顿在了原地，这不是，她借给他的那根吗？红衣女孩也愣了一下，她看了一眼他手腕上的小皮筋，脸上有点儿挂不住地笑着：“加个微信而已，你女朋友应该不会介意吧？”

许裴的声音淡淡传来：“抱歉，我太太可能不介意。”男人稍作停顿，转过头，准确捉到颜舒的视线，继续开口，声音很低，“但是我介意。”

到底怎么走出机场的，颜舒不太记得了，直到接起田思恬的电话，颜舒还有点儿蒙。

田思恬：“颜颜，素材拍好了没？”

颜舒：“拍好了。”

“拍到多少张啊？”

“大概，几百张吧？”

田思恬在电话那头尖叫：“我们在老地方烧烤店聚餐，快过来，顺便把成果带过来！”

“又聚餐？”

“你搞到许裴独家了，难道不应该聚聚？”

许裴撇开头，笑了一下。

田思恬敏锐地问：“你身边还有男的？谁？”

颜舒看了许裴一眼：“我搞到的独家。”

田思恬看着坐在颜舒旁边的许裴，就觉得很神奇，她歪过头去，对着小优低声说：“我没看错吧，许裴不仅给我们独家机场照，还和我们一起聚餐，庆祝我们搞到了他的独家？”

小优也偷偷往那边瞄了一眼，视线里，许裴撸下一串羊肉，她眼睛亮晶晶的：“这算啥，你看许裴还撸串呢！”

田思恬不想跟小优一起犯傻了，转头扯了扯颜舒的袖子：“你怎么把许师兄拖过来的？”

颜舒心不在焉地敷衍了两句，注意力不知怎么又放到了旁边的许裴身上。他慢条斯理地嚼着烤肉，从容斯文得像在品尝顶级牛排。

颜舒美女感叹，怎么会有人连撸个串都这么好看！她假装吃得很认真的样子，实际上满腹心思都放在了身旁的男人身上。

看他侧过头，笑着回答几个新闻系男生的问题。看他讲到数学学科领域时，流露出来的刻在骨子里的淡定沉静。看他抄起筷子，抬胳膊……

等下，抬胳膊？他这个动作，是要夹离他最远的那盘小豆干呀！颜舒的目光立刻落到了他的袖口处。

此刻，西装袖口在她的注视下，一寸寸地往后缩，眼看着粉红色的小皮筋就要露出边角，颜舒心里一紧，声音比脑子更快：“许老师，我帮你夹！”

许裴沉默一瞬：“我自己来。”

颜舒毫不退让：“我帮你。”

“我自己能夹到。”

“不，你夹不到。”

许裴收回手，粉色小皮筋随之被遮到了袖子里。他挑眉：“行吧。”

好不容易得到夹菜机会的颜舒愉快起身，飞快抄起小豆干，放进许裴的碟子里。看着他埋头吃下小豆干，颜舒刚稍微松了口气，却见他再次抬手。她忙露出一个贴心的笑容：“许老师还要吃什么呀？”

许裴悠悠睨了她一眼，慢声：“年糕。”

颜舒乖巧地抄了两块年糕：“还有呢？”

“香菇。”

“好嘞！”

“鸡翅。”

“嗯嗯。”

新闻部众人就看到颜舒坐在许裴旁边，夹菜递水，殷勤得像个小跟班。大家纷纷感叹，不愧是能拿到许裴独家的女人，太有眼力见儿了。

颜舒感觉自己像伺候大爷一样，忙前忙后地伺候着许裴。眼看后者又要自己动手倒饮料，她连忙表示：“许大爷，不是，许老师，你你、你给我放着，让我来！”

说着，抄起饮料瓶子，哗哗灌进许裴的杯子里，可她哪儿是伺候人的料啊。一个不小心，杯子往桌上一倒，橙黄色的果汁顺着泼在了桌子上。

眼看果汁就要顺着桌沿滴到她大衣上，许裴伸手，扣住她的手腕，将她轻轻往外一带，他抬起胳膊，挡在她面前，低声：“小心。”

田思恬吓了一跳，扯了几张纸帮忙擦桌子，口中不忘说道：“还好许师兄给你挡了一下，没弄到衣服上，你这大衣多贵……”

话未说完，声音却戛然而止，田思恬的目光定住了，是她看错了吗？许裴的手腕上竟然有一根粉红色的皮筋！这就算了，那皮筋上的小鱼装饰，怎么这么眼熟呢？

田思恬大脑机械地回忆了一番，眼皮突然一阵乱跳。等等，这好像是颜舒的吧？她绝对没看错！那条小鱼之前掉过一次，还是她帮着粘上去的呢！田思恬忽地想到什么，她张大了嘴，又飞快捂住了嘴巴。

那么，问题来了，颜舒的小皮筋，怎么会在许裴的手腕上？

许成山夫妇有事去了京市，颜舒今晚暂时不必去许裴家，吃完烧烤后，就和田思恬一起愉快地回了宿舍。

许裴的机场照是颜舒拍的，之后写稿、校对等一系列后续工作都由她来跟进，她回宿舍就马不停蹄地在电脑前忙碌。

这段时间颜舒在数模论坛混了许久，对比赛的了解渐深，再结合一路上许裴跟她的闲聊，她文思泉涌，洋洋洒洒，一个小时不到，初稿就完成了。

照相机里，许裴的照片有几百张之多，颜舒挑花了眼，终于选出了最好看的十来张，穿插到了文章中间。而后仔细检查起了文章，揪出了几个错别字，又删掉了一些冗长繁复的溢美之词，再仔细浏览了一遍。

应该可以交稿了吧？

正想着，却听背后一个声音："这张照片，小皮筋是不是露出来了？"

颜舒心里一跳，连忙去找："哪儿啊？"

"上面那张。"那张照片上，许裴手上的小皮筋露出一个模糊的阴影，不太看得出来，但为了保险起见，颜舒还是选择截掉，边操作还边庆幸，"还好你提醒……"

话说到一半，却突然住了嘴，等等，这个声音，是田思恬的吧？她怎么……

颜舒缓慢回过头，便看到田思恬坐在对面，静静地看着自己，脸上很淡定，甚至面带微笑，却让颜舒有一种暴风雨前宁静的感觉。

颜舒本能地想要辩解："甜甜，你听我狡、不是，你听我解释。"

田思恬依旧很平静："来吧，姐妹，狡辩吧。"

颜舒竖起三根指头："绝对不是狡辩，我说那根皮筋是许裴管我借的，你相信吗？"

田思恬煞有其事地点头："相信，怎么不相信了？"

颜舒一口气刚松到一半，却听田思恬微笑着："他一个大男人，管你借根皮筋套在自己胳膊上，还套了好几天，这个解释非常有说服力呢！要不是我还有点儿智商，我都快相信了呢！"

田思恬双臂环胸，继续微笑："对了，许裴师兄签名的那支钢笔，也是你送给他的吧？"

颜舒默默闭上了嘴，不说话了。

田思恬看着她，又想到什么，故作平静的声音染上了一丝颤抖："还有，你前几天夜不归宿，不会是跟他在一起吧？"

颜舒低了低头，空气有些静默，下一秒，田思恬就彻底绷不住了，她激动地尖叫一声。

颜舒赶紧道："甜甜，淡定。"

"我淡定得了吗？你老实告诉我，你和许裴师兄是不是在，"田思恬深吸一口气，提高音量，"在谈恋爱？"

颜舒斩钉截铁："没！"

田思恬目光如炬地看着她，戴顶假发都能做法官了，她不信地问："真的吗？”

颜舒弱弱地举了举手：“田法官，我能申请中场休息吗？我想去洗个澡捋捋思路！”

“什么捋思路，你该不会是想怎么圆谎吧？”

“真不是！”颜舒真没打算继续瞒着田思恬，以前瞒着她，是因为觉得许裴应该不想别人知道他俩这种微妙的关系，但现在她有点儿不太确定了。

可她跟许裴这事儿吧，三言两语也说不清楚，到底怎么说，说多少，这些一个澡洗下来，颜舒都还没想明白。她关掉水龙头，麻溜地套上睡衣，准备单刀直入。

趁颜舒去洗澡的空当儿，田思恬也梳理了一下最近发生的一系列事情，越回忆越是心惊。

天哪！颜舒和许裴，在谈恋爱！这几个词组合在一起，怎么看怎么玄幻。但结合最近两人的种种反常，她义无反顾地坚定了自己的想法。

反正无论颜舒一会儿说什么，只要不是承认恋情，她一律不会相信的！田思恬一边想着，一边端起桌上的水杯喝了一口，准备压压惊，却见洗完澡的颜舒包着头发走进来：“我和许裴没恋爱。”

田思恬面无表情地看着她，露出“你接着编”的眼神，然后就听见了她的后半句话：“我俩结婚了。”

田思恬一屁股坐在椅子上，目光呆滞，久久不语。

颜舒咽了咽口水：“甜甜，你说句话？”

田思恬听话地喃喃：“我的天哪！”

又是一阵沉默后，田思恬好像逐渐回过神来，她缺氧似的深吸了好几口气，“你是说，你俩，结婚了？”

颜舒点点头。

“你和许裴？结婚了？”

“对。8 月 18 号领的证！”

“啊啊啊！”

颜舒捂住她的嘴：“你小点儿声！冷静点儿。”

田思恬给自己顺着气，压着嗓子吼道：“这已经是我冷静过后的了！”

她又抓住了什么重点，“等下，你8月17号刚过20岁生日，18号你俩就领证了？”

颜舒见她情绪稳定了，松口气道：“对。”

田思恬目瞪口呆了好一会儿，而后佩服地感叹道：“不愧是许裴啊，办事就是有效率，迟一天都等不及。”

颜舒白了她一眼：“关他什么事，跟你说了我们是非正常结婚，是被我家老爷子逼的，而且现在就是我一头热，我还不知道他怎么想的呢！”

田思恬满脸疑惑：“什么叫做你一头热？你不觉得许裴已经热很久了吗？”

颜舒：“有吗？”

田思恬激动地说：“怎么没有了！蛛丝马迹不要太多啊，我现在回想起来都抠到好多糖了！你竟然感觉不到？”

颜舒仔细回想了一下：“其实也不是一点儿都没感觉到。”至少在他说“你的事情永远不会麻烦”的时候，在他说“是给许太太的独家”的时候，在他亮出小皮筋拒绝前来搭讪的女生的时候……她都恍惚有种被他喜欢着的感觉。

颜舒叹口气：“但是吧，万一是错觉呢？毕竟这是人生三大错觉之一啊！这样吧，我先试探他一下。”

田思恬简直想敲她的脑袋瓜子了，这还需要试探吗？以前是没往那方面想，现在她任督二脉被打通，再看许裴，觉得他心思简直昭然若揭。她还没说话呢，颜舒已经拍了板：“对了，这事儿先别跟其他人说啊，许裴应该不想让人知道。”

姐妹！你确定许裴不想让人知道？她张了张口，正想说点儿什么，微信提示音疯狂响起。

是来自她们宿舍群的。

黄仁仁和赵咪在选秀节目组见习了快三个月，天天吐槽节目组简直不是人待的地方，这回也不例外。最后，又道电视台寒假有档中老年民生节目，节目组有意在澜大招几个见习生，问颜舒和田思恬有没有兴趣。

这机会挺难得的，两人的注意力瞬间被吸引，刚问了几个问题，赵咪发过来一条消息：“啊啊啊！颜颜拍的许裴师兄机场照太帅了！”

黄仁仁："你们还和许师兄一起吃饭了！我们辛辛苦苦干活，你俩竟然在这儿纵情声色！"

颜舒被呛了一下："黄仁仁这成语水平简直了。"

田思恬这次却不同意了："我怎么觉得她形容得挺贴切的，你跟许裴一块儿吃饭，不就是在纵情声色吗？"

田思恬又想起："不对，你俩怎么知道我们一块儿吃饭了？"

黄仁仁："校内论坛上，有路人碰见了，发了个帖，还贴了图。"

田思恬连忙点进论坛。首页上飘了好几个新发的帖子，什么校花选举，宿舍创意大赛，京市拍卖会上的天价项链，等等。

还有一个："暗暗地发几张照片——烧烤店偶遇的许裴。"

照片显然是偷拍，像素实在是差得很，除了许裴，新闻部几人也有入镜，帖子有好几层都在感叹颜舒的颜值，很快又被楼主拉了回来。

颜舒虽然想好要试探一下许裴，但第一次干这事儿，具体怎么试探，还没想出来。不仅如此，第二天开始，许裴团队余下两人连同大二团队三人一起回了校，孙教授抓着两个团队，天天开会、复盘，忙得不可开交。

颜舒掰着手指头算了一下，唉，她又三天没见着他了。面都见不着，怎么试探啊？不行，得想个什么办法见一面呀！颜舒正翻来覆去想着，电话突然响起。

是裴瑶的来电，说是从京市回来了，问颜舒和许裴要不要回家吃饭。颜舒眼睛一亮，机会这不就来了嘛！

办公室里。

许裴声音不急不缓："这里我们要考虑现实因素，人的发力时机和动作不可能做到精准控制，我们要假设一定的倾斜度……"

电话振动，办公室几人下意识朝许裴的手机看了一眼。这几天，许裴为了帮他们复盘这次的比赛，忙得昏天暗地，连吃饭都是草草解决。为节省时间，所有电话一律简短两句话处理。如果有人时间没选对，开会中途来电，无一例外，均被挂断。

这次电话响起，大家都没放在心上，拿着纸笔，目光炯炯地盯着许裴，等着他挂断电话，继续讲解。哪晓得，许裴垂眼看了一下，却伸出食指放在唇边，比了个安静的手势，按了接通键。

几人虽不明所以，但都感觉出了这通电话的重要性，下意识屏气凝神，大气都不敢出一下。一时间，办公室里落针可闻。

许裴将手机搁在耳边，放轻了声音："喂。"那边说了什么，他声音更轻了，眼尾染上一丝笑意，"知道了，马上忙完，六点见吧。"

许裴抬手，看了眼腕表："算了，五点四十分见，嗯？"

等他挂了电话，关文强紧张地问："谁啊？裴哥，出什么事了？"

难道是宁合那边有什么问题？但看裴哥这眉眼含笑的模样，又不像啊！

许裴没打算多言，只吐出简单两个字："急事。"

他不再耽误时间，紧接着刚才的讲解："这里我们直接建立模型，描述队员的发力时机和……"

他的语速快了不止一倍，几人手速飞快，关文强满头大汗："哥，你慢点儿，我脑子和手都跟不上了！"

许裴捞起桌面上的录音笔："都录下来了，有不懂的慢速听。你们有一晚上的时间可以消化。"

两个小时的讲解，硬生生被压到了半个小时，许裴复盘完最后一步，刚好五点半。他一秒钟也没耽误，直接将录音笔扔给关文强几人，双肩包往肩上一挂："走了。"而后，推开门，走出办公室。

屋里几人都好奇死了，纷纷交头接耳："裴哥到底遇到什么事了啊，这么着急忙慌地赶过去？"

"不知道啊。强哥，你清楚不？"

关文强揪着眉毛，百思不得其解："我也不知道啊，工作室做成第一笔七位数的大单的时候，也没见他这样！"

许裴刚出办公室，在走廊上恰好碰到孙教授迎面走来。孙孝元拿着一张资料，叫住他："许裴，你来得正好，你看……"

他话还未说完，就见许裴无奈道："孙教授，您饶了我吧，这事儿交给关文强一样能处理，他在您办公室，我今天真没工夫。"

孙孝元扫了他一眼："就十分钟都抽不出空？这么急？"

许裴脚步一顿，倒是回过头，挑着眉笑了一下："太太等我回家吃饭，您说急不急？"

第九章 我喜欢你，背离推理

时隔几天，一家人再次围坐在一块儿吃饭，裴瑶笑得简直合不拢嘴，一听许成山又要问儿子关于比赛的事，她眉头一蹙："好了，成天就知道数学数学的，烦不烦呀！"

许成山原本想顶两句嘴，又想起儿媳妇在这儿，确实不好一直谈论学业，转了话题："娇娇，这菜合胃口吗？"

裴瑶也想起这一茬儿，两口子怕儿媳妇在这儿吃不好，特意从老宅带了人过来。将在厨房忙碌的女人叫出来，细细同颜舒介绍道："这是李婶，她跟了我们二十来年了，之前一直在老宅帮忙，手艺还不错，你们要是觉得不错，就让李婶留下来帮你们烧饭。"

颜舒还没说话，却听许裴不紧不慢道："李婶还是跟你们回老宅吧，你们这些年吃惯了她做的饭，换个人恐怕不习惯。"

裴瑶有些犹豫："那娇娇这儿？"

许裴："这儿有我，要是需要李婶，再让她过来。"

裴瑶想了一下，小两口刚结婚，多半是要过二人世界的，也就笑着同意了。这事暂且不提，没过一会儿，她又想到，下了晚自习，颜舒一个人回家不安全，要给她配两个保镖云云。

颜舒吓得赶紧阻止："不了吧，妈。"别的不说，她这声"妈"倒是越叫越顺口了。小姑娘软糯糯的语调，听得裴瑶浑身舒畅。

许裴撩眼，看向颜舒，唇角也染着层愉悦的薄笑。他懒散地笑了笑，帮她解围："妈，你就别张罗了，这些心你都操了，要我做什么？"

裴瑶点点头："也是。"却还是不放心地嘱咐了他好几次，让他晚上一定要送娇娇回来。

吃完饭，许成山夫妇又把颜舒和许裴带到楼上书房，裴瑶从里面取出几个匣子，放到颜舒面前。

颜舒："妈，这是？"

裴瑶亲切地笑着："好孩子，这些是妈送给你的见面礼，你打开看看喜不喜欢。"

一打开，颜舒就被珠宝晃了眼，匣子里放着几套珠宝，项链、耳环、手链、戒指……宝石的，钻石的，翡翠的……每一件都不是凡品。最中间那条项链上，镶嵌了整整 23 颗纯净透亮的喀什米尔蓝宝石，正是校内网上八卦的昨天佳士得拍卖会上拍出天价的项链——银河之路。

颜舒从小见识过不少好东西，知晓这些珠宝的价值，因此不太敢收。她抬头看了一眼许裴，见后者也略微惊讶，便知晓他应该是不知情的。颜舒将匣子合起来，推回去："妈，这太贵重了。"

裴瑶笑容更盛："你都叫我妈了，这还贵重？这些东西里，有几样是我婆婆传给我的，我想着什么时候能传给我儿媳妇就好了，没想到这福气来得这么早。原本见你第一面的时候，就该把这几样东西给你了，但我又想着拍下这条银河之路一起送给你，这才拖到了今天。"

颜舒斟酌了一下："这样吧，我选一样收下，其余的……"

裴瑶拍拍她的手，正要开口，不想却被许成山抢了话，许成山尽量放低了声音："娇娇，之前我们不知道你们结婚这事儿，让你这几个月受了不少委屈，我们现在就想着怎么好好弥补你。我们知道你是好孩子，不图这些外物，但你也体谅一下咱们做公公婆婆的一番心意，好不好？"

两人这番话叫颜舒听得眼眶发热，她妈妈早逝，爸爸……不提也罢，除去在外公家的日子，这是妈妈过世后，她第一次感受到家庭的温暖。

正如许成山所说，无关外物，只这番被人如珠如宝捧在手心的心意就叫人眼睛发酸。她有点儿感动地张了张口，想说什么，却见裴瑶美目一瞪："你这个人，怎么还抢我的话啊？"

许成山干咳一声："你说这么久，也该轮到我了。"

裴瑶："我送儿媳妇东西，你插什么嘴？"

许成山有点儿急了："这是咱们夫妻的共同财产，怎么能算你一个人送的？"

颜舒的眼泪顿时收了回去，夫妻共同财产？这话怎么听着这么耳熟？颜舒想起自己捉小鱼小虾时，许裴也是拿出这套说辞，有理有据地让她分了一桶小鱼小虾给他。

趁着夫妻俩吵嘴的空当儿，颜舒偷偷往许裴那边凑了凑："你这套是不是从你爸那儿学的？"

许裴轻"嗯"一声："算是言传身教？但你放心，其他方面我比他强。"

颜舒顿时来了兴趣："什么方面？比如？"

"比如，"许裴掀眼，看着她笑道，"我从不敢跟太太顶嘴。"

完了，彻底完了。颜舒还没想到怎么试探他喜不喜欢自己呢，就试探出了自己可能比想象中还要喜欢他，不然怎么他随便一句话，她就莫名其妙脸红了呢？

好不容易洗了个澡冷静下来，颜舒就看到脱了外套的许裴走了进来，衬衣衣袖挽至胳膊肘，露出的结实有力的小臂，一根粉红色的小鱼皮筋在小臂上格外瞩目。

颜舒的注意力立马被转移，不行，这玩意儿可不能再叫人发现，她赶紧伸出手："快还给我！"

"还你什么？"许裴脚步微顿。

颜舒指了指他的手腕，许裴低头，看了一眼。颜舒小声抱怨："你一个男人，老借我皮筋儿干吗呀？"

许裴听到这话，睨了她一眼："不是说了嘛，我刘海长了，洗脸不方便。"

为了印证这句话，他手指拐了个道，直接抓了把刘海，在头顶扎了个小鬏鬏。颜舒呆呆地看着他的脸，忍了两秒，实在忍不住了，"扑哧"一声笑了出来。

许裴无波无澜地上下扫了她一眼："笑什么？"

颜舒笑得更欢了，她撇开脸，肩膀抖成了个筛子，笑出眼泪还不忘贴心地递了面镜子过去。

许裴一看，镜中男人神色依旧清冷，只不过头上多出来的一个小鬏鬏，让他平添几分平日没有的可爱。他转头看向她，头上的小鬏鬏连同皮圈上的小鱼一起，晃悠了好几下，看上去更可爱了。

颜舒脑子里突然闪过一件小时候的事。那次她突发奇想，带着她五颜六色的小皮筋、小发卡，兴致勃勃地去找许裴，立志要把许裴哥哥打扮成漂亮的小公主。

结果她刚把想法说出来，许裴就蹙着眉把她拎出了屋子，“砰”一声，把她关在门外，还差点儿把她的鼻子给夹断，害得她含着眼泪，委屈巴巴了半天。最后，颜、许两家老爷子轮番上阵，才把她这小魔王给哄好。这么多年过去，她一早忘了这事，今天却被他的小鬏鬏唤醒了记忆。

颜舒忍着笑，严肃着一张小脸点点头：“的确，扎个小皮筋，洗脸就不会弄湿头发了。”又故意盯着他看了一会儿，“不过一根皮筋不够吧，左边这儿也有头发掉下来了，我帮你再扎一个。”

她兴冲冲地从包包里掏出几根新买的皮筋，不由分说地把他往梳妆台前一按，揪住他左边那撮短发，三两下又扎了个更小的鬏鬏。

“哎呀，这儿还差一个！”

“那里也扎一个吧！”

“还有……”

没几分钟，许裴头上就多了好几个小皮筋，小鱼的、小鸡的、小葵花的……

颜舒甚至还浑水摸鱼，偷偷给他别了个闪着金粉的小卡子。直到把包包里的小皮筋都用完了，颜舒意犹未尽地收了手，才后知后觉地注意到许裴的脸色。

糟糕，玩太过火了吗？许老师会不会，生气了呀？唉，还没来得及照相呢！她遗憾地瞟了他一眼，干咳一声：“那什么，我还是给你取下来吧。”

颜舒伸手，去够他头上的皮筋，却被他扣住手腕，男人干燥有力的指节，箍在她纤细白嫩的腕间，不轻不重，却又烫又痒。

颜舒缩了缩手，却被他锁得更紧，耳边是他低低的声音：“娇娇。”

“嗯？”她心虚地低下了头，耳边有一缕黑发散落在白得晃眼的脖颈上。

许裴似是笑了一下，慢悠悠地将头上各种小可爱发饰取下，看了她的脖子一眼，指间把玩着刚从头上取下的发卡，两秒后伸手，发卡勾住她那捋黑发，撩至耳后，别好。

她抬起眼看他，眼眸湿亮，比闪着金光的发卡更惹人眼。

“这个归你。”许裴食指轻勾住一串小皮筋，“这些归我。”

颜舒不服气了：“怎么就归你了？”

许裴挑眉：“不是你给我的吗？”他松开她的手，一根指头轻轻拨弄着这些皮筋，漫不经心地笑着，“明天戴哪根啊，帮我选选？”

偷鸡不成反蚀把米的颜舒又气又恼，决定不再理他，最后许裴选了根小鸡皮筋套在手腕上，在她面前晃悠了两圈，才慢吞吞地去了浴室。

要不是许裴面上依旧一本正经，颜舒都快怀疑他是故意在她面前显摆来着！

许裴弯着唇角去浴室洗了个澡，出来却见小姑娘拧着眉，忧心忡忡地托着腮，一副苦恼的模样。

“怎么？”许裴抓了条浴巾擦头，问她。

颜舒指了指梳妆台上的两个珠宝匣子：“这个，怎么办呀？”

这是刚刚裴瑶拿过来的，颜舒实在不好意思再推辞，只好道了谢，收下。裴瑶见她放屋里了，才乐呵呵地带上门离开。

许裴顺手将浴巾往脏衣篓里一扔，走过来：“妈给你了就是你的，你自己看着办。”怕她有心理负担，又徐徐宽慰道，“别想太多，我妈一直想要个女儿，生我的时候落了病根，我爸不让她再折腾，只能羡慕别人家的姑娘。这些东西现在能送给你，她开心都来不及。”

颜舒还有些犹疑：“但是，太贵重了。”

“放保险箱就好。”许裴淡声说。

这是放哪儿的问题吗？

许裴往里走，冲她招招手，颜舒只得跟上去。这个卧室是个套间，带了个小书房，靠左一面到顶的书柜墙，上面架满了各类书籍。许裴蹲下身，取下中间一幅风景油画，露出里面的嵌入式保险箱。他食指在密码处停留一瞬，输入了一串密码，回头：“手指放这儿。”

“嗯？”

“录指纹。”

颜舒下意识听话地伸出一根食指，刚想放上去，转念一想，又觉不对。这是他们家的保险箱啊，她录入指纹，算……算……

还没想完，纤细的手指就被捉住。许裴没给她犹豫的时间，直接牵引着她的手，放到保险柜面上。颜舒看着自己的指尖在上面轻轻按了几下，机械的女声传入耳里：

“请录入指纹。”

“正在录入。”

“请确认指纹。”

“再次确认指纹。”

“最高权限指纹录入成功。”

保险柜门悄无声息地弹开，她还没反应过来，许裴又捉着她的手，往里伸去。指尖摸到一处凸起的小圆点后，他缓缓道：“暗箱在这儿，更重要的东西，可以放这里。”

颜舒怔了数秒，无意识地跟着他的思路：“重要的东西，放这里？”

“对。”

不只她的，他重要的东西，也全都放在这里。可他录入了她的指纹，她拥有着最高权限，他的所有，都为她敞开。

颜舒抬头定定地看着许裴，男人五官优越，下颌线条利落英挺，许是这段时间太过劳累，眼下泛着浅浅的乌青，盯着她的眼眸却黑亮灼人。

颜舒轻声问：“为什么？”

许裴垂下眼皮，撩了眼被他捉在手心的嫩白手指，而后抬眼瞧她：“拿了你那么多根皮筋，总得礼尚往来不是？”

颜舒跟着他的视线看过去，下意识想缩回手，却被他捉得更紧。

“跑什么？”许裴淡声，“应急钥匙拿着。”话音刚落，银色的钥匙扣便圈在了她的指头上。

“我全副身家，可都在你手里了。”许裴盯着她，而后笑了一下，“记得多给我点儿零花钱。”

“说说看，你又哪里不对劲了？”尤佳端起咖啡，小抿一口，颇感兴趣地看着对面的颜舒。

颜舒吐出一口气：“不是，是许裴他不对劲。”她是存了试探他的心，但还没付诸实际行动呢，她就感觉自己好像已经得到了答案。

尤佳更感兴趣了：“他怎么个不对劲法？”

颜舒沉默片刻：“我感觉他好像……”

“好像什么？你怎么吞吞吐吐的，急死我了！”

“他好像对我也有点儿意思。”说出这个结论后，颜舒又把最近几件事跟尤佳说了一遍。

尤佳直接目瞪口呆：“他给你录了保险柜指纹，然后还把应急钥匙给你了？”

颜舒点点头。

尤佳感叹道：“他真是把身家性命都交给你了啊！”她喝了口咖啡，正色，“我说真的，颜颜，许裴不是个穷小子，相反，无论他的家庭还是他本人，都身价过人，他能做到这一点，难道还不能说明什么？”

颜舒还是有点儿纠结：“难道他也，有点儿喜欢我？”

“这哪是有点儿喜欢啊，这分明是爱惨了你！”

颜舒差点儿没被她呛到：“姐妹，你能不能不要这么夸张？”的确，许裴是对她很好，但她不确定，是因为他想对她好，还是因为她是他太太，他出于责任才这么对她。

她这么一说，尤佳也没有了主意，直接说道：“那你就去问他咯！问他喜不喜欢你。”

颜舒犹豫道：“不好吧？”

尤佳有些奇怪：“这有什么不好！想知道就去问，这不是你一向的处事原则吗？你当初还因为这直性子，跟你爸大吵了一架呢，怎么现在问句话都不敢了？”她看着颜舒摇摇头，“果然啊，爱情使人胆怯。”

颜舒这人最受不了激将法了：“谁说我胆怯了？”

“那你倒是问去呀！”

颜舒吸了口气：“问就问。”她掏出手机，给许裴发了条信息：“一会儿有空吗？有事跟你说。”

刚放下手机，那边直接一个电话打了过来。刚接起，他那边略有杂音，颜舒恍惚听见关文强解析数模的声音，不到一秒，却瞬间安静了下来。

那头的声音像是被按了暂停键一样，戛然而止。许裴声音很轻，似乎带着笑："什么事？现在就有空。"

他旁边的关文强一脸问号地捂着嘴，和会议桌上几个人面面相觑。现在有空？裴哥都快忙得恨不得分身了，这叫有空？

电话另一头，颜舒却顿了一下："电话里说不方便，你有空我们见面说吧。"

许裴挑了挑眉："这么慎重？行，那中午一块儿吃饭？"

颜舒："中午不行呀，我堂姐结婚，我得去参加她的婚礼，下午行吗？"

"地址给我。"

"嗯？"

许裴没管一旁几人的惊诧，缓缓道："我下午没事，去接你。"

他抬起手腕，看了眼时间，目光在手表旁的小葵花皮筋上停留了一秒，放轻了语调，笑了下："两点，可以吗？"

舒宁的婚礼在城东一家五星级酒店举行。尤佳今天不忙，直接取了车，准备开车送她过去，她发动引擎的时候，副驾位上的颜舒正对镜扎头发。

尤佳看了一眼，表示不解："你这造型，多好看，扎着干什么？"

颜舒捋了几缕碎发下来，随便应了句："扎着精神。"

她手顺着往后一滑，摸了下皮筋上的小葵花装饰，弯了弯眼睛，许裴今天，好像是戴的小葵花吧？

半路，微信响起，颜舒摸出手机看了一眼，是田思恬。

田思恬："啊啊啊！气死了！有人又在论坛上搞事！"

她飞快甩过来一个链接，颜舒点进去一看，主楼什么也没说，直接甩了一个视频出来。

颜舒只一眼就认出，这是前两天吃烧烤的视频。

视频主角是一男一女，一分钟左右的视频，很明显可以看出女生端着笑脸在旁边忙来忙去，替男生布菜添水，态度可以用"殷勤"二字形容。

起初还看不太清两人的正面，最后烧烤摊一束光亮起，照出女生明艳动人的一张小脸，以及她旁边男生清冷疏离的俊脸。

两位主角都是学校的风云人物，加之前段时间闹得沸沸扬扬那事，于是视频一发出，就引来了无数人围观评论。

颜舒一向不把这些评论当回事，一路无聊，她还当个乐子似的看得津津有味。末了，还顺手给最后一条评论点了个赞。

不多时，颜舒就到了酒店。舒宁小时候一直吵着要办草坪婚礼，这次婚礼现场也如愿布置在了酒店顶楼。

颜舒到的时候，时间尚早，舒宁坐在新娘更衣间的半身化妆镜前，化妆师正给她描着眼线。

舒宁一见来者，立刻道："娇娇，这儿。"

两人互撑了几句，有人进来叫新娘子出去接待客人，舒宁想到颜舒和她爸关系闹得僵，也不太愿意应付家里的亲戚，一个人待在这儿也尴尬，便拉了她的手："娇娇，你跟我一起。"

两人往宴客厅走，舒宁斟酌了一下，还是关心地问道："你跟你爸，还僵着呢？"

颜舒不重不轻地"嗯"了声，看不出什么特别的情绪。

舒宁叹了口气："差不多得了，父女哪有隔夜仇的？"

颜舒没吭声，舒宁继续劝她："你爸的确对那对母女好得过分了，但你才是他唯一的亲生女儿，他对别人还能好过你去？"

颜舒脚步微顿，垂下眼，睫毛颤了颤，嘴唇微动，却最终什么也没说。下一刻，颜舒却被舒宁捉住衣袖，只见舒宁皱了下眉头："太阳打西边出来了？她们怎么来这么早？"

颜舒顺着她的视线看过去，刚好看到钟艳和舒柔儿母女俩笑着在宴客厅和人寒暄的身影。

舒宁略有些不解，她们这一家子都偏着颜舒，是以和那对母女关系一般，只是面上过得去罢了，倒真没想到她们俩今天会到这么早。

此刻，母女俩周围聚集了一大圈人，众星捧月似的被人围在中间，不知钟艳说了句什么，大家一脸艳羡，而后举着杯子，争先恐后地同她俩敬酒。

这时，一个女声插了过来："你看看那两母女，多会来事儿啊！你但凡有她俩一半会哄人，你跟你爸也不至于弄成今天这样。”

颜舒看了眼来者，笑了笑：“婶婶，堂姐大喜的日子，说这些扫兴的干什么？”

“你以为我乐意提她们？”舒宁她妈亲热地拍了拍颜舒的手背，又眉毛一拧，“还不是那两母女跟花孔雀似的，一天不开屏难受得慌，不知道的还以为是她嫁女儿呢！”

舒宁若有所思地想了一下：“她们今天这么高调，是有什么好事？”

舒宁她妈略带羡妒地叹出一口气：“可不是好事嘛，还是天大的好事。听说舒柔儿被许家看中做儿媳妇了。”她想起什么，不甘地咬咬牙，提醒道，“宁宁，我知道你打小就和舒柔儿不对付，但你老公还在言午集团上班，以后说不定还要仰仗她们母女，你那脾气给我收一收，待会儿跟我一起去敬她们一杯，听到没？”

“凭什么！”

“就凭她被许家看中了。”

颜舒被她俩吵得有点儿蒙，越听越觉不对：“哪个许家？”

婚礼宴席上，几个夫人压低了声音，聊得起劲。

“听说许家要和舒家结亲了！”

“不会吧！不过舒家那丫头确实水灵，刚才我听舒宁叫她什么来着，娇娇？”

“谁跟你说是那个？许家看上的是舒家那个继女，舒柔儿！”

“钟艳刚才说的，许夫人打电话过去，说要结亲家！你说许夫人怎么回事啊，即使想和舒家结亲，也应该娶舒家正儿八经的女儿吧，怎么还瞧上个名不正言不顺的？”

“对啊，会不会是她吹嘘的？”

“怎么可能，她又不傻，会拿这事儿开玩笑？哎，快看，连黎夫人都过去和她们母女打招呼了！”

黎夫人是源化集团的董事长夫人，平时自诩清高，连看都不屑看她们一眼，可她此刻却面带笑容，走到钟艳和舒柔儿母女俩身边，同二人慢语寒暄。

几个八卦正聊得起劲的夫人看着这一幕，表情复杂地对望一眼，纷纷想着：看来舒家这事儿多半是真的了！

钟艳受宠若惊地看着黎夫人，磕磕巴巴道："黎夫人，您、您和黎先生真的愿意驾临我后、后天的生日会？"

黎夫人不答反问："你说，许董和许夫人当天都会到场是吗？"

"当然。"

黎夫人笑道："那你放心，我和先生定会前来。"

他们源化集团是做传统化工行业的，这些年发展陷入了瓶颈，接连三个季度的财务报表都处于亏损状态，现在只不过是瘦死的骆驼比马大而已。

但如果他们能和许成山建立关系，和言午集团旗下的新能源科技公司合作，为其提供磷矿、磷酸、硫酸等化工原料，建设磷相关综合利用项目，定能扭亏为盈。

黎夫人抓了一旁舒柔儿的手，拍了拍："好孩子，你是个有福气的。"

舒柔儿娇羞地低下头，声音又细又软："黎夫人说笑了。"

黎夫人笑得慈眉善目，内心却不屑极了。许成山夫妇生意做得大，但选儿媳妇的眼光差得要命。这个舒柔儿举手投足都散发着一股小家子气，声音软得跟唱戏的似的，和她妈一样上不得台面，也不知道许家看中了她哪一点。

黎夫人又同舒柔儿闲话了几句，才施施然离开。她刚抬脚走两步，眼睛却瞟到一旁坐着的姑娘身上。那姑娘穿着件羊绒大衣，肩上搭了件咖色披肩，露出的半截脖颈凝白胜雪。小姑娘坐在餐桌旁，低了点头，姿态随意，透着漫不经心的优美，像一只误闯凡世的白天鹅。

黎夫人想起半小时前助理递过来的资料，这姑娘是舒正平的亲生女儿，不知为何从她妈过世后，父女关系越发僵，倒是叫钟艳母女钻了空子。

她打量了这姑娘几眼，更觉许家眼光有问题，即便是和舒家结亲，娶的也应该是这位真千金小姐才对啊。

黎夫人这般想着，那姑娘好似感觉到她的视线，回过头来礼貌地笑了一下。黎夫人也微笑地冲她点点头，笑容比方才面对钟艳母女时，多了一丝真心实意。

自从黎夫人到钟艳母女俩身边闲话后，宴席上其他名媛、夫人更不疑有他，纷纷到母女俩周围大献殷勤。大家伙儿奉承话一套接着一套，把钟艳哄得合不拢嘴，舒柔儿也被夸得面色绯红。

舒柔儿压着内心的欣喜，和这些夫人们寒暄着，心思却放在了不远处的颜舒身上。后者坐在宴席上，懒散地玩着手机，仿佛周围的一切都与她无关。舒柔儿弯了弯唇角，两人距离这么近，她根本不信颜舒没听到自己这边的动静。

从小到大，舒柔儿不知听了多少冷嘲热讽，有说她身份上不得台面的，也有说她长得不如颜舒漂亮的。她简直受够了这些委屈。

于是，颜舒有什么，她也必须要有什么。颜舒是爸爸名义上唯一的亲生女儿，那她就要得到爸爸全部的宠爱。颜舒去了澜大，她即使复读一年也要拼命考上澜大。颜舒被新闻系录取，日后免不了要出现在电视台，那么她就去参加选秀，先一步上电视。

可即使这样，她依然被人瞧不上，依然被人说比不上姐姐。为了这些事，她在被子里委屈巴巴地哭了好多回。

但现在呢，许家却没看上颜舒，反而看上了她，舒柔儿看着故作淡定的颜舒，心里一阵畅快。等到人散，她整理了一下表情，施施然坐过去，小声唤她：“姐姐。”

颜舒根本懒得理她，舒柔儿神情有些慌乱：“姐姐生气了？对不起，我上午看到论坛，才知道你喜欢许裴哥哥。如果我和许裴哥哥的事，伤害到了你，那我向你道歉。”

颜舒终于抬起头，视线落到了对方脸上，有些好笑地瞥了她一眼，语调懒洋洋的：“你和许裴的事？”

颜舒现在心里就很无语，整个一个大无语。从舒宁她妈妈的只言片语中，她基本已经猜到了大致剧情，正想着回家问问许裴爸妈事情的来龙去脉，舒柔儿就不请自来了。

颜舒挑挑眉，不准备和她啰唆，直接道：“别废话了，你和他就不可能有什么事。”

舒柔儿掐了掐手心，她恨极了颜舒这副高高在上的模样，好像从未把自己放在眼里似的。

舒柔儿勾起唇，柔柔地笑了一下：“姐姐觉得不可能，就不可能吧。”

她还要说些什么，周围围过来几个高中生模样的小女孩，其中一个女孩眨巴着眼睛："柔儿姐姐，听说你要和许家订婚了？"

舒柔儿立马害羞地笑："瞎说什么，八字还没一撇呢！"

"姐姐你别害羞啦，快给我们看看你未婚夫长什么样！"

舒柔儿无奈地点点她的脑门："你呀！"

"给我们看看嘛！"

"我看看他朋友圈有照片没。"

舒柔儿摸出手机，不动声色地瞄了眼颜舒，弯了弯唇角，打开和许裴聊天的微信界面。

颜舒的眉头微微皱了一下，她和许裴的微信，是在结婚的时候交换的。那么舒柔儿呢？许裴是什么时候加的舒柔儿？他俩关系很好吗？她怎么，从来都不知道？

正想着，舒柔儿却勾起唇："我想起来了，我这里有一张几年前的合照，你们要不要看？"

"要要要！"

"快拿出来给我们看看呀！"

舒柔儿从钱包里抽出一张照片，颜舒漫不经心地往她那边瞟一眼，然后就愣住了。照片里舒柔儿旁边站着的男孩神色清冷，五官略微青涩，但依旧能看出，这是高中时期的许裴。

两人站得有些近，看上去很是亲密。

"哇！好帅啊！"

"你们俩真的是青梅竹马呀，太羡慕了！"

"听说是个学霸，还是言午集团的少爷呢！"

几个小女生咋咋呼呼着，颜舒耳里却什么也听不到了。她盯着那张照片，脑子轰的一声，心里就一个念头。这到底是什么小说情节？替身白月光？许少的替嫁姐姐？还是……

颜舒脑子短暂的掉线过后，紧接着便回归了理智。不对！他是许裴啊，怎么可能搞这些有的没的！她不能被舒柔儿带坑里去，想知道什么直接问他不就好了？

颜舒立马拿出手机，拨了许裴的电话，刚接通，她便凶巴巴地叉腰，问道："你在哪儿？"

许裴那边默了一瞬："路上，有点儿堵车。"

颜舒眉毛一拧，不依不饶："你堵在哪儿了？"

许裴微愣，老实道："就在马路对面。"

颜舒坐不住了，她噌的一下站起来："你等着，我马上过来！"

她挂断电话，抄起小包包就往门口跑去，跑了一半，突然发现一个问题。她刚刚的语气，是不是有点儿像……捉奸啊？

席毕。

舒宁穿着敬酒服，在门口送客，忽地看到颜舒像阵旋风似的冲出宴会厅。她手疾眼快把这阵风给拽了回来："小姑奶奶你干什么呢，跑这么快？"

颜舒呼呼喘着气："着急呢！"

舒宁白了她一眼："再急你也要先过来认认你姐夫。"

颜舒火急火燎的，对着她旁边穿西装的青年，就是一顿猛夸："我刚刚在婚礼上就认识姐夫了，这么高大帅气、风流倜傥，和你简直天生、一对人间绝配，我怎么会不认识呢？"

舒宁咯咯笑起来："行啊你，没看出来还有说相声的天分呢！只可惜你认识你姐夫，你姐夫还不认识你。"

舒宁转过头，对着新郎笑道："吴安，这就是我常跟你提起的娇娇。"

吴安比舒宁大八岁，看着很是沉稳，对着颜舒微微一笑："你好。"

颜舒："你好，姐夫。"又对着舒宁说，"姐，我真的有急事，先走了，下回见面再聊，祝你们百年好合，恩爱到白头啊！"笑嘻嘻说完，又急匆匆跑掉了。

舒宁好笑道："这个急性子，真跟小时候一模一样！对了，妈叫我们去跟舒柔儿她们敬个酒，还要我们后天一起去她妈的生日会，说她以后可不得了了，是许家的儿媳妇，你在言午集团工作，以后……"

她话说了一堆，没听见回应，转过头发现她老公吴安还盯着颜舒的背影。

舒宁半开玩笑地说："行了啊，我知道我这个堂妹长得漂亮，你也不用这么盯着看吧？”

吴安回过神：“你想哪儿去了，我是觉得她有点儿眼熟，总觉得在哪儿见过。”

“你这个工作狂，成天都待在公司，怎么可能见过她！”舒宁看了眼宴会厅里面，又说，“妈叫我们过去呢，走吧。”

吴安点点头，抬腿跟上她的脚步，片刻，步子却是一顿，随即神色一惊，他想起来了。

前段时间，他跟着林宏盛去总部的时候，见过她的照片。

这条路是八车道，酒店旁边的人行天桥直通马路对面。颜舒边走上天桥，边在心里梳理着要问许裴的问题。第一，还是得先问清楚，许裴到底喜不喜欢她，如果他喜欢她，再问他到底和舒柔儿什么关系，为什么又是照片，又是微信的！如果他不喜欢她呢……

颜舒一时间想得入神，回过神来的时候，发现自己已经站在了酒店对面。如同许裴所言，马路上堵得不像话，却又不是单纯的堵车。

离她不到五米远的地方似乎发生了事故，一群人围拥在路边，三三两两地讨论着：

“吓死了，后面那辆车直直地撞了过来，那小伙子伤得不轻吧！”

“唉，打 120 了没啊？”

“不知道啊，说要在这儿等他老婆。”

“他老婆还在对面吃酒呢……”

颜舒听到后面，心里突突两下，眼皮一阵乱跳。她猛一下抬头，伸长脖子往那边看去，没看到受伤那人，只看到人群后停了辆白色的大众。

那不是许裴的车吗？驾驶位上，空无一人，难道……

颜舒的脑子轰的一声，忽地一片空白。她什么也顾不上了，只忙乱地冲上前去，差点儿没把高跟鞋的鞋跟给崴断：“让让，大家让一让！”

颜舒拼死往前挤，一边挤一边哭：“让开啊，我老公在里面！”

许裴手里拎着个小袋子，往车的方向走，走到一半，好像听到了颜舒的声音。

他脚步微顿，顺着声音的方向转过头，就看到颜舒站在一圈围观群众身后，左右手各扒拉着前面两个壮汉，撕心裂肺地吼了句：“老公！”

许裴看了眼他车停的位置，当即明白过来怎么回事，抚了抚额，三两步走过去，拍了拍颜舒的肩膀。颜舒……没反应，她依然很执着地在扒拉两位壮汉，试图从二人中间的小缝隙里挤进去。

许裴伸手，捉住她的胳膊：“颜……”

刚起了个头，就被前面的姑娘一把甩开，力气超大，差点儿没把他的胳膊甩脱臼。她边甩，还边吼他：“你起开！”

颜舒还在死命往里挤，这时左右的围观群众终于发现了她，纷纷转头相告：“家属来了，家属来了！”没一会儿，两边就让开了一条以她为中心的道路。

许裴看着颜舒跌跌撞撞地往里跑，当机立断伸出胳膊，两只手扣住她的腰，把她往回一捞。颜舒这会儿什么感觉都没了，她的全部注意力都放在了“出车祸的老公”身上。

前面好不容易打开了一条道，她刚冲着“老公”跑了两步，身后却一个大力，将她拦腰抱起，拖了回去。

“你干什……”

话未说完，却听一个熟悉的声音：“娇娇。”紧接着，那人将她的身子转过来，低声说，“我在这儿。”

颜舒抬头，看着面前清冷英俊的男人。她怔了数秒，喃喃道：“你怎么……”说到一半，又猛一下抱住他，“许裴，你吓死我了！”

“怎么又成许裴了？”

她的脸埋在男人怀里，下意识抽了抽鼻子：“嗯？”

男人似乎笑了一下，胸腔颤动几下，她耳朵跟着发痒，低沉的声音从她头顶擦过：“刚才不是还喊我老公？”

丢脸。总之就很丢脸。颜舒都想移民火星了。她默默跟在许裴身后，又想起来：“对了，那人的伤势怎么样啊？有没有事儿呀？”

许裴不忍再继续逗她，只宽慰道：“之前有路人医生过来看过，是皮外伤，看着吓人，已经报过警，也打过 120 了，警察和医生都在来的路上。”

颜舒一本正经地点点头：“嗯，做得很好。”

许裴忍着笑：“你也做得不错。”

她做得不错？这是在，讽刺她？是的吧？颜舒当场就不干了："你什么意思？谁让你把车停在那儿，又不见你人！我、我当然以为你出什么事了呀！"她倒打一耙，"我不是说了马上出来吗？你还下车干什么？"

说完，面前却出现一杯封着口的杧果汁，还有一口袋小鱼干。许裴的声音响起："下车给你买这个。"

颜舒接过杧果汁，又接过小鱼干，嘴里还猝不及防地被他塞了一块香香的鱼干。她嚼了两下，咸香酥脆的口感在嘴里蔓延。颜舒顶着鼓鼓的脸颊，故作严肃地干咳一声："行吧，下次不许了啊！"

许裴颔首，为她打开车门，语气诚恳："太太教训得是。"

舒宁小两口刚送完一拨客人，正准备进宴会厅，吴安的声音却响了起来："宁宁，你看对面，是不是你堂妹？"

舒宁抬头望过去，盯着看了几秒："是她啊，她旁边怎么还有个男的？啧啧，大帅哥啊……不对，她交男朋友了？看不出来啊，竟然这么早就交了男朋友，还好我动作快，不然就该我给她包大红包了！"

吴安实在不知道老婆的脑回路是怎么长的，叹口气，问道："你知道那男人是谁吗？"

舒宁还震惊于颜舒竟然有可能交男朋友这事儿，白了他一眼："不知道啊，难道你知道？"

吴安看着她的眼神十分复杂："那，是我们许董的儿子。"

舒宁震惊：不愧是娇娇，这么厉害，竟然……不对，你们许董，有几个儿子？"

吴安："就一个，独子。"

舒宁睁大眼，更加震惊地看向对面："你看错了吧？许董的儿子，他、他不是舒柔儿的未婚夫吗？"

吴安冷静纠正她："是舒柔儿口中的未婚夫。"

舒宁张大嘴："你的意思是，舒柔儿她……不会吧？"她还是不太敢相信，又看到什么，信誓旦旦，"肯定是你搞错了，你看他开那车，像是言午集团少爷的座驾吗？"

两人一边争论，一边回到宴会厅。

宴会厅另一头。

"柔儿姐姐的未婚夫来了！"

"啊，真的吗？"

"真的呀，就停在马路对面，跟照片那人长得一样！不对不对，真人更帅呢！"

"哇，肯定是来接柔儿姐姐的，你快去看一下吧！"

舒柔儿微愣："你们看错了吧？"

许裴，来接她？她有点儿不敢相信。压住心里那一丝小期待，舒柔儿急匆匆赶到门口，刚好看到马路对面的白色大众。

驾驶室车窗摇下，露出男人轮廓优越的侧脸，竟真的是许裴。

舒柔儿一颗心开始狂跳，他真的是来接她的吗？是的，一定是的。不然怎么会恰好出现在酒店门口呢，就是这车……

旁边几个小女生已经开始惊呼："真的是他耶！"

"太幸福了吧，柔儿姐姐！"

舒柔儿用了好大的力气，才让自己没有当场笑出声，她只克制地弯了弯唇，假装不经意地问道："对了，姐姐呢？"

"娇娇姐吗？她早走了呀！"

"这样啊！"舒柔儿暗自道了声可惜。

"哎呀，柔儿姐你快过去啊，许少都等你好半天了，还愣着干什么！"

舒柔儿在几人的推搡下矜持地笑了笑，刚抬腿走了两步，哪晓得对面的车却突然发动，飞驰而过。

不但如此，车内的男人，漫不经心地朝这边看了一眼，又很快收回视线，随着飞驰的车辆，一起消失在众人的视线里。

舒柔儿愣住了，几个小女生也突然没了声音，大家面面相觑，一时间场面安静极了。过了好半天，才有人压低声音："怎么回事？许少不是来接柔儿姐的吗？怎么直接走了？"

"是啊，车连停都没停一下呢！"

舒柔儿咬咬唇，勉强笑了笑，撂下一句："都说是你们看错了。"

大家不敢说话了，待她走后，几个女生才敢吐槽："她自己刚才魂都快丢了，怎么可能是我们看错了！"

"对呀，这到底是怎么回事呀？刚才许少明明往这边看了一眼，却跟不认识柔儿姐似的。”

最后面一直没说话的小女生弱弱地举了下手：“我刚刚看到，副驾上坐着一个女人。”

“啊，我也看到了，还以为眼花了呢！”

那小女生犹豫了一下：“那人好像是……娇娇姐。”

众人：“什么？！”

舒柔儿铁青着脸回到宴会厅，摸出手机，打开许裴的对话框。聊天记录依旧停留在数天前，她问的那句话：“许裴哥哥，最近好吗？”

然后，就没有然后了，他那边没有任何动静。这些天她一直告诉自己，他这人就是这样，冷清，寡言，心中似乎只有数学，不回自己，也在情理之中。就像高中时一样，她给他发的所有消息都和现在一样，石沉大海。

可她确实是学校里，唯一加到他微信的女生，许裴对自己，肯定是不一样的吧。刚刚可能就是凑巧，他凑巧经过这里，又凑巧没看到她而已。舒柔儿这般想着。

她犹豫了一下，在对话框里输入几个字：许裴哥哥，刚才碰到你了，好巧。舒柔儿删删改改，又加了个“调皮”的表情，终于按下了发送键。

然而下一秒，这段信息前，出现了一个红色的感叹号。紧接着弹出一段消息：×× 开启了朋友验证，你还不是他（她）的好友。

舒柔儿愣愣地看着这段信息，久久不能回神。

今天，钟艳被这群平日里看不起她的夫人们捧得有些飘飘然，她没控制住，多喝了两杯，脸颊泛上了一层春风得意的薄红。她眉眼含笑地走到舒柔儿身边：“怎么了，柔儿，这么高兴的日子，怎么还愁眉苦脸的？”

舒柔儿回过头，声音微颤：“妈，你真的确定许家想要娶我做儿媳妇吗？会不会搞错了？”

钟艳笑道：“我的傻女儿，怎么会弄错呢？如果许家不是想娶你做儿媳妇，以许成山和他夫人的身份，怎么可能答应后天来我的生日会？还有黎夫人，她哪回不是鼻孔朝天，你几时看到她跟咱们说过话？”她冷哼一声，笑容得意，“可你看看今天，她对咱娘俩什么态度？你再看看那些上赶着巴结咱们的夫人们……老天有眼啊，咱娘俩的好日子就要来了！”

舒柔儿原本惶恐的心，渐渐被安抚下来，可她还是有些不安："可是，许裴那边，他……"

钟艳安慰她："你怎么就不明白呢？许裴那边不重要，重要的是他许成山夫妇的态度。好了，你是要嫁进许家的人，这么一惊一乍的像什么样子？"

舒柔儿依旧觉得不放心："妈，你的生日会他们真的会来吗？要不，你打个电话过去，确认一下吧？"

钟艳："好好好，怕了你了。"

她一个电话过去，笑容满面的："喂，许夫人，你好……啊，对对对，生日宴后天中午举行……您和许先生到时候请一定赏光……好好好……"

挂上电话，钟艳抚了抚鬓发，得意地挑挑眉："都听见了？"

舒柔儿终于松了口气，她重新换上笑颜，点点头。

"好了，现在你要做的就是打扮得漂漂亮亮，出席我的生日会。"钟艳扬眉吐气地笑了笑，"我这次要大请特请，让所有人都知道，我女儿舒柔儿，要风光嫁进许家了！看以后还有谁敢说你不如颜舒！"

今年的数模比赛吸引了世界各国顶尖大学的学子报名参加，引起了高校师生的一致关注。

大赛共分五个奖项，其中最高奖项为Outstanding Winners奖（特等奖），全世界两万多支优秀数模团队中，仅有35支团队获得了这个奖项。其中一支，就是许裴团队。

更让所有澜大学子骄傲的是，许裴团队的论文作为今年比赛的代表论文，登上了举办方官网首页。

一时间，澜大论坛各种欢欣鼓舞。当然，欢欣鼓舞的也不仅限于澜大学子，还有其他高校的学生，甚至有人在微博上做了一个九宫格图文介绍，科普许裴团队的光辉战绩。

舒柔儿没特意关心这些，刷微博时却刚好看到同城里面"澜大团队代表论文"的热搜词条。

耳边是经纪人的叨叨声，无非是抱怨她们这届没什么热度之类的话。

舒柔儿垂了垂眸，登上艺人大号，发表了一则新微博。

舒柔儿："恭喜许裴哥哥，从小我就知道你一定可以的，为你骄傲呢！"配图正是她钱包里那张两人合照。

她前几天才成团出道，粉丝黏度正高，没过几分钟便有了大片评论。

"什么情况？"

"新粉淡定，这是和姐姐小时候一起长大的哥哥，老粉都知道，姐姐比赛期间还为他专门接受了澜大报刊的采访哟！"

"这不是许裴吗？竟然在姐姐微博看到了！激动！"

"果然，厉害的人都互相吸引呀！他们还是青梅竹马呢！"

有好事者将舒柔儿这边的动静搬到了澜大校内论坛，于是，首页又多了几个八卦许裴私事的帖子。

"看来许裴和舒柔儿真是青梅竹马啊，之前林雪敏出事，我还以为她这篇报道是假的来着。"

"笑死我了，还记得前两天某系花对许裴大献殷勤的视频吗？许裴心里不知道多讨厌呢！小青梅这会儿放这张照片出来，确定不是打脸系花？啧，我都替系花尴尬啊！"

校内网上讨论得沸沸扬扬，关文强看着这些评论，拧着眉头陷入了沉思。关文强原本是特意登上校内论坛，偷偷围观大家是如何夸他的，原本开始还夸得好好的，他看得眉飞色舞，差点儿没乐出声来。

结果他看着看着就觉得不对劲了：怎么一会儿提到裴哥的小青梅，一会儿又有人阴阳怪气颜舒。

实不相瞒，他跟裴哥这么久了，从来没听他提起过什么舒柔儿。反而颜舒，他提得还不少。

什么这套书适合数学入门者，给颜舒买一套，什么周一和周五下午尽量不安排工作，因为颜舒要来工作室补习，诸如此类，多不胜数。

不行，他得赶紧和裴哥说说这事儿，免得颜舒平白遭人非议。关文强这么想着，赶紧给许裴打了个电话。

没打通……电话正在通话中，过了会儿，他又打了两个，电话依旧在通话中。小六子从旁边工位探出颗脑袋："给裴哥打电话？"

"对啊。"

"别打了，我半小时前就开始打了，到现在都还没打通。"

“啊？裴哥有啥事儿呢？打这么久的电话？”

小六子想了一下，灵光一闪：“不会是煲电话粥吧？”

关文强嗤之以鼻：“你在想什么？裴哥你还不了解，他那人能一个字说完的话，坚决不会说第二个字，还煲什么电话粥啊！肯定是呕心沥血洽谈业务啊！”

此时，呕心沥血洽谈业务的许裴正盯着一张海报看得入神，桌子上手机开着免提，那边似乎已经洗漱完，正在啪啪拍着脸。

片刻，电话里传出声音：“我先挂了啊，手机没电了。”

许裴视线移到手机上，通话时长：45 分钟，他不轻不重地“嗯”了声，待那边要挂电话，他开口：“娇娇，你那天，是想问我什么？”

手机另一头，颜舒正拍完水，往脸上抹精华。她手上动作微顿，那天她真以为被车撞倒的男人是他来着，被吓得不轻，直到上了他的车，心里还扑通扑通后怕不已。

直到被他送到学校，回到宿舍，慢慢平静下来，才想起满肚子的问题，一个也没问出口。

接下来两天，许裴那边忙得脚不沾地，她也没闲到哪儿去，摄影课安排了半天采风，采写实验老师布置了两篇团队作业，还要为黄仁仁推荐的电视台工作准备简历……

忙了两天，许裴今天猛一提起这事，颜舒才想起这么重要的事情，居然磨蹭到现在还没问出口，她当机立断：“电话说不方便，要不今天见个面？”

许裴似乎笑了一下：“也好，顺便检验一下你的学习成果。”

“这就是你说的，检验学习成果？”颜舒看着面前的巨幅屏幕上“数独比赛，等你挑战”八个大字，震惊地说道。

许裴颔首，算是回答，而后抬脚，走入工作台，对着工作人员说：“我要报名。”

工作人员微笑着说：“我们这是情侣双人比赛哟，需要两个人一起报名。”

许裴把往自己身后藏的女孩一把拎到台前："我，和她。"

工作人员在两人过分出众的脸上扫了一眼，内心带了些感叹，低下头登记两人的个人信息，填到关系这一栏时，她例行问道："请问两位是情侣关系吗？"

高个子男生："不是。"

工作人员微愣："那不可以参……"

高个子男生慢条斯理地回答："我们是夫妻。可以参加吗？"

工作人员立马改口："当然可以！"

"需要看结婚证吗？"

"不需要，不需要。"

男生拿出钱夹的手微顿，他不赞同地点评道："你们这个比赛，不太严谨。"

她给两人拍了照，而后将他们带到大屏幕前介绍规则："这就是数独比赛用的智能屏幕，比赛开始后，会在题库500多道数独题中，随机抽取三道题目，情侣双方每人至少独立完成一道题，期间可以讨论，但不能直接代替作答，不能寻求场外帮助，更不能网上求助。按下红键后，答题开始。"她又想起来，"对了，目前参加选手的最好成绩是1小时2分33秒，你们如果能打破纪录，就能获得公司提供的奖品哟。加油！"

工作人员刚说完，就听到女孩欲哭无泪的声音："什么，我也要做？我哪儿会啊！"

工作人员抿唇笑起来："没关系，重在参与嘛！没做出来，也有鼓励奖可以拿的。"

她们公司老板就喜欢办这种稀奇古怪的比赛，之前在各地电玩城、水上乐园等地方办了几次活动了，这次的数独比赛难度最高，绝大多数都只能拿个小纪念品回家。这两位应该也不例外。

颜舒看着题目，头开始大了："这我哪儿知道啊！"

许裴倒是不紧不慢地扫了一眼题目："我之前教过你的，数独题的技巧。"

这段时间，除了应用数学外，他偶尔也会给她说点儿其他相关的数学知识。有几次他的确闲话般地教了她几个数独技巧，许老师怎么说的来着？

许裴在旁边鼓励她：“这道题难度中等，在你的射程范围之内，仔细想想？”

他这么一说，颜舒慢慢地就沉下心来，开始回忆许裴的话，基本交叉排除法，三连数空格利用，候选数法……

颜舒一边回忆，一边试探地钩起一个数字往空格里填入，她暗搓搓地瞟了一眼许裴，见后者神色依旧淡然，心中略微安定地放下数字。而后开始寻找下一个突破口。

她虽然做得不快，但也渐入佳境，完全不像一个刚玩数独的新手，许裴在旁边看着她，眼尾含着笑：“很好。”

做到一半时，却被卡在一个空格处，她左思右想都不对。耳边是许裴的声音：“解题过程都是相通的，想想，我之前和你说的最多的话是什么？”

颜舒想了一下，认真回答：“数学推理考证，真实严谨，且从不说谎。如果进行不下去，只需要及时地验算……啊！我发现了，这里有问题！”

许裴笑：“聪明。”

颜舒佩服地说：“还好及时验算了，不然就要错到终点。许老师，你做任何题都会这样验算的吗？”

许裴轻声：“也有例外，比如……”他看了一眼她竖着的耳朵，“先做题。”

这边工作人员看着两人解题，旁边有同事凑过来：“这组估计领不到奖品咯！”

工作人员看了眼时间，的确，现在已经过去 40 分钟了，他们第一道题都没解出来。

拿奖应该没戏了。

同事感叹道：“不过这两人颜值真养眼啊！一会儿看能不能申请拍个照，给咱打个广告，到时候给他们发个特别奖。”

两人正说笑着，女孩子已经把第一道题解出来了。工作人员抬表：“用时 45 分钟，这题有点儿难度，这美女不错……”

话未说完，就听一声“嗞”，同事瞪大眼：“这帅哥解题速度好快！”

工作人员望过去，果然，那高个子男生只淡淡扫了屏幕一眼，直接两手并用，她们还没反应过来，他就解出了第二道题。用时不足一分钟。

两人对望一眼，这可是一道中高难度的数独题呀，一分钟之内解出，真的闻所未闻。如果第三道也这么快解开，破纪录岂不是轻轻松松？

这番操作不仅吸引了馆内的工作人员，也引起了旁边路人的注意，围聚在他身边的人越来越多。两位工作人员下意识伸长脖子，往大屏幕望去，然后就听见众人惊呼的声音。

大屏幕上，出现了一句话：恭喜您抽中本题库最难的数独题。

工作人员顿时失望地叹口气："他运气也太差了吧！居然抽中了题王！这回肯定没戏了！"可惜了，本来有机会破纪录的。

大屏幕前，许裴抬头望着题目，久久未动，似乎陷入了某种沉思。

颜舒跟着看着题目，神色微怔，这道题目，好像有点儿眼熟呀！不对，是很眼熟。她望着数独盘上这些熟悉的数字，尘封的记忆之门好像被敲了一下，接着，缓缓打开。

小时候的许裴有段时间手里天天都拿着本书，口袋里还装了一支笔，埋头苦算。颜舒记得最深的画面，就是他低头算数独的样子。

她吃饭时，他在算；她睡觉时，他在算；她在河边玩耍时，他还在面无表情地算着。好像全世界就只有他，和他手中的数独书。

颜舒小时候是个娃娃头，她会捉鱼，会爬树，还会哄人，周围大大小小的孩子都爱跟她玩。

她的朋友很多很多，上至八九岁的小学生，下到牙牙学语的小宝宝……只要有她在场，身后必定会跟一长串的小尾巴。

可她那么多的朋友，唯独最喜欢、最想要成为朋友的那个人，不是她的朋友。当然，"不是朋友"这个定义，是上中学后的颜舒总结的。

幼儿园的颜舒，依旧坚定地认为，许裴哥哥是她最好最好的朋友，没有之一。

她会突然跳到他背上，指挥他向左向右，会在他起床推开窗户的时候，大声向他问好，会在他碗里偷偷放上一块她最喜欢的小鱼干。后来，她才知道，他原来不喜欢吃鱼啊！

小小的颜舒爱屋及乌，还会蹲在他旁边，看他做他最爱的数独题。

其他题目，她都忘得一干二净，只有一道题，她竟然到现在还记得。

颜舒望着大屏幕，这道题的确很难。

七岁的许裴解题技巧足以令人惊叹，普通难度的题目他顶多一天半天就能解出，可这道题，他解了十多天都没解出来。

她在旁边撑着脑袋看呀看，看到题目都会背了，许裴还没解出来。

第二十天，许裴依旧挺直着小小的身板，坐在院子里的小椅子上，专注地解着题。颜舒也依旧趴在旁边，边打瞌睡边陪他解题。

模模糊糊间，她感觉手背有些湿热，睁眼，便看到眼泪从许裴眼里滴落下来。

许裴一边解着题，一边流泪："娇娇，我爷爷死了。"他声音发着颤，"以后没有人陪我做题了。"

自己当时是怎么回答的呢？颜舒实在记不清了。因为紧接着，她的家庭便遭受了重大变故，自顾不暇，直到高中。

颜舒陷入回忆之时，许裴也微微有些恍惚。记忆里，有一只小胖手伸到他面前，替他擦掉眼泪。女孩声音奶萌，却很坚定："许裴哥哥，不会的，娇娇会永远陪着你。"

"许裴。"

许裴被拉回现实，他侧过头看了眼身旁的女孩，伸手，不慌不忙地拖动几个数字。

"啪"，按下完成键。

周围"轰"的一下，爆发出一阵热烈的掌声，夹杂着吸气声和喝彩声。

52 分 16 秒。工作人员看着眼前这个数字，惊讶地张了张嘴，正想感叹一声，却被身旁的同事抢了先："太帅了！！！"

颜舒感觉解完题，工作人员对他们两人的态度都不一样了。只见对方热情地迎上来，一直偷看许裴，两只眼睛放着光。

颜舒内心默默感叹，许裴只淡然立在那里，便叫人心驰神往。

工作人员将他们领进领奖室，才依依不舍地离开。颜舒觉得，要不是她怕丢工作，估计都想过来要合照了。

许裴看了她一眼，说："想什么呢？选奖品。"

颜舒"噢噢"两声，低下头，然后就不淡定了，"啊！"她睁大眼，

“这、这不是……”

柜子里，安静摆放着九样奖品，最中间那件，竟然是当初参加划船比赛时，她眼巴巴地望了好久的笑脸项链。

领奖的小姐姐看她这副惊喜的模样，直接将笑脸项链取出，笑着：“喜欢这个对吗？”

她抬头望了他们二人一眼，看到许裴时，表情变得惊讶：“咦，是你啊，帅哥。”

她旁边的同事：“哟，认识？”

小姐姐笑道：“不是，这位帅哥去我们公司总部好几次了，问什么时候再出这条项链做奖品。难怪啊，原来是女朋友喜欢呢！”

颜舒微怔，抬起头看向许裴，或是睁得有点儿久，她的眼睛有一点点儿酸。她想起有好几次，关义强都说他不知道什么事需要出去一趟，现在看来应该就是替她问项链去了。

大屏幕前，几个学生正讨论得津津有味：“刚刚那对好配啊！！！”

“对啊，配一脸！颜值和智商双在线！绝了！”

圆脸女孩一脸迷茫：“你们在说谁？”

“小熙，你刚才出去了，没看到，刚才有对颜值超高的情侣。”她旁边的女生绘声绘色地把刚刚惊心动魄的解题过程形容了一遍，“来了来了！”

小熙顺着大家伙儿的视线看过去，然后就震惊了。

许裴？！她竟然在这里遇到许裴了！不过，如果是许裴，同伴形容的一系列开挂骚操作，不就立马成立了吗？

人家可是拿到了前几天数模大赛的特等奖，团队论文还刊登在了举办方官网首页，这是世界各地独一份的殊荣，参加个小打小闹的数独比赛而已，没什么好奇怪的。她现在好奇的是，和他一起的那个女生是不是舒柔儿。

还没想完，然后大脑就再次受到了冲击——跟在许裴身后的女生，竟然是颜舒！而她，刚才还蹲在厕所里，看论坛上“颜舒如何死缠烂打许裴”的八卦来着！小熙目光复杂地看向他俩。

两人距离很近，颜舒好像说了句什么，许裴回过头，笑了一下。这个笑容，怎么说呢？她说不出来，反正绝对不像是被死缠烂打的样子！

小熙内心涌动之时，两人已经一前一后地走出了屋子，背影消失在转角。她下意识追出去，下一秒，就看到人来人往的商场里，许裴弯下清瘦挺拔的背脊，半跪在颜舒面前。

两人长相打眼，早就吸引了无数路人的目光。看到男孩这般动作，大家都下意识停下了步伐，看向他。许裴仿若未闻，只淡着脸，细心地替她系上鞋带。

小熙无意识地张大了嘴，她瞳孔地震的同时，不忘默默拿出手机，木着脸机械地拍了一张照片。

颜舒跟在许裴身后，走出比赛场地。她现在有点儿晕晕的，就那种脑子和心脏一块儿蹦迪，然后蹦晕了的感觉。

他是喜欢她的吧？是的吧？颜舒低头，看了眼胸前的项链，笑脸吊坠上的碎钻，折射出细碎闪耀的微光，映入她亮晶晶的眼眸里。她下定决心，抬起头："许裴。"

许裴一回过头，就看到身后女孩亮得灼人的眼眸，瞳孔很黑，装着一整个他，和他身后细碎的灯光。他看着她，鼻间溢出一声轻"嗯"，算作回答。

颜舒深吸口气："你是不是喜……"欢我？

她还没问完，就被他扣住手腕，许裴："小心。"

颜舒疑惑地看着他，许裴垂眸，扫了一眼："你鞋带散了。"

她正在问非常非常重要的问题啊！能不能不要管什么鞋带！她心里默默吐槽，面上微微尴尬地"噢"了一声。正准备蹲下身，系上鞋带，手里被塞了一部手机，伴随着许裴的声音："拿着。"

下一瞬，颜舒就看见许裴蹲下身，半跪在她面前，从容不迫地捉住她散开的鞋带。他指节修长分明，突出的指骨离她的脚腕不足五厘米。

颜舒的脚下意识地想往后缩，却被他一手捉住纤细皓白的踝骨。许裴蹲着身，抬头："别动。"

她不敢再动，只眼睁睁看着他替自己系好鞋带，而后，不紧不慢地起身，接着往前走。

颜舒跟着他的步子，心里十分慌乱。不是，她刚刚要问他什么来着？鞋带，呸！不是这个！

正想得入神，却听许裴淡声开口：“是。”

颜舒没反应过来：“嗯？”

“我是说，”许裴脚步微顿，转头，目光对上她的眼，“是，喜欢你。”

——你是不是……

——是，喜欢你。

颜舒抬头，视线撞进他黑深的眼眸里。

“颜舒，我从小跟数学打交道，习惯的思维就是，遇事反复推敲核对，推理所有细枝末节的逻辑，但有一件事即使一万遍，我也推算不出来。”许裴嗓音低沉，一字一句，清晰地落入她耳中，“那就是，我喜欢你。”

无须验算，背离推埋。找喜欢你。

第十章 要这么牵手呀

初冬，近午，阳光正好。车水马龙的繁华街道边，一男一女两个身影被暖阳拉出两道短短的斜影。

颜舒低头看着自己矮胖胖的影子，唇边挂着毫不掩饰的明媚笑容。

许裴目不斜视，只从容地走在砖红的人行路上，余光里女孩眉眼弯弯，唇边笑容夺目，比那冬日还要暖上三分。他撇开眼，轻轻弯了弯唇。

颜舒像忽地想起什么一般顿住脚步，左右张望了两下："不对呀，我们是不是走错路了？"

许裴步子一顿，抬起头，扫了一眼，声音平静："嗯，走错了。"不仅走错了，还错得离谱，他俩往反方向，硬生生走了半个小时。

颜舒都震惊了："许老师，你今天方向感失踪了？"

她方向感不好，走错路是常态，但许裴方向感这么好的人，竟然跟她一起走错，这倒稀奇了。

"我要不说，你该不会没发现吧？"颜舒疑惑地问。

许裴沉吟片刻，甩锅："我跟着你走的。"

"噢。"颜舒点点头，又"唰"的一下看向他，"不对，明明是我跟着你走的！我记得很清楚！就是……"

许裴似是叹了口气，声音很轻地打断她的控诉："娇娇，是我的错。但你，要不要理解我一下？"

"嗯？"颜舒摆出一副"看你怎么解释"的架势。

“毕竟我刚向喜欢的女孩子表白，所以不仅是方向感失踪了，”许裴目光灼灼地盯着她，低声，“可能现在的我，脑子都已经丢掉了。”

这个解释，很有说服力，颜舒决定原谅他。她弯了弯眼睛：“噢，那我也有错，毕竟喜欢的男生刚对我表白，所以智商会偶尔不在线，许老师应该能理解吧？”

许裴身体微顿：“嗯，能理解。”

声音很淡，听不出情绪。颜舒有点儿失望，就这？许老师不打算再说点儿什么吗？她这也算在对他表白呀！太不解风情了吧！

颜舒闷着头气鼓鼓地想着，眼角余光却见身旁男生撇开头，笑了笑。许裴喉结滑了滑，终是没忍住，开口：“娇娇，你再说一遍。”

“啊？”

“就刚才那句话，再说一遍。嗯？”

“不说！”颜舒小声，“谁让你表白只表一半啊，都不问我喜不喜欢你吗？”

许裴不吭声了，只在心里答了四个字：因为不敢。

因为在数学的世界里，一步错，步步错。这是最残忍也最无可奈何的一句话。他深知这件事容不得半点儿差错，也没有任何重来的机会。他盯着她这张卷面，毫无解题思路。

后来，所幸从颜老爷子那里打开一个缺口，他这才敢小心翼翼地在上面写下一个“解”字。他面上胸有成竹、游刃有余，实则小心谨慎、步步为营，生怕行错一步，便抱憾终身。

孙教授曾经给过他一个评语：从容自信，进退有度。

可孙教授不知道他在喜欢的人面前，只是个最普通的男人。他既不从容自信，也无进退可言，他手忙脚乱地摊开自己的心，双手捧到她面前，却没敢再试探她是否也抱有同样的心情。

他缩回了手，可依旧想触摸她的心。就像此刻，虽然已听到她的心意，但他还是想确定，再确定一下。

两人面对而立，一阵微风拂过，许裴伸手，拢了拢她的领口。他低头看着她，开口的语气很轻，却很慎重：“那你喜欢我吗？”

颜舒眼睛弯弯的，笑意似要溢出。许裴盯着她，一错不错。下一秒，就见颜舒大声说：“喜欢！”

许裴依旧盯着她，一秒，两秒，三秒。他提醒她：“说完整。”

颜舒踮起脚尖，凑到他耳边，少女淡橙花香扑鼻而来。随后，他听到她说：“许裴，我喜欢你。”

耳旁，仿佛有大片花簇盛开。

“听见没呀？”

“听见了。”

颜舒笑嘻嘻地说：“要不要我再说一遍？”

“不用。”许裴淡着脸摸出一个录音笔，“我已经录下来了。”

他大拇指微屈，轻触按键，录音笔里传来女孩清脆明媚的声音，在树叶繁茂的小叶榕树下不断回响。

颜舒目瞪口呆：“你太阴险了！”

她伸手去抢录音笔，他却将录音笔裹在怀里，一本正经地说：“保留证据，以免你反悔。”

颜舒叹了口气：“证都领了，想反悔也悔不了啊！”

许裴笑了一下：“想都不准想。”

冬日的暖阳穿过小叶榕繁密的枝头，洒到二人身上。许裴伸手，想把阳光和她，都彻底拥入怀中，刚伸到一半，却被颜舒推开。

下一秒，他看到面前的姑娘像是突然想起什么似的，凶巴巴地插着腰：“你既然喜欢我，那跟舒柔儿到底是怎么回事？”

许裴没反应过来，他愣了一下，表情迷茫：“谁是舒柔儿？”

颜舒掏出手机，翻开舒柔儿的微信界面：“就是她啊，我继母的女儿，我都看到了，她手机里有你的微信。”

“继母的女儿？怎么没听你提过？”

“提她做什么，我跟她关系又不好。”

许裴敏锐地从她这句话里捕捉到一丝烦闷，他沉了声：“怎么回事？她们对你不好？”

颜舒感觉这事提起来三两句说不清楚，便耸耸肩：“没多大回事，就那种老掉牙的情节呗，以后慢慢跟你说。”又轻轻瞪了他一眼，“别转移话题啊！”

许裴低头，看了屏幕上的网名一眼，过了片刻，终于想起来，这好像是前段时间他删除的那个人。当时他还奇怪，怎么微信里多了个莫名其妙的人，此刻，联系颜舒刚才说的话，他才若有所思道："想起来了。"

高三那年，他无意间看到同学翻开这女生的朋友圈，最新更新的动态里，是她和其他人一起照的相片。白雪皑皑，舒柔儿身旁，另一个明媚耀眼的小姑娘望着镜头浅浅笑着。

他便上了心。后来，这女生过来找他要微信号，他只想了一下，便答应了。那时不甚明白自己为何要答应。只是，加上的第一天，他便不由自主地点开了她的朋友圈，点开那张有颜舒的照片，放大看了许久，而后保存。

那时只能如此，所幸，现在不必。

颜舒嘴里还叨叨："而且，她高中也和咱们一个学校，我们几个还一起参加过运动会啊！你记性这么好，怎么可能不记得？"

许裴慢悠悠地说："记性好不好，那得看对谁。随便一个人都能记住吗？"

许裴这嘴，还挺毒。颜舒继续提醒他："她小时候跟我一起，在我外公家住了一段时间，你应该和她一块儿玩过吧？"

那时颜舒才五岁，舒正平说给她找了个玩伴，是他战友的女儿，然后就把舒柔儿带到了她面前。

小颜舒虽然疑惑，自己已经有很多玩伴了呀，为什么爸爸又给她找了个玩伴呢？但她还是很开心地接受了舒柔儿，还拉着她的手，将她隆重地介绍给自己的小伙伴们。当然，包括她最喜欢的许裴哥哥。

她弯着两只眼睛："许裴哥哥，这是我的好朋友，舒柔儿。"

然后，对她一向冷淡的许裴哥哥抬起手，手掌摊开，露出掌心两根草莓味的棒棒糖。颜舒还没反应过来呢，就见舒柔儿一把抓起棒棒糖，声音惊喜："这是给我的见面礼吗？谢谢你哟，许裴哥哥。"

颜舒想到这个，语气酸酸的："真的想不起来了吗？你那时候还给过她棒棒糖呢！"

许裴蹙眉："有吗？我不是只给过你棒棒糖吗？"

那是他爷爷过世的第三天晚上，灵堂里放着循环播放了三天的哀乐，大人们跪在遗照前面痛哭流涕，哭过之后，又讨论着翌日一早火化之事。

那天前来吊唁的人太多，太多。大人们沉浸在悲伤中，还要忙着各种琐事，根本没空管他。他一脸平静地做完题，转过身，走出院子。

山上没有路灯，夜晚一片漆黑，使得泥泞不堪的小路更加难走。他平日斯文，除了做题就是做题，对周围的路根本不熟悉，没走几步便摔了一跤。

他爬起来，按照记忆里的方向跌跌撞撞地往前走，穿过一片坡地，终于远远望见了目的地，却一个不慎，一脚踩空。

眼看就要摔到山崖，突然身侧一股大力，猛地将他拉回了山坡。他跌坐在泥土地里，抬头，借着朦胧月色，看到一张圆乎乎的小脸蛋。

小姑娘因拉他而摔倒在地，脸上满是湿漉漉的泥浆，喘着气，开口的第一句话却是："许裴哥哥，你没事吧？"

他没理她，站起来，拍拍手，闷着头往上爬："你跟来做什么！"

小姑娘声音软糯："我怕你哭。"

他抿了抿唇："我不会哭。"

然而，十分钟后，当他挖到爷爷临终前留给他的"宝藏"时，却还是掉了泪。他从小隐忍克制，即便哭也不会失态，于是借着夜色遮掩，默不吭声地掉着眼泪。

他一直以为小胖丫头不会发现，片刻，身后却递过来一张纸巾，带着花香，和小女孩身上的奶香气。

回到院子，大人们根本没发现他上山了一趟，还差点儿掉下山崖。他偷摸着上了二楼，小颜舒也跟着他，到了二楼房间。打开灯，他才看到自己身上不堪入眼的泥污，小胖丫头也没比他好到哪里去，两人大眼瞪小眼，瞪了好一会儿。

两人你看看我，我看看你，不约而同地笑出了声。小孩子的情绪来得快，散得也快，没过一会儿，他就从悲伤中走了出来，专心看着爷爷留给他的"宝藏"——十本书。

爷爷以前说过，看懂了这十本书，他就会成为世界上最厉害的数学家。台灯下，他挺直着背脊，心无旁骛地低头看书。

"啪嗒"一声，他抬头看过去，小胖丫头趴在书桌的另一头，手里拿着的贝壳磕到红木桌上，发出轻微的碰撞声。他记得，那是她的许愿贝壳。

他看向她，她短短的胳膊撑着脑袋，下巴搁在白嫩嫩、胖乎乎的小手上，小脑袋一点一点的，眼皮子困倦地打着架，过几秒又强撑着睁开眼，粉嘟嘟的小嘴喃喃道：“我会陪着你的，许裴哥哥……”却最终，支撑不住似的合上了眼。

在她合眼之前，他扫了眼她的许愿贝壳，问：“你许了什么愿？”

小姑娘打了个哈欠，无意识地说：“我许愿明天要一根草莓味的棒棒糖呀！”下一秒，她闭着眼舔舔嘴唇，弹出两根小短手指：“不对，不对，是两根！”

他失笑。第二天一大早起来，他就到附近的小村庄上，买了两根棒棒糖，都是草莓味的。

他刚走到院子，便碰到她蹦跳着走过来。他心里寻思要怎么顺理成章地把棒棒糖塞到她手里，根本没注意她说了什么。他刚摊开手，想说些什么，就听到另一个声音：“谢谢你哟，许裴哥哥。”紧接着，棒棒糖被人拿走。

他抬头，这才瞧见她身边还有另一个瘦瘦小小的姑娘，手里抓着他为小胖丫头买的两根棒棒糖。他蹙了下眉：“这不是给……”

话还没说完，他就被人抱走了。

“小少爷在这儿。”

“快点儿，把孩子抱过来！”

“时辰到了，这可耽误不得……”

颜舒的声音在耳边，将他从童年的回忆里拉出：“胡说，你什么时候给过我棒棒糖呀！分明是给舒柔儿的，还给了两根！”她记得可清楚呢！

“那是给你的。”许裴低声，“两根都是。”

两人顺着这件事，又说了几件童年趣事，最后颜舒提起在舒宁婚礼上听到钟艳和舒柔儿母女俩的那些话。

许裴顿住脚步：“她们以为我们许家看中了舒柔儿？”

“对呀！”颜舒说道，“还说爸妈答应了要去钟艳的生日会。”

只这么两三句话，许裴就明白过来。他父母不知道颜舒家的情况，定是打电话到舒家，说要结亲，那边便直接认定了结亲对象是舒柔儿。又以为钟艳是颜舒的亲生母亲，这才接受了邀请。

他摸出手机，打了过去，那边暂时无人接听。又打给林助理，一问才知道，今天正是颜舒继母生日会举办的日子，许家两口子已经进了宴会厅。许裴脸色微变，立马拉着颜舒："走。"

今天，是钟艳45岁的生日。她一改往日的温婉娇妻路线，打扮得格外张扬，酒红色的丝绒旗袍，配上粉红珍珠项链，整个人神采奕奕。

舒正平看了眼她的项链，有点儿肉疼地皱起眉："戴之前那套钻石的不就行了，还非得拍条这么贵的项链。"

他小时家境不好，娶了颜家独女之后，才在岳家的扶持下，渐渐在商场崭露头角。所以虽然现在他生意做得有声有色，却也并不像从小家境优渥的贵公子那般挥霍，反而十分吝惜财产。

想当初颜舒在颜家律师的帮助下，分走了她妈妈的一大笔遗产，他都气得不行，每每提起此事，都要骂她几句不孝。

钟艳深知他的小气，在心里暗骂他一句葛朗台，面上却摆出一副温柔的笑脸："今天这么多宾客，我打扮得好看点儿，不也是为你争脸嘛！再说许家今天要来，我不得在人家面前给柔儿挣点儿脸面？"

一说到这个，舒正平顿时来了精神。他这段时间，一直听钟艳说许家看上了舒柔儿，原本他并不相信，许家什么人哪，能看上柔儿？

但钟艳说得信誓旦旦，而且这段时间，一些生意伙伴像是收到了什么风声，对他态度明显不同了些。舒正平不禁问道："你确定许家会来？"

一旁打扮得光彩照人的舒柔儿也转过头，一脸期待地看向钟艳："对呀，妈，许伯父和许伯母真的会来吗？"

钟艳宽慰她："放心吧，你没看这么多贵客都来了吗？要不是他们要来，你以为以我们舒家的面子，请得到这些人？"

话是这么说，但她心里到底也有些忐忑。这都几点了，还没来，会不会……

正想着，酒店门口，一辆黑色幻影缓缓停下。舒家一家三口顿时住了嘴，几人立在门口，眼巴巴地盯着那个方向。舒柔儿垂在身侧的手无意识捏紧，紧张地等待里面的人下车。会是，许成山夫妇吗？

下一秒，就听见她妈钟艳惊喜的声音："许董，许夫人，你们总算来了！这边请，这边请！"

舒正平整理了一番衣领，迎上去："许董，幸会，幸会！"

舒柔儿也终于吐出一口气，一直紧攥的手跟着松开。

她身后，两个人低声议论："竟然真的把言午集团许董夫妇都请过来了，舒正平的原配也没这本事吧？舒夫人这次可长脸了！"

"长脸的还在后面呢，你没听说她女儿舒柔儿多有福气，她……"

舒柔儿听着两人的议论声，低下头，掩住唇边不断扩大的笑容。

舒宁立在宴会厅一角，看着打扮得花枝招展，带着许成山夫妇到处炫耀的钟艳和舒柔儿母女，狠狠翻了个白眼。

她妈在旁边羡慕嫉妒恨地感叹："没想到钟艳这回说的竟然是真的，舒柔儿还真飞上枝头了。我上次叫你给她们敬酒，你也不听我的。我不管，这次说什么你也要给我敬酒去！不然小心我扒你的皮！"

打了个巴掌，又送颗糖，舒宁她妈轻言细语劝道："我知道你和娇娇关系好，见不得那对母女得意的样子，但人在屋檐下哪能不低头呢？别说是你了，以后说不定娇娇见了她，也得好声好气地给她赔不是。听妈的，准没错啊！"

舒宁皱着眉，刚想反驳她妈，却见门口一个身影，她微愣："娇娇？"

娇娇怎么来了？以自己对她的了解，她今天怎么也不会出现在这儿才是。

颜舒神色匆匆，连招呼都没来得及打一个，直接问道："宁宁姐，我爸呢？"

舒宁朝右边方向指了指："在里屋，正招待许氏夫妇呢！"想想又觉不对，"你不会真……"

话未说完，颜舒就道："我有急事找他，先不聊了。"

许裴去了车库停车，颜舒唯恐夜长梦多，便一个人先到了宴会厅。她到底顾忌舒正平的颜面，准备和他私下解释一下这件事，再带走许家二老。

颜舒顺着舒宁手指的方向，刚走出一小段，便见舒正平从房间出来。他面上带着春风得意的笑容，看到颜舒，嘴角却是一沉："你来做什么？"

颜舒："我有事跟你说。"

舒正平沉着脸："怎么跟你爸爸说话的？"

颜舒懒得听他唠叨，单刀直入："许董他们在里面？"

一听她提起二人，舒正平忍不住语气里带了些嘚瑟："许家看中了柔儿这事，你也知道了？之前我怎么跟你说的来着，女孩子就是要像柔儿这样，温柔小意，知情识趣，才会嫁个好人家。你看看柔儿，再看看你！你长得倒是随我，就是空有一副好模样，非要学那个什么累死人的新闻专业。"

颜舒原本准备好好跟他说话，可没想到他又是这般，一张口就是训她。这次更离谱，说出这样一些话来，根本不像出自一个父亲之口。

颜舒面上却没什么表情，甚至还轻轻笑了一下："你说得对，就像我妈不会讨男人喜欢，不就被你抛弃了吗？有其母必有其女，舒柔儿得了她妈的真传，就像你说的，哪个男人不喜欢？"

舒正平目光闪烁了一下，似有些心虚，随即恼羞成怒地说："你说的什么话？你是我亲生的我才教你！你这脾气臭得跟你那早死的妈一个德行！"

"你不配提我妈！"颜舒的心就跟被什么尖尖的东西刺了一下似的，瞬间冷下了脸，"我妈死得早，那也是被你气死的。"

舒正平被她气得直抽气："你……"

颜舒冷眼看着他："你是不是一直很奇怪，为什么你把她哄得这么好，她临终前还是改了遗嘱，让我和外公拿到了她的所有遗产？"

舒正平像是想到了什么，脸色突然一变，而后，却见颜舒冷笑着说："你不会以为我妈她不知道你和钟艳的那些丑事吧？"

舒正平面色更难看了，他瞪着眼睛，提高音量："什么丑事！你胡说！你妈死后，我才和你钟阿姨在一起的。"

"得了吧，你敢不敢和舒柔儿验个 DNA ？不敢吧？毕竟你和亡妻感人肺腑的爱情故事，帮你稳了一大波股价呢！要是他们知道你在亡妻怀孕期间，就搞出私生女，还趁亡妻病重，把私生女说成是战友的女儿，厚着脸皮丢到老丈人家，抓紧时间和小三温存，他们会怎么想呢？”

颜舒看着他的眼，一字一顿地说：“舒正平，我恶心钟艳和舒柔儿，但我更恶心你。因为，你才是罪魁祸首！”

“你！你！”舒正平被她一席话气得直哆嗦，他咬牙切齿，“你你你”了半天，却冒不出一个字。

他双目瞪得赤红，猛一下抬起手，颜舒平静地看着他抬起的大手，记忆仿佛和高一那天重合了起来。

那时，她还小，她不知道为什么妈妈死后，对她予取予求的爸爸会变得如此面目可憎，心里只有震惊和委屈。她一度觉得是自己哪里做得不好，所以爸爸才突然不喜欢她了。

她努力地想要做得更好，可是爸爸从来不会回头看她一眼。直到后来的后来，她才知道，问题从不在她身上。

就像现在，她还很有闲心地想着，说不过就动手啊，啧，果然是好爸爸，不过不是她的。

颜舒想躲已然来不及，只眼睁睁看着那只挥在她头顶的大手落下来。

不过，想象中的疼痛却并未到来，一只结实有力的手，狠狠抓住了舒正平的手腕，让他不得再往下半分。颜舒一回头，就看到许裴那张冷得足以冻死人的俊脸。

舒正平也见到了这个穿着平平的年轻男人，自然没把他放在眼里：“你是什么人？松手！别拦着我管教女儿！”

哪晓得眼前的年轻男人不但没松手，几根指头反而猛地用力，手腕的剧痛让舒正平本能地惨叫一声。

“啊！”那瞬间，他甚至觉得这只手都要就此废掉时，年轻男人却忽地松开手。

舒正平一个不慎，跌坐在地。周围几名宾客惊呼出声，纷纷朝这边望过来。舒正平脸上青一阵白一阵，见众人投来异样的目光，他咬咬牙，勉强笑道：“没事，不小心摔了一跤，让诸位见笑了。”

说着，他铁青着脸站起身，压低声音：“你到底是什么人，跑来我这儿多管闲事？”

颜舒上前一步，横在他和许裴中间：“他是我的人。”

舒正平脸色极为难看："这就是你男朋友？这么粗鲁没教养，怎么不和你妹妹学一学？你看看人家找的，大集团的少爷，你就找这种人？看到别人一张脸，就被迷得七荤八素了？哪天钱被骗光了，别想我给你一毛钱！"

许裴伸手，把挡在自己面前的女孩拉回来，动作温柔，完全没有半分刚才与人动过手的样子。

他沉着脸，目光仔细地在颜舒脸上一寸寸扫过，确定她没受伤后，才转过头："我想你搞错了，我不是她男朋友，我是她丈夫，另外，这是我的名片。"

许裴伸手，从钱夹里摸出一张名片，递到他面前。他面无波澜，声音微凉："既然你是我太太的亲生父亲，这次我保留追究的权利，如果下一次你再有动手的念头，就等着收我们言午集团法务部的律师函。"

"律师函？"舒正平反应过来时，简直要被气笑了，"你以为你拍电视剧呢？我管教自己的女儿，还扯上法务部了？"

舒正平从头到脚将面前的人打量了一遍，眼神轻蔑，话中暗含讥诮："你也别拿言午集团来压我，恐怕你还不知道，你们集团许董的独子许裴，是我的未来女婿，你这回可是踢到了铁板！"

他原以为眼前的青年会脸色大变，没想到他面上依旧没什么情绪。

"这么巧？"对面的人唇角扯出一点儿弧度，不紧不慢地开口，"我就是许裴。"

空气安静了几秒。舒正平的表情有点儿怪异，像是听到了什么笑话似的，他刚张了张口，却听不远处传来一个惊喜的声音："许少！"

舒正平回过头，就看见他太太钟艳带着小女儿舒柔儿，还有几个澜市有名的名媛和太太款款而来。

钟艳的步子迈得极快，脸上带着欣喜之色："许少怎么来了？你看我，都快成一家人了，伯母以后就叫你许裴吧？"

舒正平眉毛一跳，不可思议地提高音量："你说他是谁？"

"言午集团的大少爷，许裴呀！"钟艳见舒正平一副见了鬼的失态模样，上前一步，扯了扯他的衣袖，提醒他，"第一次见你未来女婿也不用这么惊讶吧？大家都看着呢！”

舒正平心里咯噔两下，原来这个学生打扮的年轻男人真是许家少爷，许裴！他刚刚，对许家少爷说了些什么？！他不知想起了什么，脸上青一阵白一阵，面色尤为难看。

钟艳没注意到丈夫的神色，她扫了眼面前的年轻男人，又看向一旁的舒柔儿，笑着望向周围几个太太，眉眼藏不住的得意：“许少是不是一表人才？和我们柔儿多配呀！”

几位太太立马顺着她的意思，奉承话一套一套的，舒柔儿听得一阵舒心，面上却故作娇羞地低了低头。

哪知下一秒，对面男人清冷的俊脸上露出疑惑之色，他开口：“柔儿是谁？”

所有声音像被谁按了暂停键一般，戛然而止，大家齐刷刷转过头，看向他。许家少爷刚刚说什么了？“柔儿是谁？”意思是，他根本不认识舒柔儿？

视线聚焦处的男人姿态从容，他想了一下，低头看向颜舒，问：“难道柔儿是你的小名？”

沉默，一阵诡异的沉默。颜舒被他故作不解的样子逗笑了，没想到许裴这个人，看着一本正经，实际却蔫儿坏蔫儿坏的。

她很自然地配合他的演出，指了指旁边身着白裙的女孩：“我不是柔儿，她才是。我继母的女儿，舒柔儿。”

此刻，舒柔儿已经涨红了脸，她睁着一双雾蒙蒙的小鹿眼，怯生生地望向许裴，娇滴滴地唤了声：“许裴哥哥……”

她刚起了个头，就被许裴蹙着眉打断：“舒小姐，介绍一下，我是颜舒的丈夫，许裴。如果你是我太太的继妹，你该叫我姐夫。”

舒柔儿睁大眼看着他，似乎一时间没反应过来，却听到一声尖锐的声音：“什么？！”

钟艳瞪圆了眼，极为震惊的视线在许裴和颜舒中间徘徊，好半天才找到自己的声音：“你说什么？颜舒，是你太太？不可能，一定是搞错了！许夫人亲口说……”

正说着，她突然眼睛一亮：“许夫人！”

众人随着她的视线看过去，许董夫妇正从休息间走出来，钟艳像抓住救命稻草似的，急切地问道："许夫人，这到底是怎么回事？您不是说您家公子许裴和我们家女儿两情相悦，叫我们一起商讨婚事吗？"

裴瑶款款走来，听到这话有点儿诧异："什么怎么回事？我们今天来就是商量颜舒和许裴的婚事的。"

钟艳失声叫道："怎么是颜舒？！"

裴瑶被她的反应搞蒙了："难道颜舒不是你们舒家的女儿？"

钟艳顿时哑了嗓，她回忆起前段时间两人的通话内容，脑子突然一阵嗡鸣。对啊，许夫人自始至终说的，都是"舒家的女儿"，而不是她钟艳的女儿。

舒家的女儿，指的是颜舒，不是舒柔儿。这一瞬间，钟艳的大脑一片空白，全身的血液仿佛都涌上了头，在脑子里"轰"的一声炸开。

舒柔儿也意识到了什么，脸色唰地惨白一片，她妈钟艳头晕似的往后倒退了半步，口中喃喃："怎么会这样？"

事到如今，还有什么不明白的。几位太太皱着眉，小声嘀咕："这当后妈的，吃相也太难看了，也不嫌丢人。"

"眼红人家的婚事，也得男方家乐意要啊！不看看许家什么人，真当人家看得上她？"

舒宁在旁边都看呆了，她张着嘴巴，看着这一切，感觉自己还有点儿没回过神。乖乖，不愧是娇娇啊！这一来就搞出这么大的事！

旁边传来她妈倒吸气的声音："我的天哪，原来嫁进许家的，不是舒柔儿，是娇娇啊！"

她捂了捂胸口，之前还让女儿给舒柔儿敬酒来着，幸亏女儿聪明，没听她的！

舒宁直接就乐了："我就说嘛，许家又不是瞎了眼，能看上舒柔儿，原来是某些人登月碰瓷呢！大的抢别人老公，小的抢别人爸爸，得，是尝到了甜头还是咋的？还联合起来抢娇娇婚事？"

她这话说得大声，不少人向钟艳母女俩投去不屑之色。钟艳的气血一阵翻腾："你们……"

"好了！"一声男人的大喝声，打断她的话。

舒正平脸色很不好看，他没好气地说：“我看你精神不太好，上楼歇着去！”

钟艳一愣：“我没有……”

“我让你上楼去歇着！”

钟艳反应过来，立时脸白了一下。她今天已经闹了这么大一个笑话，要是还在自己的生日宴上被老公赶到楼上去，那不更要笑掉别人大牙？

她泪眼汪汪地看向舒正平，乞求道：“正平……”

以往她摆出这副可怜巴巴的样子，舒正平总会心软，可这次，他只觉心烦。舒正平怒目瞪着她，厉声：“没听到我说的话吗？上去！”

钟艳不敢再多说一个字，咬着牙齿，含泪往楼上走，背后一个声音：“回来。”

她心里松一口气，想着舒正平果然还是心疼她，却听舒正平说：“把你女儿也给我带走！”

舒柔儿立在原地，摇摇欲坠，仿佛连站都站不稳似的。这发生的一系列事情，只不过在顷刻之间。周围人指指点点的话语，让舒柔儿羞愤欲死。

在这一刻，舒柔儿恨死了颜舒，恨她明明和自己一样，都是爸爸的女儿，她却是舒家光明正大的大小姐。

舒柔儿恨颜舒抢了爸爸，又抢走了她的许裴哥哥，恨她像个魔咒似的，处处都压着自己。恨到后来，她竟然怨上了自己的母亲，钟艳。

舒柔儿怨钟艳没弄清楚，就急吼吼地宣告婚事，结果，却让她在所有人面前丢了这么大一个脸！她从没见过爸爸这么凶过……

她满腹委屈地往楼上走，钟艳伸手过来拉她，被她一把甩开，她怨怼地说：“都怪你，不搞清楚就到处乱说，我都被你害死了！”

钟艳忍着气，好生安慰女儿：“是，是，都怪妈妈不好。但我怎么能想到这个？你不是还有和许裴的合照吗？对，照片！”

她看向女儿，眼睛一亮，却见对方眼神躲闪，钟艳抓着她的手：“不会吧，你、你那照片是……”

“你别问了！”舒柔儿心烦意乱，一把甩开她的手。

“哐当”一声，钟艳一个没站稳，猛一下摔倒在地，她本能地痛呼出声：“哎哟！”

舒柔儿停下脚步，钟艳痛得冷汗直流：“柔儿，快扶我一下，我的腰扭了，哎哟！”

母女俩此刻在二楼，身边无人，舒柔儿心情糟糕，也懒得再伪装。她瞥了钟艳一眼，不耐烦道：“行了，别装了，妈，我又不是爸爸，你这套对我不管用。”

“什么？”钟艳只觉心一凉，“我没……”

可舒柔儿连听她说话的心思都没有了，直接进了二楼房间，“砰”一声，关了门。

钟艳愣愣地盯着紧闭的房门，身体往前下意识动了一下：“柔儿。”

腰间一阵剧痛，可比身体更痛的，是她的心，这就是她养的好女儿？从舒柔儿很小的时候起，她就教她怎么争取自己想要的，怎么让舒正平多看她一眼。

她教女儿凡事要只为自己，不要在意任何人，没想到到头来，她女儿自私凉薄到连自己的亲妈摔断腰都不在意了！

钟艳指望不上女儿，只好忍着剧痛，一点点挪到二楼走廊扶手处。她腰受了伤，不敢使劲，只虚弱唤道：“正平，正平，舒正平……”

舒正平这会儿根本没工夫理她，他现在一门心思都在另一件事上。他有点儿激动地问道：“所以，许少和我们颜舒要结婚的事，是真的？”

裴瑶至今云里雾里，却笑着回道：“不是要结婚，是已经结了。亲家，你也别怪娇娇没跟你们说，这婚是我们小子把她哄去结的。”

舒正平挤出一副笑脸：“不怪不怪，怎么会怪她！我这个女儿啊，脾气随我，有主见。好事，好事！”

舒正平想得很明白，只要能嫁到许家，哪个女儿不是嫁，反正他是攀上许家这棵大树了。

颜舒简直被他的无耻给惊到了，前一刻骂她，气得要打她，这一刻却笑嘻嘻地换了一套说辞，简直让人作呕。

裴瑶注意到颜舒脸色不对，抓住她的手，关切道：“娇娇，怎么了？怎么脸色这么差？”

许裴俯身，在她耳边低语了几句，裴瑶的脸色微微一变。这边，舒正平已经和许成山聊起了生意上的事。

舒正平："许董，您看我们两家这关系，之前说的那个项目……"

许成山微笑着，风轻云淡地点点头，说："既然是亲家的项目，那自然是……"

话未说完，裴瑶却沉着脸，扯了扯他的衣袖，在他耳边说了几句话。许成山脸上笑意一点点散去，口风一转："本来这种项目交给谁做都可以，对言午集团来说就是小事一桩，不过这是对我们亲家而言，如果我儿媳妇认你这个爸爸，那你就是我的亲家，如果我儿媳妇不认你，那就不好意思了。"

舒正平愣住了："亲家说什么玩笑话，我可是颜舒的亲爸爸，她怎么可能不认我！"他看向颜舒，"愣着干什么？说句话啊！"

颜舒没吭声，只面无表情地看着他，舒正平没来由地一阵心慌："颜舒，你可是我女儿。"

颜舒淡淡地回了他一句："你女儿在楼上。"

舒正平顿时被噎住，他不禁提高音量："颜舒！"

看到许家三口投过来的凌厉视线，他干咳了一声，放软了语气："颜舒，你……"

他的话未说完，却被颜舒打断："别说了。"她一字一顿地说，"我姓颜，不姓舒。"

舒正平："什么？！"

颜舒看都懒得看舒正平一眼："爸、妈，我们走吧。"

许成山夫妇立马懂了她的意思，裴瑶亲热地挽着她的胳膊："走，回家妈给你做好吃的去。"

许成山皱眉："你做的娇娇爱吃？还是我掌厨吧！"

林助理早已接到通知，闻讯而来，边恭敬迎接他们，边开玩笑地申请职务："我做帮厨。"

许裴示意随之而来的两个保镖拦住追出来的舒正平，之后在舒正平耳边说了几句话，后者立马脸色大变，顿在原地不敢再上前一步。

许裴快走几步，追上几人的身影，淡笑道："林助理还是安心当助理吧，别抢我饭碗了。"

他与颜舒并肩而行，低眼看她，笑着问："等会儿回家想吃什么？"

回家啊，颜舒心里有点儿酸酸的，但更多的是甜，这种甜一点点占满她的心房。她不仅被他喜欢着，还被他的家人喜欢着。不对，也是她的家人呀！

“回家想吃——”颜舒想了一下，说道，“小鱼干。”

许裴轻“嗯”了声：“再给你榨杯杧果汁。”

阳光洒在颜舒头顶，照得人暖洋洋的，她弯了弯眼睛：“好呀！”

不得不说，许成山的手艺当真极好。颜舒一不小心就吃撑了，倒在沙发上边揉着肚子消食，边和裴瑶唠闲话。

她声音清脆明亮，话也说得好听漂亮，几句话就把裴瑶逗得乐得不行，拉着她的手笑得见牙不见眼。

颜舒笑眯眯地接着她的话，眼睛却暗暗地瞟向厨房收拾碗筷的某人，看了好几眼后，她忍不住站起身：“妈，你先坐着，我去帮下许裴。”

刚说完，就被裴瑶给按了回去：“帮什么，洗个碗而已，让他自个儿洗！”

下午的阳光和煦，照在散步的两人身上。

颜舒正想说点儿什么，就被许裴的手机铃声打断了。

许裴摸出手机，刚接通，就听到关文强咋咋呼呼的声音：“裴哥，你这电话可终于打通了！你快去看论坛！现在大家都说那个什么舒柔儿，真跟你是青梅竹马，她都放照片出来了！我把链接发给你，你看一下啊！”

微信对话框里，多了一行链接。许裴点进去，看了两眼，唇边的弧度一点点消散。最后，他蹙着眉，用认证的实名账号发出了一条微博。

舒柔儿这两天日子不太好过，钟艳上次摔了一跤，她当时负气将她关在门外，到了下午才知道她妈真的摔到了腰，还在外面无人的走廊上生生趴了半个多小时，才被人扶起来。

当晚，舒家将她送到医院，检查出来竟然是腰椎峡部裂，并伴随外伤性中重度腰椎滑脱，当天就躺到医院手术室了。

不仅如此，舒正平也看她横竖不顺眼，时常大发雷霆，家里的茶杯都摔坏了好几套。

舒柔儿度日如年，几天假期休完，立马收拾了几件衣服火速到了经纪公司。刚进门，还没来得及说上一句话，就见经纪人琳姐对着电话一通乱骂，对方看她进来，狠狠挂断电话，尖着嗓子问："舒柔儿，你那照片怎么回事？！"

舒柔儿一愣："什么照片？"

琳姐把平板翻过来，露出屏幕上一张照片，正是她发到网上那张高中时代的她和许裴的合照。

琳姐："我问你，他是谁？"

舒柔儿看到照片里的唇角带笑的许裴有点儿恍神，撒下一个谎，就要用一百个谎来圆。她咬咬唇："琳姐，是不是网友误会了，我们从小一起长大，青梅竹马而已。"

经纪人琳姐像是被气笑了："好家伙，还跟我扯什么青梅竹马呢！"她直接把手中的平板扔了过去，"好好看看吧，想跟人攀关系也不是不可以，你至少得确保不会被当众拆穿！知不知道现在大家都在笑话你？我这张老脸都快被你丢尽了！"

舒柔儿心中升起一个不好的念头，她拾起平板划拉两下，脸色瞬间变白了。许裴在微博放出一张照片，一张看上去和舒柔儿前两天发出那张所处同源，但内容丰富。

许裴这张照片里，不止他和舒柔儿两人，舒柔儿旁边还有两个女生，而许裴的身旁，是颜舒。两人站得极近，和舒柔儿在内的其他三人中间有一条鲜明的分界线。

这倒算了，更让舒柔儿气得吐血的是，许裴把她和其他人的脸，全部打上了卡通图案的马赛克，只留了他和颜舒两张脸，再附上文字：青梅竹马，仅此一家，别无分号。

舒柔儿抖着手，扶了下额头，突觉一阵眩晕。

澜大校内论坛炸了。

许裴发微博后的几分钟内，各种相关帖子层出不穷。

其中一个帖子引来了无数人回帖——"许裴和颜舒……是青梅竹马！我是最后一个知道的吗？"

"我错过了什么？许裴的青梅不是舒柔儿吗？"

“兄弟，舒柔儿已经被打假，还是许裴自己出来打的。真青梅是颜舒，附上链接，不谢。”

“楼上有几个马甲很眼熟啊，我记得前两天在某帖里说系花倒贴许裴的，有您几位吧？还说舒柔儿打脸系花什么的，我可记得很清楚哟，现在看到底是谁打脸谁了？怎么，不准备道歉？”

群嘲得正欢，突然一条评论蹦出：“快去首页！”

大家伙儿一股脑跑去首页，一看，果然两分钟前多出的帖子被迅速顶到了最上面：弱弱问一句，某大神和某系花会不会在谈恋爱啊？

这个标题没什么新鲜感，毕竟这段时间也不是没人提出这种质疑，却很快被大家各种推翻。但这次不一样，因为楼主配上了两张照片。

第一张照片。

人群熙攘的商场里，颜舒扎着马尾，牛仔裤，小白鞋，浅色大衣腰间一个随意系上的蝴蝶结，将她的腰掐出一条纤瘦的弧度。她背脊挺直，微低了点头。

对面一个男生半蹲在地，俯下身，骨节分明的手指捉着她散开的鞋带，不紧不慢地为她系着。他埋着头，看不清长相。

第二张照片。

男生抬起头，露出澜大学子们眼熟到不能更熟的一张俊脸。

一时间，所有人都炸开了锅。

一时间，说什么的都有，各种百字、千字分析小论文接连登场。最后，青梅竹马论党以绝对性的优势打败了恋爱论党，成功成为论坛的主流观点。

作为澜大唯一的知情人，田思恬看着论坛上争论不休的两拨人，差点儿咆哮出声。争论这个有什么意思？气死了，你们就不能猜得再大胆点儿吗？发挥想象力啊，朋友们！比如结婚！再比如，结婚好几个月了！

田思恬在心里咆哮完，好不容易平缓了一下心情，低头就看到论坛里又有了新进展。

有人从他们的高中校友那儿扒出了两人的好几张合照。

背景多样，运动会、文艺节、校园林荫道、综合楼走廊……

说是合照，其实照片里两人大多没什么交集，只是不小心误入别人的镜头，或者恰好出现在同一个地方而已。

只一张照片，应该是在创意运动会上，两人并肩而立，许裴的右腿和颜舒的左腿被绑到了一起，齐头并进地往前冲。不仅如此，两人唇角带笑，目视终点，一大一小两只手，紧紧交握在一起。

颜舒看着这张照片，有点儿茫然："这是什么时候的事？"

过了一会儿，她眼睛倏地一亮："我想起来了！"

许裴侧头看她："想起来什么？"

"你刚刚问我的问题！"运动会上，他哪个项目没得奖。

"就是这个！"颜舒记起了一些趣事，眼眸立刻变得亮晶晶的，"两人三足，我们一起玩的，这个项目你没得奖，对不对？"

许裴不置可否地笑了笑。

颜舒又想到什么，也跟着笑起来："没得奖可太正常不过了，我记得你玩这个游戏玩得超烂的，磕磕绊绊的，怎么走都走不动！"

她眼见着别人一组一组地超过他俩，心里着急得不行，眼看他要摔跤，然后……

颜舒垂下眼，视线落到照片里两人紧握的手上。然后，她毅然决然地抓住了他的手，把他拖到了终点。

当时她还郁闷地跟尤佳感叹来着："许裴的高能细胞是都长脑子上去了吗？"

颜舒想起这个，偷偷瞄了眼许裴结实有力的小臂，他这身材，不像是运动细胞失衡的样子啊！她纳闷儿地问道："你那时候，怎么跑那么慢啊？"

许裴蹙了蹙眉："有吗？"

"怎么没有！"

"不记得了。"嘴里说着不记得，事实上，那天发生的一点一滴，都刻在了许裴的脑子里。

严格来说，颜舒抽到的队友不是他，是他的一个朋友。他不动声色地跟那人换了个顺序，和她成了游戏队友。

游戏名叫两人三足，两人靠近对方的那条腿要绑到一起。有人将细长的塑料绳缠到两人腿上，一用力，绳子收紧，隔着宽松的校服裤子，两人的腿贴到了一起。

温热的感觉从皮肤相交处传来，他依旧淡着脸，却仿佛听到了自己胸腔猛地跳动的声音。

游戏赛道并不算短，但对他而言，却稍纵即逝。

他故意放慢了步子，放慢，再放慢。不料中途，她急了，直接伸出手，一把握住了他的手。他脑子空了一瞬，当晚，一夜未眠。

颜舒的声音在他耳边响起："怎么会不记得呢？当时就是因为你走得太慢而我走得太快，我俩差点儿被绊倒了！"

许裴扫了她一眼，慢悠悠地开口："然后？"

"然后我就牵起你的手，把你拖到终点了啊！"

"你，牵我的手？"

"对！"

许裴问得云淡风轻："怎么牵的？"

颜舒一愣，怎么牵的？为了唤醒他的记忆，她抓起他的手，模拟着记忆中的样子，握住他的手掌，回答得铿锵有力："就是这么牵的！想起来没？"

半晌，没听到他的回复。颜舒一抬眼，却见许裴垂着眼，视线落在两人交握在一起的两只手上。

发生了什么？为什么她会抓住许裴的手？许裴那是什么眼神？他不会以为，她是故意想占他便宜吧？虽然她是想这么干，但这次真没有！颜舒一凛，赶紧假装若无其事地收回手。

刚收到一半，却被身旁的男人捉住手指。许裴反握住她想要缩回的小手，张开五指，骨骼分明的手指慢条斯理地从她的指缝中一点点穿过，然后手指缓缓收拢，扣住她的手背。

"想起来了。"许裴低声，"是这么牵的？"他食指指腹在她的指窝上无意识地摩挲了两下，带起一阵轻微的痒意。

颜舒看着两人十指紧扣的地方："不是！"就很普通的牵手啊！哪有牵得这么紧，这么痒，这么让人想入非非的！

许裴轻轻"噢"了声，拉着她的手往前走。她下意识缩了缩手，却被他扣得更紧。男人低沉的声音带着浅淡的笑意，顺着初冬湖畔的微风，飘进颜舒耳里："那下次记得，要这么牵才行。"

第十一章 点亮她的归路

“颜舒，你真跟裴哥一起长大的啊？”

“咦，裴哥小时候长什么样？从小就厉害吗？”

颜舒一到工作室，脚还没站稳，就被工作室的几个男生拖去问东问西。

关于天才的童年，他们可太好奇了！以前不敢问裴哥，现在好不容易拎着个颜舒，可不得使劲儿问个够。她可是裴哥戳了章的青梅竹马啊！

大家七嘴八舌，关文强也不甘落后，用他异于常人的大块头费力挤进八卦圈：“颜舒，快讲讲，裴哥小时候怎么个厉害法？到哪种程度？”

“大概就是，”颜舒瞥了眼他手里厚厚的书本，“七岁就学完了你手里这本书的程度。”

“强哥，这就是你的不对了啊！问问题就好好问，怎么还带自取其辱的？”

大家嘻嘻哈哈，颜舒也跟着笑起来，却听背后一个清冷的声音传来：“颜舒。”

颜舒转过头，许裴挺直着背脊立在门口，手里端着杯鲜榨的杧果汁。他单手取下围巾，往门口衣架上一搭，抬脚往里走，杧果汁往桌面一放，下巴冲着颜舒点点：“过来。”

颜舒迷茫道：“过去干吗？”

许裴靠坐在桌沿，拾起一支钢笔，递到半空中：“上课。”

工作室众人这会儿已经收了声，敛了笑，假装忙碌地在工作室里来回穿梭，视线却还是有意无意地朝两人那边瞟去。

颜舒笑眯眯地“噢”了声，乖巧地跑过去，伸手。接过钢笔的时候，她伸出食指，狗胆包天地在他手心轻轻刮了下，还对他暗搓搓地眨了下眼。

许裴低头，对上小姑娘狡黠的眼眸，手心是痒的，面上却无波无澜。他抽出书桌上一本《离散数学及其应用》，翻开，表情一如既往地淡：“今天讲第三章，数学推理、归纳与递归……”

颜舒一下子蔫了下去，这就是表白后的婚后生活吗？也太没情趣了吧！就不知道也给她回个媚眼啥的吗？她心里默默吐槽了一下，紧接着又被许老师敲了桌：“专心。”

颜舒“噢”了声，打起精神，歪头看向书本。两人并排而坐，书本在他俩中间的位置，颜舒的身子刚往他那边凑了点儿，垂在书桌下的左手却绕上了一丝温热。

颜舒错愕地抬起头，看向身旁的男人。男人并未看她一眼，只垂着眼皮，若无其事地看向书页，声音平淡无波：“由于非空集合的一个划分决定这个集合上的一个等价关系……”

桌底的手指，却顺着她纤细白嫩的指节，一点点往上爬，然后，轻轻地从她指缝间穿过，紧密扣住。

“有限集上的等价关系的个数就等于集合的划分的个数……”男人低沉的声音，依旧不急不缓地在耳边响起，“懂了没？”

颜舒现在满脑子都在两人交握在一起的两只手上，完全没听到他的问题。许裴手指捏了捏她的手背，声音低低的：“嗯？”

颜舒静静地回握住他的手。自从他上次教了她牵手的正确打开方式后，经过了几次练习，她现在牵起手来，不要太熟练。颜舒敛起唇角的笑意，学着他的样子，煞有其事地点点头：“懂了。”

小六子在电脑面前忙活了会儿，伸懒腰之际，无意识地抬起头，往书桌这边看了眼，愣住了。

书桌那头，裴哥和颜舒正襟危坐，表情严肃，道貌岸然，端的是一派好老师和好学生的标准模样。但不知道是不是错觉，他却总觉得两人之间，有种莫名的旖旎感。

究竟是哪里有问题呢？小六子想了好半天，突然意识到一个问题，裴哥这会儿为什么要用左手写字？小六子正警觉地看过去，不料视线却被一个庞然大物隔断。

关文强一屁股坐到了许裴对面的位置，开始鬼哭狼嚎："裴哥救命，你看我这个数模，哪里出问题了啊？怎么就推不过去了呢？"

许裴睨了他一眼，伸出几根指头，并拢勾了勾。关文强立刻心领神会，他巴巴儿把电脑移到许裴面前："这儿，裴哥。"边说，身子边往前面探。

颜舒心微微一紧，所幸电脑离关文强并不算远，以他现在的角度，根本看不到桌底两人紧扣的双手。

许裴安抚似的，抚了抚她的手背，视线从电脑屏幕轻扫而过："这里计算反射面的各个促动器的伸缩……"

他不急不缓地说着，抬起左手，单手在键盘上敲下一组数据。桌底，右手拇指把玩似的，在细嫩的小手上摩挲了两下。

关文强紧盯着屏幕，过了会儿瞳孔逐渐放大，感叹道："原来是这样啊！"

"太厉害了，裴哥！"

他话多，但词汇量少得可怜，说来说去都是这几个感叹词，许裴听得直摇头，直接道："还有问题吗？"

关文强举手："有！"

"嗯？"

关文强虚心问道："裴哥，你今天怎么用左手打字啊？"

许裴的视线在旁边姑娘的小脸上慢悠悠转了一圈，云淡风轻道："因为右手有更重要的事情要做。"

颜舒的心跳立马快了几分，被他牵着的那只手莫名发烫，她抢在还欲深问的关文强之前快速说道："还能因为什么！还不是这个问题太简单，许裴左手就能解决！"

关文强再次感觉智商被侮辱，打扰了！他心里默默流着泪，抱着电脑灰溜溜地起身往回走，衣角一个不慎，却扫到了桌面的钢笔。

"啪嗒"一声，钢笔掉到了地上，他赶紧放下电脑，弯腰去捡。

颜舒的视线里，关文强蹲下身，捡起了钢笔，然后缓缓地抬起了头，目光从下而上。如果目光再往上移一点儿，那么……

颜舒心里突的一下，桌底暗暗牵着的手也跟着一抖。她脑子来不及反应，手就飞快一抬，试图一秒甩开某人的大手。

关文强刚抬头就听“砰”一声响，紧接着，传来男人一声轻“嘶”。关文强望过去，就看到许裴微白的一张俊脸，以及右手发红的手背。

颜舒拿着个冰袋，愧疚地放到男人微红的手背上，耳边是他低沉的声音：“你躲什么？”

“嗯？”

许裴垂眼：“刚刚。”

颜舒埋着头，细心替他冰敷着伤处：“我不躲会被关文强发现的！”只是没想到甩得太用力，他的手没来得及松开，一下子就磕到了桌底。

许裴淡声：“发现又怎么了？”

颜舒愣了一下，对啊，发现又怎么了！以前不公开关系，是因为他们只是结婚而已。可现在，他们不仅仅是结婚的关系，而是彼此喜欢，彼此依靠，可以牵手拥抱，甚至不想把手松开的亲密关系呀！

男人低沉的声音在她头顶缓缓响起，带着一丝轻微的凉：“我有那么见不得人？”

颜舒赶紧解释：“不是不是，习惯而已！我就条件反射了这么一下！下次，下次我一定不会躲！”

许裴没再说话，只幽幽地看着她。

颜舒被他盯得有点儿压力了：“那要不这样，我们现在就牵着手走出去？”

许裴的手在半空中抬了抬，懒洋洋地拒绝道：“受伤了，牵不了。”

颜舒尴尬地“噢”了声，也是，许老师怎么可能接受这种无聊的提议。她冰敷完，转身，刚抬脚走了两步，却见男人伸出左手。

他胳膊一挥，小臂夹着她的脖子，将她整个人捞入怀中。男人筋骨分明的大手顺着往下，下一秒，便捉住她几根细白软糯的手指，将其裹入手掌之中。许裴温柔地牵起她的手，声音很轻地笑了一下：“但这只没受伤。”

一分钟后，两人嘴角挂着甜蜜的笑，手牵着手，二脸坚定地走了出去。

然而，刚走了没几步，两人就一同顿在了原地。

咦？怎么回事？工作室怎么空了？颜舒伸长了脖子，四下望了好多眼。别说一个人了，连个影子都没看到。她有点儿诧异："他们人呢？"

许裴抬腕，扫了眼表盘，沉默少顷："好像下班了。"

官宣失败。

今天，342宿舍格外热闹。

选秀节目录制已经结束，黄仁仁和赵咪两人推着行李箱，回到宿舍第一件事就是把颜舒爆锤一顿。

"啊啊啊！你这个女人！和许裴这么熟的关系竟然不跟我们坦白！"

"对啊！青梅竹马啊！我的天！不告诉我们真是太不够意思了！"

两人叽叽喳喳吵翻了天，好半天才发现："咦，不对啊！恬恬，你今天怎么这么沉默？"

憋了一肚子话的田思恬艰难道："没有吧。"

"怎么会没有！说！是不是有什么事瞒着我们？"

三人吵闹之时，颜舒在旁边沉默了片刻，正准备组织好语言想要跟黄仁仁和赵咪老实交代，几人不知怎的，已经迅速转到了下一个话题。

黄仁仁："哎，今天娱乐圈爆出那个头条看了没？"

田思恬："就那个王梦发长文说自己分手了的那事儿？"

"对！那男的真的不行！你想想，他俩都恋爱一年了，她男朋友竟然从来不带她见朋友，有一回牵手被朋友看到，还一把甩开她的手，啧啧啧……"

"这不就是典型的'三不'啊，不承认、不主动、不拒绝，一年多还不公开承认女方身份，摆明了有问题！"

大家骂得痛快，却听旁边一个弱弱的声音："那个，我打扰一下，如果这样做的是女孩子呢？"

三人异口同声："那当然也不行啊！"

渣女颜舒踌躇了一会儿，虚心请教道："那你们觉得……要怎么弥补呢？"

黄仁仁："当然是赶快当众承认对方的身份。"

田思恬："还要在对方身上多花点儿心思。"

赵咪："比如，瞒着对方，给她开个生日会，准备个大惊喜啥的。"

颜舒若有所思地点点头，她悟了。

许裴办公室内。

关文强几人坐在许裴对面，汇报这段时间的工作进展。

"裴哥，宁合那边对我们上个项目方案很满意，王经理那边我接洽过几次，他们应该是看中了我们科技这块的软实力，想跟咱们工作室合作推出智能系列。"

关文强这话一出口，所有人都为之一振。宁合是澜市数一数二的大公司，主营传统机械类产品，但新任董事长接手以后，整个团队重心慢慢发生改变，据说已经成立了科技子公司，以后想在智能家居板块分一杯羹。

他们工作室哪个不是澜大的顶尖人才，唯一缺的就是钱。宁合财大气粗，如果能成功合作，那么能很大程度上解决工作室的资金问题，实现双赢。

大家一想到这儿，一个个眼睛放光地盯着许裴，关文强搓着手："裴哥，干不干？"

没想到，许裴却摇摇头："和宁合合作数模项目可以，但合作推出产品，这个不考虑。"

众人愣住了，宁合这么好的选择，裴哥竟然考都不考虑，直接否定。虽然心里有疑惑，但也只是疑惑而已，这么久的追随，让他们对许裴有种别样的信任，从不会质疑他的任何决定。

"裴哥说不考虑，那就不考虑。"

"对，我等会儿就去拒了宁合。"

"没了宁合，以后肯定还有更好的选择！"

许裴微微颔首："的确有更好的选择，但不是以后，是现在。"

"啊？"关文强挠挠头，"什么选择啊，裴哥？"

许裴笑了一下："午光科技。"

众人一片哗然："什么？！"

如果说宁合是一项不错的选择，那么午光科技就是大家的梦寐以求。

午光科技是言午集团旗下的科技公司，致力于研发国产智能手机、智能家居等科技产品，深受当代年轻人的喜爱和拥戴。

他们团队的人如果单独去午光应聘，应该问题都不大，但以工作室的名义和午光科技合作，却是想都不敢想的天大好事。

大家的眼神都变了，消化了好久，才纷纷吼出几声，兴奋地拉着许裴问东问西。

许裴抬起手腕，看了眼表盘："给你们十分钟。"

大家的问题都大同小异，不外乎与午光科技相关，"合作方式""分成比例""有没有冠名权"之类的。

轮到小六子时，他却沉默了半天，最后问道："裴哥，你手上那根皮筋儿，是不是颜舒的啊？"

大家顺着他的视线看过去，纷纷竖起大拇指："六哥，你这观察细节的能力也太强了吧！"

是他观察能力强吗？明明是裴哥一小时看八百次手表，那皮筋儿就在手表旁边，想不注意到也难啊！要不是裴哥一身正气，他还以为是故意秀皮筋儿来着呢！

想起最近他俩周围莫名其妙的粉色泡泡，小六子憋了一下，忍不住问道："裴哥，颜舒的皮筋怎么到你手上去了？"

话一出口，他便觉不妥。他怎么忘了，工作时间聊私事，是裴哥的大忌！他正想着怎么打个哈哈，把话题岔过去，却见裴哥面带笑容地看着自己，眼神略带欣、欣赏？

许裴含笑地瞄了一眼自己手腕的小鱼皮筋，漫不经心地说："你说这个？是……"

话未说完，却被关文强抢了去："是颜舒的又怎么了？人家青梅竹马，戴个皮筋怎么了？"

李在也蹙起眉："是啊，你难道还能怀疑裴哥和颜舒有什么？"

小六子不服气了："难道没有什么吗？"

大家这就不赞同了，纷纷七嘴八舌："裴哥是什么人，你还不知道？"

"而且，颜舒大部分时间都在咱工作室学习，裴哥能是那种在工作室里腻歪着谈恋爱的男人吗？”

“小六子，你好好反省一下。”

“你瞅瞅裴哥的浩然正气，再瞅瞅你自己。”

“不要用你肮脏的思想揣度心无旁骛、不染尘世的裴哥！”

一身浩然正气、从不腻歪、心无旁骛、不染尘世的许裴张了张口，正欲说点儿什么，手机铃声响起。

颜舒明媚的声音从里面传出：“明天晚上有安排吗？”

许裴扬起眉：“怎么？”

颜舒语调欢快：“没有安排的话，就把时间让给我，怎么样？我给你准备了一个庆功礼物！”

“什么礼物？”

女孩神秘地吐出两个字：“秘密！”

许裴没忍住，低笑了一声，不错，都会给他准备惊喜了，真是期待。

第二天晚上，许裴看了眼时间，准时打开工作室大门，“吱呀”一声门响。他抬脚往里走，偌大的工作室一片漆黑。

他除去外套、围巾，挂在玄关，侧过身，准备伸手按下电灯开关，却听“啪嗒”一声轻响从空荡的工作室的另一头传来。

紧接着，一簇细小的火苗蹿起，橙黄的火光散发出微弱的光芒，照出一个娇俏娉婷的身影。女孩端着一个小巧的蛋糕，眉眼弯弯地立在另一端。

她穿着一件墨绿色连衣裙，贴身的设计勾勒出玲珑有致的曲线，黑发，长腿，细腰，身上每一寸无一不美好。

她开口，清脆悦耳的声音在空荡中响起：“许裴，得奖快乐！”

许裴盯着她，片刻，低笑了一下：“得奖快乐？”

颜舒在他面前站定，弯了弯眼：“对呀，这次的竞赛金奖可是很厉害的！”

许裴垂眼，视线落在小巧精致的蛋糕上：“这是你送给我的礼物？”

“嗯嗯。”颜舒点点头，伸出一根食指，指着半是粉色半是棕色的蛋糕，“有草莓味和巧克力味的，你想先吃哪一块？”

她仰起小脸看他，火光从下而上倾洒在她白嫩嫩的小脸上。女孩眸黑唇红，容颜昳丽，眼尾微微上挑成一个动人的弧度，直勾勾地看着他，像个惑人心智的妖精，叫人悸动不已。

男人的高大和女人的娇小，在黑夜里，被对比到了极致。暧昧的火光中，许裴低着眼，定定看着她，喉结微微一滚，声音染上了些夜雾的喑哑："可以先尝尝吗？"

尝尝？颜舒没反应过来，便被男人捉着手腕，指腹轻轻压在了蛋糕柔软的奶油里，手指一凉，指尖沾上了一丁点儿粉粉的奶油。

下一秒，男人倾身，一点点下压，在离她指腹不到一厘米的距离停下，舌尖微裹，将她指尖上的奶油一点点舔舐干净。

微麻的感觉在食指尖蹿起，顺着指节一点点扩散开来。颜舒张大眼，错愕地看向许裴。

男人的眼眸比平日里深幽了几分，瞳孔有火簇在跳动，眉头却漫不经心地蹙了一下："不够甜。还有其他选择吗？比如？"

他声音很低，带着轻微的哑意，和平时的他不太一样。颜舒莫名感觉有些缺氧，大脑根本没空再想其他，只顺着他的话艰难地思考着，草莓味的还不够甜吗？蛋糕店老板偷工减料了？还能有什么选择呀？比如什么啊比如？

这时，扣住她手腕的手稍微用力，将她抵到了墙壁上，许裴在暗淡的光线中倾下身："比如你。"

蠢蠢欲动的心跳，无声的诱惑，许裴的气息缠了上来，低声说："可以吗？"

颜舒大脑嗡鸣一声，她也算在各种电视剧里见过世面的，这气氛，可以干什么，答案不言而喻。颜舒看着他那张近在咫尺的脸，心跳得飞快。

她没回答，只下意识抬了抬下巴，勉强还保留着一丝清醒的脑子却突然想起一件事。不对！剧本不是这样的啊！她还给他准备了惊喜！蛋糕只是引子，真正的惊喜是……

颜舒想到什么，眼皮猛地一跳，赶紧阻止他："许裴！"

男人哑着声音"嗯"了一声，却并没有停止动作的打算，只低头吹灭蜡烛，世界一片漆黑。他终于放开她的手，大手滑到她后颈按住，薄唇欺然而至。

千钧一发之际，“哐当”一声响，从工作室另一个角落传来。许裴的唇，在离她红唇一厘米处停下。

颜舒终于寻到间隙，抖着手按下开关。白炽灯闪了两下，而后一片大白，照亮了整个工作室。

许裴眼角余光里，似有几个人影，他一回头，眉心不自主地一跳。离二人几米远的地方，站着……一群人。

关文强、小六子、李在……十多个大男人中间夹杂着颜舒宿舍的另外三个女生。有的戴着夸张喜庆的尖角帽，有的拿着摄像机，有的举着不知该不该放的室内礼炮。所有人都僵硬着身体，张着嘴巴，一动不动，直愣愣地看着他。

他的目光在这些人身上缓慢转了一圈，而后转过头，十分复杂的视线落到颜舒身上：“这是给我准备的，惊喜？”

颜舒脑子空空地“啊”了一声。

片刻，许裴无奈地抬手，捏了捏太阳穴，眼底却覆上一层浅淡的笑，低声安慰她：“准备得很好，我很喜欢。”

别说了，本来她策划得好好的，他选完蛋糕，她马上打个响指，然后开灯，关文强和小六子放两束礼炮，田思恬照相，黄仁仁她们录像，大家一起欢呼：“Surprise（惊喜）！”多完美啊！

哪知道，他根本不按常规出牌！

许裴的目光在她欲哭无泪的小脸上一滑，很轻地叹了口气，在她唇上轻啄了一下，安抚似的揉揉她的头发，大手滑落到她的尾指处，缓慢牵起她的手。

而后，他直起身，清冷的视线扫向对面嘴巴张得更大的一群人，云淡风轻地开口：“不好意思，各位，合法接吻。”

颜舒感觉自己心跳得飞快。被他轻啄过的嘴唇，像是被无数蚂蚁爬过一般，酥麻一片。

抬头，却对上对面几十只眼睛，颜舒顿时就冷静下来了。

关文强举着一根金色的礼炮，跟傻了似的，僵着身子愣在原地。他现在脑子有点儿空。过去的两分钟里，他到底经历了什么？关文强努力把刚刚发生的事情回忆了一遍，然后心里开始惊涛骇浪。

这是幻觉吧？！不然为什么裴哥会亲颜舒？一向清冷端方的俊脸上还露出了那种、那种……表情！

他瞪大了眼，转头看向旁边的兄弟："看到没，你们看到没！不是，裴哥和颜舒，他俩……"

大家的眼神都很复杂："怎么会看不到……我们又没瞎……"

只有小六子神色淡定："早跟你们说了，你们不信，还说我思想肮脏。"

大家伙儿顿时语塞，而后纷纷竖起佩服的大拇指："不愧是六哥，目光如炬啊！"

"还是六哥眼光毒辣，竟然一眼就看出裴哥跟颜舒在谈恋爱！"

小六子犹豫了一下："他俩会不会不只是谈恋爱？"

工作室众人有点儿茫然，啥意思？只不过还没问出口，就看到立在门口的许裴已经牵起了颜舒的手，抬脚朝他们走来。

经过一小段时间的缓冲，众人已经收拾好了心情，顺利切换成了兴奋模式。关文强哇哇叫着："裴哥，你也太不够意思了！瞒得我们好苦啊！"

之前没往这方面想，今天这么揭开，可不就什么都对上了！裴哥手上的小鱼皮筋，水上乐园的门票，单独和颜舒补习，谎称是工作室福利的各种小零食，还三番两次给她独家采访……现在想来，真是哪儿哪儿都是他俩恋爱的酸臭味儿啊！

他应该没碍着他俩啥事儿吧？不对，他好像还真当了好几回电灯泡。怪不得裴哥当时的眼神，跟要剁了他似的。关文强莫名打了个寒战。

为将功赎罪，他十分机灵地端起桌上早已准备好的酒杯："我提议，咱们一起干一杯！一是庆祝咱们团队旗开得胜，顺利拿下金奖，二是预祝工作室和午光科技合作成功，三是裴哥这个万年老光棍都谈恋爱了，咱们也来沾沾喜气！"

他这一番话说完，大家都纷纷端起酒杯，起哄叫好。关文强也觉得自己发挥得挺不错的，沾沾自喜地把手上两个杯子递到颜舒和许裴手中，献宝似的对着他裴哥挤挤眼："裴哥，怎么样？说得不错吧？"

许裴接过杯子，体贴地给颜舒换了一杯杧果汁，又细心地插了根吸管递过去，才慢悠悠道："还行，但有一点说错了。"

关文强注意到许裴的动作，暗自咋舌：没想到裴哥谈起恋爱来还是个“二十四孝”男朋友啊！

他听到许裴这句话，下意识问：“啊？哪里说错了？”

大家伙儿也都纷纷看过来。许裴一只手牵着颜舒，另一只手随意端着杯子，眉毛轻轻一扬，开口的声音低沉，却十分清晰地传进了所有人耳里：“不是恋爱，是结婚。”

沉默，一阵诡异的沉默，不知是谁简单吐出了两个字：“什么？”

许裴耐心重复了一遍：“我们不是恋爱，是已经结婚了。”

大家再次瞪圆了眼，张大了嘴，一动不动地看着他俩。

虽然给老公送惊喜的计划失败，但晚上回到宿舍，黄仁仁和赵咪倒给她送了个惊喜——“严刑逼供”了她一晚上。

颜舒知无不言言无不尽，直到凌晨，两个小姐妹才意犹未尽地放她去睡觉。颜舒迷迷糊糊要睡着了，还听见她俩说梦话来着：“精彩，太精彩了！”“争气，太争气了！”

通宵被“逼供”的后果很严重，导致颜舒早上起来的时候，顶了一对大大的熊猫眼。她今天还要到电视台参加面试，赶紧使用遮瑕大法，在脸上仔细盖了好几层才满意。

黄仁仁和赵咪也一同起了床，虽然她俩也只睡了两三个小时，但两人精神抖擞，毕竟八卦使人振奋，估计这种振奋的情绪能一直持续好几天呢！

颜舒正要出门，被黄仁仁叫住：“欸，颜颜，你去电视台面试是吧？等下我和赵咪。”

赵咪飞快围了条围巾，往门口走：“我们今天要去办理离职手续，一起呗！”

颜舒“噢”了一声：“那正好，许老师今天开了车，刚好可以送咱们过去。”

赵咪手上动作一顿：“谁？！”

颜舒解释：“许老师啊，就是许裴。”她总喜欢叫他许老师，一时半会儿改不过来。

赵咪和黄仁仁对视一眼，在彼此的眼中看到了同样的㞞意。黄仁仁干咳一声："要不算了，你去吧，我们……"

赵咪接过话头："我们打车去。"

颜舒有点儿不解："打车干什么？咱们不都去一个地方吗？一起坐许老师的车过去不是更方便吗？"

田思恬在床上伸了个懒腰："赵咪，你不是之前还吵着要坐许裴的后备厢吗？现在机会来了。"

她只是过过嘴瘾，谁知道许裴那会儿已经是她姐妹的老公了啊！赵咪不甘示弱地说："你不也要坐许裴的副驾驶位吗？"

田思恬："这算什么，黄仁仁还要拥抱呢！"

黄仁仁：尴尬，相当尴尬。

电视台，17 楼。

宋欣正在整理稿件，门口传来"咚咚"两声响。她抬起头，目光在那姑娘脸上转了一圈："美女，走错了，综艺部在 19 到 21 楼。"

这女孩乌发凝肤，一张小脸明媚动人，多半是走错楼层的小明星。只是，出乎她的意料，女孩弯了弯眼："请问，这里是新闻采访部吗？"

宋欣又仔细看了她一眼，微不可察地皱了一下眉："你是黄仁仁推荐的见习生？"

女孩笑了一下："对。"

宋欣强调："我们需要的是民生节目见习记者。"

见女孩确认无误，她没再说什么，只顺手把手中的稿件递给她："熟悉这段文字稿，脱稿演讲。十分钟，够吗？"

女孩微愣，之后接过稿件，笑着点头："好。"

宋欣有些不满意，他们民生节目的记者要到澜市各个角落跑新闻，体力需求比较大，所以节目组最想要的是能吃苦的记者。

眼前这个女生，看着就娇滴滴的，明显和她们理想的人选有很大差距，可这个不好明说，于是宋欣故意给她出了道难题，想找个借口拒了她。

十分钟后，宋欣却陷入了沉思，这女孩看着像个花瓶，没想到业务能力还挺不错。这么短的时间，竟然把这篇稿子记了个七七八八，而且还对着镜头流畅自然地表达了出来。

演讲时间也不多不少，刚好卡在了两分钟的临界点。声音脆而不尖，吐字清晰，临场应变和时间把握能力都很强，确实挺让人意外和惊喜的。

可是，做他们这种节目，体力是重中之重，这女孩这么瘦……

宋欣犹豫之时，女孩已经收起了采访稿，往门口走，刚好一个工作人员搬着一架设备，从她身边经过，她上前问了两句，直接撸起袖子，帮那人一起把设备抬到了里屋。

啧啧，这力气不小啊！宋欣顿时觉得这美女哪儿哪儿都顺眼了。力气大，业务能力强，简直像为他们节目组量身定制的一般。

宋欣一乐，当即拍板，就她了！

颜舒感觉自己面试完出来，这位前辈对自己的态度就不一样了，她的心一下子就落了下来。

听宋欣交代完见习的时间、注意事项后，颜舒便美滋滋地下了楼。

刚出停车场楼层的电梯，颜舒就看到一个熟悉的面孔。舒柔儿看见她也是微愣，随即冷下脸来。颜舒懒得多看她一眼，装作没看到，直接进了车库。

舒柔儿盯着她的背影，眼神发狠，偏生她的助理不长眼，哪壶不开提哪壶："哇，这个小姐姐好漂亮啊！也是明星吧？"

舒柔儿语气不好地说："什么眼神？没见她从 17 楼下来吗？"

小助理很惊讶："17 楼还有这么漂亮的记者小姐姐？哇，那是她男朋友吧？啊，好帅！"

舒柔儿顺着她的视线，正看到一辆车从两人面前缓缓开过。

舒柔儿的脸色顿时更难看了，声音也变得尖锐："我花钱请你，是让你来说这些乱七八糟的东西吗？"

小助理低下头，暗自委屈地撇了撇嘴。舒柔儿沉着一张脸，气鼓鼓地进了电梯："你还愣着干什么？进来啊！要是不想干了就趁早卷铺盖走人！"

颜舒抓起手机看了一眼时间："都十一点了！"她有点儿内疚地说，"早知道要这么久，就让你先回去了。"

许裴单手把着方向盘，往左一转："不用。更何况，"他顿了一下，转过眼看她，“我很愿意等太太下班。”

颜舒忍不住弯了弯唇，许老师真的太会说话了，以前怎么没发现呢？她故意眨眨眼：“你怎么知道我一定能在这儿上班？说不定没面试上呢！”

许裴笑了一下，声音很轻，却透着莫名的笃定：“我家娇娇怎么可能面试不上。”许裴注视着一眼望不到头的宽阔长街，“只要你想，就一定能做到。”

颜舒看着他，眼睛一眨不眨，许久，才弯起唇角。这就是她的许老师呀！他或许打个电话，面试这事便可以十拿九稳，但他不会这么做，甚至没有提及。

他们并未就此交流过一个字，却彼此心照不宣。他了解她，信任她，也愿意放手，注视着她成长，期待着她获得成就。这样的许裴，让她安心，也让她动心，比任何情话都动心。

“许裴。”颜舒弯着两只眼睛，看他，“你怎么这么招人喜欢啊？不对，是招我喜欢！”

许裴淡淡地扫了她一眼，算是回应，之后没再吭声。片刻，他却撇过眼，微不可觉地弯了弯唇。颜舒的唇角也忍不住地往上扬。甜蜜，在空气里蔓延。

手机铃声兀地响起，颜舒的手机连接了许裴的车载蓝牙，刚接通，尤佳的声音便在狭小的车内响起：“姐妹，大新闻！”

咦，难道有什么八卦？颜舒顿时来了兴趣：“快说，姐妹！”

尤佳神神秘秘道：“你那个谁 24 号回来，接机去？”

颜舒微微一愣，下意识问道：“谁？”她问完就反应过来，想捂电话却已经来不及了。

“就沈时啊！”尤佳提高八度的声音大大咧咧地传过来，“你以前喜欢的那个男生！”

许裴没吭声，平静注视着前方，俊脸上没什么表情，看不出情绪。

颜舒莫名感觉车内气压有点儿低，她仔细回想了一番，好像是从尤佳打了那个电话之后，就开始有这种莫名其妙的低压感了。

等等，所以许老师这是在吃醋？颜舒心里突然敲了一记警钟。她以前这方面挺迟钝的，但现在经过大量的恋爱练习经验，已经隐约能捕捉到一些不同寻常的东西了。

她暗暗地瞟了好几眼旁边的男人，却没能从他脸上读到任何有效信息。一时间，颜舒也不能确定他到底有没有介意。

直犯嘀咕的同时，她也在心里把尤佳拉出来暴打了一顿。什么以前喜欢的那个男生啊！就写张祝福卡片而已，能叫喜欢吗？难为尤佳那金鱼一样的脑袋，能记住那么久远的事儿。

但这事儿，好像也不能全怪尤佳。谁让她听到那话第一反应，就是手忙脚乱地挂掉电话呢……

她原意是不想许裴误会，但这会儿一回想，本来坦荡荡的，她却把电话挂断，不显得她心虚了吗？

颜舒简直服了自己。要不，找个机会解释一下？但许老师看上去也不像是会把这些陈芝麻烂谷子的事放心上的人。

既然这样，颜舒也不再纠结了，开开心心跟他聊起了天。

许裴在她纤细的皓腕上扫了一眼："你太瘦了，跑新闻是个体力活，不多吃点儿身体吃不消。"

"能换成别的吗？"颜舒苦哈哈地皱了下眉，"我可不喜欢吃米饭。"

许裴懒懒地扶着方向盘："那你喜欢什么？"

颜舒想都不带想的："小鱼干！杧果汁！还有……反正挺多的。"颜舒说了一大堆，又想起来，"你不是都知道吗？"

"嗯，知道。"许裴把方向盘往右一甩，侧过头，浅淡的视线从她脸上滑过，缓慢开口，"你喜欢的，是不少。"

他声音很低，"喜欢"二字咬得稍重，听着莫名意味深长。

颜舒：我不是，我没有。

办公室内。

许裴跟午光科技技术部负责人通了一次视频电话，确定了下次见面的时间，刚挂上电话，便听外面传来关文强几人起哄的声音。

"颜舒，今天打扮得这么漂亮，是要跟咱裴哥约会去啊？"

"那还用说，今晚平安夜，他们肯定要过二人世界的啊！"

许裴敲击电脑的手指微顿，他抬眼，目光落到桌面右前方的日历本上，

12月24日。

关文强兴冲冲地跑到办公室，对着许裴挤眉弄眼："裴哥，你今天是不是有安排？要提前下班是不？我去通知一下大家伙儿？"

敲击键盘的嗒嗒声里，夹杂着许裴淡淡的声音："正常下班。"

关文强一愣，立刻哇哇大叫："不是吧，裴哥？人家颜舒打扮得漂漂亮亮过来跟你约会，你竟然这么不解风情啊？"关文强边说，还边指了指站在外边的颜舒。

许裴顺着他的视线看过去，外面的姑娘穿着一件米色针织衫配同色系半身裙，裙摆随着脚步摇曳，露出一截纤细莹白的小腿，胳膊上挂着件雾霾蓝大衣。乌发红唇，顾盼生姿。

关文强笑嘻嘻地说："裴哥，你这都还要上班？还是不是人了！"

许裴收回视线，淡声："啰唆完了就回去工作。"

关文强委屈巴巴地往回走了两步，又忍不住嘀咕："唉，颜舒好惨，嫁给这么个工作狂，约会都约不……咦，会不会不是跟裴哥约会？"

他刚嘀咕完，就听背后一个冷飕飕的声音响起："强哥。"

他莫名打了个寒战，回头，就见他裴哥微笑着盯着他："宁合来了个新单子，这两天辛苦加一下班，后天交数据。"

颜舒进来之时，刚好听到关文强鬼哭狼嚎的求饶声，她微微疑惑："关师兄怎么了？"

许裴淡声："拿了个新单子，大概太开心了吧。"

关师兄那架势，可一点儿都不像开心的样子呢！她狐疑地看了关文强两眼，而后从包里掏出一样东西，递给许裴："喏，你的眼镜。"

颜舒今天原本没打算来工作室，只是收到许裴的消息，让她把眼镜带过来，她才想起昨天许老师把眼镜落在她包里了。

刚递过去，却发现他办公桌上还放着另一副，微愣："你这不是有眼镜吗？"

许裴面色不改："这副坏了。"

颜舒暗自扫了一眼，坏了吗？怎么看不出来？！正疑惑着，便见许裴伸手，捞过"坏掉"的那副眼镜，扔进抽屉。

算了，完成任务了就行，她笑眯眯地指指门口：“那我先走了哟？”

许裴轻“嗯”一声，算是回答，接着，继续敲击键盘。

颜舒转过身，抬脚，走了两步，却听背后男人淡淡的声音：“你数学选修课是不是要考试了？”

颜舒脚步一顿，翻开手机日历本看了一下：“下个月 8 号考。”

“这么快？”许裴蹙眉，“看来今天得加补一节课了。”

颜舒差点儿跳起来：“什么？加课？用得着吗？还有半个月呢！”

许裴严谨纠正：“是两个星期。”他合上电脑，站起身，“带上纸笔，跟我过来。”

这堂课，颜舒上得心不在焉，一会儿看看时间，一会儿又偷摸着打开微信。此刻，她皱着一张小脸，捏着钢笔在纸上划拉两下，趁着许裴不注意，她偷偷低下头，在微信界面上飞快敲两下。

“姐妹，情况怎么样？”正要点击发送，眼前却横过来一只修长的大手。许裴两根指头一勾，手机一下子就被他带走。

“哎，我的……”颜舒作势要去抢，男人胳膊一抬，手机离她更远了。

许裴手指夹着手机，转了两圈：“专心上课。”

颜舒有点儿着急，脱口而出：“我今天有事。”

许裴手指微顿，他抬起眼皮儿盯着她：“什么事？”

颜舒张了张嘴，话到嘴边却咽了下去，只小声道：“重要的事。”

“什么重要的事？”

“就……就……”她正想着怎么回他，一阵电话铃声兀地响起，屏幕上显示了两个大字：尤佳。

颜舒急了，一把抢过手机，按下接通键，却不想手指刚好碰到扩音键：“姐妹，你怎么还没来？人都到了！”

“来了来了！”

颜舒这会儿再顾不得什么，直接冲到门口，捞起大衣，边往身上套，边道：“我真有事，先走了啊！”

许裴声音微变：“颜舒。”

然而下一秒，门口的姑娘已经套好了大衣，匆匆离去，只留给他一个越来越小的背影。

最终，消失不见。

许裴盯着空无一人的门口，好半天才收回视线。

深冬的夜来得格外早，刚过八点，天幕便裹上了一层静谧的黑。

车子的轰鸣声从别墅停车坪传来，过了两秒，便归于平静。许裴下了车，关上车门，裹紧了大衣，走在寒冬的夜雾里。

迎面走来一个保安，冲他打了一个招呼。擦肩而过之时，那人抬头看了一眼天空："哟，下雪了。"

许裴脚步微顿，下意识抬起头，沉静寂寥的黑夜里，无数细小的雪花在空中飞舞，转着圈落下。怪不得今天他觉得格外寒冷，原来是下雪了。

许裴掏出手机，一解开锁便是颜舒的对话框。

"在哪儿？"

"几时回？"

"外面冷，多加件衣服。"

连着几条，全是她走后他发出去的，然而对面过了许久之后才回了一个字："好。"

一阵寒风刮过，在脸上如同冰刀过境，刺得人又冷又痛，夹杂而过的雪花，在脸上停留片刻，化作一摊冰凉。

裹在夜雾里的男人看不清神色，他擦掉脸上的雪水，往别墅门口走。刚转过一道弯，却听到一阵突兀的手机铃声。

只响了不到一秒，便被他接起："喂。"许裴开口，吐出一团寒雾，声音很沉，"在哪儿？"

电话那头的姑娘，声音清脆："你猜？"

"机场？"

"不对。"姑娘似是笑了一下，"我在你身后。"

许裴身体微僵，他转过身，身后是一条笔直的柏油小道，两排如士兵般整齐的国槐，除此之外，再无其他。他托着手机，视线在半空中快速扫了几圈，依旧未见半个人影。

"没看到你。"

"说了在你身后呀！"紧接着，他的肩膀被人轻拍了一下，许裴回过头，一张笑盈盈的小脸倏地撞入眼底。

颜舒笑起来，两只眼睛弯弯的：“刚刚骗你的，现在才是真的。”

不知道是不是许裴的错觉，他看见她的时候，整个世界仿佛都亮了起来。下一秒，他便知道，不是错觉。

别墅门前，不知何时多了两棵大大的圣诞树，几条彩灯绕在树上，跟星星似的，一闪一闪地眨巴着眼睛。

忽暗忽明的彩光中，颜舒伸开双臂：“Surprise！”

眼前的男人一直没说话，只定定地注视着她。颜舒五根指头张开，在他面前晃了晃：“傻啦？”

许裴开口：“送给我的？”

“当然。”颜舒得意扬眉，“说了要重新给你惊喜的呀！怎么样？开不开心？意不意外？”

问完，她没等许裴回答，就自顾自地抱怨道：“本来可以早一点儿弄好的，结果你非要拉着我补课，害得装圣诞树的师傅人都到了，我还没到，只好叫他在门口等我一会儿，还好尤佳下了课过来帮我一起布置，才赶在你回家前弄好了。”

许裴盯着她，瞳孔黑亮，所以，她根本没去机场，也没见什么以前喜欢的男生。她口中重要的事情，是在冰天雪地的平安夜，为他点亮家门口的圣诞树。

“要是再迟一点儿，惊喜又没……”颜舒话未说完，便觉手腕一热，下一瞬就被人用力拉入怀中。

男人胳膊跟铁做的似的，紧紧地环绕在她后背，将她拥在温热的怀抱之中。男人似乎笑了一下，颜舒贴着他坚实胸膛的耳朵，被震得微微发麻。

半晌，她听到他低低的声音，从她头顶柔软的发丝间擦过：“开心。”

颜舒仰起脸，直勾勾地盯着他的薄唇，接着，费力踮起脚尖，在他唇上亲了一下。

蜻蜓点水似的，她亲完，正准备收回脚，却冷不丁被他扣住腰。许裴脖颈微弯，黑沉深幽的眼眸紧紧捉着她的眸。

男人的大手掐住她细得可怜的纤腰，微微往上一提，她脚后跟跟着离地，被迫再次踮起脚尖。下一秒，许裴俯下身，吻住她的唇。颜舒睁大眼，轻轻地掐了下指尖，没一会儿，一张小脸涨得通红。

片刻，许裴松开她的唇，在她耳边微喘着气，哑着声音唤她的名字：“娇娇。”

颜舒的胸腔剧烈起伏着：“嗯？”

许裴低笑了一声，无奈地提醒她：“换气。”紧接着，他低头，牙齿在她唇瓣轻磨了两下，再次吻了上去。

漫天雪花被圣诞树上的霓虹灯照得斑斓，许裴的视线在她身上扫了一眼。

适才失了控，这会儿才注意到她穿得单薄。他略带自责地蹙了蹙眉，取下围巾，系到她脖子上，又将她整个人圈到自己怀中，才问道：“冷吗？”

许裴忍了好久，才克制地压下将她拆入腹中的欲念，大手有一下没一下地在她腰间软肉上来回抚着，开口：“我以为……”

“你想哪儿去了？”颜舒嗔了他一眼，“他……只是帮我把路灯给修好了。”

许裴微怔：“什么？”

“就是那段柏油路的路灯啊！”颜舒陷入了回忆。

当时无意间知道舒柔儿是父亲的亲生女儿这件事，这对她而言，冲击太大，好几天过去，她依然浑浑噩噩，行尸走肉地过着，不知今夕是何年。

她整夜整夜地不想回家，找了个借口到尤佳家暂住了几天后，也不忍再麻烦她，一天放学后，终是磨磨蹭蹭地回了家。

可在脚踏进家门口的那一刻，她的心里开始止不住地犯恶心，她忍住胃里的翻江倒海，转身往外跑。

她慌不择路地跑了很久，突然一下子停住脚步。她又跑到了以前常去的那个地方，路灯坏掉，没有一丝光亮，只有无尽黑暗的地方。

她意外踩到了一截树枝，随着寂静夜里发出的“咔嚓”声，黑暗里，离她最近的一盏路灯，倏地亮起。

紧接着，一盏盏路灯，像一群接收到某种信号的士兵，跟着她的脚步，从容有序地、接二连三地发出光亮。

路灯照亮了笔直的一望无际的柏油长街，也驱散了她对前路的茫然和恐慌。

路灯昏黄，但对那一刻的她而言，却足够明亮。因为它们给了她勇气和信念，告诉她，黑暗终将过去，她的人生将——光明如皎月，坦荡似长街。

“长街的尽头，我看到了沈时。”颜舒说完，抬头去看许裴，却对上他深不见底的眼眸。

许裴的瞳仁很黑很亮，但此刻，却好似蒙上了一层浓雾。隔着雾气，他深深地注视着她，眼神好像在说些什么，又好像什么也没说。

颜舒盯着他的眼，微微怔了一下。

事实证明，接吻这件事，是会上瘾的。

平安夜那晚后，许裴像是打开了新世界的大门，又像是拧开了某种特殊的开关，无时无刻不想着亲她两下。

哪怕他刮胡子刮到一半，也要把从洗手间门口经过的她抓过去亲两下，而后才继续慢条斯理地刮另一半。

事实证明，过度接吻的后果就是——“你俩被拍了！”

颜舒这些天把见习证明提交给学校后，便跟着节目组各个角落到处跑。今天她刚帮老奶奶找到了丢失的小猫，筋疲力尽地回到教室，就听田思恬高八度的声音在旁边响起。

颜舒脑子里的瞌睡虫被吓了一跳：“被拍？拍什么？”

田思恬眼睛亮晶晶的，很亢奋地说：“拍到你俩那啥了啊！你懂的！你去看校内论坛就知道了，大家都疯了！算了，别去找了，看我的！”

她干脆把手机递到颜舒面前，澜大校内论坛首页，一个被标红的帖子尤为瞩目。

“啊啊啊！颜舒和许裴在一起了！有图有真相！”

“我的宝藏女神藏不住了，颜值过高，导致实力被严重低估也是没谁了！两个这么优秀的人明明绝配好吗？”

许裴划拉着颜舒递过来的手机，长按最后一个评论，顺手在弹出的页面上点了一下。

颜舒看了一眼，奇怪地问道：“你点什么了？”

许裴云淡风轻地说："举报。"

颜舒："你举报他什么？"

"传播虚假信息。"许裴轻飘飘地看了她一眼，"你不是我女朋友，是我太太。"

真是三个字不离太太啊！不过，经许裴这么一提醒，田思恬想起一件事："对了颜颜，你们要不要到网上说明一下？"

"说明什么？"颜舒有点儿蒙。

田思恬："你和许裴已经结婚这事儿啊，免得学校这些人成天到晚乱猜测。"

颜舒莫名："干吗要把我自己的私事拿到网上说？我又不认识他们。"

田思恬点点头："这倒也是。"

颜舒又道："而且，这又不是我一个人的事，许老师肯定也不想让人知道。"她回过头，对着许裴，"对吧？"虽是问句，但她的眼神却胸有成竹。

许裴沉吟了片刻："嗯。"

颜舒不免有些得意："看吧，我说得对吧！"

她太了解许裴了，他这么低调的人，怎么可能想把结婚这样的私事公之于众！

田思恬看了眼许裴，又看了眼一脸笃定的颜舒，欲言又止。她怎么觉得，许裴挺想让人知道的？

颜舒这些天随节目组东奔西走，调解家庭矛盾，采访黑心商家，向老人普及反网络诈骗，每天都累得不像样。

但无论多忙，每天回家后，她和许裴总会依偎在一块儿，把每天发生的事情跟对方说一遍。

"那小孩儿叫乐乐，得的是一种罕见病，光是查病因都耽搁了两三年，花了好几万块。"颜舒说起今天采访到的家庭，语气一下子变得很低落。

许裴换了个姿势，随意揽着她，长指绕进她的发丝把玩两下，静静听着她的下文。

"那夫妻俩原本经济就不宽裕，小朋友又得了这种病，只能一个人打两份工，不分昼夜地工作，年纪轻轻就憔悴得不行了。”颜舒想起今天的采访对象，不由叹了口气，“乐乐那边还得做康复治疗，医院那边过两天又得缴钱，他俩愁得不行，二十多岁的小两口，白头发都急出不少。”

许裴问她：“你打算怎么做？”

颜舒又叹口气：“我能做的也有限。”

她也只能遵循职业操守，全程公事公办，只是走时，把身上的现金都偷偷塞到了乐乐枕头底下。接下来，就等着节目播出后，看有没有公益机构能够帮忙了。

许裴听她说起这个，思考了一下，道：“那样太被动了，可以让他们提交资料给爱德基金会，审核通过后，会有专人联系那边。”

颜舒摇摇头：“可是爱德基金会那边审核期最少都要两个月，时间估计来不及。”

“可以提交资料，走理事亲审流程，三天就行。”

“理事亲审？”

许裴笑了一下，正好门口传来响动，待到许成山夫妇从门外走进来，许裴目光落到她妈身上：“介绍一下，你婆婆，裴瑶女士，爱德基金会理事长。”

裴瑶一听说此事，立马应承下来，见颜舒还有犹豫，宽慰道：“只是时间缩短而已，娇娇，你放心，我们基金会的规章制度很完善的，该审核的流程一样不会落下。”

“对了。”裴瑶突然想起什么，倾过身拉住颜舒的手，慈爱地笑道，“娇娇，你有没有兴趣过来帮我打理慈善基金会？”

裴瑶说风就是雨，第二天就让颜舒挂名了慈善基金会理事一职，跟她讲起慈善基金会的事务流程。

于是，颜舒更忙了。以前是学校、电视台两头跑，现在又多了个慈善基金会，更忙得脚不沾地，连睡觉的时间都变得奢侈。

颜舒忙得脚不落地之时，许裴正坐在孙教授的办公室一角，低头在笔记本上仔细记录着什么。

他神色认真，背脊挺拔得像一棵笔直的小白杨。记录告一段落后，他抬起眼，透过金边眼镜薄薄的镜片看向对面的孙教授："鱼饵料呢，有什么讲究？"

孙教授如数家珍："新鲜的糯玉米粒打成糊，再和饵料混合起来。你可别小看这个，这可是个手艺活儿，不同的鱼，饵料千差万别，得请大师专门调配。"

孙教授想起什么："哎，你说你既不爱吃鱼又不爱钓鱼，问这个干什么？"

许裴笑了一下："外公喜欢这个。"

"外公？"

"准确地说，是我太太的外公。"许裴慢条斯理地解释，"过两天元旦节，我和颜舒一起去拜访他老人家。"

孙教授点点头，又觉不对："你家颜舒不是都知道吗？这些还是她教给我的呢，你怎么不问她去？"

他家颜舒啊！许裴合上笔记本，往外走："她这段时间忙。先走了，孙教授。"过两天便要回柳长河，他得抓紧时间准备些东西。

孙教授反应过来时，哪儿还有许裴的人影，他立刻气得嘴一歪，笔一摔，敢情就那小丫头一个人忙，他不忙？

"颜记者，上午爱德基金会那边给我们打电话，说通过了审核，刚刚款项已经到了我们家那口子的账上。太谢谢你了，真的……谢谢你……"

颜舒的手机放在耳边，听着电话那头女人感激中带着哭腔的声音，她放轻了语调："乐乐妈妈，这没什么的，举手之劳。"

乐乐妈妈还要说点儿什么，她旁边一个稚嫩的童音，发出不太清晰的两个音节："颜……颜……"

"乐乐别吵，哎呀，别抓电话，你这孩子，过去玩。"一阵杂音之后，又听到乐乐妈妈略带歉意的声音，"不好意思啊，颜记者。"

颜舒往校门口走，关心地问道："乐乐怎么了？"

乐乐妈妈笑了一下："没怎么，这孩子吵着要见你，见我跟你打电话，还知道来抢我手机了。"

乐乐智力发育迟缓，每一个看似正常的举动，对他而言都很不简单。

颜舒夸奖道："真聪明。"她算了一下时间，"乐乐妈妈，您跟乐乐说一下，我元旦节过后去看他。"

颜舒挂上电话，走出校门，一眼便望见门口停着那辆车，以及后备厢前立着的许裴。他把台阶上两个箱子拎到后备厢，弯了弯腰，伸手整理。

颜舒小跑过去，从后面一把抱住他："许老师！"

许裴顺手捉住她的手，侧过身，准确无误地对上她的眼。下一秒，姑娘踮起脚尖，在他唇上亲了一口，笑眯眯地问："在干什么？"

许裴回答："搬东西。"

"我帮你。"颜舒说着就要过去搬剩下的两个箱子，却被身后的男人扣着腰，一把扯了回来。

许裴松开手，下巴朝旁边点了点："你站这儿就行。"

颜舒笑道："我哪有那么娇气，平时在电视台比这个更大更重的箱子我都搬过呢！"

许裴自顾自地拎起剩下的两箱东西，放入后备厢，轻声说道："电视台舍得，我舍不得。"

刚说完，面前的姑娘再次扑到他怀里："许老师，你怎么这么好啊！"

他伸手，"啪"一声关上后备厢门，轻轻回抱住她，在她头顶揉了两下，眼底笑意散开："该出发了，许太太。外公等着我们吃晚饭呢！"

颜舒吸了吸鼻子，收起感动，"嗯嗯"两声，又踮起脚亲了他一口，才美滋滋地松开他。

她正准备跑去开车门，刚转过身却不动了。

澜大门口，不知何时，多了一群面带姨母笑的女生。一个女生眼神激动，小脸涨得通红。

颜舒顿了一下，而后飞快地打开车门，逃似的一屁股蹿上车，"砰"一下关上车门。等到车开出去片刻，颜舒脸上的热意才渐渐散去。

柳长河距离澜市有四个小时的车程，他们十二点出发，到达柳长河刚好过下午四点。

颜舒刚从车上蹦下来，就看到颜老爷子拄着拐杖，精神抖擞地站在门口，伸长了脖子朝她望过来。

她一下子飞奔过去，用力扑到颜老爷子怀里："外公！"

颜舒犹嫌不够，干脆一把抱起老爷子，颠了两下。这动作惹得家庭医生杜医生在旁胆战心惊："慢点儿，小心点儿……"

颜老爷子哈哈大笑地摆手："没事，这丫头从小力气大，小时候这么小一点儿，还非吵着要把许裴哥哥抱起来转圈圈，哈哈哈。"

颜舒大惊："有这回事？"

身后许裴带笑的声音响起："不让你抱，你还坐在地上打着滚哭，我爷爷把我绑到你面前，让你抱着我转了个圈，你才肯给大家笑脸。"

有吗？她完全记不起了！

许裴拎着两箱子东西走过来，笑道："外公，近来身体可好？"

客厅里，颜舒和许裴并排坐在沙发上。颜舒看着对面摆放得整整齐齐的一大堆礼品，后知后觉地反应过来，原来那满满一后备厢的东西全是许裴送给外公的礼物。

她凑过身，小声说："你买这么多东西干什么呀？"

许裴："第一次上门，送给外公的见面礼，再多也不为过。"

颜舒纠正他："这不叫第一次上门吧？你小时候又不是没来过。"

许裴轻声回道："作为孙女婿，是第一次。"

颜舒偷偷瞟了一眼那一大堆东西："但也太多了。"

与此同时，颜老爷子点点头说道："是啊，你这孩子买这么多东西干什么？"

许裴笑了一下："放心吧，外公，都不是什么贵重的。"

他拿起一个木盒，打开："这个是林大师调配的饵料，我想着难得回来一趟，就多买了几盒。"

颜老爷子微愣："林大师调配的饵料？"老人家反应过来，眼睛却是一亮，接过木盒，面上带出几分欣喜，"这东西好！还带了什么？"

颜老爷子这回来了兴趣，不待许裴回话，便自己拄着拐杖，大步走过去："嘉木鱼漂，这个也好啊！听说用了他们品牌最新的技术，专利刚下来……哟，这鱼竿也不错……"

颜老爷子一改之前的淡定，兴致勃勃地翻着礼物，越翻越是开心，最后挥挥手，把他俩打发下去，自个儿窝房里研究新东西去了。

颜舒站在院子里，无奈地摇摇头："七十多岁的人了，还像个小孩子一样。”

“挺好的，跟你一样好哄。”许裴笑了一下，指着院子东南角的葡萄架，“还记得那儿吗？”

颜舒望过去，跟着笑：“怎么不记得！你小时候每天都坐在那儿看书算题，无聊死了。”

许裴挑眉：“你那时候每天都要来骚扰我好几遍，我怎么会无聊？”

颜舒辩驳道：“什么叫骚扰啊，我那是来找你玩好吗？谁让你天天都待在那儿，跟个书呆子似的。你在这边算题的时候，我们其他小朋友可都玩疯了，要么跑水里捉鱼，要么上山挖菌子……这些你都不知道吧！”

“知道的。”

颜舒微讶：“你知道？”

葡萄架地势高，从石凳处望过去，恰好能看到河边的情形。许裴却没提这事，只不轻不重“嗯”了声，道：“你们笑那么大声，我能不知道？”

颜舒努努嘴：“你小时候一定觉得我特别烦吧，每次都跟个捣蛋鬼似的，在你旁边跳来跳去。”下一秒，却笑嘻嘻地挽住他的胳膊，“可是怎么办啊，我还要烦你一辈子呢！没想到吧？”

许裴盯着她，眼尾染上一层薄笑，淡淡地回了句：“嗯，没想到。”

其实不是没想到，是不敢想。从他意识到自己喜欢上她的那一刻开始，她便成了他的不敢想。

两人在儿时的院子里拥抱了好一会儿，才进了屋。

颜老爷子已经摆弄好他的那些个东西，拿着副围棋盘，坐在客厅。许裴笑着过去，跟他对战了两个回合，惹得颜老爷子回忆起了和许裴爷爷下棋的场景，感慨连连。要不是到了吃饭时间，两人还要再战一局呢。

吃过饭，许裴主动请缨，去厨房帮阿姨洗碗。颜舒拽了拽他的衣角，正想说不用，却见他笑了一下：“娇娇，总得在外公面前，给我个表现的机会？”

颜舒只得作罢，眼珠子却跟着他进了厨房。颜老爷子在一旁感叹：“许裴这孩子，真不错。”

颜舒“扑哧”一声笑了：“洗个碗就把您收买了？怪不得许裴说您好哄呢！”

颜老爷子摇摇头："何止是洗碗，你看他今天进门起，哪一件事没费心思？准备那么多件礼物，每一样都既不过分贵重，又符合我心意，恐怕花了不少时间和心力。对了，那围棋盘也是他送的，围棋下得马马虎虎，但可贵的是，以他的才智，怕是这两天刚学的。为了讨我这个老头子欢心，可真费心了啊！"

颜舒微愣，她这些天几头忙，完全没注意到许裴竟然下了这么多功夫，她甚至都没想到，对她而言是回家，对许裴而言，却是第一次以孙女婿的身份拜访外公。他慎之又慎，却从未对她提及一二。

颜舒撇撇嘴："他做这些事，怎么都不告诉我呀？"

颜老爷子笑起来，眼尾印出几道深深的褶皱："这孩子从小就这样。还记得你们小时候，那会儿他明明很关心你，却总摆出一副烦你的架势。"

颜舒笑笑："他那是真烦我。"

颜老爷子摇摇头："真烦你又怎么会到处找你？还记得你妈病重，让你回家住半个月那次吗？"

"记得。"颜舒说道，"后来我爸还把舒柔儿安排到这儿来住了好久。"

颜老爷子点头："对，就是那次，你被你妈接走后，许裴那小子天天来我们家要鱼吃。"

颜舒下意识问："他不是不吃鱼吗？"

颜老爷子笑起来："傻娇娇，他那是来吃鱼吗？他是来看你回来了没啊！"人到了一定岁数，就爱回忆往昔，而且越是遥远的记忆，往往越深刻。

颜舒耳边听着颜老爷子的絮絮叨叨，唇角一点点地向上弯起。所以，他小时候根本就没讨厌过她呀，差点儿被他骗了。

颜舒："然后呢？外公您总不会因为小时候的这些事，就让我嫁给他吧？"

颜老爷子叹口气："半年前，我查出来得了肝癌。"

"什么？！"颜舒吓了一跳。

"别怕，娇娇，是误诊。"

颜舒勉强松了口气，却仍是不放心地问了好多问题，直到杜医生开口保证老爷子没事，心才真正落下来。

颜老爷子："我当时拿到报告就一个念头，我走倒没什么，但我的娇娇可怎么办啊？"

"外公！"颜舒后怕地说道，"别说这些了！"

颜老爷子无所谓地摆摆手，又笑着道："误诊只是个引子，当时也是病急乱投医，就想着要是哪天我走了，就剩你一个人，我怎么放心得下，总得有个人照顾你不是？至于为什么会想到许裴……"他弯腰，从茶几抽屉里翻出一张照片，递给颜舒，"你看看这个。"

颜舒接过照片，低头，就怔住了。照片背景是一条长街，她熟悉的连接舒家别墅和公园的无尽长街。

两排路灯整齐排列在街道两侧，最近的一盏灯旁，是一架金属梯子。一个高瘦的男孩坐在梯子上，嘴里咬着一把工具刀，手指伸向路灯，眼神专注。他侧对着镜头，英挺的轮廓带着几分青涩的少年气，神色清冷淡然。

颜舒怔怔地看着照片，好半天都回不过神来。

"这张照片是隔壁成家小子给我的，他当时和许裴一起去的，照片就是他拍的。娇娇，许裴他是能照顾你一辈子的人。"颜老爷子解释这张照片的来源。

许裴洗了碗，在阿姨的指引下到客房洗手间冲了个澡，刚围上浴巾，走出浴室，就被一个带着淡橙花香的娇小身影扑了个满怀。

女孩温热的身体紧贴在他身上，带着湿气的呼吸从他胸口处擦过。许裴眼神微黯："娇娇……"

怀里的姑娘似乎抽了抽鼻子："是你，对吗？"

许裴："嗯？"

"帮我修好路灯的，不是沈时，是你。"颜舒定定地看着他，"对吗？"

许裴低眼看她，没有说话，好半天才轻轻"嗯"了声。

颜舒抱着他的手臂微微用力，像是用尽了所有力气，将他抱紧。原来真的是他，点亮她归路的人，从来就不是别人，是许裴啊！

原来他那么早就在她人生中留下重要的一笔，而她却什么也不知道。

他偷偷在别人面前维护她，他假装不喜欢她，却又愿意当她的许愿贝壳，给她两根甜甜的棒棒糖……

在她以为除了外公，没有人疼她的时候，他却在背后默默替她遮风挡雨，扫净尘泥，他一直都在。

颜舒感动得泪眼汪汪："你怎么不说呀？还好我给沈时的祝福卡片弄丢了，不然我可就亏大了！"

许裴笑了一下，低声说："不会让你亏的。"

他歪了点儿头，黑深的眼就这么瞧着她，颜舒看得入了神，脑子没工夫多想他这话的意思，只看着他的眼，伸手。

手指从他狭长的眉眼抚过，沿着深陷的眼眶、优越挺直的鼻子，一路向下，指尖轻轻地转了个弯，一点点描绘出他薄唇的形状。而后下滑至下巴，拇指和食指尖轻轻一合，捏住他的下巴，而后仰起小脸，对上他的视线。

怀里的姑娘眼尾一抹红，鼻尖也红红的，湿漉漉的眼眸仿佛被水染过似的，泛着朦胧的雾气，直勾勾地看着他。

她樱唇微启："许裴……"声音跟眼眸一样，湿软得不像话。

许裴的视线从她脸上滑过，目光微敛。怀里的姑娘却已等不及地闭上眼，踮起脚尖。

许裴动了动喉结，牙齿微合，在她唇瓣上不重不轻地咬了一下，激得她微微一颤，手指扣紧，指尖在他背上轻轻地挠了一下。

面前男人呼吸急促，下颌线条绷得笔直，一向清冷淡然的双眸此刻却铺上了一层危险的幽暗，眼尾猩红，瞳仁黑深如丛林饿狼。

他紧盯着她片刻，而后，克制地闭了闭眼，再睁眼时，黑雾已然散去。许裴一点点松开她，视线往下一扫，伸手整理好她凌乱的领口。等那一抹触目惊心的雪白被彻底遮住，他才缓缓开口："我去洗个澡。"

颜舒一时没反应过来，轻喘着气："嗯？不是刚洗过吗？"

许裴没作声，只在她额前亲了一下，转身再次进到浴室。片刻，哗哗的水流声响起。

第十二章 数字和我，都是你的臣民

几天后，颜舒去医院看望乐乐，和她一起的还有两个电视台的前辈，一个是之前面试过她的宋欣，还有一个男摄影师。前几天的素材录制得太仓促，需要重录几个镜头。

三人搭乘面包车，一到医院，便看到一个导演模样的人指挥着一大堆人，调度各种场景布置。

颜舒旁边的摄影师惊叹道："这场面看着不小啊！看来这次基金会下大本钱了，乐乐这小孩儿运气不错。"

宋欣显然得到了些内部消息，说道："那是，你知道这次资助乐乐的是什么基金会吗？"

摄影师很感兴趣："说说？"

宋欣："这个项目属于罕见病慈善救助项目，由爱德基金会牵头，包括天舞娱乐公司基金会在内的好几家联合资助的，规模不小。"

"原来是爱德基金会牵头的啊！"摄影师感叹了一下，往场地那边看了两眼，又道，"但我听说他们基金会很低调，一般不会这么大张旗鼓地拍摄啊？"

"你仔细看一下，那些人都是天舞娱乐公司的。"宋欣给了他一个意味深长的眼神，"他们公司你们知道的，这些钱不会白出的，肯定要拿回点儿什么。"

摄影师露出恍然大悟的表情。两人八卦了几句，没听见颜舒插话，宋欣转过头："颜舒，在看什么？"

她顺着颜舒的视线望过去，凌乱场景的中间位置，摆了两架一人多高的补光灯，灯光十分刺目，旁边站着的小孩儿似乎被照得不太舒服，伸手揉了揉眼睛，两只眼睛瞬间通红一片。

乐乐妈妈面露心疼之色，却也毫无办法，只得拍着他的背，低声安抚他："乐乐，再坚持一下，叔叔阿姨很快就拍完了。"

乐乐小朋友包着两汪眼泪，乖巧地点点头。颜舒微微皱起了眉，快走几步过去，乐乐一下子就看到了她，眼睛晶亮："颜……颜……"

他较同龄人发育迟缓许多，四岁了还说不太清楚话，只能吐出似是而非的单音节。

颜舒朝他笑了笑，却没过去，而是直接走到导演身边："你好，乐乐眼睛畏光，不能受强光刺激，能不能把灯光调暗一点儿？"

导演上下打量了她一眼，又扫了一眼她手里的摄像机，笑着耸耸肩："不好意思，这个灯坏了，只能调这么强的光，我们也没办法。况且，这个也拍不了几分钟，应该没事吧？"

宋欣不知道什么时候跑了过来，凑到她耳边："什么拍不了几分钟啊！我刚刚打听了一下，这次摆拍的明星是舒柔儿，之前我听咱们娱乐组的同事说过她，说她人挺好的，就是事儿多，每次拍摄都要搞很久的！估计没一个小时搞不定。"

颜舒眉头微蹙，她看了眼不停揉着眼的乐乐，抬脚往院里面走。

宋欣跟上来："干什么去，颜舒？"

颜舒："我去找院长，看看能不能让他出面说一下情况。"

宋欣："那你等我一块儿。"

两人沿着医院走廊往里走，眼看就快到电梯间，颜舒却听到一个熟悉的声音。

"琳姐，我这几天皮肤状态不太好，那个光还能不能调强一档啊？"

宋欣扯了扯她的衣袖，比了一个嘘的手势。

琳姐没好气道："祖宗，那个已经是最强档了，院方刚才说什么你没听到？那小孩儿得的病不能见强光，我们是假装其他档位坏了，才让导演调到那一档的！你待会儿别磨叽，拍两张就差不多得了，免得惹人闲话。”

舒柔儿好似笑了一下，声音柔美：“就一会儿工夫，让他忍着点儿不就行了？我拍得好看，粉丝才会买账呀！”

琳姐警惕地说：“你小声点儿，别被别人听见了！”

“嗯，知道啦琳姐。左边脸再补点儿粉吧……”

宋欣听得目瞪口呆，压低声音：“乖乖，这舒柔儿人前看着挺好的，没想到人后竟然是这个样子，可怜那小孩儿，就为了她美一下，要难受一两个小时呢！”

颜舒沉着脸，注视着舒柔儿的方向，过了两秒，她垂下眼，关上摄像机。她直接转身，摸出手机，边打边往外走。

舒柔儿悠闲地补了个妆，对着镜子看了许久，确定没什么瑕疵了，才慢悠悠地拎上包往外走。

刚走出门口，就见小助理气喘吁吁地跑过来：“柔儿姐……”

舒柔儿对她可没经纪人琳姐那种好脸色，瞪了她一眼：“干什么呢，慌慌张张的？”

小助理喘着气：“布景换了，柔儿姐您过去看一下吧！”

舒柔儿声音一变：“什么？！居然把布景换了？那个光我们可是调了好久的！”

她跺跺脚，急急忙忙地跑过去，刚跑到现场，她便黑了脸。

原本亮得耀眼的场地，此刻已经一片昏暗，两架巨大的补光灯也凌乱地推在角落，看上去黯淡惨灰。

恰好一个场务经过，跟她打了声招呼：“舒老师，导演让您过去拍摄。”

舒柔儿不敢置信道：“什么？就这么拍摄？”

她拿出镜子，盯着镜子里自己那张面容惨淡、脸色蜡黄的脸，恨恨咬了咬牙。这段时间，因为颜舒那事，舒家鸡飞狗跳了好一阵，她好些天都没休息好，脸上状态不佳，特别挑角度和灯光。不行，这种状态一定不能被粉丝看到！

经纪人琳姐也皱着眉走过来：“谁把场地弄成这样的？”

场务小声回道：“是一个长得很漂亮的女生安排的，我听护士叫她颜记者。”

难道是颜舒？这个念头刚冒出来，舒柔儿便看见几个人说着话从不远处走了过来，最中间的那个人，便是颜舒。

舒柔儿在心里暗骂一声，面上却温柔地唤了一声：“姐姐，是你让他们换了布景吗？”

颜舒懒得和她多说，只简单一个字：“是。”

舒柔儿嗔怪似的看了她一眼，柔柔笑道：“姐姐，你对我有什么意见，打我骂我都行，但这是公事，你怎么能由着自己的性子来呢？待会儿还有其他艺人要过来，你这样不太好吧？对吧，琳姐？”

说完，舒柔儿朝琳姐看了一眼。上次风波后，琳姐已经知道了两人的关系，此刻收到舒柔儿的眼色，配合地上前一步：“颜小姐，这是我们公司基金会资助的项目，我想你应该没有资格决定我们的布景。”

舒柔儿冲她歉意一笑：“不好意思哟，姐姐。”

颜舒看着她，没有说话，她左后方的男士却淡淡开了口：“如果我没记错的话，这个项目最大的资助方是爱德基金会吧？”

舒柔儿看过去，见他穿着价格不菲的西装，客气笑了一下：“对。”

男人颔首：“那请问，爱德基金会的理事有没有资格决定布景呢？”

舒柔儿下意识回：“当然可以。”

爱德基金会虽然只是一个慈善机构，但这个机构的组织者们却不简单，几乎囊括了澜市所有有名有姓的名媛和太太，进入了基金会就等于拿到了一张名流入场券。她和钟艳有好几次想进爱德，却都欲投无门。

等等，这男人为什么这么问？舒柔儿唇边的笑容更加甜美了，小心翼翼地问道：“难道您就是爱德基金会的理事？”

男人微微摇头：“不是，我只是理事的秘书。”

舒柔儿心下一喜，理事秘书也行啊，如果她能搭上他这条线，说不定就能成为爱德慈善基金会的一员了。

正想着，却见男人手指并拢，手心向上，谦恭地指向颜舒：“这位颜小姐，才是我们基金会的理事。”

夜晚，舒柔儿端起面前的鸡尾酒，猛一下灌入口中。她软绵绵地趴在酒吧吧台，脑子不受控制地回放着上午发生的一幕幕。

那男人声音不小，几乎周围所有人都听到了这句话，全都向颜舒投去或艳羡或惊叹的眼神。

颜舒那两个同事在旁边倒吸凉气，议论着："天哪，居然是爱德基金会的理事！"

"太低调了，每天还跟我们一起搬设备，完全看不出来啊！"

最后，院方、导演，还有琳姐一起，所有人众星捧月似的簇拥着颜舒，有说有笑地把颜舒送走了。

全程再不提拍摄一事，仿佛，她打光那点儿破事，不值一提。是啊，从来都是这样，她在颜舒面前，向来都不值一提。

颜舒什么都不用做，只要有她在的地方，她总能轻而易举成为焦点。而她舒柔儿，用尽了力气，努力追赶她的脚步，却从未追上。不，不止追不上，还被她甩得越来越远了！

城市另一头，许家别墅，浴室里，水雾氤氲。颜舒的手撑在洗手台前，努力凹了个造型。

隔着一堵门，许裴立在外面，手臂上随意搭了块粉蓝浴巾。他抬眼，半透明磨砂玻璃门上，一个勾人的身影倒映其上。许裴盯着那个灰黑的影子看了两三秒，食指直接微屈，轻叩两下。

一阵窸窸窣窣的动静后，浴室门开了一个三寸左右的缝，紧接着，一只莹白细嫩的小手伸了出来。

许裴垂眼，目光定住。面前姑娘满是水珠的藕臂骨肉匀停，手腕又细又白，手指纤长，葱似的白嫩，指尖水珠摇摇欲坠，折射出易碎的脆弱感。

接着，她食指微勾，娇软蚀骨的嗓音混合着旖旎的水雾，缠上他的耳："许老师，快给我呀！"

许裴下颌收紧，喉结微微滚动，嗓间生出几分难耐的干涸。他盯了一秒，眼睛深幽了许多，克制住想掐着她的腕骨最细处为所欲为的念头，缓慢伸手，将浴巾递了过去。

偏生里面的人浑然不觉，接过浴巾之时，食指尖无意识地从他的掌心滑过，略粗糙的指腹瞬时便染上了一层挠人心弦的湿漉漉的痒。

许裴手指一紧，眼里风云搅动，却在下一秒听到一声小小的喷嚏声。

许裴理智回笼，见某人光溜溜的手臂还慢吞吞地在他眼皮子底下晃动，他蹙了蹙眉，催促："动作快点儿。"

里面的人手指似乎僵了一下，他没管太多，直接把她的手推了进去，"砰"一声关上了门。

颜舒呆呆地看了一眼被门外男人毫不留情推进来的那只手，又缓缓看向紧闭的浴室门。

所以，她失败了？颜舒不敢置信地抖着手，开始思考她到底哪一步做错了。不过，还没思考出个所以然，思绪就被一阵冷意给唤了回来。

她很心酸地哆嗦了一下，三两下擦掉身上的水珠。第一步失败了，那就再接再厉，开始第二步。

颜舒重整旗鼓，麻溜儿地换好性感睡裙，立在镜子前，看着镜中的自己。

好像还少了点儿什么呀！她想了一下，打开奶茶色口红，很心机地在唇上抹了点儿，对着镜子勾了勾眼。

颜舒握紧了拳头，疯狂给自己加油打气，然后雄赳赳气昂昂地打开了门。

许裴的蓝牙耳机挂在耳里，对着电话那头的人淡声说了几句什么，复而低头，在纸上写下一片密密麻麻的公式。

"许老师，帮我拉下拉链，我够不着……"

姑娘软糯的声音再次传来，他笔尖微顿，侧过头一看，大片晃目的白猛一下撞入眼底。

颜舒今晚穿得清凉，不同于她那些捂得严严实实的睡衣，她身上这件睡裙布料少得可怜。

两根细细的吊带从精巧的锁骨中间横过，薄薄的奶白色的绸缎裹住玲珑柔软的躯体，露出两条又直又细的腿。

她撩了撩发，裙摆随着她的动作轻晃着往上爬了一厘米，细滑的绸缎打在她瓷白的腿上，翻出几道惹人眼的衣浪。

海藻似的乌发被轻轻撩起，姑娘低了低头，额前一缕发轻抚上她粉红诱人的唇瓣。她抬起湿漉漉的眸，轻轻扫了他一眼。

许裴坐在书桌前，透过薄薄的金边眼镜，定定看了她几秒，薄唇轻启，对着电话那头："等会儿打给你。"

许裴快步走进，皱眉道：“穿这么少不冷吗？”说罢弯腰，抄起床上厚厚的毛毯，大手一挥，把她裹、裹住了？！

许裴出去了一会儿，端起一杯黑乎乎的东西进来递给她，颜舒皱眉：“什么东西？”

“感冒药。”

颜舒有些不满地嘟了嘟唇：“说了我热着呢！”

许裴不轻不重“嗯”了声，哄她似的：“这就是治热感冒的。”

颜舒艰难地从厚重的毛毯里伸出一只手，捏着鼻子一鼓作气喝下，气鼓鼓地说：“现在行了吧！”

不知道是不是因为睡衣的原因，颜舒第二天真的感冒了。

折腾了几天，感冒好得差不多了，她交完采写课的稿件，照例躺在沙发上玩手机，就听许裴低沉的声音从浴室传来：“颜舒，我浴巾忘拿了，帮我递一下。”

颜舒正和田思恬开黑“吃鸡”呢，往浴室看了一眼，有点儿奇怪地说：“你怎么在我屋里洗澡啊？”

许裴声音微顿，隔着门板：“你上次不是也在我浴室洗了吗？”

“我那是为了……”颜舒把剩下的字艰难咽下，对着田思恬，“等我一下哟，甜甜。”

“快点儿啊，一会儿人来了。”

“嗯。”颜舒嘴里应着，飞快抄起浴巾，跑到浴室门口，敲了两下，“快开门。”她还要打游戏呢！

浴室门打开，男人的胳膊从里面伸出。紧实流畅的小臂上，水珠滚滚，顺着门缝往下，是健壮的小腿，脚腕一根凸起的青筋，男人的力量感彰显无余。

要是颜舒三天前看到这一幕，还不得在心里嗷嗷叫两声，但现在她只想着没打完的游戏，直接“砰”一下，关上了门。

她心无旁骛地抄起手机，没过两分钟，又听许裴叫她：“颜舒，帮我剪一下衣领标。”

颜舒抓抓头发：“马上！”

颜舒噌噌跑过去，许裴坐在床沿，低了低头，指了下后背的衣领标。颜舒半跪在他旁边的床沿边，低头，透过衣领和他后颈的空隙，一眼看到男人后背偾张的肌肉。

却突然听“啪”的一声，电灯骤熄，整个房间陷入一片黑暗。

颜舒毫无防备：“停电了？”

黑暗中，男人鼻间溢出一声低低的轻“嗯”。

颜舒：“不可能吧，不是说几乎不停电吗？”

许裴慢悠悠地说：“怎么不可能，前天不还停了？”

颜舒：嗯……你是指前天我故意把家里弄成停电，然后想“轻薄”你的时候吗？

他似乎凑近了点儿，轻浅的鼻息从她脸颊擦过：“嗯？”

颜舒心虚地干咳一声，下意识想站起身离他远点儿，却不想一个没注意，刚好踩到他的脚上，整个人踉跄了一下。

下一秒，她的手腕被男人温热的大手猛地箍住，顺带着她跌坐在他的腿上。男人声音低沉，透着微微的哑意：“去哪儿？不是怕黑？”

颜舒脸上有种莫名的燥热，她咽了咽口水：“是啊，你的手机呢？”

男人微糙的指腹在她细嫩的手腕间摩挲两下：“没电了。”

颜舒想起她手里还拿着手机，结结巴巴地说：“我手机，我手机还有电。”

她刚按开屏幕，便被男人吮住了唇。微弱的屏幕光里，他翻身，将她压在身下，大手顺着她被他扣在床上的手腕，一点点往上，慢条斯理地抽出薄薄的手机，拇指在机侧一按。

屏幕顿灭之时，他好像在她耳边低低笑了一下：“你的也没电了。”

他俯下身，专心致志地亲着她的唇，又沿着她纤长的脖颈一路向下。

颜舒咬着唇，忍着想要叫出声的冲动，昏沉地想道：许老师这哪儿是不行啊，分明是太行了。

窗外，白雪皑皑。风一吹，树枝上的雪跟着乱颤，时而舒缓，时而急骤，最后化作一摊雪水，顺着粗壮的树干一浇而下。

颜舒迷迷糊糊从梦中醒来，周围还是一片黑暗。她脑子一片混沌，只身体的酸痛提醒着她昨日的放纵。

她觉得有些口渴，刚懒洋洋地撑起身子，随着哗啦两声响，厚重的挡光窗帘被掀开。阳光透过几净的落地窗准确无误地倾洒在她的被子上，与和煦的阳光一同落下来的，还有窗前男人的黑影。

许裴穿着睡衣，站在逆光处，暖洋洋的冬日阳光在他身上勾出一道浅淡的金边，他俯身，给她递过来一杯水，以及一个绵长的早安吻。

那一瞬间，颜舒心里升起一股巨大的满足感。真好呀，阳光和他，都在身边。

日上三竿，颜舒懒洋洋地窝在餐椅上，拾起一张刚出炉的松饼，抹上蓝莓酱，漫不经心地咬了两口。

这些天，许裴难得给他自己放了个假，颜舒的一日三餐都由他代劳，厨艺突飞猛进。倒真应了他跟李婶说的那句话——我来伺候她。

也幸好李婶没再过来，不然她这张脸都没地儿放了。颜舒想得有些脸烫，喝了好几口酸奶，颊上的红才褪了点儿。

许裴看着颜舒，声音软下来，低低唤她："娇娇。"

"嗯？"

"我要去海市了。"许裴在她耳边轻声厮磨，声音带着点儿淡淡的委屈，"三天后才能回来。"

海市即将举办一个"机器人创新大赛"，是由午光科技在内的数十家科技龙头公司联名举办的，许裴作为大赛金奖团队负责人，以及午光科技的技术合作伙伴，将代表午光科技在开幕式上发表重要演讲。

早在一星期前，许裴就定了今晚八点的飞机去海市。他这么一提，颜舒也有些心软。

心软的后果就是，一个半小时后，颜舒立在浴室镜子前，看着镜中自己雪白肌肤上的点点青紫，认命地跑到衣帽间，换了件高领毛衣。

许裴这会儿在厨房准备午餐，她站在餐厅，看着他穿着围裙在灶台边忙碌的背影，唇角不由自主地向上弯了弯。

颜舒走过去，从身后轻轻抱住他，脸埋在他背后，嘴唇也贴着他的背，声音有点儿闷闷的："几点走啊？"

许裴手上拿了块甜椒，只敢用手肘象征性挨了挨她的胳膊："下午五点出发。"

“几号回来呀？”她心里清楚，但还是忍不住想问。

许裴放低声音：“11 号。”

颜舒闷着嗓“噢”了一声：“衣服给你收拾好了，两套休闲装，一套西装，领带给你选了条酒红色的，我想着这是你第一次以公司的名义参加演讲，打扮成熟点儿应该不会出错。”她想起什么，又道，“我还给你准备了一件大衣，如果那边室内空调开得低，就在西装外面披件大衣，还有……”

颜舒正絮絮叨叨着，还没说完，却被转过身的男人轻轻抱住。许裴手里沾着东西，铁烙似的胳膊牢牢圈住她，在她耳边低声：“娇娇，我 11 号回。”他重复，“11 号，一早剪完彩就回。”

颜舒心下稍定，却还是有些莫名的不舍。

许裴停顿两秒，又道：“娇娇，有时间的话，帮我准备下稿子？”

“稿子？可你的那些东西太专业了，我不太会呀！”

“开场白会写吗？”

颜舒的眼睛亮了亮，立即拍胸脯：“当然，你忘了我是什么专业的？电脑在书房吗？”

“嗯。”许裴笑了笑，“那就有劳许太太了。”

手里边有事要忙，离别的愁绪就顿时被冲得差不多了。颜舒开心地跑到书房电脑前坐下，脑子里飞快构思着演讲稿开篇。她手上也没闲着，伸手按了下电脑开关键，一下子就弹出一个界面。

颜舒跑到门口，探出一颗脑袋：“许老师，密码是多少？”

“0818。”

颜舒在他背后控制不住地扬了扬唇角，眼角和眉梢笑意的似要溢出：“是我们的结婚纪念日呀！什么时候改的？”

许裴也似笑着：“结婚当天。”

“那之前的密码呢？”颜舒眨眨眼。

“0817。”

颜舒微愣：“我的生日？”

“嗯。”许裴淡声，“之前一直是这个密码。”

颜舒满足了，她美滋滋地走回书房，心里跟有蜜在滚似的，甜了一次又一次。

她伸手，在电脑上戳下四位数的密码，扬着嘴角，抬头，刚瞟到电脑屏幕上就定住了。

这是什么？屏幕上，弹出一个一看就是小号的微博界面。最新一条微博转发了一个名为“心疼哥哥的小绿茶”的微博，配上文字：“谢谢博主，有用。”

“娇娇，吃饭了。”

许裴叫了几声，没人回答，走进书房就看到颜舒眼神复杂地看向自己，再一转头，眼皮便跳了起来。

电脑上，他微博小号的界面格外吸睛，上面还有一个悬浮视频窗口，声音外放着：“姐妹们，停电大法好停电大法妙，没停电的都给我停电去！把你手边能用上的工具都用起来，让电给我停了！”

许裴顿在门口，耳边是颜舒凉凉的声音：“说吧，用的什么工具啊？”

许裴默了默，看向她：“就，你买的那些工具。”

两人对视了一两秒。颜舒缓缓伸手，捂住了脸，她就不该提这事儿！

许裴到海市做演讲，电视台那边也没什么事要忙，颜舒便趁着这两天，好好回学校上了几节课。

颜舒在电视台见习了一段时间，再上学校的采访课，便觉轻松多了。课后，实采课周老师将她留下来，问了她在电视台见习相关，颜舒一一作答。

周老师面带欣慰，拍了拍她的肩膀：“不错，那档节目我也看了几期，是踏踏实实做节目的样子，你采访得很好，有些问题问得很有水平。这节目立意不错，反响也出人意料，没给咱们澜大新闻系丢脸。”

颜舒谦虚地笑笑：“就是收视率一般。”

周老师摇着头笑着说：“可以了啊，这种民生节目能有这种收视率，已经很不错了。我看网上有人做了你的合辑，还打了个‘最美记者’的标签呢！”

新闻系老师的职业素养之一，就是紧跟时事，周老师知道这些，颜舒倒不意外，只打趣道：“周老师您这都知道？5G网速啊！”

两人又说笑了两句，周老师还要问她几句什么，却见她心不在焉地看了下手机。

周老师："有事？"

颜舒回过神，不好意思地咳了一声："不是，就许裴……叫我忙完给他回个电话。"

周老师顿时失笑："去吧去吧，跟男朋友好好说说话。"

"周老师，不是男朋友。"颜舒弯了弯唇，"是老公。"

周老师愣了一下："你们……"

颜舒眨眨眼："我们结婚了。"

颜舒回到家睡了一会儿，突然门铃声响起，她趿拉起拖鞋，打开门，然后愣住了。

朦胧夜色中，男人高大的身影立在门口，漫天雪花在半空中飞舞，洋洋洒洒地落在他黑色中长大衣的肩头上。

男人内里一身笔挺西装，将他肩宽腿长的优势显露无遗，衬衣领口一丝不错，堪堪掩住半截突起的喉结，暗红色的领带严防死守地锁在领口，生怕被人瞧去半分似的。禁欲又淡漠的气息，好似他周身的雪，将他团团裹住。

颜舒怔怔地问："你怎么回来了？"

然而，她话音刚落，男人便抬脚，从雪中踏来，一把将她拥进怀里。

"想你，就提前回了。"

男人的大手在她后背揉了两下，手掌的温度透过薄薄的衣料，在她细腻的背上开出炽热的花。而后他低下头，极尽缠绵的吻伴随着清冽的雪香，落入她的唇中。

颜舒仰起脸，下意识回应着他的亲吻，身体却承受不住地往后退了两步，猝不及防地抵住鞋柜门。男人逼近她，锃亮的皮鞋尖勾住大门，"砰"一声关上。

他的膝盖从容不迫地顶上柜门，男人特有的浓烈的荷尔蒙将她全方位地包围。

两人又温存了好一会儿，颜舒才有空问他："今天才 10 号呀，怎么就回了？”

许裴抱着她，手指有一下没一下地转着她的发丝：“明天的剪彩，我给推了。”

颜舒：“这不好吧？”

“没事，本来就可有可无。”许裴轻声，“之前答应参加，只是顺便而已。”

颜舒想起上次也是这样，他参加完数模大赛，连第二天的宴会都来不及参加，就匆匆回了澜市。

许裴也想起了上次改行程一事，笑道：“他们现在都取笑我一刻也离不开太太。”

颜舒被他的鼻息弄得有点儿痒，在他怀里蹭了蹭：“那你是怎么解释的？”

许裴勾起唇角，低声：“事实如此，不必解释。”

颜舒唇角忍不住地往上扬起，她埋在他的胸口：“其实不用这么急赶回来的。”

“嗯。”

此刻，别墅湖边，柳枝雪颤。颜舒跟许裴说起这两天的事儿。

舒柔儿把之前拍摄的视频剪辑了一下，误导大家以为开强光拍摄是记者的主意，结果那天颜舒一行人一开始就开了录像，摄制组什么话也没说，直接把完整的视频放到网上，舒柔儿的话不攻自破。

因为这件事儿，舒柔儿的所有代言都被取消，舒正平公司的股票也一路狂跌，公司濒临破产，舒柔儿之前用来吐槽颜舒的微博小号也被人扒出来了。

许裴捉起旁边姑娘的手，揣进衣服口袋：“是因为这些事，所以选了新闻专业，是这样吗？”

颜舒干脆挽上他的胳膊，点点头：“这是最初的原因，当时就想，写假新闻的人太可恶了。如果我做了记者，那我一定会牢牢坚守求真、务实、严谨的基本准则，这个世界也会因为我，多一些接近真相的可能。”

许裴焐了焐她微凉的手指：“后来呢？”

颜舒弯了弯眼："后来你也看到了，我是真心实意地喜欢做记者，累也开心的那种喜欢，就跟你喜欢数学一样。"她想起什么，歪过头问他，"我是大学才发现自己喜欢什么，那你呢，你是什么时候发现自己喜欢数学的？"

许裴想了想："学数数起吧，一两岁的时候？"

颜舒微微睁大眼："这么早！那时候我还没出生吧！"

许裴被她的形容逗笑了，又低声道："我最初喜欢数学，是因为数字是万能的，这让我崇拜。"

"数字，万能？"

"嗯。"许裴的长指从她的指缝穿过，带着她的手，指向黑幕般的夜空，"比如数字五，它能代表我们指向的天空中的五颗星星。"

他牵引着她的手，一点点收回到她眼前："它也能代表你抓着我的这五根手指。"

许裴在她耳边轻声呢喃了几个字，又道："还能代表我刚刚对你说的五声，我爱你。"

他俯下身，去吻她的唇，"以及，我们的五次亲吻。"

他重新把她的手放回兜里，用指腹和大衣的温度，温暖她的手心，继续缓声道："我当时就想，数字可太奇妙了，他们抽象虚无又无所不能，他们平等又无私地代表着一切。但……"他微微一顿，"也有例外。"

"例外？"颜舒下意识轻声问。

"如果一些特殊的人或事出现，数字的平等就会被打破，比如，关于你的所有，在我这里都是特殊的。"

许裴停下脚步，看向她的眼："0818 是我们的结婚纪念日，0817 是你的生日，12 月 24 号 21 点 33 分，是我第一次吻你的时间……这些数字，在我心里已经被赋予了特殊的含义，它们不再平等。"

颜舒怔怔地仰起脸，对上他仿若盛满了整片星河的眼眸。

"因为它们幸运地被你选中，"许裴抬起她另一只手，牵引着她的掌心，一寸寸挪到他胸口的位置，"和我一起，成为你最忠实的臣民。"

晚风吹过，他眼中的星，散了满天。

颜舒这几天都乖乖在学校上课，突然收到了周老师发的微信，关切地问了她几句，道："上次你跑得太快，我都没来得及恭喜你，你人就没影了。新婚快乐啊！"

颜舒道了谢，周老师又发来一条："对了，结婚证可以加学分，你知道的吧？"

颜舒："啊？还能加学分？"

周老师笑："对，我先把申请表格发给你，过两天把结婚证复印件交到教务处就行。"

周老师发的是语音信息，话音刚落，就听许裴问道："带结婚证复印件做什么？"

颜舒："加学分。"她把周老师的话转述了一遍。

许裴刚忙完，从门口走过来，颔首："什么时候填表格？"

颜舒："我不打算申请，我学分应该够了。"

许裴看了她一眼，停下脚步："你多少分了？"

颜舒答了个数，许裴从容地往小沙发上一坐，淡淡撩眼："噢，比我大二的时候少一分。"

什么，居然比他少一分？那可不行，颜舒的胜负欲一下子就被激出来了，她开始满屋子翻翻捣捣。

"你干什么？"许裴问。

"找结婚证。"颜舒从抽屉里翻出小红本，"我明天就去申请加学分。"

她带着结婚证噌噌跑去书房，片刻，又跑回来，扬起手中的复印件，冲他耀武扬威："加完我就比你多一分了！"

许裴笑了声："还是太太厉害。"

"那是。"

一分钟后，颜舒突然反应过来："不对，你故意的！"她挥着小手，作势要去打他，却被许裴低声笑着圈在怀中。

就在许家小两口打闹之时，澜大校内一个帖子悄悄爬上首页。

"没人注意到吗？舒柔儿小号说颜舒是许成山的儿媳妇！"

"姓舒的乱说的吧？颜舒不是跟许裴谈恋爱吗？怎么可能跟许成山

的公子扯上关系？”

“就是，颜舒和许裴好着呢，别听风就是雨。”

大楼很快分成了两个派系，互相吵吵起来，忽然一条评论让所有人侧目。

“同学们，实锤了！我在教务处看到了颜舒的个人资料，婚姻状况是已婚！”

又过了几分钟，另一则回复彻底让澜大校内炸开了锅。

准确来说，这人没有只言片语，只放了一张新闻宣传页面的截图。图片里，颜舒挽着一个四五十岁的贵妇，落落大方地挥着手。下面一行配文：言午集团的董事长夫人携儿媳参加此次慈善晚宴。

楼里有人问了句：“有没有可能许裴就是许成山的儿子啊？”

很快，他的话就被众人一人一句给否决了。

“怎么可能？你该不会以为许裴和言午董事长都姓许，就说许裴是他儿子吧？”

“拜托，去查查言午集团有多厉害好吗？”

小优一脸迷茫地看着帖子，她是谁？她在哪儿？颜舒不是好好跟许裴谈着恋爱吗？怎么又变成已婚出轨许裴了呀？

不可能，一定是哪里弄错了！她得赶紧跟颜舒联系！小优着急地给颜舒发了条微信，左等右等没等来回复，又赶紧打了个电话出去。

哪知电话声刚响起，就被对方挂断，她不死心地再拨过去时，对面已经变成了关机状态。

许裴挂断电话，大拇指轻轻一按，滑动屏幕关了机，大手顺着身下姑娘细嫩的胳膊，一路往上滑，手指掐住她的下巴，哑着嗓音在她耳边说：“专心点儿，娇娇。”

颜舒实在没有力气了，任由男人抱去浴室，瘫软在他怀里洗了个澡，裹上被子沉沉睡去。

翌日一早，颜舒刚睁开眼，半梦半醒地开了机，就听到一阵急促的电话铃声。她懒洋洋地接起，放在耳边：“喂。”

电话那头，小优声音急切：“颜颜，你快去论坛看一下吧，有人造谣你已经结婚了！现在整个论坛都要炸了！”

“嗯？”颜舒刚醒，脑子还没上线。过了几秒，她才想起来，新闻部那群人好像还不知道她和许裴已经是合法夫妻。颜舒翻了个身，闭着眼懒声应道：“小优，不是造谣。”

电话那头沉默了数秒，紧接着，是小优结结巴巴的声音：“不、不是造谣？颜颜，你、你真的结、结婚了？和、和言午董事长的儿、儿子？”

颜舒看了眼立在床尾，不紧不慢打着领带的男人，神色略微疑惑。许裴这层身份一直都被保护得很好，怎么会突然被人爆出来？

“这也是论坛里说的？”

小优：“重点是这个吗？！”见颜舒并没有否认，小优声音微颤，“不会吧，这难道是真的？！”

颜舒坦荡地“嗯”了一声，小优痛心疾首：“这么说，论坛那些人说你三心二意、玩弄许裴感情、脚踏两条船的事，也是真的咯？”

颜舒以为自己听错了，好半天才问道：“踏什么船？哪两条船？”

“就是你老公，还有许裴啊！”

颜舒的脑袋缓缓冒出一个问号。

颜舒起床洗漱好，换了件驼色大衣，站在镜子前，左右照了照。男人的手从她腰侧伸过，从身后把她圈在怀中，侧头在她脸颊轻轻落了个吻，低声问：“要出门了？”

颜舒挑了根项链，往脖子上一戴：“对呀！”

许裴自然而然地接过项链两头，手指绕到她的后颈，替她戴上。玫瑰金细链缠着女人白得晃眼的脖颈，勾得人移不开眼。许裴盯了数秒，伸手抓了条围巾，一圈圈系在她的脖子上。

颜舒看了眼镜子，抱怨道：“这围巾把我新买的项链都遮住了。”

许裴没吭声，将那抹白皙挡了个严实，才淡淡开口：“项链可以开了春再戴，这几天外面冷，多穿点儿。”

颜舒还想挣扎：“我今天只出去一小会儿，把学分申请提交给教务处就回来。”

“资料都准备好了？”

“早备好了！身份证复印件、结婚证复印件、学生证……”颜舒又数了一下，拍拍小包，“妥妥的。”

颜舒弯起眼睛，仰头在他下巴上吧唧亲了一口：“那我出门了啊！”

她转身，刚走两步却被许裴一把拽了回来，许裴的目光从她单薄的大衣上扫过：“换件衣服再出门。”

“啊？”

许裴淡着嗓音解释：“今天要降温。”

颜舒有点儿诧异：“今天降温？”

许裴颔首，声音非常有信服力：“对，我看了天气预报，西伯利亚的寒流南下，今天气温会骤降5℃。”

“骤降5℃啊！那是得换件厚点儿的！”颜舒赶紧噔噔跑去衣帽间。

许裴跟过来，颀长的身躯斜斜地倚在门口：“黄色那件不错。”

“这件？”颜舒从衣柜里取下一件鹅黄色羽绒服，对着镜子比画了一下。

许裴又道：“跟你的围巾很搭。”

“好像是哟！”颜舒欣然换上羽绒服，顺手往兜兜里一揣，又想起什么，“这衣服哪儿哪儿都好，就是兜太浅了。”

她边说边回过头，抱怨道：“害得我丢了好几回东西。你记得不呀？”

门口，男人好似挑了一下眉，缓声：“是吗？”

小优傻了似的，呆呆地看着手里的结婚证复印件，盯了好久，才深吸一口气，抬起头：“什、什么！所以，跟、跟你结婚的，就是许裴？”又消化了两秒，提高音量，“你跟许裴结婚了？！”

颜舒点点头，然后，就听见一声划破长空的“啊啊啊”。

颜舒吓了一跳，想去捂她的嘴，被旁边的田思恬拦住：“让她叫好了，不然她会憋坏的。”

小优一通尖叫之后，才慢慢找回了理智，深呼吸了几口：“我刚才是不是太激动了？”

田思恬十分理解地拍了拍她的肩膀：“我刚知道这事儿的时候，也这么干过。”两人惺惺相惜了好一阵儿，田思恬又感叹道：“但谁又能想到，许裴还是言午集团的接班人呢！”

小优狠狠点头："是啊，那可是言午集团呢！想当初我们去集团旗下的光辉报社……"

两人你一言我一语，聊了好半天才发现颜舒走到前面去了，便赶紧跟上去："颜颜，走那么快干什么，等等我们！"

说完，她们嘻嘻哈哈地追上她的步伐，重新挽上她的胳膊。却没注意到，一个红色的小本本悄无声息地从颜舒口袋里掉落下来。

田思恬觉察到什么，她回过头，好像看到地上躺了个有点儿眼熟小红本，还没来得及多想，就被小优一把拉进教学楼："快点儿呀，甜甜！"

一分钟前，另外两个女生手挽手，从她们三人旁边擦肩而过。其中一个女生向粉棉衣同伴使了个眼色："哎，是颜舒。"

粉衣女孩立刻转过头去，看了两眼，压低声音道："论坛都吵成那样了，她还敢来学校啊！"

"哎，我看上面好多人都说她已经结婚了，真的假的啊？"

"当然是真的！"

刚说完，一个红色的东西从颜舒口袋滑落，两人一同低头看过去，然后愣了一下。红色的小本本上写着三个大字——结婚证。

粉衣女孩快两步上去，捡起小红本，看着上面的大字，抬头对上同伴的眼神，愤愤道："你看，我说的没错吧？"

同伴喃喃道："她真的结婚了！"

粉衣女孩感觉要气到冒烟了："我得把这个拍下来，发到论坛上去，拆穿她的真面目！"

说着，她飞快翻开结婚证，低头去看，同伴眼见着她盯着结婚证的瞳孔逐渐放大，嘴巴也不受控制地缓慢张成了"O"形，忙问道："怎么了？"

粉衣女孩没说话，依旧呆呆地看着结婚证，同伴凑过去一看，身体也猛一下僵住。结婚证上的女生的确是颜舒没错，可颜舒身旁的男人，怎么看怎么像……许裴？

她不敢置信地移动双目，下一秒，就看到了结婚证上的名字。

姓名：许裴。

姓名：颜舒。

登记日期：2021 年 8 月 18 日。

许裴和颜舒，结婚了？许裴和颜舒，差不多半年前就已经结婚了？

两人静默了不知多久，在同一时间，缓慢抬起头，看到了对方眼睛里的震惊。

申请结婚加学分流程很简单，颜舒直接去教务处提交了资料，又填了张表格。只是，这张表格需要不同的老师签字，她在几个办公室间来回跑了两趟。办好后，颜舒已经热出了一身薄汗，她拉开羽绒服拉链："今天不是降温了吗，怎么这会儿这么热？"

田思恬有点儿疑惑："谁跟你说降温了？今天比昨天还高 2℃呢！"

"不会啊，许老师说的。"颜舒振振有词地将许裴的话重复了一遍，"今天西伯利亚的寒流南下，气温会骤降 5℃呢！"

她拿出手机，正准备查一下天气预报，就被听田思恬一声："哎呀！"

颜舒看向她："怎么了，甜甜？"

田思恬猛地一拍大腿："我想起来一件事！那个红本本，是结婚证！"

颜舒没反应过来："什么红本本？"

田思恬解释："刚才我看到地上有本结婚证，也不知道是谁丢的，就在咱们身后来着！"她越想越觉得不对，抓住颜舒的手："颜颜，你快看看你的结婚证还在不在，没准儿就是你丢的。"

颜舒摆摆手："不会的，我今天根本没带结婚证。"

田思恬回忆了一番："不对，你带了！我之前分明看到你兜里揣着个红本本！"

颜舒一愣："可我真没带啊！"

"这样，你回去看看结婚证还在家没。"田思恬依旧很坚持，"我觉得，那本结婚证就是你掉的。"

颜舒斩钉截铁："不可能！"

然而，一个小时后，田思恬接到电话，电话里，是颜舒欲哭无泪的声音："甜甜，你说那结婚证掉哪儿了？"

教学楼前，三个人沿着小花园找了一圈，也没找到颜舒的结婚证。

"甜甜，你确定是在这儿看到的？"颜舒苦着小脸问她。

田思恬笃定："没错，就是这里。"

颜舒一边皱着眉头苦兮兮地到处找结婚证，一边叹气："怎么会掉呢？我明明记得今天只带了复印件，没带原件啊！"

田思恬说道："一定是你记错了，总不可能是别人塞你兜里的吧？"

许裴一脸坦然，淡淡地转移话题："现在不是说这些的时候，重要的是找结婚证。"

颜舒有点儿泄气："找不到就算了吧，去补办一本就行了。"

田思恬也跟着附和："对！"

还没附和完，就见许裴蹙了蹙眉："那怎么行？"

颜舒："怎么不行？"

田思恬："对啊，怎么不行？"

许裴沉吟一两秒，面色如常："还是尽量找吧，补办还要花 9 块钱。"

9 块钱的事儿也要抠？难怪没人相信他的身份！

颜舒："那你说怎么办？"

许裴垂着眼皮默了片刻，而后勾了勾唇，慢条斯理地说道："这样，我去校内论坛发个寻物启事。"

上午十一点八分，澜大校内论坛出现了一个新帖——谁捡到我太太颜舒的结婚证，请与我联系，此物贵重，必有重谢。

我太太，颜舒，结婚证，这三个词组合起来，已经够澜大学子兴奋一整天了。

然而，真正犹如平地一声惊雷，猝不及防炸进澜大论坛的，是楼主最后附上的四个字——我是许裴。

"我的妈呀！我脑子已经开始缺氧了！"

"那言午董事长的儿子是怎么回事？假的？"

"同学，没猜错的话，许裴就是言午集团……那谁……"

大家震惊之余，还有人上来爆料。

"结婚证是我室友捡到的，现已归还给颜舒。上来感叹一下，这绝对是我看过最养眼的结婚照，另外，悄悄说一声，他俩 8 月份就结婚了。"

于是，校友们又迎来了新一轮的炸裂。

“我记得颜舒生日是 8 月份啊，所以，他俩是等到颜舒满法定结婚年龄，就火速结婚了？一天都等不了的那种？”

“其实也不能全怪网友，谁让这事儿三天两头就有大反转呢！这该死的剧情，谁又能想到呢？”

“等等！这次不会又有反转吧？”

大家紧张又期待地度过了两天，不但无任何反转迹象，首页反而出现了好几个关于颜舒和许裴的爱情新贴。

大家都狠狠流泪了，在各个帖子里疯狂评论，首页却忽地又冒出一个新帖——家人们！快去看许裴的最新转发！

许裴快要“长草”的微博首页，十分钟前出现了一条转发视频，原博主竟然是，心疼哥哥的小绿茶。

一点进视频就听见博主招牌般的人嗓门儿：“绿茶姐妹们，今天是一期反馈视频啊，有没有姐妹用我的方法成功搞定了爱人的？举一下手我看看有多少！觉得我方法有用的，把‘有用’两个字给我打在公屏上！转发和评论的姐妹们，我祝你和你们家小可爱长长久久，长相厮守！”

许裴转发了该视频，并配上一句话：“谢谢，方法很有用，老婆已追到。”

所以，这到底谁“茶”谁啊？大家捂着被震得稀碎的三观，蜂拥至论坛。

农历腊月初八，腊八节。

许家两口子一早来学校接了小两口到老宅，颜舒是第一次到老宅，许裴带着她到处转了转，又牵着颜舒的手，将她带到老宅二楼朝南的一间卧室，推开门：“这是我小时候住的房间。”

听他这么说，颜舒顿时很感兴趣地四下望了望。房内方正，阳台很大，屋内装修基本只有黑、白、灰三色，冷清、简洁，没有任何多余的装饰，显得空旷又沉闷。

床头摆着一张照片，少年背脊挺直，精瘦的身体笼在宽大的校服里，帅气的脸庞上带着些许稚嫩，面无表情地看着镜头。

颜舒饶有兴致地拾起相框：“这张照片是什么时候拍的呀？”

许裴想了一下：“好像是高二？”

颜舒弯着两颗星星似的眼睛："高二就这么帅了？看来我们许老师从小帅到大呢！还有其他照片吗？"

许裴斜倚在衣柜门边："想看？"

颜舒狠狠点头："想！"

许裴勾了勾唇角，从书架上抽出一本相册递过去。颜舒捧起相册翻开，一张张看过去，边看边好奇地问他："这是哪儿啊？"

"这是几岁照的？"

"这好像是柳长河边，北面那个山坡上吧？"

她看得仔细，也看得津津有味，好像要通过这些照片，看到无数个过去的他。看着看着，颜舒突然笑出声。

"笑什么？"许裴俯下身，凑到她旁边。

颜舒依旧笑着："许老师，你照相怎么都不笑的啊？你看，这些照片，都跟一个模子刻出来的似的。"

许裴抬起眼皮儿，看了她一眼，慢悠悠地问："谁说我不笑？"

颜舒完全不相信："哪张笑了啊，你给我找出来！"

许裴没说话，直接伸手，食指压住相册页，轻轻一翻，指节微微屈起，在上面轻点两下："这张。"

颜舒顺着他的指尖看过去，然后就愣住了。红底的两寸照片里，她和许裴身着白衬衣，看着镜头，是他们半年前拍的结婚照。

照片里，许裴面容虽然依旧清冷，可眼角眉梢的确染着笑，像冷雪天里的一抹暖阳，似要融化冰面。

颜舒耍赖："这是结婚登记照，不算啦！"

"那这张呢？"许裴指向另一张，是他们高中运动会时的合影。

"还有这张。"新婚夫妇，买一送一时照的。

所有合照，许裴的嘴角无一例外地微微向上勾起。

许裴低声说："我不喜欢照相，除非跟你一起照。"

颜舒轻轻"噢"了一声，伸手，指尖从照片里他带笑的唇角一点点抚过，仰起小脸："那以后我都陪着你照。"

男人似乎笑了一下："好。"

颜舒开心地弯了弯眼，心里像是有烟花炸开似的，不过只炸了一半，就被一阵手机铃声打断。她接起电话，田思恬兴奋的声音传过来：“啊啊啊！那个视频你看了吗？”

“什么视频？”颜舒暗暗地瞟了许裴一眼，压低声音，“那什么小绿茶？”

田思恬说道：“不是不是，我说的是许裴的演讲视频，刚出来的，新鲜热乎着呢！”

颜舒想起来，问道：“是‘机器人科技大赛’开幕式的演讲吗？”

“对对对，就是那次演讲视频！大赛官微刚更新的。”田思恬似乎想起了视频内容，激动得有点儿语无伦次，“我的天，你老公太帅了！反正你快去看，立刻、马上！视频我发你微信上了！”

颜舒点开和田思恬的微信对话框，最新的内容就是一段视频链接。

屏幕里，男人西装笔挺，面容清冷，他从容地立在舞台中央，看向底下乌泱泱一群面带崇拜之色的少年，缓声开口：“现在是提问时间，谁先来？”

下面一个男孩飞快举手，许裴朝他点点下巴，示意他提问。

周围少年一脸羡慕地看向他。男孩站起来，眼睛亮晶晶的：“许裴，为什么你编程这么厉害，学的却是应用数学呢？数学对编程重要吗？”

许裴身板笔直，像一株沉稳内敛的白杨，不急不缓道：“不仅是我，任何一个对编程有野心的人，都应该对数学和数据结构有扎实的基础。事实上，万物皆数学。数学不只是编程的基础，是物理的基础，是宇宙探索的先决条件，它还是……”

他顿了一下，低沉的声音缓缓响起：“它还是上帝遗落在人间的手稿。你说，它重要吗？”

一阵热烈的掌声，在台下响起。

一个女生站起来：“请问许裴，您对机器人科技的理解是什么？”

“好问题。”许裴颔首，“在我看来，我们创造逻辑，然后，把它装进机器里，这就是科技，所以伟大的不是机器本身，而是，”他伸出手，食指和中指并拢，在太阳穴处点两下，“而是人脑里可以构建世界的，数学逻辑。这就是我的理解。”

会场安静了一秒，而后，又爆发出一阵更热烈的掌声。经久不息的掌声中，许裴慢条斯理地开口："最后一个问题。"

学生们都很激动，纷纷交头接耳讨论起来。正在这时，前排一个少年突然站起身，扯着公鸭嗓，情绪亢奋地喊了一句："许裴，你太帅了，我能给你生'猴子'吗？"

底下的学生们哄然大笑，许裴也跟着淡笑了一下，扬起眉梢："抱歉，这个恐怕不行。我已经有太太了，今天的开场稿就是她为我准备的。"

许裴微微一笑："不过结束语，我并不打算提前让她知道。"

底下青春洋溢的少年们一阵骚动。演讲台上，许裴食指贴在唇间，骚动渐渐停了下来。

"我想，各位都很忙，所以我长话短说。"聚光灯下的男人目光微转，盛满星河的眼眸直直看向镜头，一字一句地轻声说道，"颜舒，我爱你。"

视频终止，画面就此定格。

颜舒对上屏幕外男人深邃的眼神，久久不曾移开视线。她听到了自己扑通扑通的心跳声，像是要混合着汹涌的甜意，一起从胸腔中蹦出。

而后，又是一阵噼里啪啦，刚刚心里炸了一半的烟花，在这一瞬间，彻底炸裂开来。

男人温暖的手掌从她的腰间穿过，颜舒转过身，胳膊轻轻缠上他的脖子，踮脚在他唇间落下一个亲吻："许裴，我也爱你。"

此时，骄阳正好。

冬日暖光透过落地窗，斜斜倾洒进屋，给二人身上铺上一层朦胧的金边。

两道被拉长的影子，彼此相拥缠绕。

番外

言午集团办公大楼 28 层。

“许董下午六点有一个临时访谈。”身着藏青色职业套裙的短发女人从门口走进，高跟鞋叩在光洁的灰色瓷砖上，发出急促的笃笃声，“大家打起精神，准备一下。”

“周部长，可是六点已经安排了法国分公司的远程会议。”

“取消。”周部长声音干脆利落，“李薇，你马上通知下去。”

“好的。”李薇立刻在电脑上敲出一份邮件，到底没忍住心底的惊诧，问道，“周部长，许董不是从来不接受任何访谈吗？怎么今天同意了，还临时修改了行程？”

一般这种级别的正式商务访谈要经过层层预约，今天却要部门临时修改许董行程，以便配合访谈时间，这种情况闻所未闻。

李薇想到什么，斟酌着试探：“对方什么来头啊？”

周部长取了个咖啡杯，从里间办公室走出，挑起眉：“澜市电视台记者，你说什么来头？”

这句话一出，办公室立时一阵窃窃议论声。

李薇面上仍带疑色，旁边的同事伸长脖子凑过来：“你这还不懂？这么大面子的记者，除了那位，还能有谁？”

“那位？”

同事挤挤眼：“咱老板娘，颜舒。”

一说到这个，整个办公室的人都精神了。

“这么说老板娘等会儿要来？我妈可爱看她的节目了，等会儿我得帮她多看两眼。”

“行了吧你，我们女孩子看看也就算了，你要是敢多看老板娘两眼，小心许董找你谈话。”

“就是，前两年有个澜大数学系男生去找老板娘表白，老板娘拒绝之后，他还不放弃，许董那时还在澜大兼任助教，连续十一次抽这人起来回答问题，在他第十一次答错之后，云淡风轻地说，‘有什么不懂的，可以来问我，不用去问你师母’。”

“这事儿在澜大论坛首页飘了好久，就那个‘论许裴秒杀情敌的一百零八种姿势’帖子里的。”

大家说笑调侃着，李薇有点儿惊讶：“你们怎么都知道？”

同事顺手指了一下旁边的女生和角落的男生：“我们三个都是澜大的，许董和老板娘当年可都是我们学校的风云人物，能不知道嘛！”

男生点头，表示认同：“爆料他们结婚那会儿，全校都轰动了。我当时才念大一，为了跟大家有共同话题，还专门跑到校内论坛泡了好几天。周围同学都在讨论这事，特别是最后许董那‘小绿茶事件’爆出来的时候，论坛都快爆了。”

一提到这事，两人心领神会地笑了起来。

李薇好奇地问道：“什么‘小绿茶事件’？”

两个同事左右望了一眼，三言两语小声地把这件事说了一下，李薇听得睁大了眼，惊诧不已。

不会吧？她刚到公司不久，有幸在公司见过许董的那几次，他均是一身笔挺的手工西装，面色冷淡，气势不凡，叫人远远看着便心生敬畏之意，哪像是这两位校友口中跟着某些博主认真学习恋爱套路的“绿茶男孩”？

那几位澜大校友被挑起了谈兴，边在电脑面前忙个不停，边聊着许董和他太太颜舒在论坛上留下的一堆八卦，还夹杂着李薇越来越震惊的声音。

李薇：“什么？你们说这么多年，许董都是自己在家给太太做饭？”

同事 A：“对啊，这事澜大好多人都知道。许董怕颜舒吃不惯别人炒的菜，都会特意空出时间，回家给他太太做。”

李薇：……所以上次下班时，碰到许董神色匆忙，不是工作有要事，而是赶着回家给太太做饭？

李薇：“啊？原来不是许董爱喝杧果汁，是他太太爱喝？”

同事 B：“对啊，听说有次聚餐，饭店没杧果汁，只有鲜杧果，许董当场从车里取出便携榨汁机，当场给老板娘榨了一杯。”

李薇：“什么？他们俩几岁就认识了？在柳长河？咱们公司在那边有个助学项目的柳长河？”

同事 C：“可不是嘛！两人青梅竹马，老板娘刚满二十就被许董拉去民政局扯了证。”

颜舒毕业后第一年，两人便有了宝宝。

爹妈颜值都高，小宝宝更是遗传了两人的优点，生得跟个洋娃娃一样漂亮，再大一点儿便时常被许裴抱着，和他一起到电视台接妈妈下班。

两人家庭美满幸福，事业也发展得如火如荼。

颜舒大学就在澜市电视台见习，大学毕业后直接留在了电视台工作，她所在的《真相在身边》节目收视率节节攀升，网上好评的声音越来越多，开播仅三年就成了民生类节目的收视天花板，引起了业内外的广泛关注。

这个节目为老百姓们解决了很多实际难题，成了许多老一辈叔叔阿姨饭后的必看节目。颜舒人美声甜，看着娇滴滴的，实际上上山下坡扛设备，不怕苦也不怕累，成了许多澜市中老年人心中儿媳妇的不二人选。

还有老太太打电话到电视台问她有没有男朋友，得知人家都有儿子了，遗憾了好久。

许裴在校期间创立的工作室已经逐渐成了颇具规模的数据公司，直博毕业后，许裴也逐渐放手，将原先的工作室交给了同校的关文强打理，自己则正式接手了言午集团。

换了掌舵人后，言午集团的重心也从之前的传统行业，偏向了铺垫了许多年的科创板块，股价一路高歌。

几人聊着聊着，又感叹了几句这两年公司的政策、福利，皆是一脸喜气，只是这个话题到底只能点到为止，大家心知肚明即可。

李薇正听得入神，对现任董事长许裴更是佩服不已，工作椅从旁边滑过，同事一颗脑袋凑过来："咱跟着许董好好干，前途嘛，你自己知道就行。"

李薇振奋地点点头，末了意犹未尽地问了句："还有没有啊，许董和他太太的……小八卦？"

同事摆摆手："那可多了，三天三夜也说不完，澜大论坛里他俩的八卦多得很，齁甜啊！等有空了我把我那账号登进去，让你慢慢看个够。"

刚才听上瘾的李薇大喜："先谢了，改天请你吃饭。"

"那敢情好。"同事也乐了，"再跟你透露个消息。你实习的时候，还记得跟你一批进来的那个女生吗？"

"怎么会不记得，她各方面都挺优秀的，说真的，当时公司只录取一个人，我还以为自己肯定没戏了，哪晓得……"李薇转头看见同事一脸高深莫测，话锋一转，"难道这事儿还有什么内情？"

同事意有所指："那实习生是挺不错的，就是动了不该动的心思。"她笑着挤挤眼，"许董什么人哪，能让她留在公司？"

这席话让李薇心惊不已。

原来是这样！还好她老老实实，没动其他歪念头，不然离开公司的可就是自己了。

李薇听了一肚子的八卦，对这个传说中的许太太很是好奇："许太太长得怎么样，好看吗？"

"澜大新闻系美女如云，她是新闻系系花，你说好看不？"角落里的男同事这下可精神了，抢在其他人前面开口，"等会儿她不是要过来嘛，你看了就知道了。"

颜舒踩着小高跟到达言午集团的时候，还不到下午五点，她轻车熟路地乘坐专属电梯，到达28楼，往许裴办公室走去。

经过行政部办公室时，恰好碰到两个年轻女生端着杯子往外走，左边的女孩低着头，偷偷瞄了她一眼，过两秒，眼神又瞄了过来。

颜舒侧头对上她的视线，冲着她微微笑了笑。

女孩撇过头不敢再看她，擦肩而过之时，耳朵根爬上了一抹绯红。

就在即将拐角之际，那女孩略显激动的声音若有似无地飘了过来：“不愧是咱们许董的‘领导’啊……太好看了……回去通宵补看《真相在身边》……”

办公室里，颜舒正襟危坐，对面男人弯腰，垂着目神色清冷，杧果汁推到她面前之时，修长的手指却不动声色地在她小拇指处轻轻撩勾了一下。

颜舒剐了他一眼：“认真点儿许先生，做访问呢！”

许裴挑了一下眉，解开西装的一颗纽扣，往皮椅上一坐，神色立时端方起来：“好的，许太太。”

见颜舒还不满意地瞪着他，许裴无奈地改口：“好的，颜记者。”

颜舒这才满意地放过他，打开录音笔，放在桌上，她清了清嗓子，进入工作状态。

这次的访问是为母校新闻部准备的，颜舒并没有因为采访对象是许裴而有任何的松懈，查资料做文档，采访问题删删改改，做了好些准备，每一个问题都踩到了实处。

许裴对她的提问也并不敷衍：“科学技术是第一生产力，言午集团加大对科技的投资，事实上是趋势，是势在必行。因为有些行业，不能被卡住脖子，我们必须要实现国产化，减少我们对其他国家的依赖，所以我们不仅要加大对科技的投资，还有新能源、芯片、AI 智能等，这些都是我们言午未来的方向。”

“理想吗？资本主义国家追求的是资本利益最大化，而我们追求的，是社会利益最大化。所以你要问我的理想是什么，我会回答你，”许裴轻轻笑了笑，声音缓慢低稳，“我的理想和我脚下土地的理想一致，从未改变。”

面前的男人褪去了青涩的外衣，如今的他气度沉稳，语调不急不缓，眼神清冷，却盛满了星河般耀眼的光辉。

颜舒不由想起第一次采访他时的情景，当时在孙教授的办公室。

她问：“你的理想是什么？”

他答：“我想用数学打开通往星辰大海的开关，更想用数学创造出脚下土地的未来。”

颜舒定定地看着他，如果回到那一刻，她想告诉他，许裴，你做到了。

你一直在沿着你向往的方向前进，你正在汇集万千力量创造着脚下土地的未来，未来也正全力以赴地朝你奔来。

一阵铃声响起，打破了两人静默的对望。

许裴掏出手机，垂眸扫了一眼，挑眉：“不好意思，颜记者，接个电话。”

他手指按下通话键，一个奶声奶气的声音从电话里传来：“爸爸！”

许裴笑起来，他指了指手机，不紧不慢地吐出几个字：“我儿子。”

颜舒在心里默道：也是我儿子！

儿子许小鱼被爷爷奶奶接去许家老宅玩，颜舒也好几天没见着他了，此时乍一听到他奶声奶气的声音，心里顿时软得一塌糊涂，只不过想着这算办公时间，面上到底绷住了。

“爸爸，你在干什么呀？”许小鱼问。

“工作。”许裴抬眸扫了颜舒一眼，慢悠悠地补充，“接受美女记者的访问。”

“美女记者？”许小鱼的声音一下子警惕起来，“爸爸，你在跟美女记者说话吗？我要给妈妈报告！”

许裴失笑：“给妈妈报告？”

许小鱼重重“嗯”了两声：“爸爸，你不是教过我，如果有男孩子找妈妈说话，一定要报告给你的吗？那你要是和美女记者说话，我肯定也要报告给妈妈呀！”

颜舒忍不住幽幽看向他：“你还培养了个小间谍？”

许裴撇开眼，干咳了一声。

电话那头，许小鱼听出了妈妈的声音，激动地叫了起来：“妈妈！妈妈！”

颜舒再也没法绷脸了，直接接过电话，放柔了声音：“小鱼……妈妈现在在工作呢，你好好听爷爷奶奶的话……真的吗？小鱼真棒……”

许小鱼黏人也磨人，几个回合下来，颜舒的声音越来越软，一通电话下来，之前好不容易建立起来的严肃氛围此刻已荡然无存。

偏生许裴还微微拧了下眉头，神色略显不满地看着她。

颜舒摸了摸脸："怎么了？"

许裴轻叹了一口气，控诉似的问道："许太太，你不觉得你对许小鱼比对我温柔吗？"

颜舒不得不承认，自从有了儿子，她老公许裴的地位确实有点儿危险。

加之许小鱼有段时间黏她黏得很，许裴忍无可忍，终于在某天，冷着脸打掉许小鱼求妈妈抱的小手手。

许小鱼被打得蒙了一下，回过头就看到他爸爸把妈妈一把搂进怀里，还居高临下地睥了他一眼："看什么看，这是我老婆。"

许小鱼反应过来，涨红着小脸据理力争："不对，这是我妈妈！"

于是，许小鱼从小就知道了何为吵架。

颜舒一听许裴这话，赶紧安抚他："我刚才不是在跟你做采访嘛，怎么温柔？好了，采访完了，我先回去整理稿件！"

说着，她收起录音笔，起身整理裙摆，准备打道回府，只是经过男人身侧时被他一把拽住了手腕。

许裴看了一眼时间："一起吃饭？"

颜舒回道："不了，截稿时间有点儿紧，我得赶紧回去整理。"

男人不为所动，依旧扣着她的手腕，不让她离开。

颜舒抬起眸看他："怎么了？"

后者顿了一下，才提醒般地慢吞吞问道："今天这数字有点儿熟悉，是不是什么特殊的日子？"

颜舒困惑地眨了眨眼："特殊的日子？愚人节？不对啊，现在才三月呢！妇女节？植树节？"

许裴的嘴角慢慢下沉，紧抿成了一条直线："你再想想？"

颜舒皱着小脸，苦苦思索了片刻，终于恍然大悟："我知道了！"

许裴脸色好看了些："知道了？"

颜舒连连点头："嗯嗯，今天是春分！"

许裴的脸色噌的一下，变黑了。颜舒心里憋着笑，面上却装作不知情的样子，疑惑道："你的脸色怎么不太好？"

许裴沉默片刻："再想想。"

颜舒："我想好了，就是春分。"

许裴咬着牙："再好好想想！"

颜舒这会儿再也憋不住了，埋进他怀里，"哧哧"笑了起来。

许裴这会儿终于明白被她作弄了。他磨了磨牙齿，手指一紧，正欲把某人拎出来好好收拾一番，对面大厦骤然亮起。

他下意识侧过头，便怔住了。

此刻天色昏暗，透过办公室整面的落地窗，对面大厦上，不停流转着的霓虹灯光书写的大字毫无保留地映入了眼帘。

——许先生，生日快乐。

与此同时，颜舒甜软的声音在他耳边轻轻响起："生日快乐呀，许先生。"

颜舒不知何时拨通了视频，许裴一转过头，便看见手机屏幕上儿子许小鱼的一张小脸。

许小鱼铆足了力气，大声喊着："爸爸，生日快乐！"

话音刚落，对面幕墙上的灯光已经变成了一个巨大的蛋糕，许小鱼眼睛骨碌碌转了两圈，迫不及待地继续吼道："爸爸，蛋糕出来了，快许个生日愿望吧！"

许裴睨了他一眼，唇边染了点儿笑："我的愿望是，我儿子以后少跟我抢我老婆。"

许小鱼的头摇成了拨浪鼓："这个可不行！"

颜舒被这对活宝父子逗得笑出声，准备跟儿子再说两句，电话却被许裴无情挂断。

"哎，你怎么挂了？"

"下面的画面，不适合他看。"

许裴笑了笑，低下头轻轻吻住怀里的女人。

对面大厦玻璃幕墙上的灯光再次变换，重新组合成一句动人的文字。

——余生长路，我们一起慢行。